U0572378

北京大学震旦古代文明研究中心学术丛书编辑委员会

主　任：李伯谦

副主任：王天有　王邦维　程郁缀　郭之虞

　　　　徐天进　赵化成

委　员：(以姓氏笔画为序)

　　　　马世长　王天有　王邦维　李伯谦

　　　　严文明　宋豫秦　何芳川　赵化成

　　　　赵　辉　拱玉书　高崇文　郭之虞

　　　　徐天进 (常务)　夏正楷　程郁缀

北京大学震旦古代文明研究中心学术丛书之六

中国北方地区
新石器时代文化研究

韩建业　著

文物出版社

北京

图书在版编目（CIP）数据

中国北方地区新石器时代文化研究/韩建业著．－－北京：
文物出版社，2003.9（2020.7重印）

（北京大学震旦古代文明研究中心学术丛书）

ISBN 978-7-5010-1466-8

Ⅰ.中… Ⅱ.韩… Ⅲ.新石器时代文化－研究－中国
Ⅳ.K871.13

中国版本图书馆CIP数据核字（2003）第027154号

中国北方地区新石器时代文化研究

著　　者	韩建业
封面设计	张希广
责任校对	孙　雷
责任印制	张道奇
责任编辑	李　红
重印编辑	张　玮　卢可可
出版发行	文物出版社
社　　址	北京市东直门内北小街2号楼
网　　址	http：//www.wenwu.com
邮　　箱	web@wenwu.com
制版印刷	北京君升印刷有限公司
开　　本	787mm×1092mm　　1/16
印　　张	18.25　插页：4
版　　次	2003年9月第1版
印　　次	2020年7月第2次印刷
书　　号	ISBN 978-7-5010-1466-8
定　　价	120.00元

Aurora Centre for the Study of Ancient Civilizations, Peking University
Publication Series, No.6

A STUDY ON THE NEOLITHIC CULTURES OF NORTHERN CHINA

Han Jianye

Cultural Relics Press

Beijing

序

严文明

　　中国的北方地区通常指长城以北的广大草原地区，在新石器时代，那里是以出土大量细石器为显著特征的，与本书所指的北方地区不是一个概念。本书所指的北方地区基本上是在北方草原地区以南、中原地区以北，并且受到中原文化强烈影响的地区。苏秉琦先生在谈晋文化考古时曾经对于这一文化区的范围作了明确的概括，他说："'北方古文化'一词，这里专指与山西北部古文化密切联系的地区……它的界定范围大致是：西以包头市—东胜（不清晰界线），南以太原—榆次地区（不清晰界线），东以张家口（地区）—锡林郭勒（盟）（不清晰界线）为限，大体与习惯上称作'三北'中的'北方'相当（包括内蒙古中南部一部分，晋北、陕北和冀西北一部分）"[1]。从自然地理区划的角度来看，它是跨越华北区和内蒙古区之间的过渡地带。从更大的范围来看，它是处在东部季风区和西北干旱区之间的过渡地带。不过由于阴山山脉耸立于本区的北方，黄河又向北流经阴山脚下，使得内蒙古中南部局部地方的气候与自然环境接近于其南部的晋北和冀西北一带，而与阴山以北的草原地带大不相同。这大概是为什么在两大自然区划之间能够形成一个文化区的缘故吧。

　　这个地区的考古工作虽然开始较早，但长期限于零星的地面调查或小面积的发掘，对其文化面貌缺乏深入的整体的了解。自从苏秉琦先生提出要按照区系类型的方法来研究考古学文化以来，这个地区的田野考古工作有了很大的进展。大约从80年代起，在内蒙古中南部、河北的张家口地区和山西中部开展了大规模的考古调查与发掘工作，对于当地的新石器时代文化的特征和发展阶段有了基本的了解。特别是在内蒙古的岱海地区开展的以聚落考古和环境考古为主要内容的小区考古研究取得了丰硕的成果，把本地区的田野考古水平一下子提高到全国先进的行列。在这种情况下，把北方地区的考古成果进行一次全面的梳理和总结，不但已经具备了初步的条件，而且是非常必要的了。

　　内蒙古文物考古研究所前所长田广金和郭素新夫妇长期主持岱海地区的考古工作，积累了十分丰富的资料。由于整理研究的工作量太大而他们自己又过于繁忙，希望我派一两位得力的研究生协助。本书作者韩建业对长江中游和中原地区的新石器时代考古素有研究，对北方地区的考古也颇有兴趣。所以在攻读博士学位期间，我就同他商量并确定以北方地区的新石器时代考古研究作为学位论文的主题。为了能够尽可能多地掌握原始资料以便进行深入的研究，首先便去内蒙古凉城县老虎山工作站，在田、郭两位先生的热情支持和指导下整理岱海考古资料。田、郭两位先生和老虎山工作站的人员给予建业极大的方便和尽可能多的帮助。而建业不但业务基础好，更是一位十分认真和不知疲劳的人，所以工作效率极高。在不太长的时间里完成了岱海地区老虎山和园子沟等遗址的资料整理工作，并且写出了约 70 万字的正式报告[2]。期间还参加了板城遗址的发掘勘探、资料整理和报告的编写工作[3]，以及岱海地区仰韶文化时期若干遗址的资料整理和报告编写，后者将集结为《岱海考古（三）》由科学出版社出版。在这样扎实工作的基础上，他又广泛收集了其他地区的考古资料并加以梳理，对发表资料最少因而情况不大明了的陕北地区亲自进行了野外调查。最后撰写的学位论文自然得到了答辩委员的好评。

本书是在博士论文的基础上经过认真修改而完成的。书中着重论述了两个问题，一是文化分期与发展谱系，二是聚落形态与社会发展。而这两个问题又都跟人地关系的演变息息相关。从现有的资料来看，北方地区的新石器文化是发展得比较晚的，属于新石器时代早期和中期的遗存至今只有极个别而难以确定的发现。可以想见，在那样好几千年的漫长时间里，那里的居民一定是非常稀少的。可是到公元前 5000 年或稍晚一些时候，这里突然出现了一批又一批的农民。在冀西北蔚县的四十里坡，在内蒙古岱海地区的石虎山，包头地区的阿善和准格尔旗的坟塌等地，都有他们留下的足迹。从所有遗迹和遗物的特征来看，毫无疑问是属于仰韶文化的，证明这些农民是从南边的中原地区及其左近迁移过来的。记得在 1997 年 8 月下旬，当中日合作的考古队在岱海地区的石虎山遗址发掘行将结束的时候，我到那里去看了看。在小山头上有两个同属于仰韶文化的聚落遗址，二者相距不过 300 米，文化面貌却有明显的差别[4]。石虎山 II 没有围壕，整个聚落在东南缓坡上，房屋全部朝向东南坡下；出土陶器与仰韶文化的后岗类型十分相似，而后岗类型主要分布在河北中南部和河南北部，它的早期形态或祖源当为北京房山的镇江营一期文化。可见这些农民应该是从华北平原北部沿着永定河及其主要支流桑干河上溯到达岱海地区的。而石虎山 I 有围壕，出土陶器除了与后岗类型相似的部分以外，还有不少绳纹罐，表现了仰韶文化半坡类型的强烈影响。而半坡类型主要分布在陕西渭河流域，在山西也有许多类似的遗存。他们的影响显然是通过黄河和汾河河谷北上而到达岱海地区的。不过在晋中北和黄河前套地区，遗址的数量远多于岱海地区，文化特征又特别接近于半坡类型，可见北上的移民主要来自关中和晋南地区。为什么恰恰在这个时候有那么多仰韶文化的农民迁移到北方地区呢？这与仰韶文化本身的发展有关，也与全新世的气候演变有关，更与北方地区的地理位置和自然环境有关。

公元前 6500～前 2000 年大体上相当于全新世中期的气候最适宜期，华北和北方地区的的气温和雨量都比现代为高。据崔海亭等学者的研究，内蒙古中东部的年降水量要比现在高 100 毫米，岱海地区的降水量则比现在高 40%。内蒙古中南部一些条件较好的地方已经可以发展旱地农业。但毕竟那里纬度较高，气候和土壤条件都不如关中和华北平原，后者才是旱地农业起源的温床。在新石器时代中期的磁山 – 裴李岗文化和老官台文化中，以种植粟、黍为主的旱地农业已经有较大的发展。在当时种植技术和经验都还比较低下的情况下，能够开发的地方只限于河旁阶地等比较狭小的地带，难以向大平原拓展。开发出的农田种植几年以后肥力大减以至于不得不抛荒，这样单位面积上的人口载荷量就十分有限。进入仰韶文化时期，我们看到遗址数量大增，每个遗址的规模也有所扩大，说明那时的人口已有显著的增加。农人需要开辟新的耕地，最方便的途径便是沿着河谷北上，一直到达大青山的南麓。其中大部分是沿着黄河和汾河河谷北上的，少部分是从华北平原北部沿永定河和桑干河向西北进发的。不同地方的人相互接触后必然会发生交往，从而使文化面貌发生一定的变化，以至于难以简单地按照原来的文化类型来划分。到仰韶文化的第二期即庙底沟期，气候更加适宜，文化也有更大的发展。于是又有更多的农人北上，北方地区的遗址数量大为增加，单个遗址的规模也有所扩大。到仰韶文化的第三期发生了一个转折，北方地区的文化面貌与中原地区发生了很大的差别。这是因为几次移民浪潮使北方地区的居民已经有相当的密度，生活基本稳定下来，外来移民不能说没有，至少已不很显著，这有利于本地特色的发展。其实，从整个仰韶文化来说，这时正是文化内容复杂化、分化趋势和地方色彩加强的时期，北方地区自然也不例外。同时这个时期开始与东北方的红山文化晚期和小河沿文化接触并且受到一定的影响，还受到华北平原较大的影响，这也是与前一个时期很不相同的。到仰韶文化末期即相当于庙底沟二期文化的时期，也许是由于气候发生波动的原因，农业文化分布的范围有些向南退缩。岱海地区、晋北和冀西北的人口急剧减少，其余地方则沿着仰韶文化三期的轨迹继续发展。龙山时代北方地区的经济文化已经有了一定的基础，长期的开发已经使环境面临较大的压力。人们大量地开凿窑洞，固然是因为窑洞具有冬暖夏凉而又省材料等优点，另一方面大概也是因为树木减少情况下的一种不得已的对策。这时候的气候有向凉干转化的趋势，农业生产势必受到一定的影响。已经较大的人口规模使得北方地区不但不能接纳外地的移民，反而需要向南方气候较好的地方迁移一部分居民，这可以从许多原本产自北方的器物向南和向东传播的事实中看出一些端倪。归纳起来说，仰韶文化前期（第一、二期）是南方移民进入北方地区开发的时期，仰韶文化后期（第三、四期）是这些居民稳定发展的时期，龙山时代则是因为气候等原因造成部分居民反向南迁的时期。从文化的角度来看，北方地区显然是中原文化区的派生区而不是一个自成系统的独立文化区，可以称之为亚文化区或亚文化系统[5]。

　　北方地区新石器时代聚落形态演变的情况以岱海地区研究得比较清楚，其他地区的资料比较零散，但是也可以看出一些基本的特点和演变的趋势。在仰韶文化前期，开始聚落数量少，规模也小，后来数量增加，单个聚落的规模也有所扩大。有的聚落有围壕，但不普遍，房屋多为长方形半地穴式，总体面貌与中原地区仰韶文化的聚落十分相像，只是规模小，也不见像姜寨或泉护那样的大型房屋。迁居地不如本土发达也是很自然的。仰韶文化后期聚落规模略有分化，但还没有形成明显的中心聚落。聚落形态的地方性差异有所增加，首先在晋中出现简单的窑洞，稍后在包头一带出现石砌房屋，有些聚落外也有石砌围墙，说明已开始关心防护问题了。龙山时代许多聚落设置在陡峻的山坡上，并且建设石砌围墙，聚落的安全防御显然成了必须解决的重要问题。这时普遍居住窑洞，通常是利用山坡挖一个簸箕形房屋，立柱盖顶并设置火塘，是为起居室；再在高坡一面掏一个窑洞，挖出来的土在外面垫出一个小坪。窑洞地面和墙裙都抹白灰，是为卧室。卧室、起居室和户外活动的地坪构成一个相对独立的单元，说明这时家庭的独立性有所加强。一个聚落有成百座窑洞，可以居住几百人。这样的聚落在紧靠岱海西北的蛮汗山的东南坡上一字排开有好多座，聚落的大小和内部分化并不十分明显，很难说哪一座是高出于其他聚落的中心聚落。通观北方地区聚落演变的情况，可以看出经济文化有所发展，有些方面跟中原地区也基本是同步的，有些因素对中原地区的文化构成甚至文明化的进程都有明显的影响。但北方地区的自然环境毕竟不如中原地区，自然资源有限，经济发展速度稍慢，社会变动不大，直到龙山时代还没有特别明显的分化，没有形成贵族集团，走向文明的进程显然慢了一步。这大概就是北方地区史前文化发展的特点吧，本书作者称之为"北方模式"，以区别于黄河中下游和长江中下游文明化进程较快的情况，也是不无道理的。

本书资料新颖而丰富，分析条理清晰，思路开阔。无论是关于文化谱系的研究还是关于聚落形态的研究都是放在整个黄河流域甚至全国的大背景下来展开的，这样问题才看得清，分寸把握得准。由于北方地区大部分处在气候敏感带上，所以人地关系的考察十分重要，这是环境考古的课题，也是作者颇为用心的地方。不论是文化的发展变迁还是聚落形态的演化，都提到人地关系的高度来观察和认识，也是本书的一大特色。

2003 年 4 月 1 日

[1] 苏秉琦：《谈"晋文化"考古》，《华人·龙的传人·中国人——考古寻根记》24 页，辽宁大学出版社，1994 年。

[2] 内蒙古文物考古研究所：《岱海考古（一）——老虎山文化遗址发掘报告集》，科学出版社，2000 年。

[3] 《板城遗址勘查与发掘报告》，载《岱海考古（二）——中日岱海地区考察研究报告集》，科学出版社，2001 年。

[4] 中日岱海地区考察队：《石虎山遗址发掘报告》，载《岱海考古（二）——中日岱海地区考察研究报告集》，科

学出版社，2001 年。

［5］严文明：《东方文明的摇篮》，载《农业发生与文明起源》（科学出版社，2000 年）148～174 页及 157 页图二。
在这篇文章中划分的雁北区大体相当于本书的北方地区，而雁北区只能是一个亚文化系统。

目　　录

引　言

本文所谓"北方地区"或"北方文化区"，是相对于以晋南、豫西为中心的"中原地区"而言的一个相对独立的地理文化单元，最早由苏秉琦先生明确提出[1]。北方地区的地理范围以晋中北为中心，包括内蒙古中南部、陕北和冀西北大部。西以包头—靖边，南以甘泉—灵石，东以五台山、太岳山，北以阴山山脉大致为界。东经 108°20′～115°30′，北纬 36°10′～41°50′。大体呈一东北—西南向的斜长条形，最长直线距离约 750 公里，最宽直线距离约 450 公里，总面积 20 余万平方公里。秦长城绵延于本区北缘，明长城从本区中部偏北贯穿而过（图一）[2]。

北方地区新石器时代的考古工作开始于 20 世纪 20 年代，但主要成果的取得却是在 80 年代以后，可以 1980 年为界分为两大阶段。

第一阶段从 20 年代至 70 年代末，属初步发现和研究的阶段。又可以 50 年代中期前后为界分成两个时期。

50 年代中期以前的第一个时期，该地区还没有过新石器时代的考古发掘工作，只是从对遗物的零星采集，逐渐发展到对遗址的调查和对文化性质的认识。调查者总体上以外国人居多。

比较正式的史前考古工作应当从 1927 年算起。之前只是有少数欧洲人和日本人在该地区采集过一些石器等史前遗物，但那时候近代考古学在中国还没有诞生，对其时代和归属都没有条件作适当的判断[3]。1927 年，中瑞西北科学考察团成立并开始工作，至 1935 年为止，在内蒙古包头等地采集到不少新石器时代遗物。由于河南等地的发现，使人们自然将包头发现的彩陶归入仰韶文化。这是人们首次明确认识到北方地区和中原腹地一样，也存在新石器时代遗物[4]。

抗日战争期间，一些日本人在该地区的工作较前有了进步。他们在大同和太原盆地发现了不少仰韶（彩陶）和龙山（黑陶）遗址[5]。1942 年尹达在延安大砭沟也发现龙山遗存[6]。

新中国成立后的最初几年，主要也还是做些调查工作。1950 年，以裴文中为团长的雁北文物勘查团，在大同、浑源发现几处以仰韶文化为主体的遗址和所谓"细石器文化"遗址。并认为其平行条等图案的彩陶花纹近于"仰韶期"之马家窑，而菱形花纹可

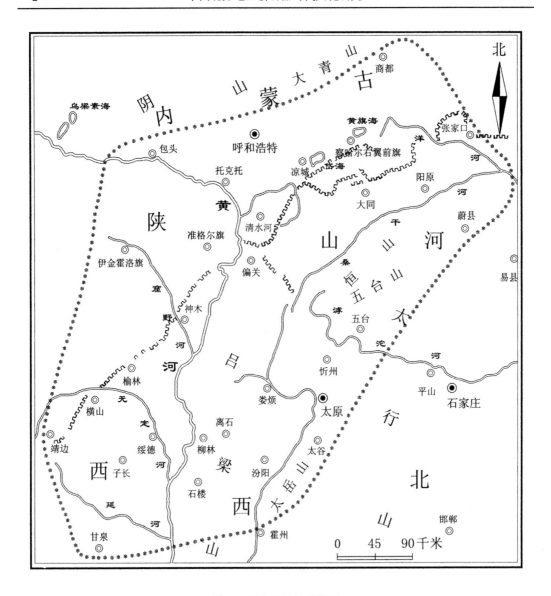

图一　北方地区地理位置

能为地方性特点。至于其中的薄黑陶、灰色素面陶和绳纹陶，则是"仰韶期"之后受中原文化影响的结果。这就不但注意到文化遗存时代的早晚，而且认识到地域性差异[7]。

50 年代中期以后的第二个时期，当从 1954 年开始的对包头市转龙藏遗址的发掘算起。这是该地区首次考古发掘，发现了以灰色篮纹和绳纹陶为主并包含细石器的"龙山"遗存[8]。1956 年和 1957 年还对太原义井遗址进行试掘[9]。此后较长时期虽基本没有发掘，但调查的深度和广度都较前有所进展，尤其是在认识文化年代、性质、特征方面。当然这些认识主要是在与中原等地文化的比较中获得的，总是受中原地区新石器考古研究水平的制约。

1954～1960 年间，在晋中、冀西北和内蒙古中南部调查发现了一些新石器时代遗址，其中重要的有 1958 年在张家口地区和 1960 年在内蒙古清水河县和托克托县的调查。前者发现蔚县四十里坡、庄窠等 10 多处新石器遗址，但对遗物时代判断多有失误[10]；后者发现 10 多处仰韶文化遗址和 1 处"龙山文化"遗址[11]。此外还有一些零星的调查[12]。

代表这一时期研究水平的，是 1962 年内蒙古历史研究所对托克托县、清水河县和准格尔旗的调查。共调查仰韶和龙山遗址 46 处，其中大部分属于新发现，并得出 5 点结论：

（1）内蒙古中南部黄河沿岸分布着两种不同性质的文化，即仰韶文化和龙山文化。在文化内涵上，它们不但与中原地区的仰韶文化和龙山文化基本特征相同，而且也具有某些地域特点。

（2）这两种文化都有数量众多、且占绝对优势的农业生产工具。这就充分说明它们都是以农业生产为主的原始氏族部落的文化遗存。

（3）这里的仰韶文化可分为两种，一种是以岔河口遗址为代表，另一种以海生不浪东遗址为代表。前者的基本特征更接近于中原地区的仰韶文化，后者有着自己的独特风格，很可能是晚于当地仰韶文化而又早于龙山文化的一种具有地区特点的文化遗存。

（4）这里的龙山文化分布较为密集……估计它们一直分布到大青山脚下。

（5）龙山文化遗存中，包含少量细石器，不能因此把龙山文化误认为是"细石器文化"。更不能把一个遗址含有仰韶文化与龙山文化两种遗存的现象，说成是"仰韶文化与细石器文化"的"混合文化"[13]。

这几点可以说是对内蒙古中南部新石器时代研究的总结。此后对白泥窑子遗址和托克托县的调查结果，都没有能在此基础上有所突破[14]。

差不多同时，严文明先生指出，内蒙古河套地区以海生不浪为代表的一类遗存和山西太原义井的遗存等，也许可以另立类型[15]。

1973 年对准格尔旗大口遗址的调查与试掘，发现有龙山前、后期阶段的遗存，但由于对地层的认识上有不清楚之处，所以在分期细节上还存在一些问题[16]。

第二阶段从 80 年代至今，属取得主要成果的阶段。一些较大规模的田野考古发掘工作都是从这个阶段开始的，随之该地区的主要文化谱系得以建立。更为重要的是，在岱海地区较早进行的聚落考古和环境考古工作，成果卓著，在学术界居于领先地位。

从 80 年代初开始，在内蒙古中南部地区有了一系列重要的考古发掘工作。其中最具代表性的是内蒙古文物考古研究所在凉城县岱海地区的考古工作。1982 年开始的对老虎山遗址的发掘，不但揭开了岱海地区考古的序幕，发现了独具特色的环绕石围墙的龙山聚落，而且通过此后的调查和发掘，揭示出这一聚落的基本面貌[17]。1986～1989年对园子沟聚落遗址的大规模调查和发掘工作，更是一开始就本着全面揭露一个完整聚落的目标进行。与此同时，还调查和试掘了西白玉、面坡、板城等聚落遗址，对研究该地区龙山时代聚落间关系提供了重要资料[18]。此地区仰韶文化的考古工作，先是有一些调查和试掘[19]，然后就有了90年代初王墓山坡上[20]、王墓山坡中、王墓山坡下遗址[21]，石虎山 I、II 遗址[22]等一系列重要的发掘，这些工作也都没有离开聚落考古的思路。更为重要的是，这些工作的主持者田广金等从该地区为环境变迁的敏感地带这一点出发，将环境变迁与文化兴衰联系起来进行环境考古研究，并进而扩展到整个内蒙古中南部，取得了可喜的成果。此外，黄旗海地区庙子沟遗址的大规模发掘，也是聚落考古的重要成果之一[23]。

在包头地区，1980年对包头市阿善遗址的发掘，将新石器时代文化遗存分为三期[24]。1983年和1984年又在包头市附近大青山西段调查发现莎木佳、黑麻板、威俊等环绕石砌围墙的遗址[25]。1985年和1988年两次发掘包头市西园遗址[26]。在鄂尔多斯黄河两岸地区，1978年首次发掘准格尔二里半遗址[27]。1982～1986年数次发掘了清水河县的白泥窑子遗址[28]。80年代末90年代初，发掘了准格尔旗的周家壕[29]、寨子上[30]、白草塔[31]、南壕[32]、小沙湾[33]、永兴店[34]、官地[35]、鲁家坡[36]、寨子塔[37]，清水河县的后城嘴[38]、庄窝坪[39]，托克托县的海生不浪[40]等一系列遗址，并对二里半遗址第二次发掘[41]。1972～1984年间发掘的朱开沟遗址 VII 区也有新石器时代遗存[42]。90年代末还有清水河岔河口[43]，准格尔旗寨子圪旦[44]、洪水沟[45]等遗址的发掘。并重点调查了岱海周围地区[46]、准格尔黑岱沟矿区[47]和商都地区[48]。

晋中考古工作的大规模开展始于1980年。国家文物局、山西省考古研究所和吉林大学考古专业组成的晋中考古队，于1980、1981年发掘了太原白燕遗址[49]，并进而对娄烦、汾阳、孝义、离石和柳林诸县展开调查，对汾阳杏花村等遗址重点发掘[50]。与其相关的有1987年对忻州市游邀遗址的发掘[51]。此外，还有对石楼岔沟聚落遗址[52]和五台阳白遗址[53]的发掘。通过这些工作，大致搞清了晋中地区的文化谱系。至于晋北地区，考古工作还很欠缺，90年代对大同马家小村的发掘是仅有的一次重要考古工作[54]，再就是对大同和偏关一些遗址的调查[55]。

1979～1981年间，大约也就是在晋中考古的同时，吉林大学考古专业等单位组成的张家口考古队对河北蔚县筛子绫罗、庄窠、三关、四十里坡等遗址进行发掘，并调查了几十处遗址，发现该地区的文化谱系和晋中等地大体一致[56]。此外比较重要的工作还有1984年对张家口市几个遗址的调查[57]，以及1995～1998年对阳原姜家梁[58]、1998年对宣化县龙门遗址的发掘[59]。其余就是一些个别遗址的调查。

考古工作最为欠缺的是陕北地区。较重要的有绥德小官道[60]、甘泉史家湾[61]、子长栾家坪[62]、府谷郑则峁[63]、神木寨峁[64]等遗址的发掘，此外就主要是一些调查工作[65]。这些工作多为零星进行，只能借此对该地区新石器时代文化有个大概了解。到目前为止，陕北区发现的新石器时代遗址就达 1000 余处[66]。

第二阶段的研究大部分集中在文化谱系方面，尤以关于内蒙古中南部者最多。其中既有着眼于内蒙古中南部新石器时代文化整体的研究[67]，也有对某个时代或者具体文化类型的讨论[68]。这些研究虽然在细节上互有歧异，但总体结论还是大体一致的，它们基本澄清了该地区文化谱系。另外，只有少数讨论晋中、冀西北和陕北谱系的论文[69]。还有个别研究虽然涉及整个北方地区，但仅关注某个时代[70]。关于聚落形态和人地关系的论文基本局限在内蒙古中南部[71]。

田广金的《论内蒙古中南部史前考古》一文，从文化谱系、聚落形态和人地关系几个方面进行综合论述，是目前关于该地区考古学研究的代表之作[72]。严文明有关于该地区文化谱系和聚落形态的指导性论述[73]。戴向明的硕士学位论文涉及范围虽小，但也是将文化谱系和人地关系结合起来进行研究的佳作[74]。苏秉琦则着眼于整个中国古代文明，指出了北方地区在其中的重要作用和地位[75]。

总结起来看，该地区的研究仍至少存在以下 3 个方面的问题：

1. 文化谱系研究在各小区间的不平衡。由于内蒙古中南部田野工作最多最细致，晋中北和冀西北次之，陕北只有少量试掘和一些零星的调查，因此建立在此基础上的对文化谱系的研究，也自然以前者最为深入。

2. 对社会状况和人地关系研究重视不足。除岱海地区外，对大部分地区的研究一般只重视其文化谱系，缺乏以聚落考古为基础的对当时社会组织形态、家庭形态、社会发展水平的探讨，和以环境考古为基础的人地关系的研究。

3. 地区间综合性研究的缺乏。以往的研究多以现代省级行政区划为界，着眼于整个北方地区的综合性研究较少，更不用说将其置于一个更大的空间范围进行考察。

要真正解决以上问题，关键还在于各地田野工作的进一步开展。但我们目前即可做到运用考古地层学和类型学、考古学文化、聚落考古学以及环境考古学的研究方法，在总结经验和全面搜集材料的基础上，从文化分期、文化谱系、聚落形态、人地关系等方面对该地区进行综合研究，并将其置于一个更大的空间范围进行考察。这便是本文的着眼所在。

---

[1] 苏秉琦：《谈"晋文化"考古》，《华人·龙的传人·中国人——考古寻根记》，辽宁大学出版社，1994 年。

[2] 图一据《中华人民共和国地形图》（1∶4500000）改绘，中国地图出版社，1994 年。

[3] 严文明：《长城以北的新石器文化》，《史前考古论集》，科学出版社，1998 年。

[4] J. Maringer, "Contribution to the Prehistory of Mongolia", *The Sino - Swedish Expedition - Publication* 34, Stockholm, 1950；陈星灿：《内蒙古巴彦淖尔盟的史前时代遗存——中瑞西北科学考察团考古资料的整理与研究之一》，《考古学集刊》第 11 集，中国大百科全书出版社，1997 年。

[5] 陈星灿：《中国史前考古学史研究（1895～1949）》第 270～271 页，三联书店，1997 年。

[6] 尹达：《新石器时代》图版三，三联书店，1979 年第 2 版。

[7] 裴文中：《雁北三处史前遗址之调查》，《裴文中史前考古学论文集》，文物出版社，1987 年。

[8] 内蒙文物工作组：《包头市东门外转龙藏发现细石器文化遗址》，《文物参考资料》1954 年 8 期。

[9] 范英杰：《义井遗址调查所见》，《文物参考资料》1958 年 7 期；山西省文物管理委员会：《太原义井村遗址清理简报》，《考古》1961 年 4 期。

[10] 河北省文化局文物工作队：《河北张家口地区新石器时代遗址调查》，《考古》1959 年 7 期。

[11] 洲杰：《内蒙古中南部考古调查》，《考古》1962 年 2 期。

[12] 郭勇：《山西省文管会在雁北忻县两专区发现古代遗址》，《文物参考资料》1954 年 4 期；酒冠五、李建宁：《山西繁峙、原平、五台、定襄等地发现古遗址》，《文物参考资料》1954 年 8 期；梁宗和：《太原市郊阎家沟发现新石器时代遗址》，《文物参考资料》1956 年 8 期；李逸友：《清水河县和郡王旗等地发现的新石器时代文化遗址》，《文物参考资料》1957 年 4 期；陈应琪：《蔚县发现彩陶和黑陶文化》，《文物》1959 年 4 期；汪宇平：《内蒙古清水河县白泥窑子村的新石器时代遗址》，《文物》1961 年 9 期；汪宇平：《清水河县台子梁的仰韶文化遗址》，《文物》1961 年 9 期；汪宇平：《伊金霍洛旗新庙子村附近的细石器文化遗址》，《文物》1961 年 9 期。

[13] 内蒙古历史研究所：《内蒙古中南部黄河沿岸新石器时代遗址调查》，《考古》1965 年 10 期。

[14] 内蒙古历史研究所：《内蒙古清水河县白泥窑子遗址复查》，《考古》1966 年 3 期；吉发习：《内蒙古托克托县新石器时代遗址调查》，《考古》1978 年 6 期。

[15] 严文明：《新石器时代》，北京大学历史系考古专业讲义，1964 年（未刊）。

[16] 吉发习、马耀圻：《内蒙古准格尔旗大口遗址的调查与试掘》，《考古》1979 年 4 期。

[17] 田广金：《凉城县老虎山遗址 1982～1983 年发掘简报》，《内蒙古文物考古》1986 年 4 期；内蒙古文物考古研究所：《岱海考古（一）——老虎山文化遗址发掘报告集》，科学出版社，2000 年。

[18] 内蒙古文物考古研究所：《岱海考古（一）——老虎山文化遗址发掘报告集》，科学出版社，2000 年。

[19] 乌盟文物站凉城文物普查队：《内蒙古凉城县岱海周围古遗址调查》，《考古》1989 年 2 期；田广金：《内蒙古岱海地区仰韶时代文化遗址的调查》，《内蒙古中南部原始文化研究文集》，海洋出版社，1991 年。

[20] 内蒙古文物考古研究所、日本京都中国考古学研究会：《内蒙古凉城县王墓山坡上遗址发掘述要》，《考古》1997 年 4 期；内蒙古文物考古研究所、日本京都中国考古学研究会岱海地区联合考察队：《凉城县王墓山坡上遗址发掘报告》，《内蒙古文物考古文集》（第 2 辑），中国大百科全书出版社，1997 年。

[21] 内蒙古文物考古研究所：《岱海考古（三）——仰韶文化遗址发掘报告集》，科学出版社，2003 年。

[22] 内蒙古文物考古研究所、日本京都中国考古学研究会中日岱海地区考察队：《内蒙古乌兰察布盟石虎山遗址发掘纪要》，《考古》1998 年 12 期；内蒙古文物考古研究所、日本京都中国考古学研究会岱海地区考察队：《石虎山遗址发掘报告》，《岱海考古（二）——中日岱海地区考察研究报告集》，科学出版社，2001 年。

[23] 内蒙古文物考古研究所：《内蒙古察右前旗庙子沟遗址考古纪略》，《文物》1989 年 12 期。

[24] 内蒙古社会科学院蒙古史研究所、包头市文物管理所：《内蒙古包头市阿善遗址发掘简报》，《考古》1984 年 2 期。

［25］包头市文物管理所：《内蒙古大青山西段新石器时代遗址》，《考古》1986 年 6 期。

［26］内蒙古社会科学院历史研究所、包头市文物管理处：《内蒙古包头市西园遗址 1985 年的发掘》，《考古学集刊》
第 8 集，科学出版社，1994 年；西园遗址发掘组：《内蒙古包头市西园新石器时代遗址发掘简报》，《考古》
1990 年 4 期。

［27］内蒙古文物考古研究所：《准格尔旗二里半遗址第一次发掘简报》，《内蒙古文物考古文集》（第 1 辑），中国大
百科全书出版社，1994 年。

［28］崔璇：《白泥窑子考古纪要》，《内蒙古文物考古》1986 年 4 期；崔璇、斯琴：《内蒙古清水河白泥窑子 C、J 点
发掘简报》，《考古》1988 年 2 期；崔璇：《内蒙古清水河白泥窑子 L 点发掘简报》，《考古》1988 年 2 期；内蒙
古社会科学院历史研究所考古研究室：《清水河县白泥窑子遗址 K 点发掘报告》，《内蒙古文物考古文集》（第
2 辑），中国大百科全书出版社，1997 年；内蒙古社会科学院历史研究所考古研究室：《清水河县白泥窑子遗
址 A 点发掘报告》，《内蒙古文物考古文集》（第 2 辑），中国大百科全书出版社，1997 年；内蒙古社会科学院
历史研究所考古研究室：《清水河县白泥窑子遗址 D 点发掘报告》，《内蒙古文物考古文集》（第 2 辑），中国大
百科全书出版社，1997 年。

［29］内蒙古文物考古研究所：《准格尔旗周家壕遗址仰韶晚期遗存》，《内蒙古文物考古文集》（第 1 辑），中国大百
科全书出版社，1994 年。

［30］内蒙古文物考古研究所：《准格尔旗寨子上遗址发掘简报》，《内蒙古文物考古文集》（第 1 辑），中国大百科全
书出版社，1994 年。

［31］内蒙古文物考古研究所：《准格尔旗白草塔遗址》，《内蒙古文物考古文集》（第 1 辑），中国大百科全书出版
社，1994 年。

［32］内蒙古文物考古研究所：《准格尔旗南壕遗址》，《内蒙古文物考古文集》（第 1 辑），中国大百科全书出版社，
1994 年。

［33］内蒙古文物考古研究所：《准格尔旗小沙湾遗址及石棺墓地》，《内蒙古文物考古文集》（第 1 辑），中国大百科
全书出版社，1994 年。

［34］内蒙古文物考古研究所：《准格尔旗永兴店遗址》，《内蒙古文物考古文集》（第 1 辑），中国大百科全书出版
社，1994 年。

［35］内蒙古文物考古研究所：《准格尔旗官地遗址》，《内蒙古文物考古文集》（第 2 辑），中国大百科全书出版社，
1997 年。

［36］内蒙古文物考古研究所：《准格尔旗鲁家坡遗址》，《内蒙古文物考古文集》（第 2 辑），中国大百科全书出版
社，1997 年。

［37］内蒙古文物考古研究所：《准格尔旗寨子塔遗址》，《内蒙古文物考古文集》（第 2 辑），中国大百科全书出版
社，1997 年。

［38］内蒙古文物考古研究所、清水河县文物管理所：《清水河县后城嘴遗址》，《内蒙古文物考古文集》（第 2 辑），
中国大百科全书出版社，1997 年。

［39］乌兰察布博物馆、清水河县文物管理所：《清水河县庄窝坪遗址发掘简报》，《内蒙古文物考古文集》（第 2
辑），中国大百科全书出版社，1997 年。

［40］北京大学考古系、内蒙古文物考古研究所、呼和浩特市文物事业管理处：《内蒙古托克托县海生不浪遗址发掘
报告》，《考古学研究》（三），科学出版社，1997 年。

［41］内蒙古文物考古研究所：《内蒙古准格尔旗二里半遗址第二次发掘报告》，《考古学集刊》第 11 集，中国大百

科全书出版社，1997年。

[42] 田广金：《内蒙古伊金霍洛旗朱开沟遗址Ⅶ区考古纪略》，《考古》1988年6期。

[43] 《岔河口史前环壕聚落发掘获重大发现》，《中国文物报》1998年6月7日。

[44] 鄂尔多斯博物馆：《准格尔旗寨子圪旦遗址试掘报告》，《万家寨——水利枢纽工程考古报告集》，远方出版社，2001年。

[45] 内蒙古文物考古研究所：《准格尔旗洪水沟遗址发掘报告》，《万家寨——水利枢纽工程考古报告集》，远方出版社，2001年。

[46] 乌盟文物站凉城文物普查队：《内蒙古凉城县岱海周围古遗址调查》，《考古》1989年2期。

[47] 内蒙古文物考古研究所、伊克昭盟文物工作站：《内蒙古准格尔煤田黑岱沟矿区文物普查述要》，《考古》1990年1期。

[48] 内蒙古乌兰察布盟文物工作站：《内蒙古商都县新石器时代遗址调查》，《考古》1992年12期；内蒙古文物考古研究所、商都县文物管理所：《内蒙古商都县两处新石器时代遗址的调查与试掘》，《北方文物》1995年2期；内蒙古文物考古研究所、乌兰察布博物馆、商都县文物管理所：《商都县章毛勿素遗址》，《内蒙古文物考古文集》（第2辑），中国大百科全书出版社，1997年。

[49] 晋中考古队：《山西太谷白燕遗址第一地点发掘简报》，《文物》1989年3期；晋中考古队：《山西太谷白燕遗址第二、三、四地点发掘简报》，《文物》1989年3期。

[50] 晋中考古队：《山西汾阳孝义两县考古调查和杏花村遗址的发掘》，《文物》1989年4期；晋中考古队：《山西楼烦、离石、柳林三县考古调查》，《文物》1989年4期；国家文物局、山西省考古研究所、吉林大学考古学系：《晋中考古》，文物出版社，1999年。

[51] 忻州考古队：《山西忻州市游邀遗址发掘简报》，《考古》1989年4期。

[52] 中国社会科学院考古研究所山西工作队：《山西石楼岔沟原始文化遗存》，《考古学报》1985年2期。

[53] 山西大学历史系考古专业、忻州地区文物管理处、五台县博物馆：《山西五台县阳白遗址发掘简报》，《考古》1997年4期。

[54] 山西省考古研究所、大同市博物馆：《山西大同马家小村新石器时代遗址》，《文物季刊》1992年3期。

[55] 北京大学考古系等：《山西大同及偏关县新石器时代遗址调查简报》，《考古》1994年12期。

[56] 张家口考古队：《1979年蔚县新石器时代考古的主要收获》，《考古》1981年2期；张家口考古队：《蔚县考古纪略》，《考古与文物》1982年4期。

[57] 陶宗冶：《河北张家口市考古调查简报》，《考古与文物》1985年6期。

[58] 河北省文物研究所：《河北阳原县姜家梁新石器时代遗址的发掘》，《考古》2001年2期；李珺、谢飞：《阳原县姜家梁新石器时代墓地》，《中国考古学年鉴》（1999），文物出版社，2001年。

[59] 郭瑞海、雷金铭：《宣化县龙门新石器时代遗址》，《中国考古学年鉴》（1999），文物出版社，2001年。

[60] 陕西省考古研究所陕北考古队：《陕西绥德小官道龙山文化遗址的发掘》，《考古与文物》1983年5期。

[61] 陕西省考古研究所、延安地区文管会、甘泉县文管所：《陕北甘泉县史家湾遗址》，《文物》1992年11期。

[62] 中国社会科学院考古研究所陕西六队：《陕西子长县栾家坪遗址试掘简报》，《考古》1991年9期。

[63] 陕西省考古研究所陕北考古队、榆林地区文管会：《陕西府谷县郑则峁遗址发掘简报》，《考古与文物》2000年6期。

[64] 岳连建：《神木寨峁龙山文化遗址》，《中国考古学年鉴》（1993），文物出版社，1995年。

[65] 吕智荣：《无定河流域考古调查简报》，《史前研究》1988年辑刊；安有为：《神木县新石器时代遗址调查简

报》，《考古与文物》1990 年 5 期；吕智荣：《陕西靖边县安子梁、榆林县白兴庄等遗址调查简报》，《考古》1994 年 2 期。

[66] 国家文物局主编：《中国文物地图集·陕西分册》，西安地图出版社，1998 年。

[67] 内蒙古自治区考古学会：《内蒙古西部地区原始文化的编年及相关问题》，《文物》1985 年 5 期；田广金：《内蒙古中南部新石器时代文化特征与年代》，《内蒙古文物考古》1986 年 4 期；张忠培、关强：《"河套地区"新石器时代遗存的研究》，《江汉考古》1990 年 1 期；魏坚、崔璇：《内蒙古中南部原始文化的发现与研究》，《内蒙古文物考古文集》（第 1 辑），中国大百科全书出版社，1994 年。

[68] 田广金：《内蒙古中南部仰韶时代文化遗存研究》，《内蒙古中南部原始文化研究文集》；田广金：《内蒙古中南部龙山时代文化遗存研究》，《内蒙古中南部原始文化研究文集》；高天麟：《黄河前套及其以南部分地区的龙山文化遗存试析》，《史前研究》1986 年 3、4 期。

[69] 许伟：《晋中地区西周以前古遗存的编年与谱系》，《文物》1989 年 4 期；张忠培：《论蔚县周以前的古代遗存》，《中国原始文化论集》，文物出版社，1989 年；巩启明、吕智荣：《榆林地区新石器时代文化遗存》，《中国考古学年会第八次年会论文集》（1991），文物出版社，1996 年。

[70] 杨杰：《晋陕冀北部及内蒙古中南部龙山时代考古学文化初探》，《内蒙古中南部原始文化研究文集》，海洋出版社，1991 年；许永杰、卜工：《三北地区龙山文化研究》，《辽海文物学刊》1992 年 1 期。

[71] 关于聚落研究的论文主要有田广金：《内蒙古长城地带石城聚落址及相关诸问题》，《纪念城子崖遗址发掘 60 周年国际学术讨论会文集》，齐鲁书社，1993 年；魏坚、曹建恩：《内蒙古中南部新石器时代石城址初步研究》，《文物》1999 年 2 期。关于人地关系研究的论文主要有田广金、史培军：《内蒙古中南部原始文化的环境考古研究》，《内蒙古中南部原始文化研究文集》，海洋出版社，1991 年；田广金、史培军：《中国北方长城地带环境考古学的初步研究》，《内蒙古文物考古》1997 年 2 期；史培军等：《内蒙古农牧交错地带环境考古学研究——考古文化分布与自然环境及其演变关系分析》，《内蒙古文物考古》1993 年 1～2 期。

[72] 田广金：《论内蒙古中南部史前考古》，《考古学报》1997 年 2 期。

[73] 严文明：《内蒙古中南部原始文化的有关问题》，《内蒙古中南部原始文化研究文集》，海洋出版社，1991 年。

[74] 戴向明：《海生不浪文化过程论》，北京大学考古学系硕士研究生毕业论文，1992 年。

[75] 苏秉琦：《晋文化问题——在晋文化研究会上的发言》，《华人·龙的传人·中国人——考古寻根记》，辽宁大学出版社，1994 年。

第一章　地理环境

在地球的历史长河中，全新世与人类的关系至为密切。全新世环境总体上虽然较为稳定，但也有小的变化。通过对北方地区现代地理环境的把握，结合对环境变化的研究，就可能了解整个全新世时期地理环境的大致状况。

地理环境由不同因素构成，每种因素都有各自的特性和分布规律，但又互相联系；根据各种因素的特性和组合可以划分出不同层次的地理区域。

一　地质与地貌

地质与地貌属非地带性因素，它们的发生发展和分布主要受地球内力所支配，分布一般不成带状，但黄土分布是个例外。

北方地区位于中国第二级阶梯东部偏北的边缘地带，属黄河中游黄土高原向内蒙古高原的过渡区。东部翻过太行山就是华北平原，北部越过大青山即进入浑善达克沙地，西部越过毛乌素沙地和库布齐沙漠即为北流的黄河干道[1]，南部不远就是汾、渭谷地。

该地区依地貌特征基本可分为中部黄土丘陵梁峁区、东部山地盆地区、西部沙地丘陵区和西北河套平原区4个地理单元，不同程度的黄土堆积是该区最主要的自然地理特征，黄河是联系该区的纽带。流经全区的黄河泥沙含量特大，淤积作用强盛，河道变迁频繁，易使洪水泛滥成灾。山地丘陵地形崎岖，对交通有很大影响。

1. 中部黄土丘陵梁峁区指南流黄河干道两侧的狭长地带，包括陕北大部、晋西和内蒙古的河曲一隅。在地质构造上属鄂尔多斯台坳，下伏基岩在北部是寒武、奥陶系灰岩，中、南部大多为上古生界、中生界砂岩、泥岩陆相碎屑岩系，其中三叠系和侏罗系地层内夹有煤层和含油层。更新世以来黄土的广泛堆积和流水的常年冲蚀切割，使原来的地表破碎成千沟万壑，形成特殊的黄土梁、峁地貌。地面海拔 800～1800 米，黄土厚度数十米至百余米不等。

该区所有河流均就近流向黄河，在黄河两侧呈枝状分布。在陕北境内者一般较长，无定河、窟野河、孤山川、皇甫川等所在区域，是我国水土流失最严重的地区，年侵蚀数可高达 2.0～3.0 万吨/平方公里甚至更多。地表切割极为破碎，沟谷纵横，其中沟谷与沟间地面积之比为1:1。晋西境内河流大多较短，最长的有三川河。流经内蒙古境内的有浑河。

2. 东部山地盆地区以太行山、吕梁山和阴山山脉东段为主体，包括小五台山、恒山、五台山、太岳山、管涔山、云中山、吕梁山、阴山和大青山等；其中间以一些断陷小盆地，自北而南为安固里淖、黄旗海和岱海所在的小盆地，以及张家口—宣化盆地、大同盆地、忻定盆地、太原盆地等。在大地构造上位于中朝准地台中部和燕山构造带。燕山运动形成了一系列平缓开阔的复背斜和复向斜，背斜构成今日的山地。而一些山间盆地主要是喜马拉雅运动期断块式垂直升降的结果。北部有广泛的火山岩喷出。山地区海拔一般约1500～2000米，五台山顶最高达3000余米；盆地区海拔一般在800～1000米。黄土厚度一般只有几十米，且都分布在山间盆地、河谷阶地和台地上。

该区属黄河和海河两大水系。宁武以南至太原盆地的汾河上、中游属黄河水系；忻定盆地的滹沱河上游、张家口—宣化盆地的洋河和大同盆地的桑干河均属海河水系；安固里淖、黄旗海和岱海地区属内流区域。该区黄土堆积较薄，水土流失也比较严重。

3. 河套平原（东段）是夹在阴山和鄂尔多斯高原之间的断陷冲积平原，又分后套平原和土默特平原。黄河流贯整个平原，主要支流为大黑河、小黑河。海拔1000米左右。

4. 西部沙地丘陵区位于鄂尔多斯高原中部、黄河河套以南，明长城以北。海拔多在1100～1500米之间。西北部略高，向东南缓缓倾斜，地表起伏不大，为台状干燥剥蚀高原。

黄土是在大陆内部干旱地带的粉尘物质受西风带的传送，经风力搬运而在草原环境下沉积的粉砂岩。无层理、富含碳酸盐、大孔隙。包括早更新世的午城黄土、中更新世的离石黄土和晚更新世的马兰黄土，以及全新世的新黄土。其中午城黄土仅在最南部隰县、永和一带有所发现，其余分布广泛。黄土经流水等营力的再搬运堆积，形成具有层理的次生黄土状堆积物，分布在黄土高原的河流及沟谷沿线。其粒度自西北向东南逐渐变细，从而可分为砂黄土和黄土两个带。其中米脂、兴县至五台山一线以南属典型黄土带，厚度一般在50～150米之间；黄土带西北逐渐过渡到砂黄土带，由粉质亚砂土组成，厚度一般在50～100米之间。但是，黄土在地表覆盖的海拔高度和厚度，除了和黄土源地的距离有关外，在很大程度上与地形有密切关系。黄土覆盖层的地表并非一个平整的倾斜面，而是随当时地形而起伏，随坡向不同而增减。

二　气候、土壤与植被

气候、土壤与植被为地带性因素，又称生物气候因素，它们的发生发展和分布主要受水热条件所支配，常呈带状分布。

北方地区地处我国东部季风区向西北内陆干旱区的过渡地带，大陆性季风气候显著。冬冷夏热，四季分明。热量与水分呈现自东南向西北递减的趋势，大致南部黄土带属暖温带，北部砂黄土带属温带景观。自东南向西北可划为暖温带半干旱森林草原－黑垆土地带、温带半干旱森林草原－黑钙土地带、温带半干旱草原－栗钙土地带，以及温带半干旱荒漠草原－灰钙土地带和温带半干旱草原化荒漠－淡灰钙土地带。年平均气温在 0 ~ 10℃ 之间，≥0℃ 的积温多在 2500 ~ 4000℃，由南向北递减，又受地形影响。1 月平均气温 -1 ~ -16℃，7 月平均气温 16 ~ 27℃。年降雨量在 200 ~ 600 毫米之间，自东南向西北逐渐减少：晋西、陕北多在 400 ~ 600 毫米之间，太原盆地 450 ~ 500 毫米，忻定盆地 450 毫米，至大同盆地已不足 400 毫米。但张家口盆地稍多，在 400 毫米左右。山地往往是多雨中心，太岳山、五台山、吕梁山的高山区，年降水量可达 700 毫米以上。降水主要集中在 6 ~ 8 月，70% 属暴雨降水。陕北子长以北是暴雨区，尤以神木、榆林一带大暴雨出现的几率和强度最为惊人。3 ~ 6 月空气干燥，日照充足，太阳辐射强，年辐射量为 46.0 ~ 63.0 亿焦/平方米，仅次于青藏高原和西北干旱区。

黄土土层深厚，疏松多孔，持水性较好，氮、磷、钾养分比较丰富，不需要进一步分化即可生长植物，有利于土壤的形成和发育，耕种容易，便于农业发展。植被、土壤与农业有显著的地域差别。在恒山以北为温带半干旱草原－栗钙土地带，河套平原区土壤以草甸土和盐化草甸土为主，农作物为春麦、莜麦、胡麻、马铃薯、谷子、玉米、甜菜等。植被为以本氏（短花）针茅、百里香组成的草原。农田土层薄，有机质含量低，单产偏低。恒山以南为暖温带半干旱森林草原－黑垆土地带，在山地丘陵盆地区植被和土壤有明显的垂直分异现象，农作物以冬麦、玉米、谷子、高粱等旱粮作物为主。水土流失和干旱、风沙、冰雹是影响农业的最大的自然灾害。严重的水土流失，使宜农耕地减缩，富含氮、磷、钾的表土和耕作层被冲走。陕北几乎年年干旱，干旱时间每年持续 6 ~ 7 个月。沙暴和冰雹发生的几率很高。

三　自然地理区划

自然地理区划结合地质、地貌、气候、土壤、植被、动物等非地带性和地带性因素，又考虑到各因素的发生发展、资源利用、环境整治，因而是一种综合性的区域划分办法。

按最新的中国自然地域划分方案，北方地区包括华北区黄土高原亚区陕北－陇东高原小区、山西高原小区和冀北山地小区的一部分，内蒙古区内蒙古东部亚区阴山山地东段小区、内蒙古中部亚区河套平原小区、鄂尔多斯高原小区的一部分（图二）[2]。

四 全新世环境演变

环境演变可从不同尺度进行观察。大尺度的变化一般是一个较大地域内共同发生的事情，小尺度的变化多具有地方性。关于全新世以来环境演变已经有了不少研究成果，结论却并不完全一致，其中的原因之一可能就是地方性的差异问题。这就要求我们先应当从本地区入手，然后再综合出更大范围内的环境演变过程。

北方地区较系统的关于环境演变的研究主要集中在鄂尔多斯地区和岱海－黄旗海地区，其他只在商都、冀西北、陕北等地区有过零星

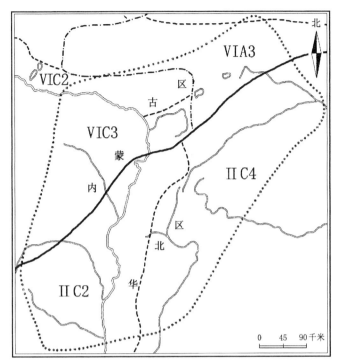

图二 北方地区自然区划[3]

IIC2、IIC4. 华北区黄土高原亚区陕北－陇东高原小区、山西高原小区和冀北山地小区　VIA3. 内蒙古区内蒙古东部亚区阴山山地东段小区　VIC2、VIC3. 内蒙古区内蒙古中部亚区河套平原小区、鄂尔多斯高原小区

的工作。由于北方地区在气候上基本属于一个过渡区，生态环境和气候的变化敏感，因此正是研究环境演变的理想地带。

经研究者系统整理，为我们提供了一个关于鄂尔多斯地区环境演变的很有规律性的结论[4]：全新世以来干湿、冷暖波动明显，降水与温度变化基本一致，总体显示出干旱化趋势。距今 10000 年以来的相对冷干与暖湿变化存在大致 2000 年的准周期：距今9000、7000、5000、3000、1000 年前后为相对冷干时期，期间为相对暖湿时期。其中距今 7000、5000、3000 年的降温干燥非常明显（图三、四）。另外，干燥期正好是流沙大发展时期，湿润期正好是沙质古土壤发育时期。在另外的论文中，作者将冷干期具体拟定在距今 8900～8600、7250～6950、5400～4600、3600～2600 年[5]。这几段的中心值分别在距今 8750、7100、5000、3100 年，和上述结论大体一致。

岱海—黄旗海地区环境变化与鄂尔多斯大体相似，但有些年代方面的细节还需要讨论[6]。

1. 第一个冷干期的中心年代。从岱海湖相沉积特征来看，全新世早期湖面回升，但

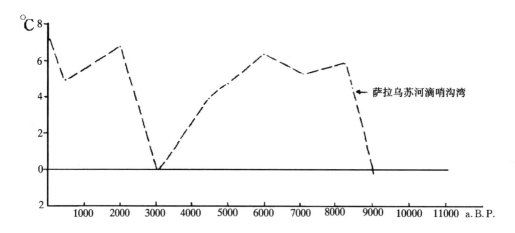

图三　鄂尔多斯地区 10^4 年冷暖变化过程[7]

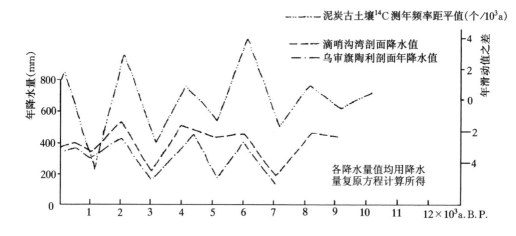

图四　鄂尔多斯地区 10^4 年干湿变化过程[8]

在距今 8500 年左右湖面又迅速下降至年均温度 0℃左右，出现冰缘气候。这与鄂尔多斯地区冷干中心距今 8750 年左右这个数据接近。

2. 第二个冷干期的中心年代。从植被演替情况看，距今 8000 年左右代表温暖气候的松占优势，但不久代表温凉气候的桦又占优势，距今 7000 年以后松属越来越多。这种冷暖波动和鄂尔多斯没什么不同，冷期的中心年代大约确在距今 7100 年左右。

3. 第三个冷干期和中全新世气候最适宜期。距今 5000 年前后，湖面降到前所未有的低谷，出现冰缘气候（表一，图五）。这和鄂尔多斯的情况完全吻合。不过湖水下降的开始时间大致在距今 5500 年左右。另外，在距今 6600 年左右有一次短暂小幅度降温。这样就把北方地区稳定的全新世中期气候最适宜期限制在距今 6600～5500 年之间。石虎山 I 聚落（约距今 6500 年）大量水牛骨骼的发现，就是当时气候颇为暖湿的证明[9]。

表一 　　　　　　　　　　岱海距今 11000～1000 年湖面变化数据表[10]

时期（年）	湖面高程（米）	最大深度（米）	平均深度（米）	湖水面积（平方公里）
距今 1000	1229	22.5	10.24	234.5
距今 1500	1227	20.0	9.22	189.6
距今 2000	1228	21.5	9.64	216.3
距今 3500	1227	20.0	9.22	189.6
距今 4000	1228	21.5	9.64	216.3
距今 5000	1227	20.0	9.22	189.6
距今 8000	1253	46.5	22.34	391.2
距今 9000	1250.5	44.0	21.52	333.6
距今 10000	1247	40.5	19.45	320.4
距今 11000	1245	38.5	18.06	311.6

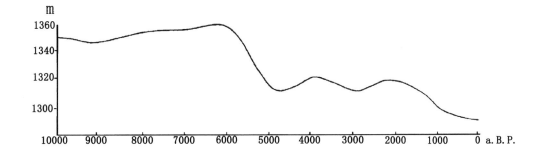

图五　10000 年来黄旗海湖面水位变化曲线[11]

4. 第三、四个冷干期之间的气候波动。距今 3000 年左右，湖面再次降到低谷，出现冰缘气候，植被以桦为主，这和鄂尔多斯地区是相同的。但在岱海－黄旗海地区还发现几次小的气候波动：距今 4500 年左右老虎山东侧剖面出现代表植被发育的古土壤层，之后见有代表较大洪冲积过程的砾石层（图六）[12]。从黄旗海剖面看，距今 4500 年左右湖面稍有回升。从岱海苜花河口剖面来看，距今 4300 年前后岱海地区的气温几乎降到 0℃左右（图七），降水也有明显减少（图八）。

总体来看，岱海－黄旗海地区气候变化要比鄂尔多斯地区敏感。这大概是由于它正处于北方季风尾间区东西摆动的中轴线上，即农牧交错带东西部的转换地带，加上湖区地貌环境复杂的缘故。鄂尔多斯和岱海－黄旗海地区的环境演变应基本能代表北方地区全新世的情况。

多项研究成果表明，中国其他地区全新世环境演变的情况与北方地区略同，即都经

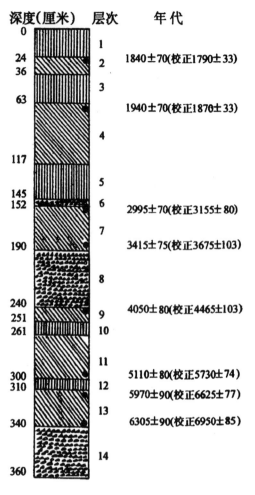

图六　老虎山遗址东侧自然剖面
1、3.砂黄土　2.浅黑色古土壤　4.浅黑色粉砂土
5、10、12.灰黄色粉砂土　6、14.小砾石层　7.黑色
古土壤　8.黑色砂土与砾石层　9、11、13.黑砂土

历了气候渐趋暖湿至最高峰，然后逐渐下滑的过程。其中间一段总体上最为暖湿的时期又被称为"大暖期"[13]。关于这段暖湿时期的开始和结束年代，存在多种近似的意见，综合起来大致在距今8500～3000年之间[14]；关于该时期内气候存在几次程度不等的冷暖、干湿波动的问题，也已是大家的共识。这里只就一些年代细节略加讨论。

1．据中国沿海全新世海平面变化分析，在距今7000和8000年之间有一次很明显的低海面时期，距今6000多年时的低海面幅度略小，距今5500、5000、4000、3000年和1000年左右也都存在小幅度的低海面时期。这些都基本和岱海－黄旗海的情况吻合（图九）[15]。因此说距今7200～6000年间为稳定的暖湿阶段并不十分确切[16]。但该阶段确实总体上属于大暖期"鼎盛阶段"，当时华南气温可能比现在高1℃，长江流域高2℃，河北、东北、西北高3℃，青藏高原高4～5℃，冬季升温幅度更大于平均温度。百年级的增暖伴随夏季风的扩张和冬季寒潮的衰退，植被带北移西迁，北方地区降水量普遍增长[17]。

2．在甘肃东部[18]、北京地区[19]、东部沿海[20]等地都可观察到距今5500年左右以后气候向干凉方向的转变，这也与北方地区的情况吻合。有人认为距今5800～4900年间为"第二新冰期"，且冷锋出现于距今5300年左右，与上述意见并无本质的不同[21]。

3．据对豫东南地区的研究，距今4500年前后气候温暖湿润，河谷下切浅而宽；距今约4300～4200年开始稍趋冷干，河谷淤塞；距今3800年左右又转暖湿，河谷下切深而窄[22]。在东部沿海也有距今4600～4300年为湿热期的证据[23]。除距今3800年左右的暖湿期外，其余基本和岱海－黄旗海地区的情况相同。

另外，北方地区乃至中国全新世温度波动与全球过程基本一致，显示了千年尺度的温度变化主要受全球性因素制约（图一〇），而降水变化的地方性则要远大于温度变

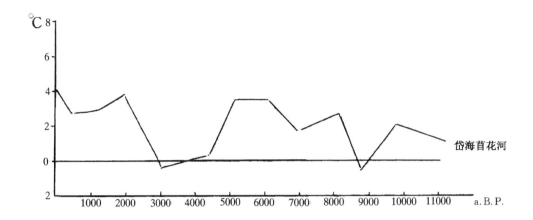

图七　岱海苴花河淤土坝剖面 10^4 年温度变化[24]

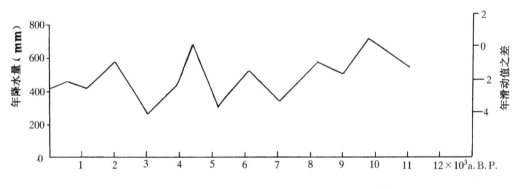

图八　岱海苴花河淤土坝剖面 10^4 年降水变化[25]

化[26]。

从以上分析可以看出，中国其他地区乃至全球全新世环境演变的情况基本支持关于北方地区的研究结论，但不一致的地方也还不少。由于研究方法、测年手段等的差异而造成的不一致[27]，当随着研究的深入逐步解决；由于地区差异而出现的不一致本身就是研究的一项内容。无论如何，在考虑到大范围环境演变的情况下，我们对北方地区环境演变的认识还得立足于该地区本身。

[1]包头－东胜一线以西有一隆起的南北向缓脊，此脊线以东为半干旱的黄土低山丘陵区，以西为干旱的半荒漠高平原区。见史培军：《地理环境演变研究的理论与实践——鄂尔多斯地区晚第四纪以来地理环境演变研究》，科学出版社，1991 年。

[2] 任美锷、包浩生主编：《中国自然区域及开发整治》，科学出版社，1992 年。

[3] 根据《中国自然区域及开发整治》一书的图 5.2 和图 9.4 改绘。

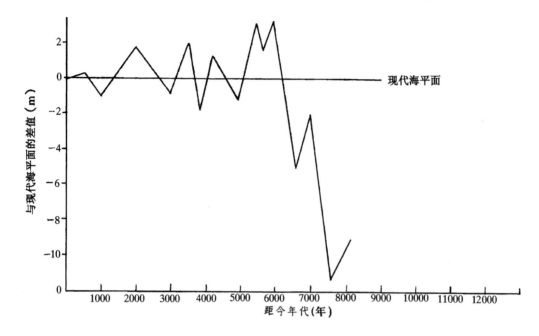

图九　中国沿海全新世海平面变化曲线[28]

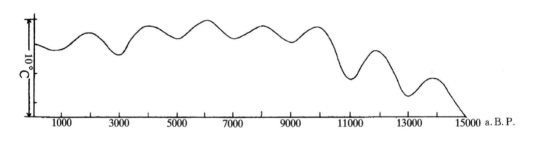

图一〇　全球 10^4 年冷暖变化过程[29]

[4] 史培军:《地理环境演变研究的理论与实践——鄂尔多斯地区晚第四纪以来地理环境演变研究》,科学出版社,
　　1991 年;张兰生、史培军、方修琦:《中国北方农牧交错带(鄂尔多斯地区)全新世环境演变及未来百年预
　　测》,《中国北方农牧交错带全新世环境演变及预测》,地质出版社,1992 年。

[5] 史培军等:《10000 年来河套及邻近地区在几种时间尺度上的降水变化》,《黄河流域环境演变与运行规律研究文
　　集》,地质出版社,1991 年。

[6] 刘清泗、汪家兴、李华章:《北方农牧交错带全新世湖泊演变特征》,《区域·环境·自然灾害地理研究》,科学出
　　版社,1991;刘清泗、李华章:《中国北方农牧交错带(岱海 – 黄旗海地区)全新世环境演变》,《中国北方农
　　牧交错带全新世环境演变及预测》,地质出版社,1992 年。

[7] 根据史培军《地理环境演变研究的理论与实践——鄂尔多斯地区晚第四纪以来地理环境演变研究》图 7~11 改
　　绘,科学出版社,1991 年。

[8] 根据史培军《地理环境演变研究的理论与实践——鄂尔多斯地区晚第四纪以来地理环境演变研究》图 7~15 改
　　绘,科学出版社,1991 年。

[9] 黄蕴平：《石虎山 I 遗址动物骨骼鉴定与研究》，《岱海考古（二）——中日岱海地区考察研究报告集》，科学出版社，2001 年。

[10] 引自刘清泗、汪家兴、李华章：《北方农牧交错带全新世湖泊演变特征》表 1，《区域·环境·自然灾害地理研究》，科学出版社，1991 年。

[11] 引自刘清泗、李华章：《中国北方农牧交错带（岱海－黄旗海地区）全新世环境演变》图 6，《中国北方农牧交错带全新世环境演变及预测》，地质出版社，1992 年。

[12] 内蒙古文物考古研究所：《岱海考古（一）——老虎山文化遗址发掘报告集》，科学出版社，2000 年。

[13] 施雅风、孔昭宸等：《中国全新世大暖期气候与环境》，海洋出版社，1992 年。

[14] 施雅风、孔昭宸等：《中国全新世大暖期气候与环境》，海洋出版社，1992 年。

[15] 赵希涛、张景文：《中国沿海全新世海面变化的基本特征》，《中国第四纪研究》1985 年 6 卷 2 期。

[16] 施雅风等：《中国全新世大暖期的气候波动与重要事件》，《中国科学》（B 辑）1992 年 12 期。

[17] 施雅风等：《中国全新世大暖期鼎盛阶段的气候与环境》，《中国科学》（B 辑）1993 年 8 期。

[18] 赵邠：《甘肃省天水市两个新石器时代遗址的孢粉分析》，《环境考古研究》（第一辑），科学出版社，1991 年。

[19] 孔昭宸：《北京地区 10000 年以来的植物群发展和气候变化》，《植物学报》1982 年 24 卷 2 期。

[20] 杨怀仁、谢志仁：《中国近 20000 年以来的气候波动与海面升降运动》，《第四纪冰川与第四纪地质论文集》(第二集)，地质出版社，1985 年；龙虬庄遗址考古队：《龙虬庄——江淮东部新石器时代遗址发掘报告》，科学出版社，1999 年。

[21] 施雅风等：《中国全新世大暖期的气候波动与重要事件》，《中国科学》（B 辑）1992 年 12 期。

[22] 北京大学考古学系、驻马店市文物保护管理所：《驻马店杨庄——中全新世淮河上游的文化遗存与环境信息》，科学出版社，1998 年。

[23] 杨怀仁、徐馨：《中国第四纪古环境与古气候》，《第四纪冰川与第四纪地质论文集》（第二集），地质出版社，1985 年。

[24] 根据史培军《地理环境演变研究的理论与实践——鄂尔多斯地区晚第四纪以来地理环境演变研究》图 7～11 改绘，科学出版社，1991 年。

[25] 根据史培军《地理环境演变研究的理论与实践——鄂尔多斯地区晚第四纪以来地理环境演变研究》图 7～15 改绘，科学出版社，1991 年。

[26] 参见史培军：《地理环境演变研究的理论与实践——鄂尔多斯地区晚第四纪以来地理环境演变研究》，科学出版社，1991 年；史培军、方修琦：《中国北方农牧交错带与非洲萨哈尔带全新世环境演变的比较研究》，《中国北方农牧交错带全新世环境演变及预测》，地质出版社，1992 年；周尚哲等：《中国西部全新世千年尺度环境变化的初步研究》，《环境考古研究》（第一辑），科学出版社，1991 年。

[27] 陈铁梅：《环境考古研究中应用 [14]C 测年数据的若干问题》，《环境考古研究》（第一辑），科学出版社，1991 年。

[28] 赵希涛、张景文：《中国沿海全新世海面变化的基本特征》，《中国第四纪研究》1985 年 6 卷 2 期。

[29] 转引自史培军《地理环境演变研究的理论与实践——鄂尔多斯地区晚第四纪以来地理环境演变研究》图 7～12，科学出版社，1991 年。

第二章 文化分期

与民族学和人类学相比，考古学很大的一个优点便是其时间上的深度[1]。在长时段的历史过程中可以把握事物发展变化的趋势和规律，尽可能地避免片面和肤浅。所以考古年代学固然是文化谱系研究的基础，同时也是聚落考古的前提。文化分期实际上是解决不同的文化遗存谁早谁晚的相对关系亦即相对年代问题，主要依据的是考古地层学和类型学方法。它虽然只能表示相对早晚，难以进行缺乏关联的文化之间的年代对比，但其结果却具有绝对意义，而且应用范围十分广泛。^{14}C 测年等绝对年代测定方法虽然可以表示具体的太阳年，可以基本不受地区性、文化性因素的限制，但在目前仍存在一定的精度问题，应用范围有所限制。所以将二者结合起来构建考古遗存的时间序列至今无疑仍是恰当的选择[2]。

文化分期的对象自然可以是所有文化遗存和遗存的各个方面，但出发点却应是分期意义上的典型遗址、典型单位和典型器物。典型器物一般是某些数量较多、变化敏感的陶容器，典型单位多指那些层位清楚、共存较多典型器物的地层单位，而典型遗址除包含较多典型单位外，最好这些单位间还存在清楚的叠压打破关系。"遗址标型器物的分期确定以后，应当用它衡量每一个遗迹和地层单位，从而将各种遗迹和自身的时代特征不很明显的其他物品也一一进行分期"[3]。将典型遗址的分期确定后，就可以与周围其他的典型遗址比较，综合成可以适用于一个小区的分期；并以此衡量这个小区内其他一般性遗址的分期。把各个小区的分期再综合对比，就得出一个考古学文化或文化区的分期[4]。这样的分期就会主次分明、层次清楚。

本文依自然地理条件和考古学文化的大致情况，把北方地区划为内蒙古中南部、晋中北与冀西北、陕北 3 个小区，先从典型遗址的分析出发，再归纳出各小区的分期，最后综合成整个地区的分期。

第一节 内蒙古中南部

一 典型遗址分析

该小区又可分为西部的河套与鄂尔多斯黄河两岸地区，东部的岱海—黄旗海—商都地区。西部有鲁家坡、白泥窑子（A）、南壕、西园、寨子塔、朱开沟（Ⅶ）、二里半、洪水沟等典型遗址，东部有章毛乌素、石虎山Ⅰ、石虎山Ⅱ、王墓山坡下、大坝沟、庙子沟、王墓山坡上、园子沟和老虎山等典型遗址。以下对各个遗址加以分析。

鲁家坡　发掘者将其分为3期。从地层关系来看，属第三期的H7打破第二期的F2，F2又打破第一期的F5；属第三期的H12打破第一期的F6。另外，叠压于第1层下的遗迹单位属第二、三期，叠压于第2层下的遗迹单位均属第一期。

第一期以F5、F6和H19为代表，见成组的红褐色窄条纹彩陶。主要器类有施绳纹、旋纹或二者兼施的敛口罐、敛口瓮，饰旋纹或素面的窄沿盆、素面敞口或直口钵、红顶钵，折唇小口壶、矮领双耳壶和尖底罐等。第二期以F1、F2和F9为代表。主要有绳纹折沿罐、敛口瓮、盆，素面或口沿外饰黑彩带的微敛口或直口平底钵，环形小口尖底瓶和火种炉等。第三期以H3、H12和F8为代表，见窄带或弧线纹图案的黑或红色相间的彩陶。流行施绳纹、附加堆纹的卷沿或折沿罐，大口瓮，小口双耳罐，素面的敛口或折腹钵，施篮纹的喇叭口小口尖底瓶等（图一一）。

石虎山Ⅰ与Ⅱ遗址　Ⅰ遗址的环壕堆积可分为3层，所出陶器有绳纹圜底釜、鼎、绳纹罐、红顶钵、折唇壶等，但①层的釜和罐直口或口微敛，罐口部多无舌状錾，无素面釜；③层的釜和罐敛口较甚，罐口部附舌状錾，有素面釜；②层与①层基本相同。这些小的差别应当具有分段意义。Ⅱ遗址文化面貌与Ⅰ遗址环壕遗存大同小异，但陶器几乎均为素面，釜和罐敛口，罐口部附舌状錾，壶多直口或微侈，另见一种尖唇溜肩壶，无红顶盆，总体与Ⅰ遗址G③陶器更为接近。这样，从Ⅱ遗址F3组、Ⅰ遗址G③到Ⅰ遗址G①，陶器表现出从早至晚的渐变现象，我们至少可以将其明确分为以Ⅱ遗址F3组和Ⅰ遗址G①为代表的2段（图一二）。

王墓山坡下　可分为2期，Ⅰ区属早期的全部房址均叠压于属晚期的第3层下。

早期以Ⅰ区F1、F5为代表。流行口沿外饰宽黑彩带的大直口钵，以及口沿外饰黑色斜线三角形纹的小敛口钵，还常见黑色变体鱼纹、花瓣纹彩陶。共存器类主要有雏环形和环形小口尖底瓶、绳纹或旋纹折沿罐、敛口瓮、斜弧腹卷沿盆、斜直腹盆、火种炉和口沿外有乳钉装饰的大口尖底罐等。该期又可分为以F1为代表的前段和以F5为代表的后段：前段不见口沿外饰黑色斜线三角形纹的小敛口钵，小口尖底瓶为雏环形口，器物十分规整，纹饰清晰峻深；后段出现口沿外饰黑色斜线三角形纹的小敛口钵，小口尖底瓶基本为环形口，器形、纹饰均不如前规整。晚期以Ⅰ区H32和Ⅱ区F2为代表，在钵、盆上除黑彩外，还出现红色、红褐色、紫色彩；除外彩外，还有内彩；流行在钵的口沿外先涂黑彩带，再画出红色斜线纹；新出窄带纹、鳞纹以及成熟的勾叶三角纹等彩

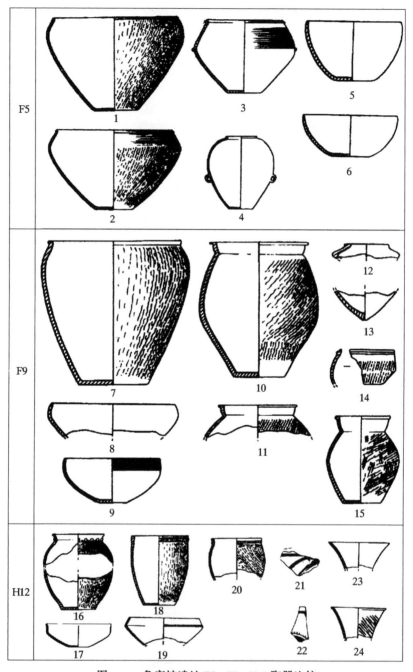

图一一　鲁家坡遗址 F5、F9、H12 陶器比较

1、2、7、14、18. 瓮（F5:2、F5:1、F9:1、F9:7、H12:1）　3、10、11、15、16、20. 罐
（F5:4、F9:2、F9:6、F9:3、H12:16、H12:10）　4. 壶（F5:5）　5、6、8、9、17、19. 钵
（F5:6、F5:7、F9:10、F9:4、H12:3、H12:13）　12、13、23、24. 小口尖底瓶（F9:8、F9:
9、H12:11、H12:12）　21、22. 彩陶片（H12:14、H12:15）

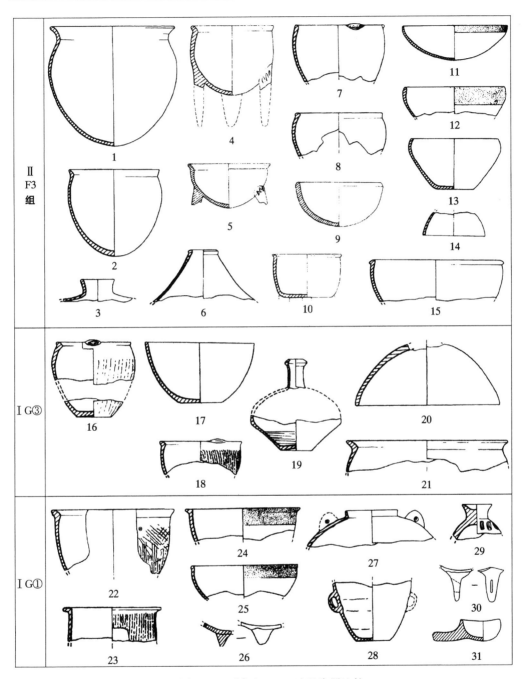

图一二　石虎山Ⅰ、Ⅱ遗址陶器比较

1、2、21、22. 釜(ⅡF3:4、ⅡH3:4、IG③:47、IG①:139)　3、6、19、27、28. 壶(ⅡH16:3、ⅡH5:1、IG③:29、IG①:124、IG①:125)

4、5、10、30. 鼎(ⅡF1:1、ⅡF9:3、ⅡF1:01、IG①:199)　7、8. 素面罐(ⅡH3:7、ⅡF13:04)　9、11～13、17、25. 钵(ⅡF3:6、

ⅡF9:2、ⅡF9:8、ⅡF3:9、IG③:18、IG①:106)　14、20、29. 器盖(ⅡF3:011、IG③:19、IG①:193)　15、24. 盆(ⅡF13:1、IG①:

129)　16、18、23. 绳纹罐(IG③:20、IG③:21、IG①:157)　26. 器足(IG①:206)　31. 勺(IG①:80)

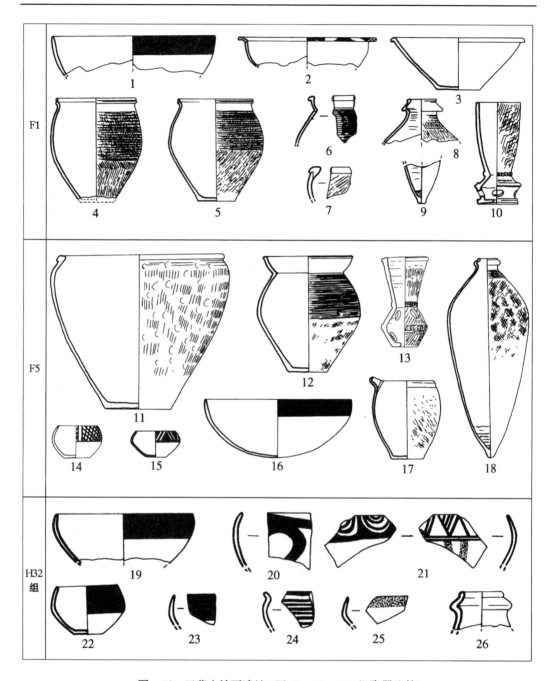

图一三　王墓山坡下遗址 I 区 F1、F5、H32 组陶器比较

1、14～16、19～23、25.钵（F1:8、F5:5、F5:4、F5:8、H32:3、T1123③:5、T1224③:3、H32:8、T0101③:2、
T1016③:2)　2、3、24.盆（F1:20、F1:12、T1016③:6)　4～6、12、17.罐（F1:19、F1:18、F1:13、F5:14、
F5:13)　7、11.大口瓮（F1:14、F5:11)　8、9、18、26.小口尖底瓶（F1:21、F1:22、F5:19、T0529③:5)
10、13.火种炉（F1:17、F5:6)

陶图案；见典型的环形小口尖底瓶
（图一三）。

　　章毛乌素　该遗址被分为4期，
分别以T3③、F1、T3②和T3①为代
表，其中F1叠压于T3第2层下。
实际上T3③和F1难以明确分开，
暂时作为同期；T3②和T3①中都出
有颈部箍附加堆纹的绳纹罐，且后
者暴露于地表，也以暂时将二者视
为大体同期为宜。

　　第一期以F1为代表，有铁轨式
口沿的绳纹罐、素面或饰圆点、勾
叶、三角纹彩陶的卷沿曲腹盆等器
类。第二期以T3②为代表，除颈部
箍附加堆纹的绳纹罐外，还有绳纹
筒形罐、素面罐等（图一四）。

　　这二期分别可与鲁家坡后二期
互相对应。

　　白泥窑子　该遗址被分成A～L
共11个点（区）。其中A点遗存被
发掘者分成所谓"白泥窑文化"和
"阿善文化"两大期，"白泥窑文化"
又被从早到晚分为T1②、F2和F4
这3个组。属"阿善文化"的H8打
破"白泥窑文化"F2组的H5，H5

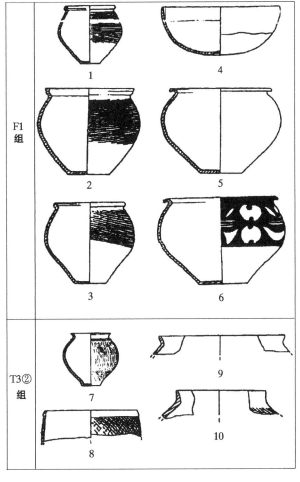

图一四　章毛乌素遗址F1和T3②组陶器比较

1～3、7、10.罐（F1:3、F1:1、F1:2、T3②:7、T3①:1）　4.钵
（F1:6）　5、6.盆（F1:5、F1:4）　8.筒形罐（SZC:67）9.素面
罐（T8①:2）

叠压于T1①层下并打破T1②层，F4打破T12②层。但F2和F4组之间并无可确定早晚
的地层证据。

　　T1②组彩陶均为黑彩，多属钵口沿外的宽带纹，也有圆点、勾叶、三角纹。主要器
类有绳纹或旋纹铁轨式口沿罐、绳纹敛口瓮，素面或口沿外饰黑彩带的直口圜底钵，环
形小口尖底瓶和火种炉等。F4出土陶器与此近同。F2组陶器绳纹粗疏，并开始在卷沿
绳纹罐的颈部箍一周附加堆纹或粘贴一圈泥饼。其余绳纹罐口沿缩短成唇外贴边，未见
铁轨式折沿罐。素面和圆点、勾叶、三角纹彩陶盆的口沿也均变短。火种炉矮胖，小口
尖底瓶的环形口退化。新见大口尖底瓶、圈足或矮圈足盆（图一五）。

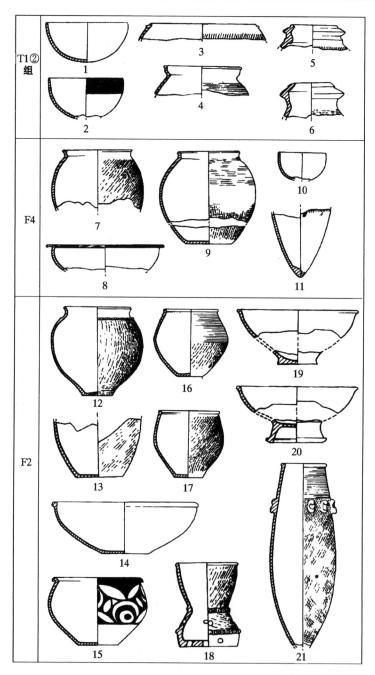

图一五　白泥窑子遗址 A 点 T1②组、F4、F2 陶器比较

1、2、10. 钵(T12②:5、T12②:6、F4:15)　3. 瓮(T12②:1)　4、7、9、12、13、16、17. 罐
(T12②:7、F4:3、F4:2、F2:6、F2:3、F2:5、F2:4)　5、6、11. 小口尖底瓶(T1②:4、T9②:
3、F4:1)　8、14、15、19、20. 盆(F4:25、F2:7、F2:2、F2:16、F2:12)　18. 火种炉(F2:8)

　21. 大口尖底瓶(F2:1)

如此，虽然 F4 打破②层，但并无分段意义，更不会是 F4 晚于 F2 而应相反。T1②组与鲁家坡第二期特征近似，时代亦应相当；F2 组绳纹罐类明显有向鲁家坡第三期同类器过渡的特征。此外，H8 仅见折棱处压印一周方格纹的敛口钵 1 件器物。

西园 两次发掘均被分为 3 期。其第一期遗存的陶片都是从晚期地层单位中辨析而出，特征与白泥窑子 A 点 T1②组近似。至于作为主体的第二、三期遗存，还得进一步分析。

1988 年发掘的二、三期遗存，被各分为 2 段[5]。其中第二期晚段 F4 组的 H7，打破早段典型单位 F26；第三期的典型单位 F1 叠压 F4。但第三期发表陶器的单位间未见叠压打破关系，发表的各单位陶器也无明显差异，故以暂不分段为宜。F26 组器类有曲颈的小口双耳罐、颈部箍一周附加堆纹的绳纹罐、直口折腹钵、敛口曲腹钵、筒形罐等。与鲁家坡H12 陶器近似。F4 组有斜直颈的小口双耳罐、颈部和上腹施附加堆纹的篮纹罐、饰网纹和双勾纹彩陶图案的敛口曲腹钵、绳纹大口瓮、篮纹喇叭口尖底瓶等。这两组基本器类近同，只是特征有所变化。F1 组有篮纹罐、压印纹罐、敛口折腹钵、敛口折腹盆、横篮纹斜弧腹盆、口沿外箍多周附加堆纹的直壁缸等（图一六）。

以上 F26、F4、F1 这 3 组，分别与 1985 年发掘的被定为二期早段的 H51 组、二期晚段的 H40 组和三期的 F4 组近同。1985 年发掘的 F4 直接叠压 H40，F4 所叠压的⑤A 层下有 H51 开口。

南壕 发掘者将"仰韶晚期遗存"分为 3 期：第一期以第一地点第 2 层和第 2 层下叠压的 IF17 等为代表，第二期以第一地点第 1 层下叠压的 IF11 等及第二地点第 2 层为代表，第三期以第二地点第 1 层下叠压的 ⅡF6 等为代表。

第一期器类有小口双耳罐、侈口绳纹罐、直口筒形罐、喇叭口小口尖底瓶、直口或敞口折腹钵、敛口曲腹钵等，其中小口双耳罐和曲腹钵等多有彩陶装饰，一般为三角纹、圆圈纹、鳞纹、绞索纹、菱形纹、平行线纹等组成的繁缛复杂的复合图案，内彩发达。第二期小口双耳罐鼓腹近折；绳纹罐最宽处上移；筒形罐和折腹钵敛口；彩陶退化成潦草的弧线纹、三角纹等，少见复彩和内彩。第三期小口双耳罐颈部拍篮纹；绳纹罐最宽处继续上移，个别有花边；筒形罐和折腹钵敛口更甚；彩陶进一步退化，并见篮纹缸（图一七）。

大坝沟与庙子沟 大坝沟遗存可分为 3 期，第三期以②层为代表，第一和第二期的遗迹单位均叠压于②层下，且属二期的 F1 打破一期的 F6。庙子沟 H5 和 H98 组分别与大坝沟的第二、三期相当[6]。

第一期的小口双耳罐斜折沿外撇，中腹面突出近直；绳纹罐折沿，中腹有双鸡冠錾

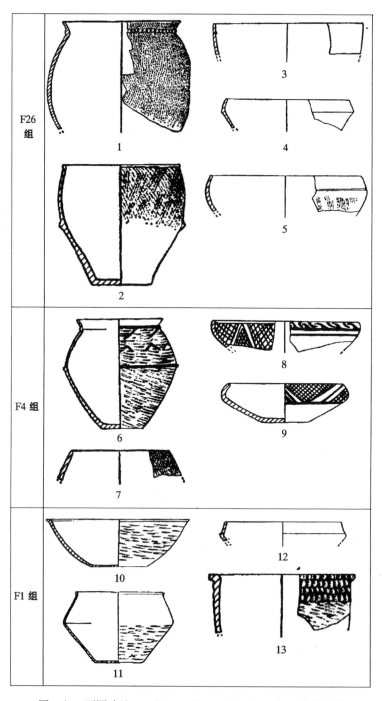

图一六　西园遗址 F26 组、F4 组、F1 组（1988 年）陶器比较

1、6. 罐（F31:6、F4:4）　2. 筒形罐（F26:10）　3～5、8、9、12. 钵（F31:3、
F26:2、F31:2、F4:18、H7:1、F1:1）　7. 大口瓮（F4:16）　10、11. 盆（T807
②:1、F9:12）　13. 直壁缸（F1:3）

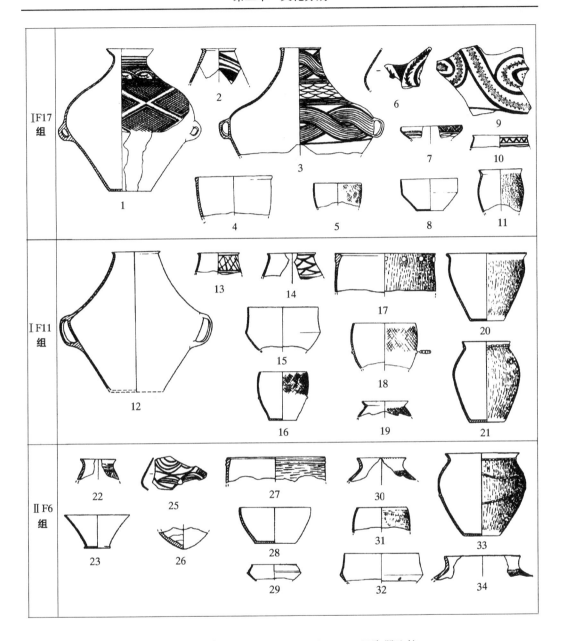

图一七　南壕遗址 IF17 组、IF11 组、ⅡF6 组陶器比较

1～3、6、9、10、12～14、22、25. 小口双耳罐（ⅠH2∶1、ⅠF17∶3、ⅠH2∶3、ⅠF17∶11、ⅠH2∶7、ⅠF17∶4、ⅠH5∶2、ⅠH79∶1、ⅠF12∶2、ⅢH3∶2、ⅢH6∶1）　　4、5、16、18、31. 筒形罐（ⅠF17∶1、ⅠF17∶9、ⅠF11∶1、ⅠF11∶2、ⅡF2∶2）　　7、8、15、28、29、32. 钵（ⅠH2∶5、ⅠH2∶2、ⅠF11∶5、ⅡF6∶2、ⅡF2∶3、ⅡF9∶1）　　11、19、21、30、33、34. 绳纹罐（ⅠF17∶2、ⅠF11∶20、ⅠF11∶6、ⅡF6∶1、ⅡF6∶5、ⅡF9∶2）　　17、27. 缸（ⅠF11∶4、ⅡF9∶3）　　20. 深腹盆（ⅠF11∶3）　　23. 碗（ⅡF6∶3）　　26. 尖底瓶（ⅡH35∶7）

并箍附加堆纹；筒形罐敞口，口外贴边并压出花边；大口瓮和钵直口。第二期的小口双耳罐斜折沿上扬，中腹圆鼓；绳纹罐折沿微卷，颈部箍附加堆纹；筒形罐口微敛，口外箍附加堆纹；大口瓮口微敛，钵敛口。第三期的小口双耳罐折沿近竖，鼓腹；绳纹罐卷沿，筒形罐和大口瓮敛口更甚（图一八）。

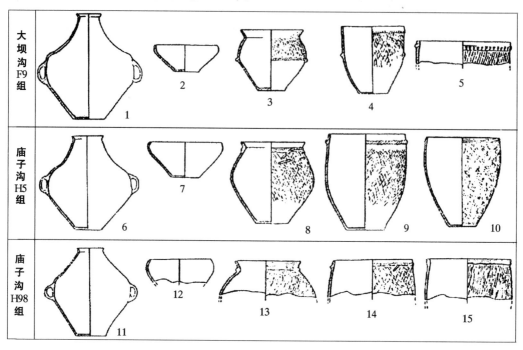

图一八　大坝沟 F9 组、庙子沟 H5 组与 H98 组陶器比较[7]

1、6、11. 小口双耳罐（大 F9：1、庙 H5：4、庙 H98：13）　　2、7、12. 钵（大 H25：1、庙 H5：3、大 T2①：12）　　3、

8、13. 绳纹罐（大 F9：4、庙 H81：4、大 T3①：3）　　4、9、14. 筒形罐（大 H16：9、庙 H58：2、大 T2②：10）　　5、

10、15. 大口瓮（大 H4：5、庙 H5：2、庙 H98：28）

王墓山坡上　该遗址被分为早晚 2 段，属晚段的 F10 打破早段的 F19。早段绳纹罐多圆腹大底，大口瓮口微敛，与大坝沟二期近似。晚段绳纹罐鼓肩，大口小底，大口瓮敛口较甚，小口双耳罐鼓腹或尖鼓腹，与大坝沟三期近似（图一九）。

寨子塔　发掘者将其分为 4 个阶段，其中第一、二阶段为新石器时代遗存。第一阶段又被分为 3 期，分别以第 4、3、2 层为代表。实际上第 3 层下的遗迹单位也可自成一期。第二阶段的遗迹单位叠压于第 1 层下。地层叠压关系见于各探方。

第一期以 T16④为代表，器类见小口篮纹罐、口沿外箍多周附加堆纹的直壁缸、口沿饰红彩的敛口斜腹钵、深弧腹杯形小口尖底瓶等。第二期以 H98 为代表，有篮纹罐、敛口瓮、直壁缸、折腹盆、斜腹盆、高领罐等，尖底瓶退化为底部近平。第三期以 T16③为代表，见翻缘绳纹罐，篮纹罐颈部的附加堆纹变少或消失，小口瓶应已演变为平

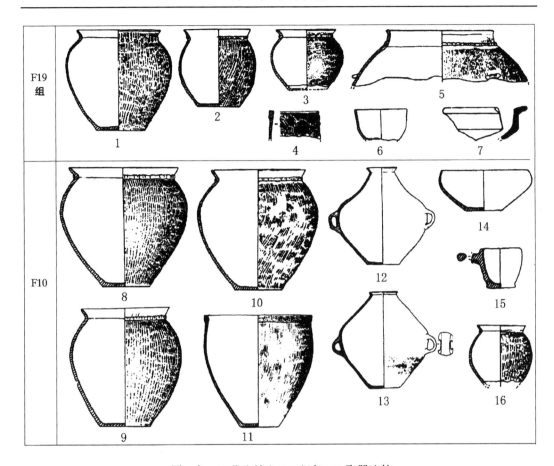

图一九 王墓山坡上 F19 组与 F10 陶器比较

1～3、5、8～11、16. 绳纹罐（F19:1、F19:2、F8:6、F8:5、F10:5、F10:06、F10:05、F10:2、F10:19） 4. 大口瓮（F8:8） 6、14. 钵（F8:10、F10:9） 7. 豆（F8:06） 12、13. 小口双耳罐（F10:3、F10:1） 15. 杯（F10:18）

底，新出折盘豆。这三期流行横篮纹，并见少量曲线纹图案的红色彩陶或彩绘陶片（图二〇）。

第四期以 F15 为代表，见斜腹盆、双腹盆、折盘豆、大镂孔矮圈足豆、浅弧盘高柄豆等；篮纹罐或方格纹罐的颈部无附加堆纹，并流行篮纹和方格纹同施一器的现象；带花边或不带花边的绳纹罐增多；小口瓶消失；篮纹多为斜施，彩陶或彩绘陶绝迹。与以上 3 期有较大变化，倒是与以 H8 为代表的第二阶段遗存更为近似。当然二者还是有区别的。如 H8 组绳纹罐领变高肩下移，新出双錾斝式鬲等（图二一）。

朱开沟 其中 VII 区遗存在简报中被分为 2 期，在发掘者的论文中又被分为 H7014、F7004、H7008、H7003 这 4 组[8]。其中属二期的 H7003 打破一期的 F7004，是可确定这两期的早晚关系。但其 4 组的分法和具体单位的归属还当进一步讨论。

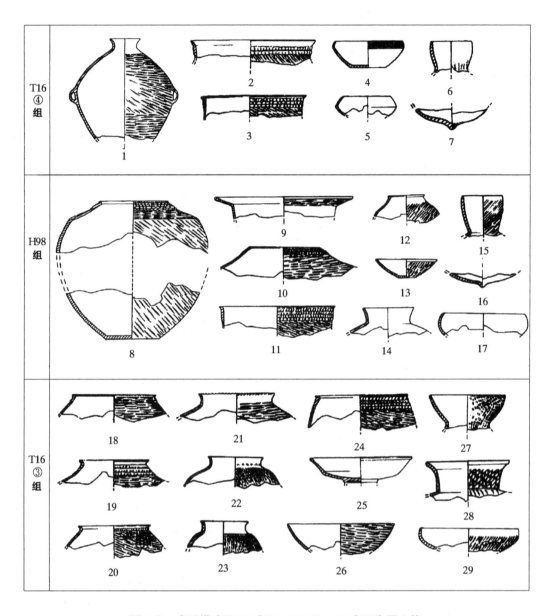

图二〇　寨子塔遗址 T16④组、H98 组、T16③组陶器比较

1、12、18～21.篮纹罐（T10④:1、H98:20、T14③:4、T18③:13、T11③:3、T18③:16）　2、3、11、24.缸（T13④:14、T16④:2、H101:8、T16③:14）　4、5、17、29.钵（T3④:1、T17④:3、H98:18、T1③a:2）　6、7、15、16、27.小口瓶（T13④:13、T15④:1、H98:15、H98:16、T9③a:3）　8、10.敛口瓮（H62:1、H101:9）　9、13、26.盆（H48:2、H98:1、T9③a:4）　14、28.高领罐（H98:19、T6③:16）　22、23.绳纹罐（T5③:18、T2③a:1）　25.豆（T6③:1）

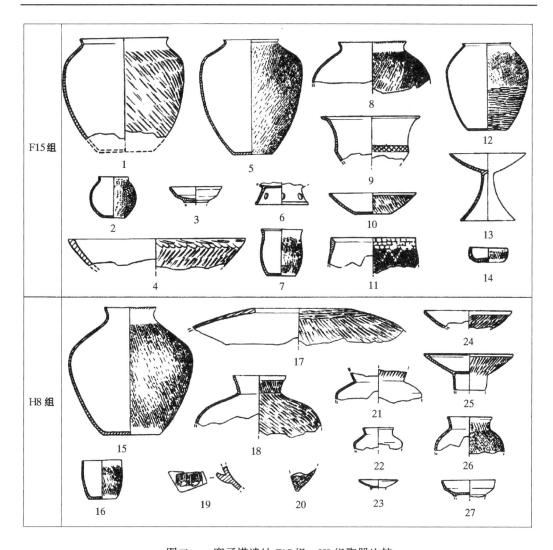

图二一 寨子塔遗址 F15 组、H8 组陶器比较

1. 篮纹罐（F15:31） 2. 方格纹罐（F15:5） 3、6、13、23、25、27. 豆（H49:3、T18②:11、F15:3、H9:1、F3:1、F2:1） 4、9、10、24. 盆（H93:7、H93:1、H49:1、H15:3） 5、7、8、15、16、26. 绳纹罐（F15:6、F15:4、T8②:15、H14:1、H15:1、H8:2） 11. 直壁缸（T8②:14） 12. 篮纹方格纹罐（F15:2） 14. 碟（H49:2） 17. 敛口瓮（F3:2） 18. 高领罐（H8:1） 19、20. 鬲（F18①:2、ZTC:40） 21、22. 尊（H88:10、M10:4）

　　F7004 出土篮纹喇叭口小口尖底瓶、颈部箍附加堆纹的绳纹罐、绳纹大口瓮、红彩绞索纹曲腹钵等。H7003 出土翻缘或敛口篮纹罐、斜直壁篮纹盆等，篮纹多斜施。二者差异很大。H7008 出土口沿外箍多周附加堆纹的篮纹直壁缸、斜直壁篮纹盆、双唇钵、单耳罐等，篮纹横施，其中斜直壁篮纹盆与 H7003 所出相近。H7008 和 H7003 分别与寨子塔 T16③组和 F15 组特征近似，因此二者确当有早晚关系（图二二）。

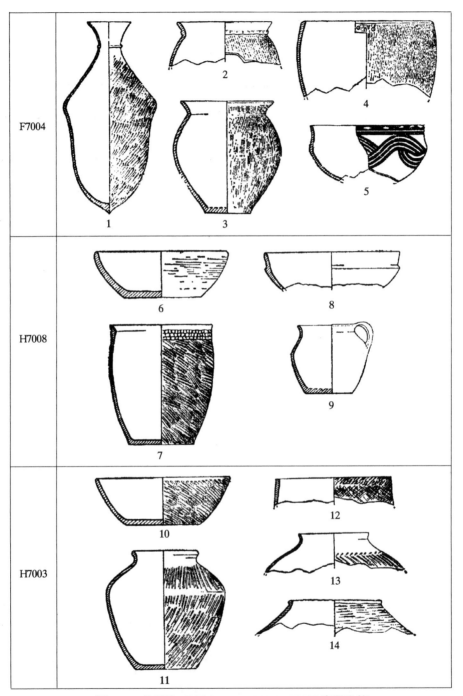

图二二　朱开沟 VII 区 F7004、H7008、H7003 陶器比较

1. 小口尖底瓶（F7004：20）　　2、3. 绳纹罐（F7004：19、F7004：17）　　4、12. 大口瓮（F7004：15、
H7003：7）　　5、8. 钵（F7004：16、H7008：9）　　6、10. 盆（H7008：7、H7003：4）　　7. 缸（H7008：6）
9. 单耳罐（H7008：5）　　11、13、14. 篮纹罐（H7003：5、H7003：8、H7003：10）

H7014 中所出尖底瓶和颈部箍附加堆纹的绳纹罐，均与 F7004 中同类器没多大差异。惟有一铁轨式口沿罐的残片（F7014:4），与鲁家坡第二期同类器特征相同，而在 F7004 一类遗存中未出现过，当视为早期遗物的混入。因为从白泥窑子 A 点 H2 阶段开始，铁轨式口沿罐就当已演变为卷沿或退化为无沿。故 H7014 组难以成立[9]。

二里半　遗址分为 3 个区。据 1988 年发掘的情况，Ⅲ区有以 H1、H2 为代表的"仰韶晚期阶段遗存"，与西园 F26 组近似。Ⅰ、Ⅱ区的"龙山阶段遗存"又被分为 3 期：Ⅱ区第 6 层和第 5、6 层下叠压的 ⅡF6、ⅡF7、ⅢH10 等为第一期；Ⅱ区的第 5a、5b 层和第 4 层下叠压的 ⅡF5、ⅢH5，Ⅰ区的第 6 层和第 6 层下叠压的 ⅠF5 等为第二期；Ⅰ区的第 5 层和第 4、5 层下叠压的 ⅠF9、ⅠH30、ⅠH46、ⅠH98 等为第三期。

第一期以 ⅢH10 为代表，有折领高领罐、斝、带鋬绳纹罐、单耳罐、折沿素面罐、斜腹盆、缸等器类，总体特征接近于寨子塔 F15 组。第二期以 ⅡF5 为代表，高领罐斜领，直壁缸口外压光一段后箍附加堆纹，出现溜肩斝式鬲。与寨子塔 H8 组近似。第三期以 ⅠH98 为代表，高领罐斜高领，斝式鬲变为鼓肩。1978 年发掘的 Ⅰ、Ⅱ区的情况与此基本相同（图二三）。

园子沟　可分为 2 期 3 段。早期一、二段所有单位均叠压于 Ⅱ、Ⅲ区的第 3 层下，晚期三段所有单位叠压于 Ⅱ、Ⅲ区的第 2 层或第 1 层下，且属第二段的 H3009 打破第一段的 F3042。

早期一、二段分别以 F3042 和 F3026 为代表。主要有绳纹罐、高领罐、素面夹砂罐，还有篮纹罐、矮领瓮、斝、大口尊、大口瓮、钵、豆、高领尊、甗、折腹盆、瓿和簋形器等共存。高领罐颜色灰偏褐，篮纹略宽乱。绳纹罐翻缘近竖，沿面近直，口较大，最大宽度在肩部以下，圆腹。高领罐一段时矮领厚胎，外侈甚，唇外包边宽，上腹宽胖，下腹内收成小平底；二段时领稍高变薄，外侈较甚；上腹较胖，下腹内收，底稍大。素面夹砂罐一段时折沿，圆腹矮胖；二段时折沿，圆腹稍矮。大口尊一段时直口微翻，上腹略竖直，口径略等于最大腹径；二段时折沿宽平，上腹内凹，中腹微鼓，口径大于最大腹径。晚期三段以 F3039 为代表。新见斝式鬲、直壁缸、斜腹盆、双耳罐和单耳罐等。绳纹罐翻缘近卷，口变小；最大宽度上移至肩部，近折肩。高领罐薄领较高，直领或略外侈；上腹较胖，下腹斜直，大底。素面夹砂罐翻缘近卷，腹瘦长。大口尊宽沿上翘，上腹明显内凹，中腹折，口径大于最大腹径（图二四）。

老虎山　可分为 2 期。早期遗迹一般叠压于第 4、5 层下，晚期遗迹叠压于第 1～3 层下。器物演变情况基本与园子沟遗址相同。

洪水沟　"龙山文化遗存"还可进一步分为两期：遗址第 3 层为第一期，以 T11③ 为代表；第 2 层以及叠压于第 2 层下（部分叠压于第 1 层下）的遗迹单位为第二期，以

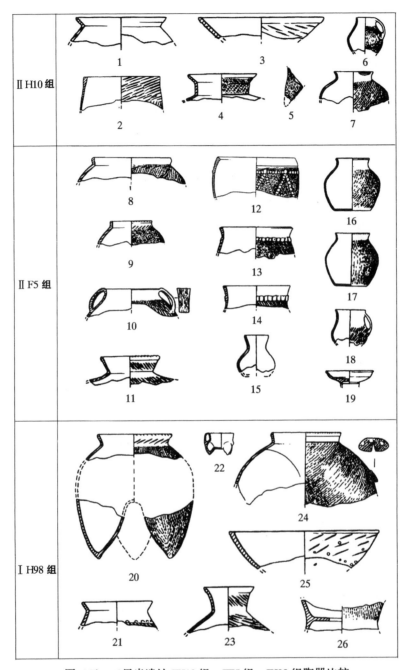

图二三　二里半遗址 ⅡH10 组、ⅡF5 组、ⅠH98 组陶器比较

1. 素面罐(ⅡF6:4)　2、12～14. 缸(ⅡF6:2、ⅡT3⑤a:1、ⅡT4⑤a:1、ⅡT2⑤a:1)　3、25. 斜腹盆
(ⅡF6:3、ⅠT12⑤:2)　4、11、23. 高领罐(ⅢH10:3、ⅡF5:5、ⅠT9⑤:7)　5、22. 斝(ⅢH10:2、ⅠH96
:1)　6、18. 单耳罐(ⅡF6:1、ⅡF5:2)　7、16、17. 绳纹罐(ⅢH10:1、ⅡF5:1、ⅡF5:3)　8、9、20、
24. 斝式鬲(ⅠT10⑥:1、ⅠT6⑥:1、ⅠH96:2、ⅠH98:1)　10. 双耳罐(ⅡT2⑤a:2)　15. 壶(ⅡF5:
6)　19. 豆(ⅡF5:4)　21. 侈口罐(ⅠT3⑤:3)　26. 瓶(ⅠT10⑤:1)

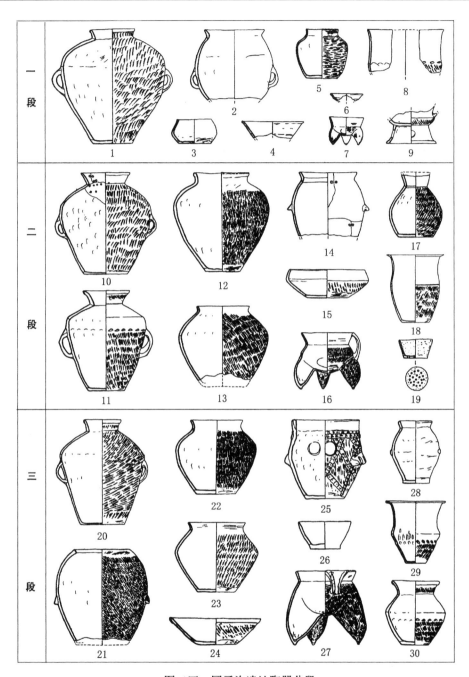

图二四　园子沟遗址陶器分段

1、10、20. 高领罐（F3042：10、F3026：8、F3033：5）　2、14、28. 素面夹砂罐（F3044：4、F3026：12、F3039：8）　3、15. 敛口钵（F3042：7、F2023：6）　4、24. 斜腹盆（F3042：21、F2003：3）　5、13、23. 篮纹罐（F3044：3、F3026：11、F2015：2）　6. 豆（F3042：19）　7、16、27. 斝（F3042：8、F2023：5、F2020：6）　8、18、29. 大口尊（F3042：17、F3035：12、F2007：9）　9. 篦形器（F3044：2）　11、30. 高领尊（F3026：10、F3034：15）　12、22. 绳纹罐（F3026：9、F2016：2）　17. 壶（F2023：4）　19. 甑（F3026：6）　21. 大口瓮（F3039：7）　25. 缸（F2020：4）　26. 碗（F2016：4）

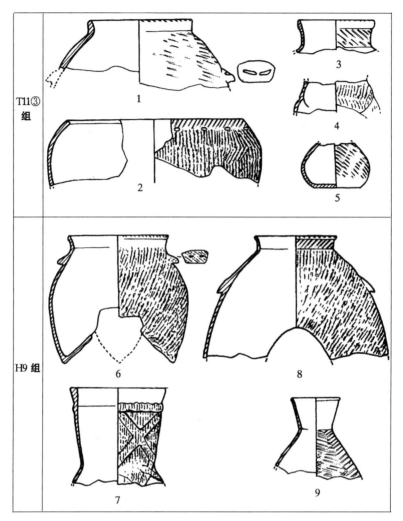

图二五　洪水沟遗址 T11③组与 H9 组陶器比较

1、6、8. 斝式鬲（T21③:4、H9:1、H9:2）　2. 大口瓮（T2③:2）　3. 高领罐（T8③:3）　4、7. 斝（T11③:6、H9:3）　5、9. 壶（T3③:1、H9:6）

H9 为代表。第一期所出绳纹斝与园子沟早期同类器近似，所出双鋬斝式鬲或斝类器物上部施右斜篮纹。第二期流行绳纹双鋬斝式鬲（图二五）。

二　小区分期

以上 17 个典型遗址的分期，应基本能代表整个内蒙古中南部新石器时代文化遗存的分期。在此基础上，通过陶器群的对比，也可确定其他一些一般遗址的分期。最后可将内蒙古中南部新石器文化遗存分为 6 期 14 段，其中第一、二期为第一阶段，三、四期为第二阶段，五、六期为第三阶段（表二）。

表二　　　　　　　内蒙古中南部新石器文化遗存分期对照表[10]

遗址	第一阶段					第二阶段					第三阶级			
	一期		二期			三期			四期		五期			六期
	一段	二段	三段	四段	五段	六段	七段	八段	九段	十段	十一段	十二段	十三段	十四段
石虎山Ⅱ	F3													
石虎山Ⅰ	G③	G①												
王墓山坡下			F1、F5	H32										
鲁家坡		一期		二期		三期								
白泥窑子A			T1②		F2							H8		
西园			一期				二早	二晚	三期					
章毛乌素			F1			T3②								
南壕						IF17	IF11	ⅡF6						
大坝沟						F9	F1	T2②						
庙子沟						H5	H98							
王墓山坡上						F19	F10							
朱开沟Ⅶ						F7004				H7008	H7003			
二里半						H1					ⅢH10		ⅡF5	ⅠH98
寨子塔							T16④	H98	T16③	F15	H8			
园子沟										F3042	F3039			
老虎山										F6	F2			
洪水沟										T11③	H9			
红台坡下		H6												
官地		一期	二期						三期		四期			
阿善		一期				二期			三期					
架子圪旦	√						F1							
白泥窑子K			F1			√			H2			H3		
白泥窑子C			F1							F3				
白泥窑子J			②											
庄窝坪			一期						二期		三期			
后城嘴			一段						二段		三段			
红台坡上					G1									
白草塔					F25	F21			H3				F9	F8
王墓山坡中						√								
周家壕						H11	F5							
东滩						F4	F6	H1						
海生不浪						一期	二、三期							

左侧纵向分类：典型遗址、一般遗址

续表

一般遗址	寨子上			H6	H4					F2	
	白泥窑子 L			F5				H3			②
	张家圪旦				H1						
	白泥窑子 D				√			F5			
	小沙湾						F4				
	大口									③~⑥	
	西白玉							T4④		F18	
	板城									F7	
	面坡									H1	
	大庙坡									87F1	
	永兴店									H14	
	大宽滩									F1	
	大庙圪旦										H1

第一期　泥质陶一般红色，夹砂陶多褐色，典型器类有夹砂罐或釜，以及红顶钵、弧腹盆、平底壶等，钵多为小平底。又可分为2段，即总第一、二段。

第一段以石虎山Ⅱ遗存为代表，陶器几乎均素面，流行釜、带錾罐、足刻竖槽或足根有压窝的鼎、直口壶、溜肩壶等。

第二段以石虎山Ⅰ遗存和红台坡下H6为代表[11]，夹砂的釜、罐类一般施较浅乱绳纹，也见少量指甲纹和旋纹，壶一般折唇，仍有鼎，并见红顶盆。官地一期（F1组）也见少量釜，流行折唇壶，当与石虎山Ⅰ遗存大体同时。但其绳纹匀细整齐，罐鼓腹，罐或盆上流行旋纹装饰，无鼎而出现敛口瓮，这都是与石虎山Ⅰ遗存不同的地方（图二六）。鲁家坡一期不见釜，罐或瓮突肩或突腹，存在尖底罐，有稍晚于官地一期的可能性。阿善、白泥窑子K点、岔河口、窑子梁[12]、坟墕、脑包梁、贺家圪旦[13]也有此类遗存。

第二期　绳纹稍显粗乱，流行圆点、勾叶、三角纹黑彩彩陶。典型器类有环形口小口尖底瓶、铁轨式口沿罐、口沿外施黑彩带的圜底钵以及彩陶盆、火种炉、圈足纽式器盖，仍有敛口瓮和尖底罐。又可分为3段，即总第三至五段。

第三段以王墓山坡下早期遗存为代表。彩陶图案除花瓣、三角纹外，还见变体鱼纹、豆荚纹、三角形与斜线纹、网纹等。流行口沿外饰甚宽彩带的直口圜底钵，以及口沿外饰花瓣、三角纹等图案的直口圜底钵或敛口平底钵。尖底瓶下唇面近平，盆窄沿斜直腹或宽卷沿斜弧腹，铁轨式口沿罐多在中腹箍一周附加堆纹，火种罐细长。后城嘴一期、西园一期、官地二期（F13）、白泥窑子K点F1均属此段。包头阿善，准格尔窑子梁[14]、坟墕，东胜台什[15]，凉城狐子山[16]、黄土坡、兰麻窑[17]，商都狼窝沟[18]也有此段遗存。

稍显不同的是以白泥窑子C点F1、庄窝坪F3和白泥窑子K点F1为代表的遗存。陶器绳纹较细密，仅见勾叶、三角纹而无圆点与其组合，尖底瓶折唇甚短且无颈，罐多圆腹，年代可能较王墓山坡下早期稍早（图二七）。白泥窑子A点T1②组则包含两者的内容。

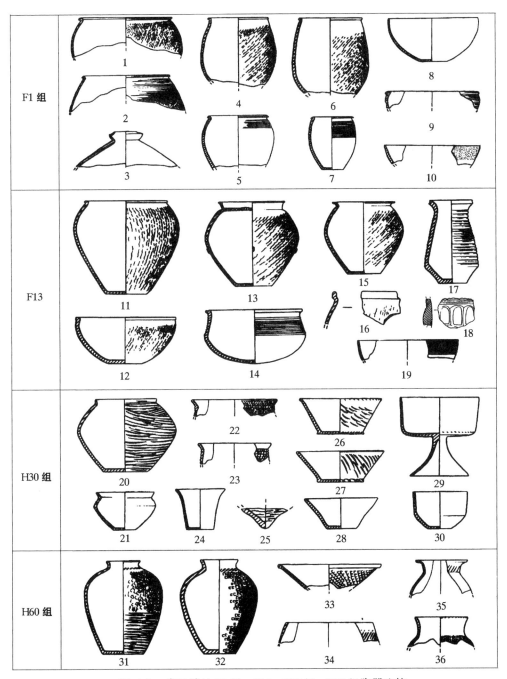

图二六　官地遗址 F1 组、F13、H30 组、H60 组陶器比较

1、11、34. 大口瓮(F1:9、F13:1、H60:8)　2、5、7、13、15、16、20、22、31、32、35、36. 罐(F1:8、F1:4、F1:1、F13:2、F13:3、F13:21、H30:
1、H61:10、H32:1、H32:2、H60:12、H60:10)　3. 壶(G1:48)　4、6、14. 釜(F1:3、F1:2、F13:4)　8、10、19、30. 钵(G1:1、G1:35、
F13:15、H37:2)　9、12、21、33. 盆(G1:38、F13:5、H61:2、H60:6)　17. 平底瓶(F13:6)　18. 尖底罐(F13:17)　23. 直壁缸
(H30:12)　24. 杯(H30:2)　25. 尖底瓶(H61:1)　26~28. 碗(H37:3、H30:4、H30:3)　29. 豆(H48:1)

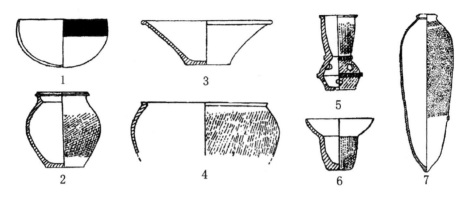

图二七　白泥窑子 C 点 F1 陶器

1. 钵(F1:11)　2. 绳纹罐(F1:7)　3. 盆(F1:20)　4. 大口瓮(F1:19)　5. 火种炉(F1:3)　6. 杯(F1
:9)　7. 小口尖底瓶(F1:1)

第四段以鲁家坡第二期和章毛乌素 F1 为代表，包括王墓山坡下晚期。流行圆点、勾叶、三角纹黑彩。口沿外饰窄黑彩带的钵直口平底，尖底瓶下唇面倾斜。盆宽卷沿，下腹内曲。铁轨式口沿罐鼓腹，下腹也略内曲。在岱海地区还出现红彩。

第五段以白泥窑子 A 点 F2 为代表，白草塔 F25 也属此段（图二八）。仍见勾叶、三角纹彩陶，绳纹粗疏，并出现在颈部箍一周附加堆纹或粘贴一圈泥饼的卷沿绳纹罐。其余绳纹罐口沿缩短成唇外贴边，未见铁轨式口沿罐。盆的口沿也变短。火种炉矮胖，小口尖底瓶的环形口退化。新见大口尖底瓶、圈足或矮圈足盆。

另外，红台坡上以 G1 为代表的一类遗存，流行黑、紫红、褐色相间的复彩，图案有鳞纹、网纹、双勾纹、三角形纹等，典型器类有小口突腹罐、直口折腹钵、直口筒形罐等，与白泥窑子 A 点 F2 一类遗存风格迥异。但从其中腹箍附加堆纹的绳纹罐和宽沿曲腹盆等来看，还以归入第五段为宜（图二九）。

第三期　绳纹普遍，出现篮纹，并在器颈部流行附加堆纹和泥饼装饰。彩陶颜色丰富，图案复杂。典型器类有小口双耳罐、颈部箍附加堆纹的绳纹罐、筒形罐、大口缸、折腹钵、曲腹钵。又可分为 3 段，即总第六至八段。

第六段以南壕 IF17 和大坝沟 F9 为代表。鲁家坡三期、周家壕 H11 组、寨子上 H6 组、白草塔 F21 组、海生不浪一期、王墓山坡中等遗存均属此段。彩陶颜色以黑为主，红彩次之，还见紫彩、褐彩、白彩等。多为复彩，内彩发达。复合图案繁缛复杂，单元图案有鳞纹、双勾纹、三角形纹、绞索纹、涡纹、网纹、棋盘格纹、平行线纹、勾叶纹等。小口双耳罐中腹呈方形突出或圆鼓，绳纹罐中腹圆鼓，下腹内收，筒形罐和折腹钵直口或略敞。

第七段以南壕 IF11 和庙子沟 H5 为代表。西园二期早段、朱开沟Ⅶ区 F7004、周家

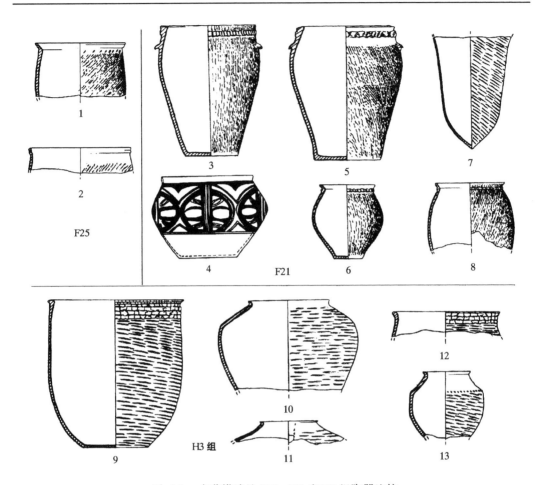

图二八　白草塔遗址 F25、F21 和 H3 组陶器比较

1~3、5、6、8.绳纹罐（F25:1、F25:2、F21:1[19]、F21:2、F21:3、F21:9）　4.盆（F21:1）　7.小口尖底瓶（F21:10）　9、12.缸（H3:1、H23:2）　10、11、13.篮纹罐（H1:1、H23:1、H18:1）

壕 F5 组、寨子上 H4 组、二里半 H1 组、海生不浪二和三期、张家圪旦 H1 组[20]、大坝沟 F1 组、王墓山坡上 F19 组等遗存均属此段。彩陶减少，略显潦草，多为黑彩，复彩及内彩不如前普遍。小口双耳罐中腹缩小或微折，绳纹罐鼓肩，筒形罐和折腹钵敛口。

第八段以南壕 IIF6 和庙子沟 H98 为代表。西园二期晚段、大坝沟 T2②组、王墓山坡上 F10 组等遗存均属此段。篮纹明显增多，彩陶退化，纹样简单，复彩及内彩少见。小口双耳罐出现拍篮纹者，绳纹罐鼓肩更靠上，见饰花边者，筒形罐和折腹钵敛口更甚，出现篮纹直壁缸、篮纹鼓肩罐等。

第四期　盛行横篮纹，偶见潦草的红色彩陶或彩绘。典型器类有篮纹鼓肩或折肩罐、高领罐、小口壶、折腹盆、斜腹盆、敛口曲腹钵、豆，并有器颈部或口沿外箍多周附加堆纹的直壁缸、大口瓮、敛口瓮。又可分为 3 段，即总第九至十一段。

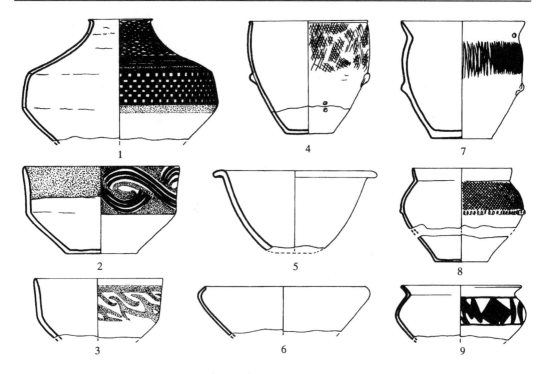

图二九　红台坡上遗址 G1 组陶器

1. 小口瓮（F2:1）　　2、3、6. 钵（C:11、G1:18、G1:12）　　4. 筒形罐（F5:6）　　5、9. 盆（H4:1、F3:1）　　7、8. 折沿罐（F3:2、G1:23）

第九段以寨子塔 T16④组和官地三期（H30 组）为代表。白泥窑子 K 点 H2 组和后城嘴二段也属此段。横篮纹和素面陶为主。高领罐斜领外翻，溜折肩，篮纹罐矮体折肩大底，另有折沿的敛口折腹盆、深直腹平底喇叭柄豆、钝底小口尖底瓶等。

第十段以寨子塔 H98 组和小沙湾 F4 为代表（图三〇）。庄窝坪二期、朱开沟Ⅶ区 H7008 组、白草塔 H3 遗存也属此段。准格尔石佛塔、柳青、荒地窑子[21]、寨子圪旦也见此段遗存。盛行横篮纹，素面明显减少。敛口瓮多无沿，高领罐、篮纹罐鼓肩稍折，最大宽度上移，底变小，折沿折腹盆稍敛口，中腹内收，豆多为浅弧盘，小口尖底瓶变为深杯形口，小平底残留一退化小纽。敛口瓮和直壁缸口沿外有 4 周或 4 周以上附加堆纹。

第十一段以寨子塔 T16③组和白泥窑子 D 点 F5 组为代表。白泥窑子 C 点 F3 组、L 点 H3 组都属此段。盛行横篮纹，有少量右斜篮纹，方格纹和绳纹增加。高领罐、篮纹罐鼓肩，折沿折腹盆稍敛口，小口瓶变为浅杯形口平底。敛口瓮和直壁缸口沿外有 2～3 周附加堆纹，篮纹罐颈部常见一周压印纹。

此外，阿善三期和西园三期属总第四期。

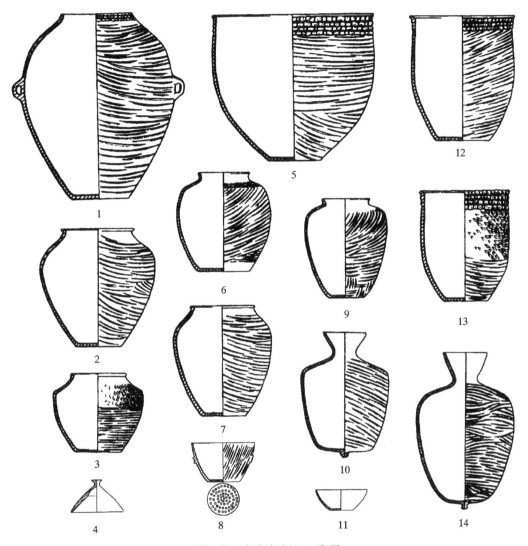

图三〇　小沙湾遗址 F4 陶器

1. 敛口瓮（F4:11）　2、6、7、9. 篮纹罐（F4:10、F4:4、F4:7、F4:6）　3. 篮纹方格纹罐（F4:5）　4. 器盖（F4:15）　5、12、13. 直壁缸（F4:2、F4:9、F4:3）　8. 甑（F4:13）　10、14. 小口尖底瓶（F4:1、F4:8）　11. 钵（F4:21）

　　第五期　流行右斜篮纹，绳纹其次。典型器类有绳纹罐、篮纹罐、高领罐、直壁缸、大口瓮、敛口瓮、大口尊、高领尊、曲腹盆、斜腹盆、敛口钵、折盘豆、弧盘豆、单耳罐、双耳罐，新出斝式鬲、甗、盉。又可分为 2 段，即总第十二至十三段。

　　第十二段以寨子塔 F15 组和园子沟 F3042 组为代表。官地四期（H60 组）、二里半 IIH10 组、朱开沟 H7003 组、洪水沟 T11③组、老虎山 F6 组、西白玉 T4④组均属此段。以右斜篮纹为主，横篮纹仍占一定比例，方格纹和绳纹次之，并多见方格纹和篮纹同施

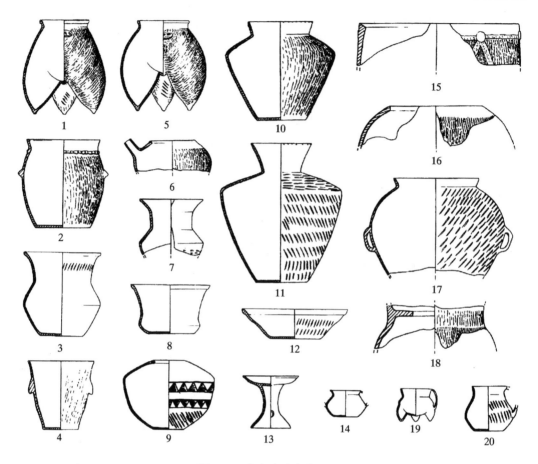

图三一　永兴店遗存陶器

1、5. 斝式鬲（H14:2、H14:1）　　2、10. 绳纹罐（H66:2、H17:1）　　3、7. 尊（H66:1、H42:1）　　4. 深腹盆
（H17:2）　6. 盉（H9:2）　8. 曲腹盆（G2:2）　9. 敛口瓮（G2:8）　11. 高领罐（H9:1）　12. 斜腹盆（G2:3）
13. 豆（H32:1）　14. 双耳罐（G2:5）　15. 直壁缸（G2:10）　16. 大口瓮（G2:13）　17. 篮纹罐（G2:4）
18. 甗（G2:12）　19. 斝（H35:1）　20. 单耳罐（H8:4）

一器的现象。高领罐领外倾，圆肩，篮纹罐、绳纹罐和方格纹罐鼓肩小底，绳纹罐多饰花边。直壁缸无颈，除口沿外有 2～3 周附加堆纹外，常在腹部交错呈"五花大绑"状。大口尊微鼓腹，有釜形弧腹斝而无典型斝式鬲，见镂孔矮圈足簋形器。

　　第十三段以寨子塔 H8 组、永兴店 H14 组（图三一）和园子沟 F3039 组为代表。二里半 IIF5 组、白泥窑子 K 点 H3 组、寨子上 F2 组、洪水沟 H9、大宽滩 F1[22]、白草塔 F9 组（图三二）、老虎山 F2 组、西白玉 F18 组、板城 F7 组、面坡 H1 组，以及铁孟沟 M1、M2[23] 均属此段。以斜或竖篮纹、绳纹为主，方格纹很少。高领罐领略外倾，圆或折肩，篮纹罐、绳纹罐鼓或折肩，底变大。直壁缸微有颈，口沿外有 1～2 周附加堆纹。大口尊折腹，单耳罐和双耳罐耳较小。流行斝式鬲，见甗和盉。

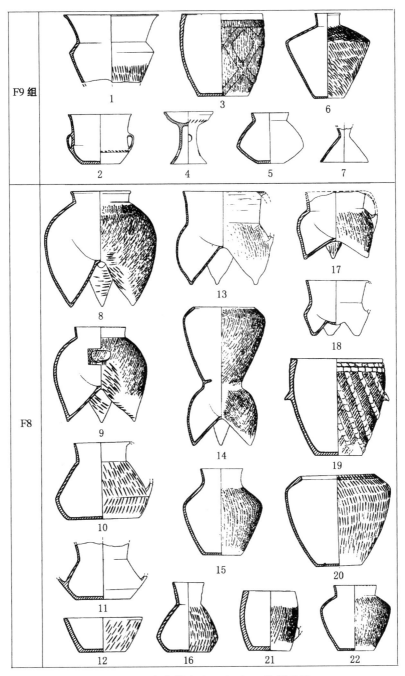

图三二 白草塔遗址 F9 组和 F8 陶器比较

1. 大口尊(F15:9) 2、11. 双耳罐(F9:2、F8:5) 3、19. 大口瓮(F9:1、F8:1) 4. 豆(F15:5)5、16. 折腹罐（F9:3、F8:14) 6. 高领罐(F15:2) 7. 器盖(F9:4) 8、9、13、17. 鬲(F8:23、F8:21、F8:13、F8:15) 10. 单耳罐(F8:4) 12. 斜腹盆(F8:7) 14. 瓹(F8:20) 15、21、22. 绳纹罐（F8:26、F8:3、F8:2) 18. 斝(F8:11) 20. 敛口瓮(F8:17)

庄窝坪三期、后城嘴三段大体属总第五期。

　　第六期　亦即总第十四段。以二里半 IH98、白草塔 F8 和大庙圪旦 H1 为代表。绳纹为主，篮纹其次。典型器类有鬲、甑、盉、大底绳纹罐、直高领罐、直壁缸、大口瓮、敛口瓮、折肩大口尊、高领尊、曲腹盆、斜腹盆、豆、单大耳罐、双大耳罐。暂时还难以分段。

　　此外，白泥窑子 L 点②层、大口③～⑥层大体属总第五、六期。

第二节　晋中北与冀西北

一　典型遗址分析

　　该小区又可分为偏西的晋中、晋北和偏东北的冀西北。以下对姜家梁、童子崖、杏花村、白燕、三关等典型遗址加以分析。

　　姜家梁　简报"结语"说，"姜家梁遗址的房址多被墓葬打破，无疑其时代要早于墓地的年代"。从"姜家梁遗址 I 区遗迹分布平面图（简报图三）"来看，也确有 M64 和 M65 打破 F6、M9 和 M63 打破 F1 等多组墓葬打破房址的地层关系，但 M70 被 F4 叠压却属例外。M70 和 F4 见于 I 发掘区的西缘，且均只发掘出一部分，存在层位判断错误的可能。不过我们对 F4 的内涵缺乏具体了解，其时代只能暂时存疑。总体来说，居住址属早期（F4 暂除外），墓地（M78 除外）属晚期。房址和墓葬本身相互间没有打破关系。

　　早期以 F6 为代表，仅见少量质地疏松的夹砂陶片，灰或灰褐色，饰刻划纹和压印纹，似属筒形罐类器物。晚期以 M8 为代表，以火候较低的夹砂红褐陶为主，火候较高的泥质灰陶其次；多为素面，个别戳印圆圈纹，少数泥质陶外表施彩：见红色彩带和红地黄色网格纹、折线纹彩；器类主要有折腹盆、敛口钵、豆、杯等（图三三）。

　　童子崖与西街　童子崖新石器时代遗存被分为 3 期，分别以 F2、F3 和 H6 为代表，第三期的典型单位 H6 打破第二期的 H7。第一、二期之间的地层证据可在附近的西街遗址找到：与童子崖 H7 陶器特征近同的西街 F1，打破与童子崖 F2 陶器特征近同的西街 H1。

　　第一期未见彩陶。有施细绳纹或旋纹的敛口瓮、饰旋纹的罐和盆、直口圜底钵、折唇壶等器类。其时代应晚于姜家梁早期。第二期流行圆点、勾叶、花瓣纹黑彩。有环形小口尖底瓶、卷沿曲腹盆、敛口曲腹平底钵、素面敛口瓮、素面或旋纹铁轨式口沿罐等器类。第三期夹砂陶多施绳纹，泥质陶多施横篮纹，有高领罐、鼓腹折沿罐、直壁缸、

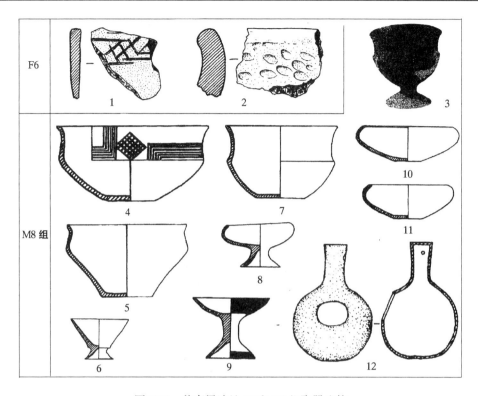

图三三 姜家梁遗址 F6 和 M8 组陶器比较

1、2. 筒形罐（F6:5、F6:4） 3、6. 杯（M28:1、M34:2） 4、5、7. 盆（M8:1、M75:3、M4:2）
8、9. 豆（M8:2、M34:1） 10、11. 钵（M75:2、M8:3） 12. 瓢形器（M4:3）

大口罐等器类（图三四）。

杏花村 新石器时代遗存被分为 4 期，其中第四期又被分为 4 段。各期遗存间的叠压或打破关系遍见于 I ～ IV 区。至于第四期，如合并为 2 段，则更清楚一些：属第二段的 H132 打破第一段典型单位 H118，H257 的上层属第二段，下层为第一段。

第一期以 H262 为代表，主要纹饰为细绳纹，旋纹次之，流行圆点、勾叶、三角纹图案的黑彩彩陶。器类有退化的环形小口尖底瓶、双鋬敛口罐、旋纹折腹罐、彩陶曲腹钵、曲腹盆等。与童子崖第二期相近。第二期以 H11 为代表，以素面和绳纹为主，篮纹少量，有三角网纹、垂须纹等图案的红彩彩陶。见卷沿鼓肩斜直腹盆、敛口斜直腹钵、小口高翻领罐等。大致与姜家梁晚期接近。第三期以 H23 为代表，夹砂陶多施绳纹和附加堆纹，泥质陶一般施横篮纹。有深腹折沿绳纹罐、直壁缸、高领罐、敛口或直口折腹钵、高领折肩壶等器类。与童子崖第三期，尤其是 H6 组接近（图三五）。

第四期夹砂陶上一般施绳纹，泥质陶上多施篮纹，此外还有方格纹、附加堆纹、刻划纹等。第一段以 H118 为代表，流行裆较宽的双鋬斝式鬲，还有单把斝式鬲、单把釜

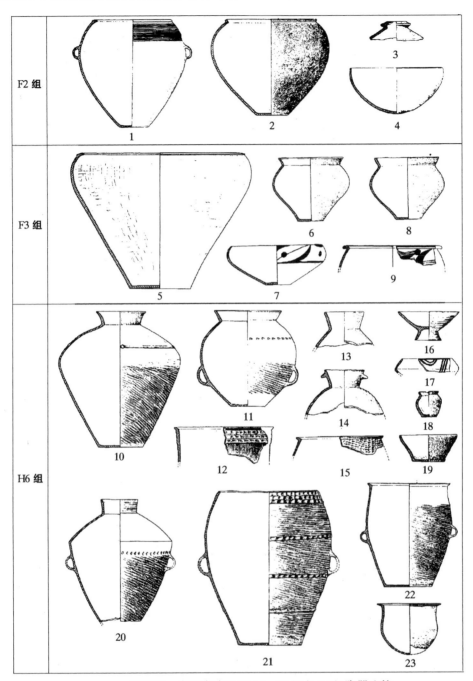

图三四　童子崖遗址 F2 组、F3 组和 H6 组陶器比较

1、2、5. 敛口瓮(F2:1、F2:2、H7:1)　3. 折唇壶(028)　4、7、17. 钵(F3:3、F3:3、H8:2)　6、8. 素面罐(F3:1、F3:2)　9. 盆
(F3:4)　10、20. 高领罐(H8:11、H6:3)　11. 篮纹罐(H8:5)　12. 直壁缸(H8:12)　13、14. 高领壶(H8:18、H8:13)　15.
方格纹罐(H8:16)　16. 豆(H8:3)　18. 小罐(H8:21)　19. 碗(H8:4)　21. 大口瓮(H6:5)　22. 大口罐(H6:1)　23. 釜
(H6:2)

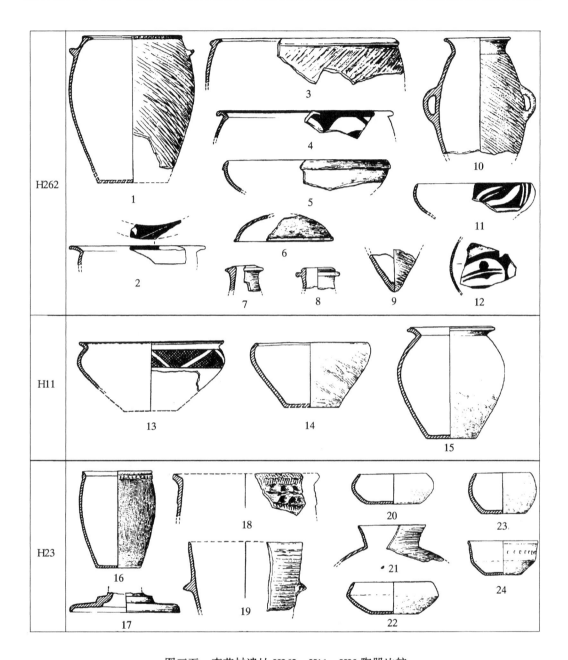

图三五 杏花村遗址 H262、H11、H23 陶器比较

1、16. 大口罐（H262:3、H23:3） 2、4、12、13、19. 盆（H262:7、H262:15、H262:14、H11:2、H23:7）3. 大口瓮（H262:5） 5、11、14、20、22～24. 钵（H262:4、H262:6、H11:1、H23:11、H23:1、H23:4、H23:2） 6. 器盖（H262:2） 7～9. 小口尖底瓶（H262:13、H262:8、H262:9） 10. 双耳壶（H262:1） 15. 素面折沿罐（H11:3） 17. 豆（H23:6） 18. 直壁缸（H23:17） 21. 高领罐（H23:5）

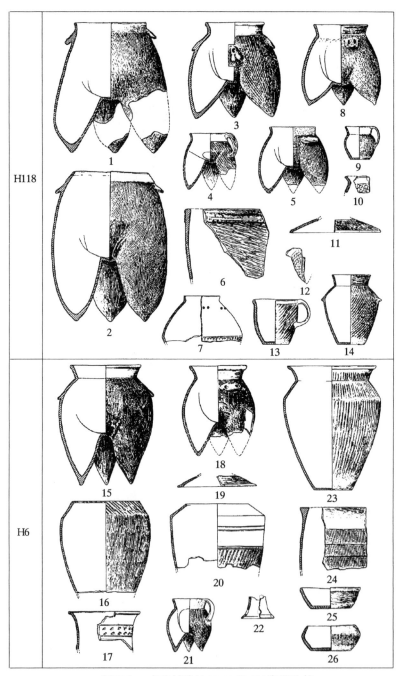

图三六　杏花村遗址 H118 和 H6 陶器比较

1～4、5、8. 斝式鬲（H118:7、H118:4、H118:3、H118:10、H118:6、H118:9）　6. 缸（H118:14）　7. 折腹罐（H118:15）　9. 单耳罐（H118:5）　10、12. 斝（H118:12、H118:11）　11、19. 器盖（H118:16、H6:14）　13. 单耳杯（H118:2）　14. 绳纹罐（H118:1）　15、18、21. 鬲（H6:6、H6:5、H6:4）　16. 甀（H6:9）　17. 曲腹盆（H6:7）　20. 敛口瓮（H6:8）　22. 豆（H6:13）　23. 大口尊（H6:3）　24. 大口瓮（H6:10）　25. 斜腹盆（H6:2）　26. 钵（H6:1）

形斝、甗、花边绳纹罐、高领罐、大口瓮、大口缸、大口尊、单耳或双耳罐、高颈壶、斜腹盆、敛口钵等。第二段以 H6 为代表，双鋬和单把的斝式鬲演化为鬲，大口尊由口肩径略等变为口径大于肩径，高领罐领更细直，多折肩（图三六）。

白燕　新石器时代遗存被分为 3 期，其中第一期又被分为 2 段。各期遗存间的叠压或打破关系遍见于第一至四地点。如第一地点属第三期的 H1079 打破第二期的 F14，F14 打破第一期的 H1149；第二地点属第一期第二段的 H538 打破第一段的 H539。实际上按陶器特征分析，可将简报的第一期第一段作为第一期，第一期第二段和第二期作为第二期的早晚两段，第三期仍旧。

第一期以 H99 为代表，灰陶为主，红褐陶次之。夹砂陶一般施绳纹，泥质陶多施较深乱横篮纹，见三角形或垂线纹彩陶，多为红或褐色。典型器类绳纹罐宽折沿鼓腹，靠上附双大鸡冠耳，一般箍数周附加堆纹。此外还有小口高翻领罐、带彩或素面的敛口曲腹钵等。与杏花村 H11 近同。第二期绝大多数为灰陶，鸡冠耳明显减少，见紫红色加黑边的条带纹。其中早段以 H538 为代表，绳纹罐深腹稍鼓，鸡冠耳消失或变小；此外还有直壁缸、高领罐、敛口或直口折腹钵、豆、高领圆肩壶、深腹盆、折腹罐、平底碗等器类，新出釜灶和鼎。晚段以 F2 为代表，绳纹罐窄折沿深腹，一般仅口沿外箍一周附加堆纹。还有盆形鼎、折腹斝、高领罐、高领折肩壶、盘口盆等。早、晚两段分别与童子崖第三期的 H8 和 H6 组近同。第三期以 H219 为代表，灰陶为主，褐胎黑皮陶和红褐陶次之。夹砂陶多施绳纹，泥质陶多施整齐清晰的斜、竖篮纹。器类有斝式鬲、斝、束颈绳纹罐、高领罐、大口尊、高领尊、敛口瓮、釜灶等。与杏花村第四期第一段近同（图三七）。

三关　可分为 4 期，分别相当于童子崖一期、童子崖二期、姜家梁晚期和杏花村四期二段[24]。

二　小区分期

以上典型遗址的分期，应基本能代表晋中，乃至晋北和冀西北地区新石器时代文化遗存的分期。在此基础上，通过陶器群的对比，也可确定其他一些一般遗址的分期。最后可将该区新石器文化遗存分为 7 期四大阶段，其中一期为第一阶段，二、三期为第二阶段，四、五期为第三阶段，六、七期为第四阶段（表三）。这个分期方案在一定程度上参考了《晋中考古》的分期[25]。

第一期　以姜家梁早期 F6 为代表，包括于家沟第 2 层——黑褐色粉砂土层[26]。需要说明的是，在于家沟第 3 层——黄褐色粉砂土层中，发现粗陋的厚胎陶片，应当属于年代更早的新石器时代遗存，但没有详细资料发表，无法进一步分析研究[27]，故以下一般不再涉及。

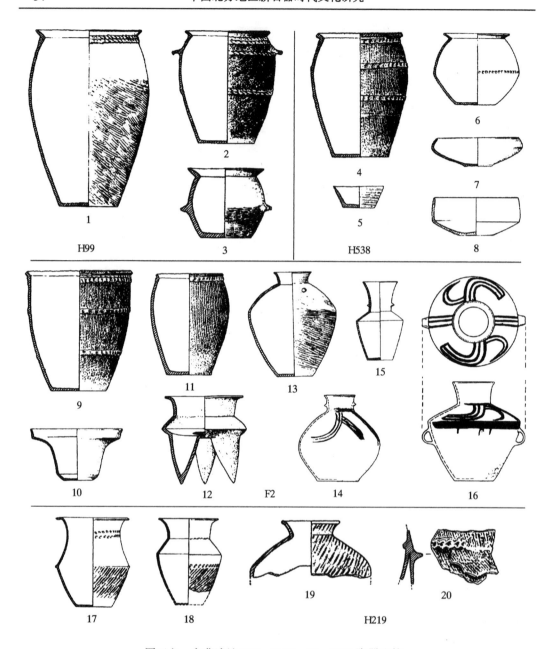

图三七　白燕遗址 H99、H538、F2、H219 陶器比较

1、2. 瓮（H99:10、H99:5）　3. 篮纹罐（H99:9）　4、11. 绳纹罐（H538:44、F2:44）　5. 碗（H538:20）　6. 折腹罐（H538:47）　7、8. 钵（H538:42、H538:45）　9. 大口缸（F2:70）　10. 盘口盆（F2:31）　12. 斝（F2:30）　13、19. 高领罐（F2:29、H219:14）　14～16. 壶（F2:27、F2:47、F2:49）　17. 大口尊（H219:3）　18. 高领尊（H219:15）　20. 釜灶（H219:1）

表三　　　　　晋中北与冀西北新石器文化遗存分期对照表[28]

分期 ＼ 遗址	第一阶段	第二阶段		第三阶段			第四阶段	
	一期	二期	三期	四期	五期 早段	五期 晚段	六期	七期
典型遗址 姜家梁	F6			M8				
三关		一期	二期	三期				四期
童子崖		F2	F3		H8	H6		
杏花村		H262	H11			H23	H118	H6
白燕				H99	H538	F2	H219	
一般遗址 四十里坡		H8						
马家小村			F2					
段家庄			H3					
杨家坪			F1					
吉家村			F1					
马茂庄			F1、H103	H4、H5				
任家堡			H2					
临水				H1				M3
义井				T1⑥				
阳白				H108				H206
岔沟							H1	
贾家营							H3	H2
游邀							H348	H326
乔家沟								H6
双务都								H1
峪道河			√	√		√		M1
筛子绫罗								H122

第二期　以童子崖 F2 组、四十里坡 H8（图三八）和三关一期为代表，还包括太谷上土河 H1[29]。娄烦西街，离石吉家村、后赵家沟也见该期遗存。泥质陶一般红色，夹砂陶多褐色，以素面为主，见旋纹或绳纹，有红色网纹、条带纹彩陶。典型器类有敛口绳纹瓮、旋纹罐、旋纹盆、红顶钵、弧腹盆、小口折唇或直口平底壶、鼎等。

第三期　以素面和细绳纹为主，旋纹其次，流行圆点、勾叶、三角纹黑彩彩陶。典型器类有小口尖底瓶、铁轨式口沿罐、钵、盆，仍有敛口瓮等。又可分为 3 组。

第一组以马家小村 F2 和三关 F4 为代表。彩陶图案一般为勾叶、三角纹的简单组合，圆点仅用于单元分割，此外还见三角形与斜线纹、折线纹等。钵多直口圜底，口沿外饰甚宽黑彩带，盆宽卷沿斜弧腹，尖底瓶或为下唇面近平的环形口，或为直筒形口（图三九、四〇）。采集标本娄烦西街 LX021 和庙湾 LM018 也属此段。

第二组以童子崖 F3 组为代表。流行圆点、勾叶、三角纹黑彩。钵直口浅弧腹或敛口曲腹，有的口沿外饰黑色甚窄彩带或圆点、勾叶、三角纹图案。尖底瓶下唇面倾斜。彩陶盆宽卷沿，下腹内曲，素面盆窄沿斜弧腹。铁轨式口沿罐鼓腹，下腹也略内曲。新出葫芦口小口平底瓶。三关 F3（图四〇）、段家庄 H3（图四一）、杨家坪 F1（图四二）、

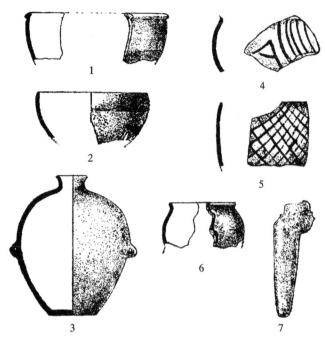

图三八　四十里坡遗址 H8 陶器

1. 盆（H8:21）　2. 钵（H8:32）　3. 壶（H8:4）　4、5. 彩陶片
（H8:34、H8:50）　6、7. 鼎（H8:89、H8:94－1）

吉家村 F1、马茂庄 F1 和 H102、H103 等均属次组。汾阳峪道河[30]、孝义临水[31] 以及西街、庙湾也见此组遗存。

第三组以杏花村 H262 为代表。还见勾叶、三角纹彩陶，绳纹粗疏，并出现在口沿外附双鋬的敛口绳纹罐或瓮，盆的口沿变短，新见大口双耳瓶。

这 3 组实际上具有从早至晚的关系。

第四期　明确分为以杏花村 H11、白燕 H99 和以姜家梁 M8、三关三期为代表的 2 组，共见网格纹彩陶等。

第一组绳纹普遍，出现篮纹，并在器颈部流行附加堆纹，肩部靠上多见双鋬。彩陶颜色丰富，常见红和褐色，紫色、黑色少量；图案复杂，有垂带纹、背向双勾纹、网格纹、棋盘格纹、对角三角纹、条带纹、同心圆纹等，常组合使用。典型器类有绳纹折沿双鋬罐、小口翻领罐、彩陶罐、大口缸、敛口折腹钵、斜直腹平底碗等，南部地区还见喇叭口小口尖底瓶。马茂庄 H4 组与 H5（图四三）、任家堡 H2、临水 H1、义井 T1 ⑥、阳白 H108 组（图四四）等均属此组。娄烦庙湾、偏关新庄窝也见该组遗存[32]。该期还可能大体分为以马茂庄 H4 组、H5 和白燕 H99 为代表的几段，陶色由红褐为主渐变为灰褐或灰为主，彩陶日趋衰落，器物形态也有变化。只是由于缺乏地层关系，故暂时不能论定。

第二组流行素面夹砂、夹蚌红褐陶，泥质灰陶次之，且少数施红色彩带和红地黄色网格纹、折线纹彩，有折腹盆、敛口钵、豆、杯等器类。张家口二道沟有该组遗存[33]。

这 2 组实际上是地域性的差别。

第五期　多为灰陶，泥质陶盛行横篮纹，夹砂陶仍以绳纹为主，附加堆纹常见。典型器类有绳纹或篮纹深腹折沿罐、高领罐、大口罐、单耳罐、高领壶、斜腹盆、敛口曲腹钵、直口折腹盆、豆，并有器颈部或口沿外箍多周附加堆纹的直壁缸、大口瓮、敛口瓮。又可分为早晚 2 段。

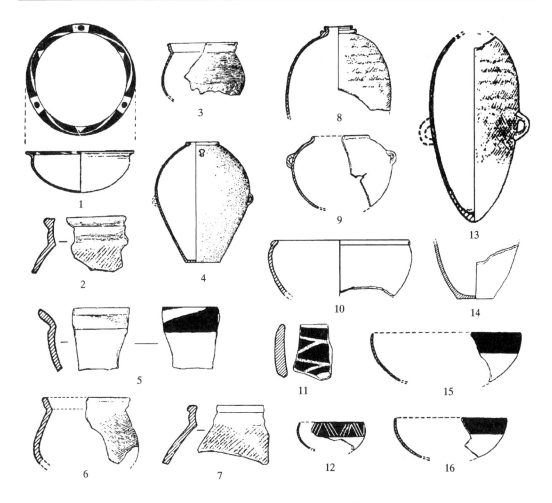

图三九 马家小村遗址 F2 组陶器

1、5、10. 盆（F1:2、F2:9、F2:4） 2、3、6、7. 铁轨式口沿罐（F1:4、F1:3、F2:8、F2:11） 4. 小口瓮（F1: 1） 8、13. 小口尖底瓶（F2:5、F2:6） 9、14. 素面罐（F2:2、F2:12） 11、12、15、16. 钵（F2:10、F2:1、F2:3、F2:7）

　　早段以白燕 H538 为代表，童子崖 H8 组也属此段。高领罐斜领外翻，圆或鼓肩。绳纹罐腹较鼓，一般箍多周附加堆纹。另有深直腹喇叭柄豆、高领圆肩双耳壶等。

　　晚段以白燕 F2 为代表，童子崖 H6 组和杏花村 H23 也属此段。偶见红色条带纹彩陶。高领罐领略直，折肩。绳纹罐腹较直，无或仅箍一二周附加堆纹。新出折腹斝、盆形鼎、高领折肩壶、盘口盆等。

　　娄烦山城峁[34]、西街、庙湾也见该期遗存。

　　第六期　以杏花村 H118 为代表，白燕 H219、岔沟 H1 组（图四五）、游邀 H348（图四六）以及贾家营 H3（图四七）也属此期。偏关大咀也见该期遗存[35]。夹砂陶稍

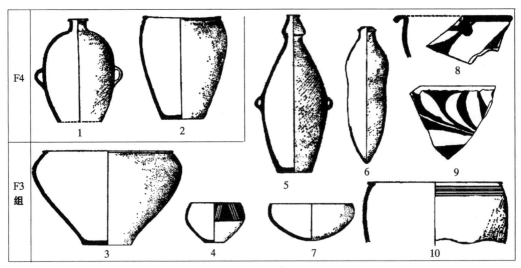

图四〇　三关遗址 F4 和 F3 组陶器比较

1、5、6. 小口瓶（F4:1、F3:6、F3:7）　2、10. 大口瓮（F4:2、F3:5）　3. 敛口瓮（F5:7）　4、7. 钵（F3:3、F3:4）　8、9. 盆（F5:2、F5:2[36]）

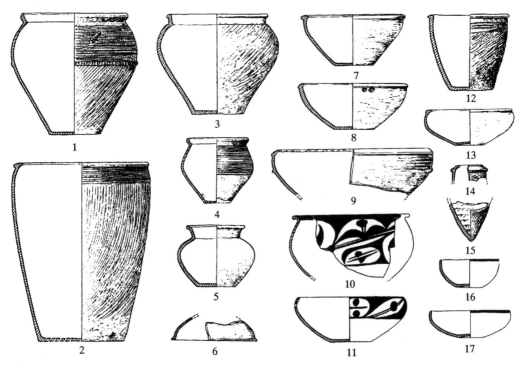

图四一　段家庄遗址 H3 陶器

1、3～5. 折沿罐（H3:10、H3:9、H3:18、H3:6）　2. 敛口瓮（H3:20）　6. 器盖（H3:21）　7～10、13. 盆（H3:2、H3:13、H3:19、H3:16、H3:1）　11、16、17. 钵（H3:8、H3:12、H3:5）　12. 深腹盆（H3:3）　14、15. 小口尖底瓶（H3:15、H3:27）

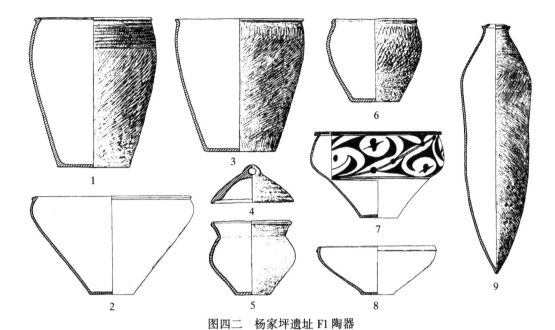

图四二　杨家坪遗址 F1 陶器

1～3. 敛口瓮（F1:5、F1:4、F1:1）　4. 器盖（F1:4[37]）　5、6. 罐（F1:9、F1:2）　7、8. 盆（F1:6、F1:8）
9. 小口尖底瓶（F1:3）

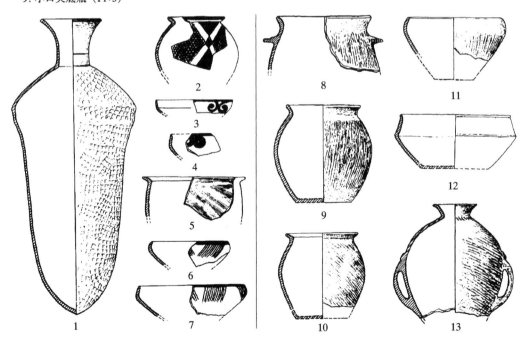

图四三　马茂庄遗址 H4 组（左）与 H5（右）陶器比较

1. 小口尖底瓶（H4:10）　2. 彩陶罐（H4:8）　3、4、6、7、11、12. 钵（H4:9、H3:3、H3:5、H3:4、H5:11、
H5:10）　5. 深腹盆（H3:1）　8～10. 绳纹罐（H5:18、H5:16、H5:17）　13. 小口双耳壶（H5:12）

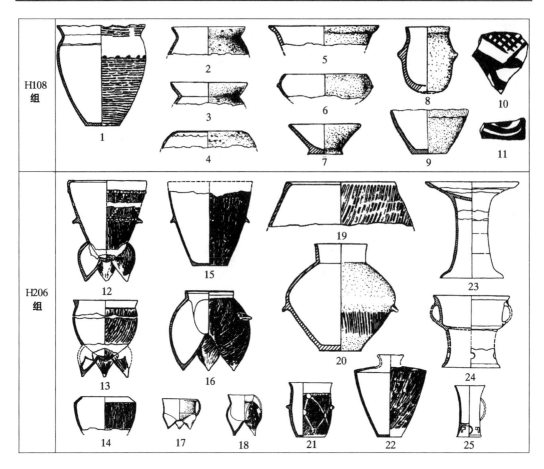

图四四　阳白遗址 H108 组和 H206 组陶器比较

1. 大口篮纹罐（T1201③:1）　2、3、8. 素面夹砂罐（T1205③:14、T1301③:1、T1301③:5）　4、19. 敛口瓮（H108
:19、H107:33）　5、9. 盆（T1302③:6、H108:16）　6. 钵（T3103③:6）　7. 碗（H108:12）　10、11. 彩陶片
（TG201③:5、T1202③:2）　12～14. 瓿（H202:5、H206:9、H202:31）　15. 大口瓮（H202:30）　16、18. 鬲（H206:
15、H11:26）　17. 斝（H206:16）　20、22. 高领罐（H202:34、H107:41）　21. 直壁缸（H1102②B:5）　23. 豆
（H107:43）　24. 篦形器（H107:23）　25. 杯（H206:8）

多于泥质陶，部分夹砂陶中羼和小石子甚至小石片。夹砂陶多拍印绳纹，泥质陶多拍印
右斜篮纹，横篮纹其次，还有方格纹、附加堆纹、旋纹、刻划纹等。以灰陶为主，黑或
灰皮褐胎陶和红褐陶其次，偶见白色或红色彩陶或彩绘，有直线组成的方格网纹、平行
线纹等图案。器类有绳纹罐、篮纹罐、高领罐、直壁缸、大口瓮、敛口瓮、大口尊、高
领尊、曲腹盆、斜腹盆、敛口钵、甑、浅盘豆、单耳罐、双耳罐，新出大量斝式鬲、
瓿、盉类三足器。还见泥质小斝。

第七期　以杏花村 H6 为代表，乔家沟 H6（图四八）、双务都 H1、峪道河 M1、临
水 M3、游邀 H326 组、阳白 H206 组、筛子绫罗 H122 组（图四九）、贾家营 H2、三关四

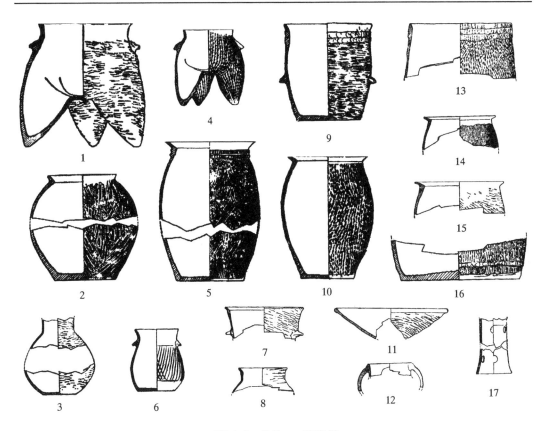

图四五 岔沟 H1 组陶器

1、4. 斝式鬲　2、5、10、14. 折沿绳纹罐　3、8. 壶　6. 双鋬小罐　7. 深腹盆　9、13. 直壁缸　11、17. 豆　12. 双耳罐
15. 篮纹折沿罐　16. 器底(2、5、10、14 出自 H2, 4 出自 F9, 7～9、13、15、16 出自 F12, 余出自 H1)

期等也属此期。忻州白阳[38]、定襄西社[39]、偏关欧泥咀[40]、大同吉家庄[41]、宣化龙门也见此期遗存。绳纹为主,篮纹其次。出现较多浅乱绳纹,左斜篮纹和竖篮纹增多,横篮纹消失。鬲和甗的袋足根部内聚至相连或接近相连,高领罐多直领折肩,大口尊多折肩,斜腹盆腹多略弧,单耳罐和双耳罐耳变大,新出蛋形圈底瓮。

此外,在娄烦河家庄、庙湾、羊圈庄也见第六、七期遗存。

第三节　陕　北

该小区只有栾家坪和郑则峁 2 个遗址发现具有分期意义的地层关系。

栾家坪　新石器时代遗存被分为 2 期,分别以 T3⑤和 T3④为代表。第一期多为红褐陶,纹饰主要是细绳纹,见圆点、勾叶纹黑彩。有环形口小口尖底瓶、绳纹罐、口沿外饰窄黑彩带的钵、卷沿曲腹盆等器类。第二期以灰陶为主,纹饰有绳纹、篮

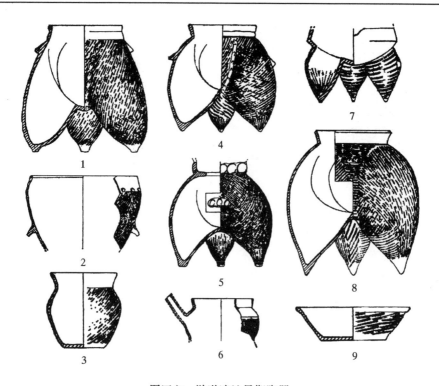

图四六　游邀遗址早期陶器

1. 罂式鬲（H348:1）　2、5. 瓿（H326:1、H326:2）　3. 绳纹罐（H374:1）　4、8. 鬲
（H291:2、H193:1）　6. 盉（H326:4）　7. 斝（H326:3）　9. 斜腹盆（H204:2）

纹、方格纹、附加堆纹等，器类有花边绳纹罐、篮纹罐、方格纹罐、直壁缸等（图五
〇）。

郑则峁　新石器时代遗存被分为 2 期。第一期夹砂陶多于泥质陶，流行横篮纹，附
加堆纹发达，绳纹很少。该期遗存还可进一步分为以乙 T59⑤和乙 T59④为代表的 2 段：
早段的小口瓶底部近平且残留一小纽，还有篮纹罐、高领瓮、直壁缸、折腹盆、斜腹
盆、敛口钵等器类；晚段小口瓶平底，新出斝。第二期以 G2②为代表，泥质陶多于夹
砂陶，绳纹明显多于篮纹，器类有双鋬鬲、绳纹罐、斜腹盆、高领罐等（图五一）。

显然，栾家坪和郑则峁遗址的分期还远远不能涵盖整个陕北地区新石器时代文化遗
存的分期。由于缺乏具有分期意义的地层关系，只能依地层单位中共存陶器的同异，将
该地区新石器时代文化遗存大致分为若干组（表四）。

第一组　以栾家坪 T3⑤组为代表，横山上烂泥湾 A 组也属此组（图五二），靖边高
渠（图五三）、苦水和子州后淮宁湾遗址也有此组遗存。流行圆点、勾叶、三角纹黑彩。
主要器类有环形口小口尖底瓶、口沿外饰甚窄黑色彩带的钵、卷沿彩陶盆、绳纹罐
等。

表四			陕北新石器文化遗存分组表		
分组 遗址	一组	二组	三组	四组	五组
栾家坪	T3⑤			T3④	
高渠	√				
后淮宁湾	√				
苦水	√	√			
上烂泥湾	A组	B组	C组		
小官道			BF2		
庙界			√		
安子梁			√		
木浴沟			√		
白兴庄			√	√	
郑则峁			乙 T59⑤、④		G2②
史家湾				H4	
石峁					H1

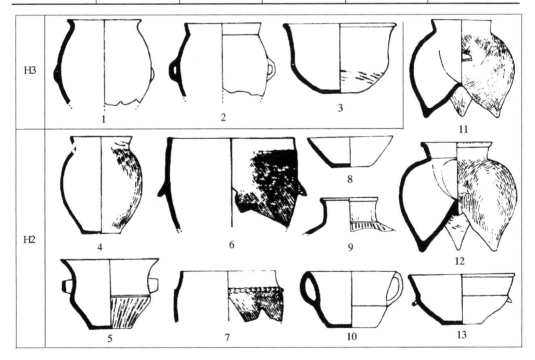

图四七　贾家营遗址 H3 和 H2 陶器比较

1、2.素面夹砂罐（H3:3、H3:1）　3、5、8、13.盆（H3:2、H2:3、H2:1、H2:2）　4.绳纹罐（H2:6）　6、7.
大口瓮（H2:9、H2:26）　9.高领罐（H2:35）　10.双耳罐（H2:4）　11、12.鬲（H2:7、H2:33）

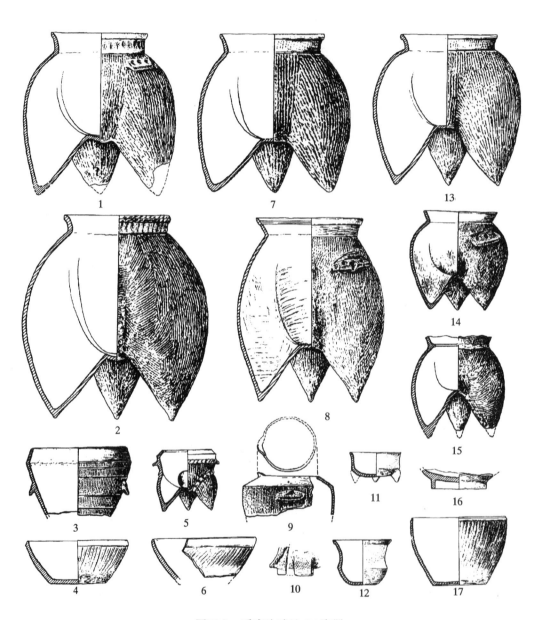

图四八　乔家沟遗址 H6 陶器

1、2、7、8、13、14.鬲（H6:13、H6:12、H6:14、H6:1、H6:11、H6:2）　3、15.甗（H6:29、H6:6）　4、6、
12、17.盆（H6:10、H6:23、H6:13、H6:5）　5、9、11.斝（H6:3、H6:7、H6:25）　10、16.器足（H6:26、H6
:24）

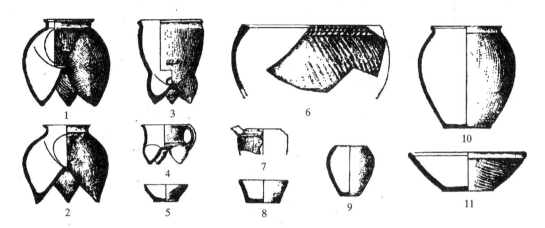

图四九　筛子绫罗、庄窠、三关遗址陶器

1、2.鬲（SF101:23、SGH6:1）　3.甗（SH120:24）　4.斝（SH104:36）　5、8.碗（SH122:65、SH122:66）

6.大口瓮（SH104:44）　7.盂（ZH106:2）　9.素面罐（SH122:62）　10.绳纹罐（SH122:67）　11.斜腹盆

（SH122:20）（2 为三关出土，7 为庄窠出土，余均为筛子绫罗出土）

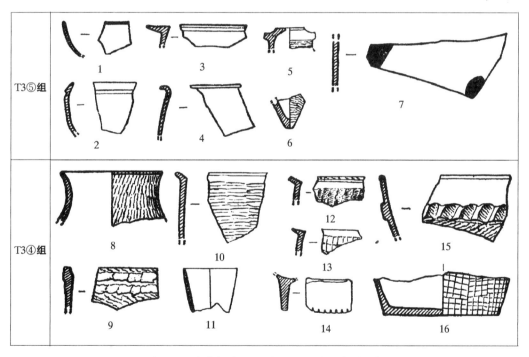

图五〇　栾家坪遗址 T3⑤组和 T3④组陶器比较

1、2.钵（T1⑤:1、T1⑤:2）　3、4、15.盆（T3⑤:6、T3⑤:7、T3④:4）　5、6.小口尖底瓶（T3⑤:8、T1⑤:

3）　7.彩陶片（T3⑤:10）　8、10、12、13、16.罐（T1④:5、T3④:9、T3④:5、T3④:7、T3④:8）　9.直壁缸

（T3④:3）　11.杯（T2④:5）　14.鼎足（T2④:6）

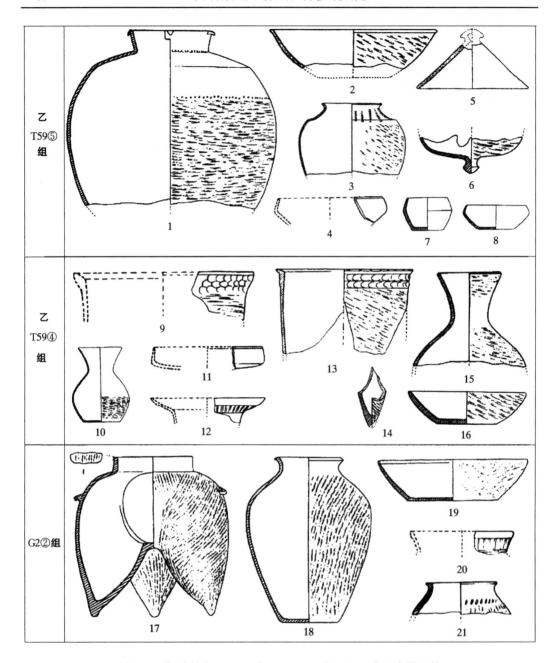

图五一　郑则峁遗址乙 T59⑤组、乙 T59④组和 G2②组陶器比较

1、20.高领瓮（乙 T60⑤:3、G2②:6）　2、16、19.斜腹盆（乙 T59⑤:18、乙 T49③:3、G3H2:1）　3.篮纹罐（乙 T59⑤:5）　4、7、8.钵（乙 T59⑤:35、乙 T60⑤:12、乙 T59⑤:4）　5.器盖（乙 T59⑤:6）　6.小口尖底瓶（乙 T60⑤:1）　9、13.直壁缸（乙 T60④:12、乙 T59④:9）　10、15.小口平底瓶（乙 T59④:10、乙 T49④:9）　11.豆（乙 T60④:33）　12.折腹盆（乙 T60④:26）　14.鬶足（乙 T59④:31）　17.双錾鬲（G2②:4）　18、21.绳纹罐（G3H1:1、G2②:5）

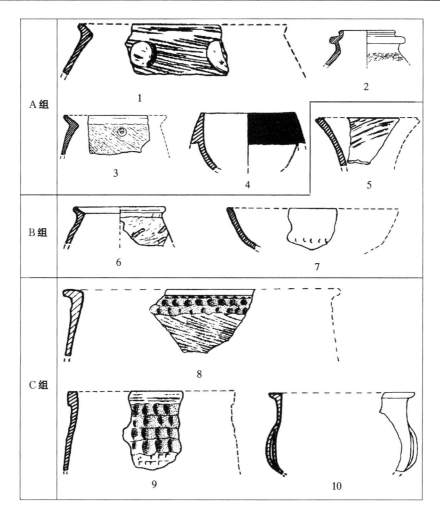

图五二　上烂泥湾遗址陶器

1、3、6.罐　2、5.小口尖底瓶　4、7.钵　8、9.直壁缸　10.双耳盆

　　第二组　以上烂泥湾 B 组为代表，榆林城圪塔[42]、靖边苦水遗址也有此组遗存。见喇叭口小口尖底瓶、饰多段附加堆纹的绳纹罐、折腹钵等器类，以及网格纹彩陶等。

　　第三组　以郑则峁一期为代表，包括小官道 BF2 和上烂泥湾 C 组（图五四），神木滴水崖[43]、横山木浴沟（图五五），靖边庙界、安子梁、榆林白兴庄也见此组遗存。多为灰陶，盛行横篮纹，绳纹和方格纹其次，附加堆纹常

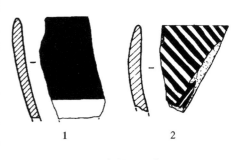

图五三　高渠遗址陶器

1、2.钵

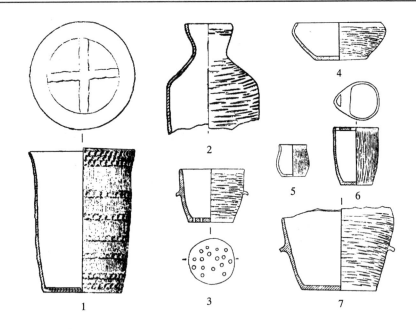

图五四　小官道遗址 BF2 陶器[44]

1. 直壁缸（BF2:8）　2. 小口瓶（BF2:9）　3. 甑（BF2:11）　4. 钵（BF2:11）[45]

5. 绳纹小罐（BF2:1）　6. 带流罐（BF2:3）　7. 篮纹罐（BF2:2）

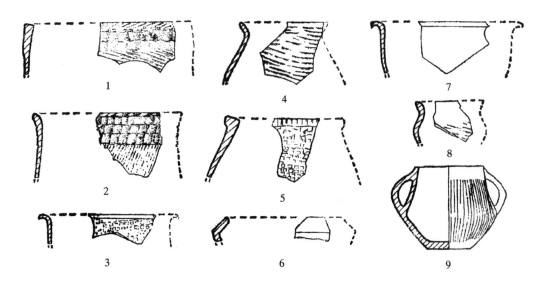

图五五　木浴沟遗址陶器

1、2. 直壁缸　3、7. 盆　4、8. 篮纹罐　5. 敛口瓮　6. 钵　9. 双耳罐

见。典型器类有高领罐、绳纹罐、篮纹罐、方格纹罐、斜腹盆、曲腹盆、敛口钵、双耳罐、单耳罐、斝等，并有器颈部或口沿外箍多周附加堆纹的直壁缸、大口瓮、敛口瓮。

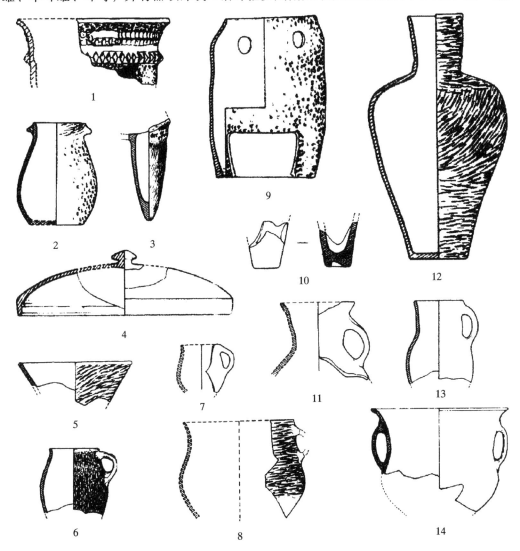

图五六　史家湾遗址 H4 陶器

1、3. 斝（H4:1、H4:9）　2. 双鋬罐（H4:2）　4. 器盖（H4:14）　5. 斜腹盆（H4:11）　6～8、11、13. 单耳罐（H4:4、H4:12、H4:7、H4:8、H4:3）　9. 灶（H4:13）　10. 红陶杯（H4:10）　12. 高领罐（H4:6）　14. 双耳盆（H4:5）

第四组　以栾家坪 T3④组和史家湾 H4 为代表（图五六），刘兴庄[46]、白兴庄遗址也见此组遗存。夹砂陶多于泥质陶，有的夹砂陶中羼和岩渣。纹饰中以麻窝纹最具特色，流行绳纹和右斜篮纹，此外还有方格纹、附加堆纹、刻划纹、锥刺纹等。以灰陶为

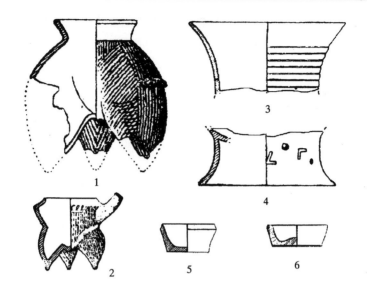

图五七　石峁遗址 H1 陶器

1. 鬲（H1:10）　2. 盉（H1:4）　3. 大口尊（H1:12）　4. 圈足盘（H1:
9）　5、6. 平底碗（H1:1、H1:2）

主，褐陶其次。器类有大口折腹斝、鼎、双錾罐、花边绳纹罐、篮纹罐、方格纹罐、小口高领圆肩或折肩罐、敛口直壁缸、双耳盆、豆、单耳罐、双耳罐，还见红陶杯。

第五组　以郑则峁二期为代表，还包括石峁 H1。见鬲、盉、绳纹罐、大口尊、斜腹盆、圈足盘、平底碗等器类（图五七）。

这 5 组中，仅第一和第四组之间，第三和第五组之间存在明确的地层关系。

第四节　总分期与绝对年代

一　总分期

以上内蒙古中南部区新石器时代文化的 6 期 3 大阶段，与晋中北、冀西北区的后 6 期 3 大阶段分别一一对应。陕北区虽只是分成 5 组，但每组特征均可大体与前二者的后 5 期对应。晋中北与冀西北区的第一阶段（第一期）则不见于其他两区。这就是说，整个北方地区新石器时代文化可从总体上分为 7 期 4 大阶段（表五）。至于前 2 区期之下段的划分则详略不等，不好严格对应，故在总分期中不再讨论。

第一阶段（第一期）　陶器为饰刻划纹和压印纹的筒形罐类器物。

第二阶段　陶器一般为红褐色，流行绳纹和旋纹，彩陶色彩单纯，图案简洁。典型器类有折唇或环形口小口瓶、绳纹瓮、绳纹或旋纹罐，弧腹或内曲腹的钵、盆。

分　期 小　区	第一阶段 一期	第二阶段		第三阶段		第四阶段	
		二期	三期	四期	五期	六期	七期
内蒙古中南部		一期	二期	三期	四期	五期	六期
晋中北与冀西北	一期	二期	三期	四期	五期	六期	七期
陕北		一组	二组	三组	四组	五组	

表五　　　　　　北方地区新石器文化遗存分期对照表

第二期　泥质陶一般红色，夹砂陶多褐色，以素面为主，见旋纹或绳纹，有红色网纹、条带纹彩陶。典型器类有敛口绳纹瓮、旋纹罐、旋纹盆、红顶弧腹钵、弧腹盆、小口折唇或直口平底壶、鼎等。

第三期　以素面和细绳纹为主，旋纹其次，流行圆点、勾叶、三角纹黑彩彩陶。典型器类有环形口小口尖底瓶、敛口瓮、铁轨式口沿罐、曲腹钵、曲腹盆等。

第三阶段　陶色由红褐向灰色转变，流行绳纹、横篮纹和附加堆纹，彩陶由繁复渐趋简化。典型器类有绳纹罐、大口或敛口瓮、敛口折腹钵、斜直腹盆、曲腹盆、缸等。

第四期　以红褐或灰褐为主，绳纹普遍，出现篮纹，并在器颈部流行附加堆纹，肩部靠上多见双錾。彩陶颜色丰富，常见红和黑色，另有紫色、白色等；图案复杂，有背向双勾纹、网纹、棋盘格纹、对顶三角纹等，常组合使用。典型器类有颈部箍附加堆纹的绳纹罐、彩陶罐、大口缸、敛口或直口折腹钵、斜直腹盆等。

第五期　多为灰陶，泥质陶盛行横篮纹，夹砂陶仍以绳纹为主，附加堆纹常见。典型器类有绳纹或篮纹罐、高领罐、大口罐、直壁缸、大口瓮、敛口瓮、斜腹盆、折腹钵、小口壶、单耳罐、双耳罐、豆等。

第四阶段　陶色以灰为主，黑或灰皮褐胎者也占相当比例，流行绳纹、斜或竖篮纹，以及方格纹、附加堆纹、刻划纹等。典型器类有斝式鬲或鬲、甗、盉，施绳纹、篮纹或方格纹的罐，大口或敛口瓮，大口或高领尊，以及高领罐、直壁缸、敛口折腹钵、斜直腹盆、曲腹盆、豆、单耳罐、双耳罐等。

第六期　夹砂陶多于泥质陶，部分夹砂陶中羼和小石子或岩渣。夹砂陶多拍印绳纹，泥质陶多拍印右斜篮纹，横篮纹其次。以灰陶为主，黑或灰皮褐胎陶和红褐陶其次。器类有绳纹罐、篮纹罐、高领罐、直壁缸、大口瓮、敛口瓮、大口尊、高领尊、曲腹盆、斜腹盆、敛口钵、甗、浅盘豆，新出大量斝式鬲、甗、盉类三足器。

第七期　出现较多浅乱绳纹，左斜篮纹和竖篮纹增多，横篮纹消失。鬲和甗的袋足根部内聚至相连或接近相连，高领罐多直领折肩，大口尊多折肩，斜腹盆腹多略弧，单耳罐和双耳罐耳变大，新出蛋形圈底瓮。

二　绝对年代

目前发表的关于北方地区新石器时代的^{14}C测年数据共计54个，绝大部分标本为木炭（或植物种子），其次有白灰面和人骨。这其中有 22 个数据实际上难以使用：

1. 由于未发表相关的考古资料或资料简单而难以使用者共 12 个数据，包括河曲石墕[47]和石楼东庄遗址的各 1 个数据[48]，蔚县琵琶嘴的 2 个数据，阳原姜家梁（西水地）的 3 个数据。娄烦山城峁的 5 个数据难以确定属于仰韶四期还是龙山时代。

2. 过度偏离真实年代而难以使用者共 5 个数据，包括属第二期的白泥窑子遗址的 1 个数据：BC1430～1100（IT8②），标本为骨头；属第三期的庙子沟遗址的 3 个数据：BC2458～2143（M4）、BC2399～2048（M16）、BC1970～1740（M15），标本为人骨。这些数据明显偏年轻，或许是使用骨类标本测定的缘故[49]。此外，属第六期的筛子绫罗遗址的 1 个数据 BC2900～2506（H54）则明显偏老。

3. 未经高精度树轮校正表校正者，包括园子沟遗址的 5 个数据 BP4910 ± 100（F3042）、BP4626 ± 90（F3043）、BP4382 ± 90（F3045）、BP4180 ± 100（Y3005）、BP4120 ± 70（F3041）[50]。前 2 个数据校正后远远偏离第五期的真实值，后 3 个数据校正后与第五期其他数据相近。

我们主要依据筛选出的其余 31 个数据（姜家梁 1 个数据除外）来确定各期的绝对年代（表六）[51]。

从表中可以看出，除第一、二期外，其余每一期的数据都相对集中在一个区间。排除个别偏离较大者，再考虑到各期的衔接情况，我们就可初步确定第三至第七期各期大致的绝对年代。

第三期　公元前 4200～前 3500 年；

第四期　公元前 3500～前 3000 年；

第五期　公元前 3000～前 2500 年；

第六期　公元前 2500～前 2200 年；

第七期　公元前 2200～前 1900 年。

第一期仅有姜家梁遗址 1 个标本的绝对年代 BP6850 ± 80（F1），树轮校正后应大致在公元前 5700 年左右。第二期数据仅有石虎山 I 遗址 1 个标本的绝对年代 BP5680 ± 60（壕沟植物种子），树轮校正后为公元前 4550～前 4455 年，应大致代表该期晚段的年代；第二期应大约为公元前 4800～前 4200 年。一、二期之间尚有明显的缺环。

按照已经建立的新石器时代文化的年代序列，第一阶段（公元前 5700 年左右）相当于兴隆洼文化时期[52]，第二阶段（公元前 4800～前 3500 年）和第三阶段（公元前 3500～前 2500 年）分别相当于仰韶文化前期、后期[53]，第四阶段（公元前 2500～前 1900 年）相当于龙山时代[54]。以下各章便以这 4 大阶段为序展开讨论。

表六　　　　　　　　　　　北方地区新石器文化绝对年代表

阶段	期			年代 (BC)
一	兴隆洼期			5620 — 5500
二	仰韶一期	石虎山Ⅰ	壕沟	4550 — 4455
二	仰韶二期	三关	F5	4360 — 3828
		白泥窑子	IZ3	4239 — 3995
		三关	F2	3996 — 3790
三	仰韶三期	阿善	T7④	3905 — 3690
		阿善	H5	3511 — 3350
		白燕	H137	3342 — 3036
		阿善	T9④	3093 — 2905
		白燕	H99	2923 — 2786
三	仰韶四期	白燕	F2	3032 — 2788
		阿善	H39	2914 — 2699
		阿善	H8	2914 — 2629
		白燕	F2	2898 — 2615
		寨子塔	H48	2889 — 2622
		白泥窑子	F3	2885 — 2500
		阿善	H14	2881 — 2579
		白燕	F2	2881 — 2579
四	龙山前期	岔沟	F1	2580 — 2300
		岔沟	F2	2559 — 2149
		岔沟	F5	2554 — 2313
		岔沟	F3	2462 — 2202
		栾家坪	H3	2461 — 2143
		岔沟	F12	2344 — 2137
		老虎山	Y3	2301 — 2044
		岔沟	F4	2289 — 2042
		栾家坪	H7	2289 — 1979
		二里半	H10	2197 — 1989
		岔沟	F14	2124 — 1888
四	龙山后期	阳白	T3101③	2135 — 1922
		阳白	F101	1878 — 1677
		阳白	H2	1743 — 1530

---

[1] 张光直：《谈聚落形态考古》，《考古学专题六讲》，文物出版社，1986 年；严文明：《聚落考古与史前社会研究》，《文物》1997 年 6 期。

[2] 严文明：《新石器时代考古的年代学》，《走向 21 世纪的考古学》，三秦出版社，1997 年。

[3] 严文明：《考古资料整理中的标型学研究》，《走向 21 世纪的考古学》第 76 页，三秦出版社，1997 年。

[4] 严文明：《纪念仰韶文化遗址发现六十五周年》，《仰韶文化研究》，文物出版社，1989 年。

[5] 西园遗址发掘组：《内蒙古包头市西园新石器时代遗址发掘简报》，《考古》1990 年 4 期。田广金：《内蒙古中南部仰韶时代文化遗存研究》，《内蒙古中南部原始文化研究文集》，海洋出版社，1991 年。简报图八错讹甚多，故本文图一六标本号以田广金论文为准。

[6] 魏坚：《试论庙子沟文化》，《青果集——吉林大学考古专业成立二十周年考古论文集》，知识出版社，1993 年。

[7] 由魏坚《试论庙子沟文化》一文图二修改而成。

[8] 田广金：《内蒙古中南部仰韶时代文化遗存研究》，《内蒙古中南部原始文化研究文集》，海洋出版社，1991 年。

[9] 参见崔璿、斯琴：《朱开沟Ⅶ区遗存讨论》，《考古》1992 年 9 期。

[10] 表中的各地层单位一般均只是它所在的那一组遗存的代表；"√"号表示采集有该期段的陶器。

[11] 田广金：《内蒙古岱海地区仰韶时代文化遗址的调查》，《内蒙古中南部原始文化研究文集》，海洋出版社，1991 年。

[12] 斯琴：《准格尔旗窑子梁仰韶文化遗址》，《内蒙古文物考古》第 1 期，1981 年。

[13] 王志浩、杨泽蒙：《鄂尔多斯地区仰韶时代遗存及其编年与谱系初探》，《内蒙古中南部原始文化研究文集》，海洋出版社，1991 年。

[14] 斯琴：《准格尔旗窑子梁仰韶文化遗址》，《内蒙古文物考古》第 1 期，1981 年。

[15] 王志浩、杨泽蒙：《鄂尔多斯地区仰韶时代遗存及其编年与谱系初探》，《内蒙古中南部原始文化研究文集》，海洋出版社，1991 年。

[16] 田广金：《内蒙古岱海地区仰韶时代文化遗址的调查》，《内蒙古中南部原始文化研究文集》，海洋出版社，1991 年。

[17] 凉城县文物保护管理所：《凉城县文物志》，1992 年。

[18] 内蒙古乌兰察布盟文物工作站：《内蒙古商都县新石器时代遗址调查》，《考古》1992 年 12 期；内蒙古文物考古研究所、商都县文物管理所：《内蒙古商都县两处新石器时代遗址的调查与试掘》，《北方文物》1995 年 2 期。

[19] 原报告编号为 F21:1 者，有绳纹罐与盆各 1 件。特在此注明，不再另作改动。

[20] 内蒙古文物考古研究所、伊克昭盟文物工作站：《内蒙古准格尔煤田黑岱沟矿区文物普查述要》，《考古》1990 年 1 期。

[21] 崔璿：《内蒙古中南部石佛塔等遗址调查》，《内蒙古文物考古》第 1 期，1981 年。

[22] 内蒙古文物考古研究所：《准格尔旗大宽滩古城发掘简报》，《万家寨——水利枢纽工程考古报告集》，远方出版社，2001 年。

[23] 魏坚：《准格尔旗铁孟沟出土陶器及相关问题》，《内蒙古中南部原始文化研究文集》，海洋出版社，1991 年。

[24] 孔哲生、张文军、陈雍：《河北境内仰韶时期遗存初探》，《史前研究》1986 年 3、4 期。

[25] 国家文物局、山西省考古研究所、吉林大学考古学系：《晋中考古》，文物出版社，1999 年。

[26] 河北省文物研究所：《河北阳原县姜家梁新石器时代遗址的发掘》，《考古》2001 年 2 期。

[27] 李珺、王幼平：《阳原于家沟旧石器时代晚期遗址》，《考古学年鉴》（1996），文物出版社，1998 年。

[28] 表中的各地层单位一般均只是它所在的那一组遗存的代表；"√"号表示采集有该期段的陶器。

[29] 张忠培、乔梁：《后岗一期文化研究》，《考古学报》1992 年 3 期。

[30] 山西省考古研究所：《山西汾阳县峪道河遗址调查》，《考古》1983 年 11 期。

[31] 张德光：《临水和吉家庄遗址的调查》，《文物季刊》1989 年 2 期。

[32] 张德光：《临水和吉家庄遗址的调查》，《文物季刊》1989 年 2 期。

[33] 陶宗冶：《河北张家口市考古调查简报》，《考古与文物》1985 年 6 期。

[34] 山西省文物管理委员会：《山西出土文物》，1980 年。

[35] 北京大学考古系等：《山西大同及偏关县新石器时代遗址调查简报》，《考古》1994 年 12 期。

[36] 原简报 2 件盆使用同一编号。

[37] 原报告编号为 F1:4 者，有敛口瓮与器盖各 1 件。特在此注明，不再另作改动。

[38] 笔者和郭艮堂曾对此遗址做过调查。

[39] 山西省博物馆：《山西定襄县西社村龙山文化遗址调查》，《考古》1987 年 11 期。

[40] 北京大学考古系等：《山西大同及偏关县新石器时代遗址调查简报》，《考古》1994 年 12 期。

[41] 张德光：《临水和吉家庄遗址的调查》，《文物季刊》1989 年 2 期。

[42] 巩启明、吕智荣：《榆林地区新石器时代文化遗存》，《中国考古学年会第八次年会论文集》（1991），文物出版社，1996 年。

[43] 艾有为：《神木县新石器时代遗址调查简报》，《考古与文物》1990 年 5 期。

[44] 该单位原简报编号为 BG2F2③：“B” 指 B 区，“③” 原意可能是指 “属于” 第 3 层，“G2” 不明所指。今简化成 “BF2”。

[45] 原简报编号为 BF2∶11 者，有甑和钵各 1 件。特在此注明，不再另作改动。

[46] 巩启明、吕智荣：《榆林地区新石器时代文化遗存》，《中国考古学年会第八次年会论文集》（1991），文物出版社，1996 年。

[47] 数据见北京大学考古系碳十四实验室原思训等：《碳十四年代测定报告》（九），《文物》1994 年 4 期。

[48] 表中数据除注明者外，其余数据均出自中国社会科学院考古研究所编：《中国考古学中碳十四年代数据集（1965～1991）》，文物出版社，1991 年。表中 ^{14}C 数据均采用 1988 年国际 ^{14}C 会议确认的高精度树轮校正表校正。

[49] 中国社会科学院考古研究所实验室：《骨质标本的碳十四年代测定方法》，《考古》1976 年第 1 期；陈铁梅：《第四纪骨化石样品的多方法对比测年》，《第四纪研究》1990 年 3 期。

[50] 内蒙古文物考古研究所：《岱海考古（一）——老虎山文化遗址发掘报告集》，科学出版社，2000 年。

[51] 表中白泥窑子 D 点的数据出自中国社会科学院考古研究所实验室：《放射性碳素测定年代报告》（二〇），《考古》1993 年 7 期；栾家坪遗址的数据出自中国社会科学院考古研究所实验室：《放射性碳素测定年代报告》（二一），《考古》1994 年 7 期；石虎山 I 的数据出自西本丰弘《石虎山遗址出土植物种子的年代测定结果》，《岱海考古（二）——中日岱海地区考察研究报告集》，科学出版社，2001 年。

[52] 中国社会科学院考古研究所内蒙古工作队：《内蒙古敖汉旗兴隆洼遗址发掘简报》，《考古》1985 年 10 期。

[53] 严文明：《略论仰韶文化的起源和发展阶段》，《仰韶文化研究》，文物出版社，1989 年。

[54] 严文明：《龙山文化和龙山时代》，《文物》1981 年 6 期。

第三章　文化谱系

对考古遗存依据特征作分类、梳理，以构建其时空框架，明确其来龙去脉、对外关系等，就构成文化谱系研究的主要内容。它的关键是弄清考古学文化的层次结构的问题[1]。考古学文化及其层次结构都是客观存在，因为资料条件的变化、研究者出发点的不同等可能会带来阶段性研究成果的一定差异[2]，其实不过是认识客观世界时人们所面临的一般性问题，不必对其大惊小怪。但考古学文化在何等程度上具有历史意义却确实是一个严峻的问题，因为它直接关系到考古学研究的意义。曾经被广泛接受的看法是，考古学文化大致是具有共同传统的同一社会的物质表现形式[3]。但后来人们注意到环境（自然环境和人文环境）也是制约文化的重要因素之一，有些考古学家甚至同意和倡导"文化是人类对环境的超肉体的适应方式"这样的说法[4]，这就使文化与具有共同传统的人们共同体之间的对应关系模糊起来。实际上，"自然环境首先是制约人类经济活动的方向，进而影响到文化区域的形成……这是一种经济文化区"，而"因历史文化传统影响而形成的考古学文化区，应称之为民族文化区。至于人文环境的影响，也主要是在民族文化区方面，对经济文化区的影响很小"[5]。显然，文化谱系研究对探讨民族文化区及其相互关系会是一种有效的方法。同时也应当注意到，历史文化传统和"族"一类的人们共同体并非一成不变，我们只有在动态中才可能把握那些具有共同传统的社会。

考古学文化具有成分结构，可以大致分为聚落形态、墓葬形制、生产工具、生活用具、武器、装饰品、宗教用品等门类[6]。它们中的每一类都可能同时反映人类社会的各个方面，但侧重点有所不同。例如，生产工具与经济形态或"经济文化区"有更多联系，生活用具、装饰品、宗教用品、墓葬形制与文化传统或"民族文化区"有更多联系，聚落形态则是更复杂的综合体。由于作为生活用具主体的陶器在考古遗存中最为普遍、变化敏感，且与"民族文化区"有更多联系，所以在文化谱系研究中常充当主角。在这个意义上"典型器物"的概念同样是成立的。以陶器为主并结合生产工具等，是确定文化谱系的有效手段。

文化谱系可以从纵横两个方面去观察。在同一时间面上，需要考虑考古学文化和地方类型的划分以及各文化或类型间的关系；在不同的时期，则要弄清文化序列和传承关系。更进一步，对本地区与周围地区之间文化关系的考察也是其重要组成部分。由于以上内容往往互相关联，难以完全分开研究，所以下面我们按时间顺序进行综合分析。

需要指出的是，以下无论分区，还是划分文化或类型，都只根据文化面貌而定，前面分期时划分的各小区只作为讨论的基础而已。

第一节 兴隆洼文化时期

亦即本地区总第一期，属新石器时代中期。该期遗存目前仅发现于桑干河流域的姜家梁（包括于家沟），总体情况尚不甚清楚。仅从姜家梁早期 F6 出土的饰交叉刻划纹和椭圆形压印纹的粗陋夹砂灰褐色筒形罐类陶器残片来看，其特征接近燕山南北北京-唐山一带的兴隆洼文化[7]，同河北中部容城地区的磁山文化也有相似的一面[8]（图五八）。少量斧类磨制石器和大量打制石器共存的现象与兴隆洼文化的特征更为接近（图五九）。不过磁山文化早期的典型器盂和兴隆洼文化的典型器筒形罐形态相近，姜家梁早期属于筒形罐–盂这个大的文化系统自然没有什么问题[9]。

第二节 仰韶前期

根据严文明先生的研究，仰韶文化可分成 4 期，其中一、二期为前期，三、四期为后期[10]。仰韶前期属于新石器时代晚期，是仰韶文化逐步走向统一和繁荣的阶段，器物种类较为单纯。

一 仰韶一期遗存

亦即本地区总第二期。该期文化遗存发现较少（图六〇）。作为饮食器和盛储器的泥质钵、壶、盆是该期的几类主要器物，在所有发现的遗存中都有发现，可算是本区文化的第一个层次。具体来说，钵以红顶钵为主，敞口或直口，圜底或小平底。壶均为小口，分直口球腹双耳壶、折唇球腹双耳壶、折唇高直颈折腹壶和敛口鼓腹壶 4 种。盆多为浅弧腹，有沿或无沿。

如果放大眼光，会发现钵、壶和盆这一组合的分布范围其实非常广大，南至汉水上、中游，东至河北平原，北迄长城沿线，西达陇山一线，基本涵盖了整个黄河中游地区，南部还有所超越。此外，在这一广大范围内还存在一种数量不多但却十分独特的器物——大口尖底罐，并广见旋纹。还流行石斧、石铲、石锛、石凿、石刀、石磨盘、石磨棒、石或陶纺轮、石或陶环及一些种类近似的骨质工具、装饰品等。这些共同特征就使该范围文化遗存联系成一个相对的整体。同时应当注意到，这个共同体与山东及邻近地区有着异乎寻常的密切关系，后者也有钵和壶，只是数量较少，盆类也少见[11]。

黄河中游地区包含钵、壶和盆这一器物组合的遗存共同体，正是所谓仰韶文化[12]，

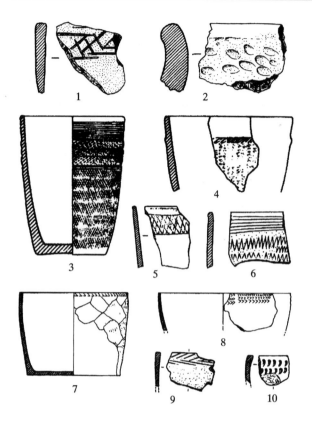

图五八　姜家梁 F6、东寨 G1、上坡 T44④组陶器比较

1～6. 筒形罐（姜家梁 F6:5、F6:4，东寨 G1:7、G1:169、G1:5、G1:165）　　7～10. 盂（上坡 T34④:586、T2④:336、T4G1:118、T44④:37）

因此北方地区该期遗存自然就属于仰韶文化范畴。

然后转入第二个层次。我们注意到作为炊器和大型盛储器的罐、瓮和鼎的分布在本区有明显的不同，并以此为据可将本区该期文化遗存大体分为 3 类，即冀西北小区流行鼎和素面（彩陶）罐的一类遗存，岱海小区流行釜、鼎的一类遗存，鄂尔多斯－晋中小区流行绳纹罐（绳纹瓮）、旋纹罐的一类遗存。

冀西北遗存以四十里坡 H8 为代表。泥质陶红色，夹砂陶褐色。绝大部分素面，仅有个别旋纹、绳纹。见网纹、成组弧线纹、垂线纹、宽带纹等图案的红色彩陶，有的施彩前划出浅细的图案底稿。主要器类为红顶钵、锥足鼎、直口球腹双耳壶、圆唇盆、盆形甑、彩陶罐等。

岱海小区遗存以石虎山 I 和 II 遗存为代表，包括红台坡下遗存等。陶器以夹砂者为主，多为取自河床的均匀细砂，其中含一定量的云母，一般呈褐色。泥质者次之，多经淘洗，细腻均匀，大部分红色。此外还有极少量夹蚌陶。夹砂陶早段尚素面晚段多绳纹，泥质陶基本始终为素面和压光，另见少量旋纹、指甲纹、划纹等。个别钵或壶的口沿内外有红色彩带。陶器应主要使用泥条制作法，形制规整，有的内壁刮抹痕明显。器类主要有红顶钵、红顶盆、釜、釜形鼎、壶等，鼎足根部多压窝加固或穿孔，壶的 4 种形制都有发现；此外还有直腹罐、圈足碗、圈足纽式器盖、小勺等。石器多为磨制，大部分是生产工具，大多通体细琢或磨光，使用以石钻两面旋钻的穿孔技术。有长方形或方形的宽大石铲、无足石磨盘、石磨棒、长体石斧、石锛、石凿、双孔或两侧带缺口的石刀、砺石、石球和刮削器、石叶等。装饰品仅见石环。骨、角、蚌器种类也不少，有骨锥、骨匕、骨刀、骨柄石刃刀、骨铲、骨凿、骨匙、骨镞、骨鱼钩、骨针、角锥、蚌铲、蚌刀等，大部分为渔猎类工具。此外还见刻人面纹的蚌饰（图六

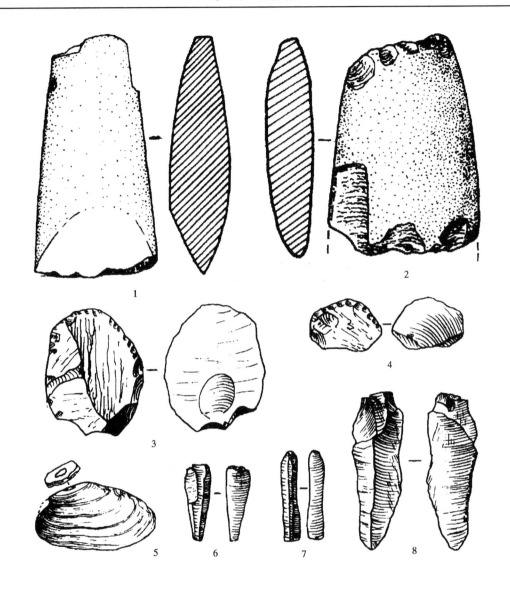

图五九　姜家梁早期石、蚌器

1、2.石斧（F6:3、F1:1）　3、4、8.石刮削器（F1:4、F1:10、F1:2）　5.蚌饰（F6:7）　6、7.细石叶（F1:7、F1:8）

一）。

鄂尔多斯—晋中小区遗存以鲁家坡一期和童子崖 H3 为代表，包括官地一期、上土河 H1、西街 H1 等遗存，准格尔旗架子圪旦、窑子梁、坟堰、脑包梁、贺家圪旦、清水河岔河口，离石吉家村、后赵家沟等遗址也有此类遗存。夹砂陶略多于泥质陶。夹砂陶多掺杂粗砂，有的其中含少量云母，质地较疏松，呈褐色。泥质陶纯净坚硬，大部分红

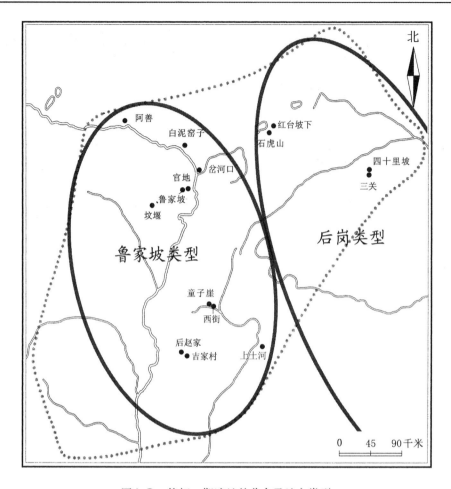

图六〇　仰韶一期遗址的分布及地方类型

色。夹砂陶流行拍印绳纹，旋纹其次，也常见上饰旋纹下拍绳纹者。泥质陶多素面和压光，有一部分口沿外饰旋纹。另见少量附加堆纹、乳钉纹。见少数钵上饰红色宽带纹和成组条纹彩。陶器采用泥条制作法，器耳多贴附于器物外壁。器类主要有绳纹（旋纹）敛口罐、绳纹（旋纹）敛口瓮、红顶钵、素面钵、素面盆、旋纹盆、折唇球腹壶、贴加乳钉装饰的大口尖底罐、小口罐、盆形甑等，此外还有陶刀、陶纺轮、陶环等工具。石器多为磨制，大部分是生产工具，有石铲、无足石磨盘、石磨棒、双孔石刀、石凿、石锄、石钻、砺石以及刮削器、石叶等。还有骨铲、骨匕等少量骨器（图六二）。

　　要对以上3类遗存有更深入的认识，还需将其置于整个仰韶文化一期的大框架之中。事实上作为北方地区第二层次标志物的罐、瓮和鼎等，也同样是整个仰韶一期第二层次的标志物。具体来说，绳纹罐主要分布在西部，素面罐主要在北、东、南部区，

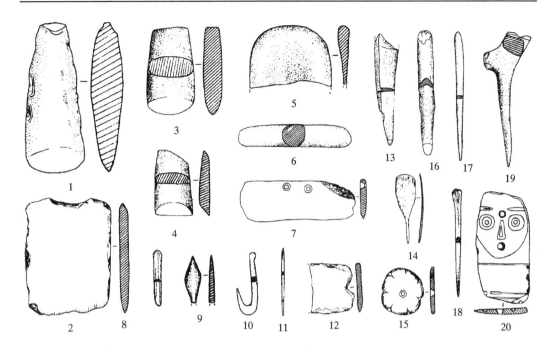

图六一 石虎山 I、II 遗址石、骨、角、蚌、陶器

1、3.石斧（IIF11:01、IG①:66） 2.石铲（IC:1） 4.石锛（IIF11:2） 5.石磨盘（IG②:34） 6.石磨棒（IG③:10） 7.石刀（IIF5:01） 8.石叶（IIF9:5） 9.骨镞（IG②:9） 10.骨鱼钩（IG①:7） 11.骨针（IG①:28） 12.陶刀（IIT0908③:1） 13.骨柄石刃刀（IH4:2） 14.骨匙（IG②:4） 15、20.蚌饰（IG①:31、IG①:32） 16.骨匕（IF6:01） 17、18.骨锥（IG③:2、IH1:2） 19.角锥（IG①:16）

釜、鼎分布在东、南部区乃至面向东南的更广大地区，它们都在北方地区不同程度地共存。依此，除北方地区外，可将其他区域仰韶文化一期大体分为西、南、东部3类遗存。西部渭河流域和汉水上游，包括陕北西南部在内[13]，以北首岭与龙岗寺早、中期为代表的遗存[14]，流行绳纹或绳纹与旋纹兼施的侈口罐、绳纹深腹瓮，存在杯形小口平底壶向杯形小口尖底瓶演化的完整序列，大口尖底罐一般上腹饰黑彩波折纹，有一定数量的口沿外饰宽黑彩带的钵与口沿外饰宽红彩带的钵共存，盆上多见鱼纹等动物性图案的黑彩装饰。南部晋南、河南大部乃至汉水中游地区以翼城枣园 H1[15]、垣曲古城东关仰韶早期[16]、郑州大河村"前三期"、"前二期"[17]和淅川下王岗仰韶一期[18]为代表的遗存，流行素面的侈口釜形鼎，有相当数量在足根部压窝加固，还有素面或旋纹侈口罐、旋纹双耳圆腹罐、敛口双耳平底壶、直口双耳壶等，大口尖底罐口沿外饰旋纹，上腹贴加乳钉装饰，除少量钵口沿外饰宽红彩带外，其他类彩陶罕见。东部豫北和河北大部地区以磁县下潘汪第二类型[19]、安阳后岗一期[20]、永年石北口早期一、二段和中期三段[21]、正定南杨庄[22]，以至于房山镇江营一、二期[23]、易县北福地第一期甲组[24]、三河刘白塔 H1[25]为代表的遗存，存在素面侈口釜（和支脚）向釜形鼎转化的序列，绝

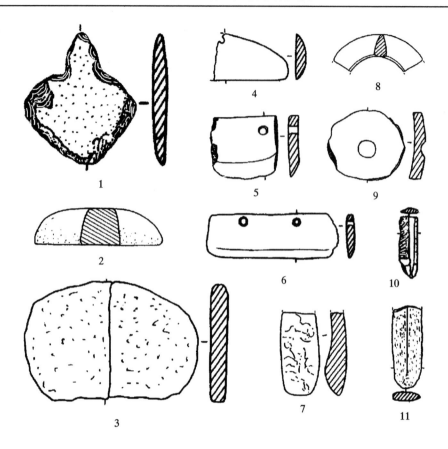

图六二　鲁家坡类型石、骨、陶器

1. 石锄（官地 G3:5）　2. 石磨棒（鲁家坡 F6:5）　3. 石磨盘（官地 H3:1）　4、5. 陶刀
（官地 C:21、鲁家坡 H6:8）　6. 石刀（鲁家坡 F6:7）　7. 石凿（鲁家坡 H6:15）　8. 陶环
（鲁家坡 T3②:1）　9. 陶纺轮（鲁家坡 H6:9）　10. 石叶（鲁家坡 H6:16）　11. 骨匕（鲁
家坡 H6:14)

大部分鼎足根部压窝加固，还有折唇球腹壶、直口圆腹双耳壶，见成组条纹图案的红色
彩，其余情况与南部区近似（图六三）。

这 3 大类遗存都可明确分成早（公元前 5000～前 4800 年）、晚（公元前 4800～前
4200 年）两段。以北首岭 M17、翼城枣园 H1、大河村"前三期"、石北口早期、镇江营
一期、易县北福地第一期甲组、三河刘白塔 H1 为代表的早段遗存的文化性质，实际上
还存在不同意见。孙祖初提出这是一个处于新石器时代中期和晚期之间的过渡阶段，各
地遗存可划分成不同的考古学文化[26]。但严文明却将北首岭遗址以 M17 为代表的遗存
当作仰韶文化[27]，赵宾福的观点也与此相同[28]。由于北首岭 M17 类遗存和中期仰韶文
化遗存面貌近似，杯形口瓶之由小平底转变为尖底，正是仰韶文化初期特征的反映，所
以后一种意见自然更为可取。因此包括北首岭 M17 在内的西部遗存仍可用半坡类型这

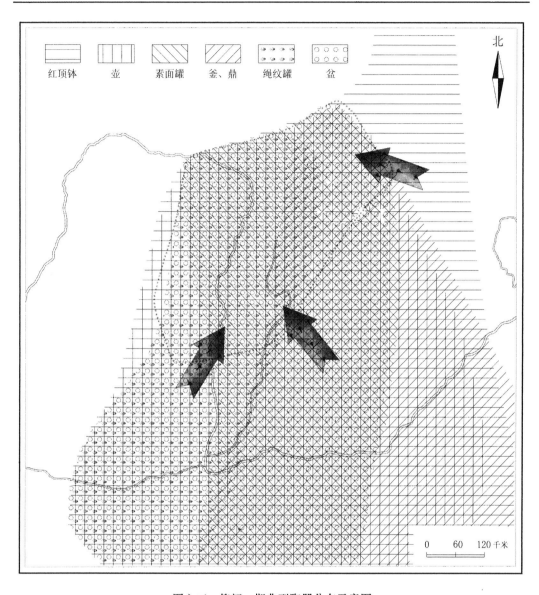

图六三 仰韶一期典型陶器分布示意图

一概念来涵盖。事实上，南部和东部遗存同样也可作如是观，并可分别使用已有的下王岗类型和后岗类型的名称。至于张忠培和乔梁提出将东部区、北方地区大部和山东及邻近地区该期遗存统归为"后冈一期文化"及其前身北辛文化的作法，是由于他们过多强调这些地区存在的诸多联系[29]。但如前所述，这些联系还不足以多到能把它们合并为一个文化的程度。当然，各类型在分段的基础上还可以进一步划分成一些地方亚型。例如，后岗类型早段的镇江营一期、刘白塔 H1 和石北口早期遗存之间，晚段的镇江营二期、南杨庄、石北口中期三段、后岗一期遗存之间，都存在一定程度的区别，有划为一个个地方亚型的可能性。

　　需要特别提出的是，在新石器时代中期，河北大部属于筒形罐－盂文化系统，但到仰韶一期早段时北京平原以南地区却被包含釜、红顶钵、壶等陶器的镇江营一期类后岗类型前段遗存所代替。釜显然为从山东地区的北辛文化传播而来[30]，但不能说镇江营一期类遗存从整体上可以归属于北辛文化。事实上，镇江营一期类遗存流行的红顶钵和壶，主要当为磁山文化晚期因素的延续和发展，而磁山文化晚期的钵、壶类器物的大量涌现又是裴李岗文化向北影响的结果[31]。

　　现在还让我们回过头来具体讨论北方地区。该地区仰韶一期早段遗存的情况虽然还不清楚，但岱海和冀西北区仰韶一期晚段的遗存则可以毫不勉强地归入后岗类型，因其具有多釜多鼎、缺乏绳纹瓮和绳纹侈口罐的特点。但它们在后岗类型中处于什么位置，与周围文化遗存有何关系，这还是需要讨论的问题。

　　岱海小区的石虎山Ⅰ和Ⅱ遗存虽一脉相承，但差别也是显而易见的，因此有必要分别讨论。与石虎山Ⅱ遗存面貌最近似的是镇江营一期和北福地第一期甲组遗存。镇江营一期被分为3段（原报告作3期）：浅腹釜由腹略鼓到鼓腹明显，最后出现少量深腹者；口沿部由卷沿圆唇到平折沿尖唇，转折部分厚度逐步增加。钵、盆类由敞口向直口发展。由只有釜与支脚的炊器组合，演化到与鼎共存。北福地第一期甲组遗存大体与其中段相当。可以看出，石虎山Ⅱ遗存与镇江营一期晚段正相衔接：釜为深腹，钵、盆直口或微敛口，还共有长条镂孔足鼎、直口壶、小勺、圈足纽式器盖，且夹砂陶均流行使用含有云母粉末的细砂；都流行石磨盘、石磨棒，有长条形斧、凿和一定数量的细石器等（图六四）。由于石虎山遗址所在的岱海地区尚未发现更早的新石器时代遗存，而镇江营一期不但稍早而且本身有发展阶段可寻，所以有理由推测石虎山Ⅱ遗存是镇江营一期一类遗存所代表的居民西向扩展的结果。

　　当然，石虎山Ⅱ遗存和镇江营一期之间也存在一定差别。一方面，后者的支脚在前者中已被淘汰。前者的斧刃部多经打磨，细石器比例小，而后者斧多仅打琢，细石器比例大，基本未见磨制穿孔石刀和磨制石铲。前者的制作技术明显高于后者，且前者以典型的农业生产工具刀和铲为主。这些都基本是时代先后的反映。另一方面，前者中新出的足根饰一圈压窝纹的鼎，在豫北冀南更为流行。前者中的敛口鼓腹壶和垣曲古城东关仰韶早期的同类器非常近似（图六五）。个别旋纹罐更是仰韶文化其他区域广泛盛行的器物。所以这些东西应当是与周围地区交流的结果。

　　石虎山Ⅰ遗存与Ⅱ遗存最大的区别是，在夹砂陶釜和罐上遍拍绳纹，还新出折唇高直颈壶、折唇球腹壶等。折唇高直颈壶此时在仰韶文化各类型泛见，折唇球腹壶则主要流行于后岗类型本身，绳纹在半坡类型最盛行。因此石虎山Ⅰ遗存可以理解为是在Ⅱ遗存的基础上，与后岗类型其他小区互相交流，共同发展，并受到半坡类型通过鄂尔多斯

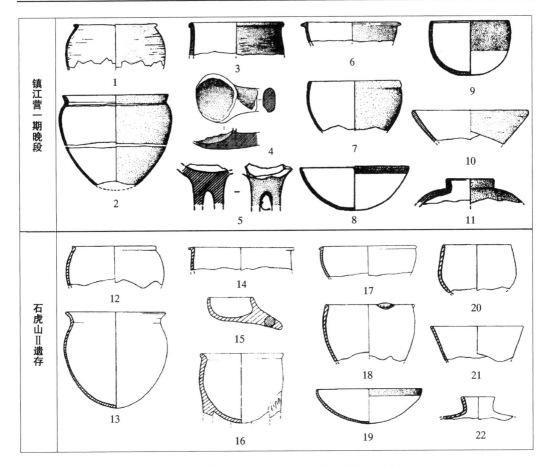

图六四　石虎山Ⅱ与镇江营一期晚段遗存陶器比较

1～3、12～14. 釜（FZH71：7、FZH1339：12、FZH1015：9、SⅡH8：6、SⅡF3：4、SⅡH22：4）　　4、15. 勺（FZH516：3、

SⅡF11：2）　　5、16. 鼎（FZH71：30、SⅡF1：1）　　6、7、10、17、18、21. 盆（FZH1015：8、FZH422：1、FZH422：8、

SⅡF13：1、SⅢH3：7、SⅡH20：8）　　8、9、19、20. 钵（FZH1015：3、FZH1339：1、SⅡ F9：2、SⅡ H8：3）　　11、22. 壶

（FZH1065：4、SⅡH16：3）

－晋中小区的较大影响而形成。

　　石虎山Ⅰ、Ⅱ遗存与同时的镇江营二期遗存的共性仍然是明显的，这主要是因为它们都共同来源于镇江营一期，当然也不排除继续交流的可能。镇江营二期新出的主要有折唇壶，这比石虎山Ⅰ、Ⅱ遗存中的新因素要少得多，应当与各自所处的不同的人文环境有关。

　　四十里坡 H8 遗存所见直口圆腹壶是在镇江营一期、北福地一期甲组流行，并延续到镇江营二期和石虎山Ⅰ、Ⅱ遗存中的器物，其他盆、甑、鼎也都是这个区域常见器物，所以其主要来源应当是镇江营一期一类遗存，而不是缺壶少鼎的刘白塔一类遗存[32]。但其网纹、成组弧线纹等图案的红色彩陶，不见于偏北地区，应当是南杨庄、后岗一

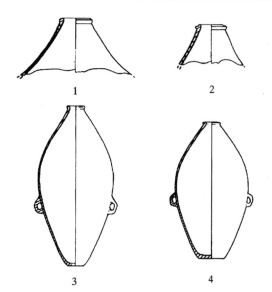

图六五　石虎山Ⅱ与垣曲古城东关敛口平底壶比较

1、2. 石虎山Ⅱ（SⅡH5:1、SⅡH14:2）　3、4. 垣曲古城东关（H132:30、H40:163）

期、石北口中期三段等偏南遗存影响的结果。

这样，我们看到，共同源于镇江营一期的石虎山Ⅰ、Ⅱ遗存和镇江营二期遗存，具有自始至终流行釜和缺乏彩陶的鲜明特点，可谓是传统文化最忠实的继承者。而四十里坡 H8 一类遗存到晚段则基本舍釜用鼎，彩陶较常见。这些就构成地方类型之下的第三个层次的区别。待条件成熟后，或可将其分别为不同的地方亚型。

接下来讨论作为该地区主体的鄂尔多斯－晋中小区遗存。该小区遗存除了红顶钵、红彩边钵、宽沿盆、折唇直颈壶、大口尖底罐、旋纹罐等第一个层次的器物外，第二个层次的器物主要可分为2组：绳纹瓮、绳纹或绳纹和旋纹兼施的罐，以及个别黑彩陶，与半坡类型特征近似；折唇球腹壶、矮领壶、成组的红色条纹彩陶，以及少量鼎、釜、甑等，与后岗类型特征相近，和下王岗类型也比较近似。当然，如果仔细比较，会发现这些相似的方面也还是小有差别，比如本小区的绳纹瓮和绳纹罐比较矮胖，半坡类型的较瘦长；本小区的鱼纹等动物图案的黑彩很少见，在半坡流行则盛行；本小区鼎、釜和红色彩陶少见，而后岗类型很多。更进一步来说，本小区较多的旋纹盆少见或不见于其他类型，半坡类型的杯形小口尖底瓶、后岗类型的彩陶罐、下王岗类型的豆等典型器物，也都不见于本小区。

这样，我们显然没有理由把该区遗存归入半坡类型或后岗、下王岗类型中的任何一个，而是应当有专门的名称[33]。以往有过"阿善一期文化"[34]、"岔河口文化"[35]、"白泥窑子第一种文化"[36]等称呼。其中只有阿善一期包含此类遗存，但可惜其遗物也都只是从其他各期地层单位中剥离出来的，且与仰韶二期遗存混在一起。这类遗存中，现在只有鲁家坡一期地层关系清晰，地层单位中包含陶器丰富，不妨就因其名为"鲁家坡类型"（图六六）。由于遗存发现不多，就限制了对该类型地方亚型的进一步划分。

在本地区还尚未明确发现鲁家坡类型的直接前身。从推理来讲，其来源不外两种情况：一是本地区确存在其直接前身，只是尚未发现和认识而已。那可能是和北首岭 M17、石北口早期、枣园 H1 等早段遗存同时而文化面貌大同小异的一种遗存。二是本

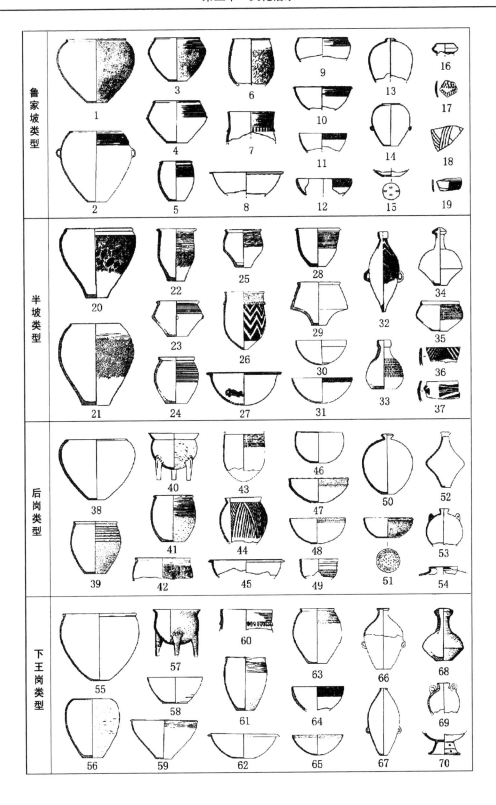

图六六　仰韶一期各地方类型陶器比较

1、20、21.绳纹瓮（童子崖 F2:1、北首岭 M250:2、北首岭 77M20:4）　2.旋纹瓮（童子崖 F2:2）　3、22.绳纹罐（鲁家坡 F6:4、北首岭 77M3:12）　4、5、23～25、28、39、41、61、63.旋纹罐（鲁家坡 F5:4、官地 F1:1、元君庙 M401:2、元君庙 M420:15、北首岭 77M9:1、北首岭 77M9:4、石北口 H33:13、石北口 H53:26、东关 H40:173、东关 H31:14）　6、42.绳纹釜（官地 F1:2、石虎山 SIF6:028）　7、26、43、60.大口尖底罐（鲁家坡 F7:1、北首岭 T125、石北口 T30③:10、大河村 T38⑲:39）　8～10、27、45、58、59、62.盆（官地 H29:2、鲁家坡 H19:4、官地 G3:5、北首岭 M243:1、石北口 H20:29、东关 H40:131、东关 H40:179、东关 H40:168）　11、30、47、48、65.红顶钵（鲁家坡 H6:6、北首岭 77T2:7、石北口 H25:1、石北口 H53:23、东关 F1:4）　12、31、64.红彩边钵（官地 G2:1、北首岭 H7:7、大河村 T58⑱:23）　13、50.折唇球腹壶（鲁家坡 F4:1、石北口 H3:1）　14、54.矮领壶（鲁家坡 F5:5、石虎山 SIT3②:4）　15、51.甑（鲁家坡 H11:5、四十里坡 H21:7）　16、33、34、52、66、68.折唇直颈壶（官地 G2:3、北首岭 M17:8、北首岭 77M12:5、石北口 H53:24、东关 H20:21、下王岗 M698:1）　17.锥刺纹陶片（西街 LX08）　18、19.彩陶片（鲁家坡 H6:7、西街 LX045）　29.素面折腹罐（北首岭 77M3:1）　32.小口尖底瓶（北首岭 M187:1）　35、49.锥刺纹罐（元君庙 M468:1、石北口 H3:20）　36、37.彩陶钵（姜寨 T77H126:1、姜寨 T149H234:2）　38、55、56.素面瓮（石北口 H84:3、东关 H132:32、东关 H85:11）　40、57.鼎（石北口 H53:28、下王岗 M57:1）　44.彩陶罐（石北口 T6⑤:17）　46.素面钵（石北口 H59:3）　53、69.直口竖耳壶（石北口 H3:6、东关 G3:67）　67.敛口鼓腹壶（东关 H132:30）　70.豆（大河村 T38⑱:123）

地区没有其直接前身，鲁家坡类型只是半坡类型、后岗类型等扩展至此并融合的产物。就目前发现来看以后者可能性更大。当然这两种情况也只局限于仰韶文化内部，共同而更早的来源都应当是裴李岗文化、磁山文化、老官台文化等[37]。

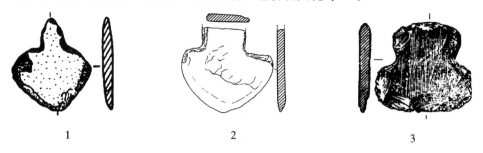

　　　　1　　　　　　　　　2　　　　　　　　　3

图六七　石锄比较

1.官地（G3:5）　2.赵宝沟（F7②:29）　3.富河沟门（H27:37）

此外，鲁家坡类型中个别石锄的形制，与赵宝沟文化、富河文化的同类器相近[38]，或许表明其与东北地区文化存在一定联系（图六七）。

陕北地区该期遗存的情况总体不清。调查发现的红顶钵等，也许属于该期遗物。

二　仰韶二期遗存

亦即本地区总第三期。该期文化遗存较为丰富（图六八）。属第一层次的钵、瓶（壶）、盆和罐是该期遗存的几类主要器物，在几乎所有遗存中都有发现，故仍属仰韶文

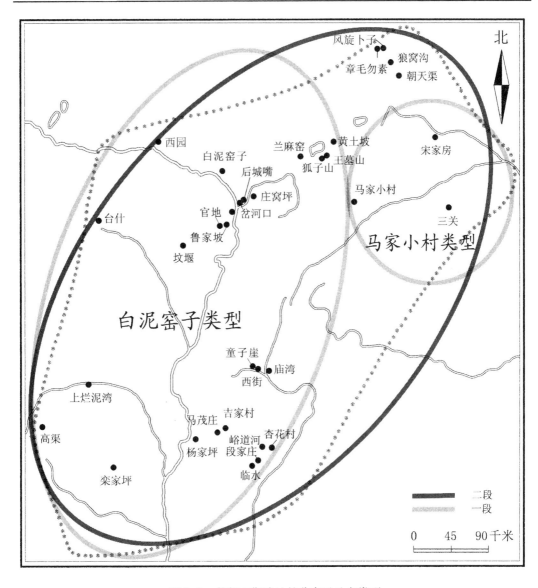

图六八　仰韶二期遗址的分布及地方类型

化无疑。如果统观以这个器物组合为代表的仰韶文化，会发现其分布范围和第一期重合而略有扩大，相对来说，文化面貌也经历了一个由分而合，又由合而分的过程，不过合即统一性是该期的主流。为了清晰地展现这一过程，进一步的讨论当以分段进行为宜。另外需要指出的是，从这个时期开始，山东及邻近地区已进入大汶口文化阶段，其鼎、豆、壶、杯等器物的组合独具特色，与仰韶文化的分野真正明晰起来。换句话说，在仰韶文化自身统一性大为增强的同时，与原先东方的亲密关系开始变得相对冷淡。

　　本区第一段遗存的基本陶器种类有小口尖底瓶、黑彩宽带钵、卷沿鼓腹盆、侈口罐、绳纹敛口瓮等。但小口尖底瓶又分雏环形口和直口两种，并主要据此可将该段遗存分为两类，即内蒙古中南部－晋中小区流行雏环形口小口尖底瓶的一类遗存，晋北－冀西北小区流行直口小口尖底瓶的一类遗存。

　　内蒙古中南部－晋中小区遗存分别以白泥窑子 C 点 F1 和王墓山坡下早期遗存代表偏早和偏晚的两小段，还包括庄窝坪 F3、后城嘴一期、西园一期、官地二期、白泥窑子 A 点 T1②组，准格尔窑子梁、坟塔，东胜台什，清水河岔河口，凉城狐子山、黄土坡、兰麻窑、固阳西沙塔[39]、娄烦西街、庙湾也见该段遗存。陶器主要分泥质红陶和夹砂红褐陶两大类。夹砂陶多夹粗砂，绝大部分饰细绳纹或兼施旋纹，另见少量附加堆纹、指窝纹、指甲纹、戳印纹等，有些饰绳纹或旋纹的罐、瓮上腹常捏压出浅窝；泥质陶质地细腻，烧制均匀，多压光或素面，见宽带纹、变体鱼纹、圆点纹、勾叶纹、三角纹、弧线纹、斜线纹、豆荚纹、梯格纹等图案的黑色彩陶，圆点、勾叶纹、三角纹已以组合的形式开始少量出现，有个别红彩。陶器应主要采用置于慢轮上的泥条制作法，形制较规整。主要器类为雏环形口小口尖底瓶、黑彩宽带钵、素面卷沿鼓腹盆、素面敞口斜腹盆、绳纹无沿盆、绳纹（或兼施旋纹）侈口罐、旋纹罐、绳纹敛口瓮、大口尖底罐、火种炉、圈足纽式器盖等，还有少量假圈足碗、杯、大口尖底瓶等。另有石斧、石刀、陶刀、石磨盘、石磨棒、石钻、陶纺轮、石球、石环、骨锥、骨匕等工具或装饰品（图六九）。

　　晋北－冀西北小区遗存以马家小村遗存为代表，包括三关 F4 等。陶器分泥质和夹砂两类，内含一定量云母粉末。陶色以红、褐为主，个别灰色，部分颜色不均。器表以饰细绳纹（或线纹）和素面者为主，并有旋纹，拍印后多经压磨。部分泥质陶上有彩，以黑彩略多，褐彩次之，红彩最少，有少量黑红、黑褐复彩。图案有宽带纹、圆点纹、勾叶纹、三角纹、直线纹、弧线纹，常以圆点构成连续图案的中介，见勾叶纹、三角纹组合。陶器主要采用泥条制作法，部分口部轮旋痕迹清晰。主要器类为直口和环形口小口尖底瓶、黑彩宽带钵、素面或彩陶卷沿鼓腹盆、素面敞口斜腹盆、绳纹（或兼施旋纹）侈口罐、素面罐、彩陶罐、绳纹敛口瓮、素面敛口瓮等。另有石斧、陶刀、石磨盘、石磨棒等工具。

　　我们仍然着眼于整个仰韶文化二期，去考察一些典型器物的分布。这时候，红顶钵的范围大为收缩，主要分布于以豫北冀南为中心并南北伸展的狭长地带，而黑彩宽带钵则从渭河流域扩展至晋南、北方地区大部以至于河南中南部，在豫北冀南也偶有分布。小口尖底瓶的范围大为扩展，除杯形口者仍分布在渭河流域外，还有雏环形口者分布在晋南、北方地区大部乃至郑州一线，直口者见于晋北和冀西北，折唇壶主要仍流行于豫北冀南。此外，绳纹罐仍主要分布在西部，但向东部伸展到岱海、商都和冀西北地区，

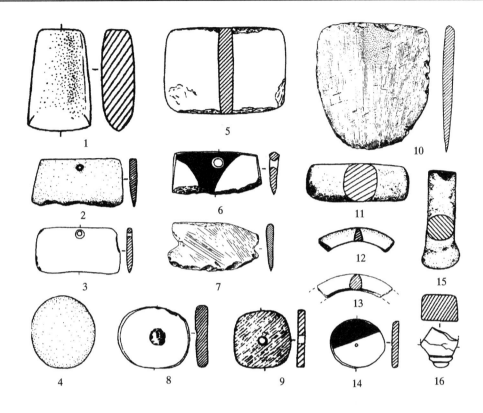

图六九 白泥窑子类型石、陶器

1. 石斧（鲁家坡 F1:2） 2、6、7. 陶刀（庄窝坪 H20:5、白泥窑子 A 点 T1②:5、杨家坪 F1:18） 3. 石刀（白泥窑子 A 点 T12②:11） 4. 石球（庄窝坪 F2:2） 5. 石磨盘（官地 F13:9） 8. 石钻垫（白泥窑子 A 点 T12B②:13） 9、14. 陶纺轮（庄窝坪 H6:3、白泥窑子 A 点 T12C②:1） 10. 石铲（杏花村 028） 11. 石磨棒（白泥窑子 A 点 T7②:3） 12. 石环（庄窝坪 F3:1） 13. 陶环（杏花村 H262:12） 15. 石杵（庄窝坪 H6:2） 16. 石钻（官地 F14:1）

素面罐分布在中、南部区且略有收缩，鼎的分布范围大体未变。从小口尖底瓶、黑彩宽带钵、绳纹罐等的大范围扩展可以看出，这时西部区文化表现得非常积极主动，是文化格局发生大变化的主要动因。

这样，除北方地区外，可将其他区域仰韶文化二期一段大体分为 4 类遗存。西部渭河流域和汉水上游以陕西渭南史家和临潼姜寨二期为代表的遗存[40]，流行退化形态的杯形口小口尖底瓶、葫芦瓶、细颈瓶、黑彩宽带钵、卷沿鼓腹盆、绳纹或绳纹与旋纹兼施的侈口罐、绳纹深腹瓮、大口尖底罐、盂等。晋南豫西地区以翼城北橄一至三期[41]、芮城东庄村仰韶遗存[42]为代表的遗存，其葫芦瓶、黑彩宽带钵、卷沿鼓腹盆、绳纹或绳纹与旋纹兼施的侈口罐、绳纹深腹瓮、大口尖底罐等的特征基本同于西部区；但小口尖底瓶主要为雏形的环形口，出现并越来越流行圆点、勾叶、三角纹彩陶，少见细颈

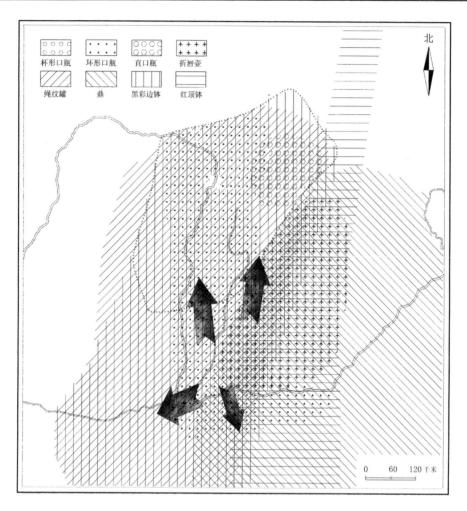

图七〇 仰韶二期一段典型陶器分布示意图

瓶、盂等,这些都是不同于西部区的地方。河南中部以大河村"前一期"和第一期为代表的遗存,其豆荚纹、勾叶、三角纹彩陶和少量黑彩宽带钵、雏环形口小口尖底瓶显然是和晋南豫西区乃至西部区交流的结果,但大量釜形鼎、罐形鼎和豆却与前者形成鲜明对照。另外,红顶钵、素面罐、大口尖底罐等则是前期同类器的延续。河南南部以下王岗第二期早段为代表的遗存与河南中部相似而略有差异。豫北冀南地区以永年石北口中期四段和晚期为代表的遗存,仍以红顶钵、釜形鼎、素面罐、折唇球腹壶、折唇直颈壶、大口尖底罐为主,开始流行敛口深腹彩陶钵,主要是成组条纹或折线纹图案的红色彩陶。但少量黑彩宽带钵、侈口绳纹罐应是接受西来影响的结果,个别折肩釜形鼎为从南部传入(图七〇)。

可以看出,以上几类遗存都存在一定程度的差异,有划分为不同地方类型的可能。

但其中只有西部渭河流域遗存被称为史家类型是较一致的看法[43]。另外，把豫北冀南地区该段遗存仍归入后岗类型，也不会有太大异议。争论最多的是晋南遗存的性质问题。这主要是由于对枣园等遗址发掘和调查后，田建文等又重提半坡类型和庙底沟类型并行发展的问题[44]。但与以往不同的是，他们认为二者的来源也各不相同，所以不如干脆称为两个文化。他们的主要理由是，庙底沟类型最典型的环形口小口尖底瓶，来源于枣园 H1 类遗存的折唇口壶[45]。的确，北橄一期 H34 见有素面尖底瓶（图七一，23、24）和饰细绳纹的尖底瓶（图七一，27、28）共存，而素面者与当地一期的折唇壶确有继承的一面，但尖底、绳纹的特点无疑是受半坡类型的影响。北橄一期的少量素面瓮、敛口壶、鼎等也确与当地仰韶一期有继承关系，但如上所述，更多的器物、大量的黑彩显然来自半坡类型，其圆点、勾叶、三角纹、豆荚纹等图案也只能与半坡类型的彩陶存在发展关系。所以我们同意北橄一期至三期和东庄村仰韶遗存，确乎介于半坡类型和庙底沟类型之间[46]，是半坡类型东进并与当地土著文化结合的说法[47]，也可谓是半坡类型的关东变体[48]。同意称其为东庄类型[49]。

北方地区的内蒙古中南部 – 晋中小区遗存，如上所述，其典型器类和东庄类型非常相似。当然区别也还是能够找到的，如后者所见素面小口尖底瓶、敛口壶、素面瓮等能与仰韶一期联系起来的器物，以及鼎、葫芦瓶、浅腹盘、灶等，在前者中基本不见；而前者的绳纹盆、假圈足碗，罐上腹多压窝装饰、折腹处多箍一周附加堆纹，以及梯格纹彩等特征，也都基本不见于后者。总体上前者的器类、彩陶花纹等要相对简单一些（图七一）。这样，还是将前者也作为一个地方类型好些。由于白泥窑子 F1 发现较早，并有过"白泥窑子第一种文化"[50]、"白泥窑子文化"这样的称呼[51]，故可以因其名为"白泥窑子类型"。不过单从遗存的丰富性和揭露的完整程度来看，王墓山坡下早期遗存则更有代表性[52]。白泥窑子类型（早期）虽颇具统一性，但东、西部也存在微小的差异，如东部岱海地区王墓山坡下一期的细石器镞，西部鄂尔多斯区的假圈足碗等就并不互见。

晋北 – 冀西北小区遗存在主体方面也和东庄类型、白泥窑子类型相似，如黑彩宽带钵、侈口罐、绳纹瓮、鼓腹圜底盆、弧线三角纹彩陶等同样是前二者的主要器物。敛口素面壶也见于北橄一期。但其直口较矮胖的小口尖底瓶颇具特色，个别环形口尖底瓶的"环"靠下贴紧肩部。此外，"四系"素面壶和彩陶罐、素面罐以及绳纹瓮上腹带双耳、有一定量褐彩等也是地方风格。因此这类遗存也可以单独作为一个地方类型——马家小村类型。

白泥窑子类型、马家小村类型和东庄类型一样，虽然都有对当地仰韶一期遗存继承的一面，但毕竟是次要的。在它们身上表现得更明显的则是受半坡类型影响所形成的新因素。但对于白泥窑子类型和马家小村类型来说，可能存在这样一个问题：它们究竟是

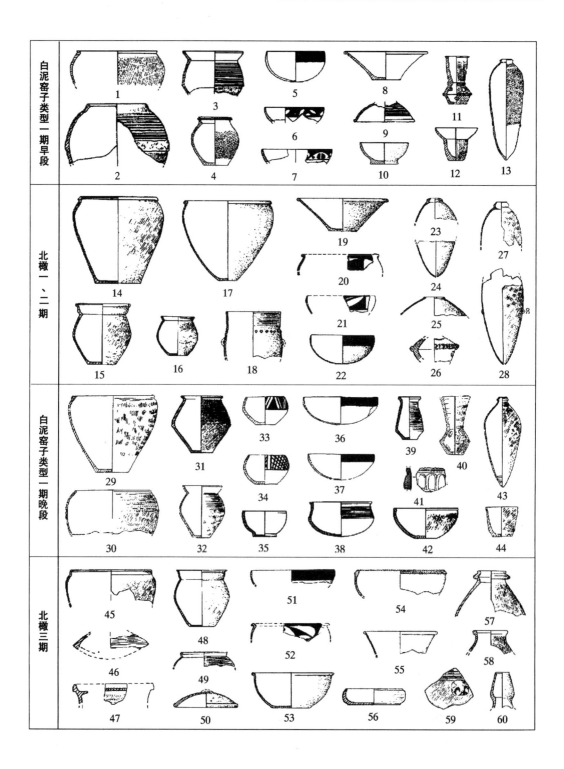

图七一 白泥窑子类型（早期）与北橄遗存陶器比较

1、2、14、29、30、45.绳纹瓮（白泥窑子 F1：19、庄窝坪 H20：1、北橄 F2：2、王墓山坡下 F5：11、王墓山坡下 F5：17、北橄采 H2：22） 3、4、15、16、31、32、48、49.侈口罐（庄窝坪 F3：1、白泥窑子 F1：7、北橄 H32：25、北橄 H38：32、官地 F16：1、王墓山坡下 F5：14、北橄采 H2：2、北橄采 H2：23） 5～7、21、22、33、34、36、37、51.彩陶钵（白泥窑子 F1：11、庄窝坪 F3：4、庄窝坪 H19：2、北橄 H44：1、北橄 H38：8、王墓山坡下 F5：4、王墓山坡下 F5：5、王墓山坡下 F5：7、王墓山坡下 F5：8、北橄采 H2：11） 8、19、55.斜直壁盆（白泥窑子 F1：20、北橄 H32：1、北橄采 H2：15） 9、50.器盖（庄窝坪 H23：1、北橄 H14：1） 10、35.假圈足碗（庄窝坪 H2：1、官地 H35：1） 11、26、40.火种炉（白泥窑子 F1：3、北橄 ⅡT503⑥：5、王墓山坡下 F5：6） 12、39.杯（白泥窑子 F1：9、官地 F13：6） 13、23、24、27、28、43、57、58.小口尖底瓶（白泥窑子 F1：1、北橄 H34：38、北橄 H49：1、北橄 H34：27、北橄 H34：5、王墓山坡下 F5：19、北橄采 H2：7、北橄 ⅠT102②：3） 17.素面瓮（北橄 H34：37）18、41、59.大口尖底罐（北橄 H34：46、官地 F13：17、北橄 ⅡT502③：2） 20、52.彩陶盆（北橄 F25：5、北橄采 H2：19） 25.壶（北橄 ⅡT1302⑦：1） 38、46.釜（官地 F13：4、北橄 ⅡT603③：3） 42.绳纹盆（官地 F13：5）44.筒形罐（王墓山坡下 F5：18）47.灶（北橄采 H2：26） 53、54.素面盆（北橄采 H2：1、北橄 ⅠT102②：2）56.盘（北橄 ⅡT503②：2） 60.葫芦口瓶（北橄采 H2：8）

半坡类型先影响到晋南形成东庄类型后，东庄类型再北上影响的结果呢，还是半坡类型同时影响到晋南和北方地区，同时引起这一广大范围的文化变异？绝对一些来讲，很可能是晋南的文化面貌先发生变异，因为北橄一期确存在与早期遗存明显的嬗递关系。但可能差不多在晋南向北影响的同时，西部区也向北方地区施加影响。由于这些变化的原动力都来自西部，晋南和北方地区又一直就存在密切关系，所以这种文化变异也可以理解成大概是同时发生的。从东庄类型和白泥窑子类型早晚段各自对应、同步发展的现象也能看到这一点。而不管是来自南方，还是西部的影响，在到达晋北和冀西北所在的桑干河流域后，都融进了不少当地文化因素，并受到较多后岗类型的影响，从而形成别具特色的马家小村类型[53]。

陕北地区该期只见到黑彩宽带钵和黑色成组条纹彩陶钵等。

本区仰韶二期二段遗存的文化面貌相当一致，一段时两小区之间的差别已经不容易看出来。代表性遗存有鲁家坡第二期、王墓山坡下晚期、童子崖 F3 和三关 F3，其余章毛乌素 F1、段家庄 H3、杨家坪 F1、吉家村 F1、马茂庄 F1 和 H102、H103、栾家坪 T3⑤组、上烂泥湾 A 组均属此段，商都的风旋卜子、狼窝沟、朝天渠，晋中的临水、峪道河、西街、庙湾，陕北的高渠、后淮宁湾和苦水遗址，以及怀安的宋家房遗址也存在此段遗存[54]。陶器仍主要分泥质红陶和夹砂红褐陶两大类。夹砂陶表面粗糙，多带纹饰；泥质陶多经淘洗，质地细腻，多压光或素面。除素面者外，纹饰主要有细绳纹和旋纹，以及少量附加堆纹。在泥质的盆、钵上有窄带纹、圆点纹、勾叶纹、三角纹、弧线纹等图案的黑色彩陶，圆点、勾叶纹、三角纹一般以组合的形式出现。陶器应主要是采用置于慢轮上的泥条制作法，形制较规整。主要器类为环形口小口尖底瓶、葫芦口瓶、黑彩窄带钵、卷沿曲腹盆、侈口罐、绳纹或素面敛口瓮、绳纹或素面敛口盆、器盖等。生产工具的情况和一段近同。

这时候，也正是整个仰韶文化统一性最强的时期。环形口小口尖底瓶、卷沿曲腹盆、侈口罐、敛口瓮等几种主要器类遍布整个仰韶文化区，只能根据它们在各地的细微差别和其他一些器类的差异，分成一些地方类型：渭河流域的泉护类型、晋南豫西的庙底沟类型、伊洛流域的阎村类型和豫北冀南的钓鱼台类型等[55]。这主要是由于庙底沟类型向周围强力影响和扩张的结果，在此过程中后岗类型被钓鱼台类型取代。北方地区也有一定的地方特点，如基本未见鼎、釜、灶等，彩陶罕见白衣，缺乏鸟纹等动物图案。由于它主要是在当地文化基础上发展而来，又保持着与周围地区，尤其是与晋南豫西地区的交流，所以还可以使用白泥窑子类型的名称，作为晚期阶段。至于马家小村类型的一些特点，除黑红彩兼施等有所保留外，其余基本消失。当然，各地尤其是边缘地区，由于内部的持续交流存在一定局限，因此也还是存在一些地方特色，但比例不大，如冀西北三关等遗址见有篦点组成的几何纹、"之"字纹等，彩陶见黑赭和黑红色兼用和极少量施白衣者；陕北上烂泥湾见饰黑彩带的双耳钵；岱海地区则开始出现红彩、紫彩，内外兼施，并新见鳞纹图案等，钵的口沿外先涂黑彩带，再画红色斜线纹的做法与一期的黑彩斜线三角形纹有明显的演变关系，但绘制方法不同；东北边缘的章毛乌素彩陶盆曲腹不显，花纹僵硬，还存在红顶钵等。这些或许可作为进一步划分地方亚型的依据（图七二）。

这时期仰韶文化对外的影响也空前广大，在周围很大的一个范围内都发现花瓣纹彩陶等。其中北方地区主要对东北地区的红山文化产生积极影响。苏秉琦先生认为，花瓣纹等仰韶文化因素正是华山脚下开始，经由晋南、北方地区而与东北地区联系起来，大体呈一个"S"形的传播线路[56]。当然，由于钓鱼台类型的存在，我们也不应将这个线路只限定在太行山西侧。与此同时，周围文化对仰韶文化的影响虽然较少，但也是存在的。例如，东部冀西北篦点几何纹、"之"字纹以及岱海地区的鳞纹等，都属于典型的红山文化因素。至于冀西北和岱海地区彩陶开始出现红彩等，可能和原后岗类型的遗风有关。

本区仰韶二期三段遗存虽然发现较少，但发生的新变化还是非常清楚的。就北方地区来说，最显著的变化就是鄂尔多斯黄河两岸、晋中和岱海各小区之间文化面貌开始出现异化。除基本器类同于二段，仍流行勾叶、三角纹彩陶等共性特征，以及灰陶或灰褐陶的数量略有增加，绳纹略显粗疏，尖底瓶的环形口开始退化等共同的变化外，各小区都新出现一些地方特点：鄂尔多斯黄河两岸地区以白泥窑子 A 点 F2 为代表，包括白草塔 F25 在内的遗存，除一般的泥质和夹砂陶外，还有少量所谓"砂质陶"，即在细砂中掺杂一定量的黏土。绳纹罐由侈口变为翻缘或卷沿，并在颈部箍一周附加堆纹或粘贴一

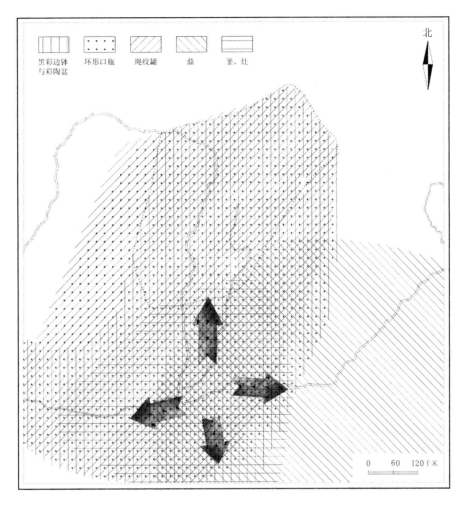

图七二　仰韶二期二段典型陶器分布示意图

圈泥饼，或者口沿缩短成唇外贴边，已不见铁轨式口沿。盆的口沿也变短。火种炉矮胖，新见把大口尖底罐和小口尖底瓶特征融为一体的大口尖底瓶，圈足或假圈足盆可能与早段的假圈足碗有承继关系。晋中区以杏花村 H262 为代表的遗存，出现在口沿外附双錾的敛口绳纹罐或瓮，盆的口沿变短，新见大口双耳瓶。但总体说来，这种在二段相对统一体的基础上朝着不同方向发生的分化，还没有达到质变的程度，仍以归入白泥窑子类型为宜。

变化最大的是岱海地区以红台坡上 G1 为代表的遗存，虽然还有腹箍附加堆纹的绳纹罐和宽沿曲腹盆等白泥窑子类型的遗留，但新出的因素占据主流：流行黑、紫红、褐色相间的复彩，图案有鳞纹、网纹、双勾纹、三角形纹等，典型器类有小口突腹瓮、直口折腹钵、直口筒形罐等，与白泥窑子 A 点 F2 遗存和杏花村 H262 遗存风格迥异。这类遗存显然已无法归入白泥窑子类型的范畴，它实际上开创了一个新类型的先河。具体内容将在下一节详细讨论。

第三节 仰韶后期

这时的主要特点是仰韶文化内部的分化。上文已经指出，这种趋势在上个阶段末已显端倪。还有，实际上从此时开始，各地器物种类大为增加，这就使各地的差异更容易显现出来。所以我们不应当教条地只依据遗存表面的分化程度，甚或机械地运用量化的指标，去划分文化或类型[57]。

一 仰韶三期遗存

亦即本地区总第四期。该期文化遗存丰富，钵、盆、瓶、罐、瓮占据主体地位，故仍属仰韶文化（图七三）。以这个器物组合为代表的仰韶文化，其分布范围和第二期重合而略有缩小，与第二期相比文化的统一性减弱，各小区自身的特点大为加强。当然，这种所谓分化特点的形成，主要发生在本期之初，甚至肇始于上一期之末。在本期大部分时间里，文化面貌反而相对稳定，各段之间主要是稳定的发展关系。

同时，我们也应当注意到，这时候器类的丰富程度明显提高。在同一类器物下分化出不同种器物，型别也更繁杂。这样，原先一些看不出来或不明显的地方差别，就能够看得出来或趋于明显，因为这时候有了更多可用于表现差别的东西。但从小口尖底瓶由环形口向喇叭口的转变等大范围发生的变化，以及某些器物的广泛分布来看，各小区之间还是存在着较密切的关系，因为只有这样它们才能协调一致，同步发展。因此，我们不能把这种"分化"简单地看成是僵化和自我封闭的结果，它同时也是物质丰富、社会发展并进行有效交流的阶段。另外，也不能简单地用某种器物的有无来作为判断文化属性的主要依据，而应依靠组合或共存关系。

这时候，本区有两个小区的地方特点是很明显的，一是内蒙古中南部，二是晋中地区。

内蒙古中南部该期遗存以海生不浪和庙子沟遗存为代表，包括南壕、大坝沟、王墓山坡中、王墓山坡上、东滩[58]、黄土沟[59]，以及西园二期、鲁家坡三期、周家壕 H11组、寨子上 H6 组、白草塔 F21 组、朱开沟 VIIF7004、周家壕 F5 组、寨子上 H4 组、二里半 H1 组、张家圪旦 H1 组、架子圪旦 H2 组[60]等遗存。凉城大坡[61]、黄土坡、五龙山、平顶山[62]，商都风旋卜子、狼窝沟[63]、棒槌梁[64]，托克托碱池、章盖营子[65]，清水河岔河口、台子梁[66]，准格尔崔二圪嘴[67]、柴敖包，达拉特瓦窑、奎银生沟[68]以及偏关新庄窝也见此组遗存。陶器主要分泥质和夹砂两大类，另有极少量砂质陶。陶色

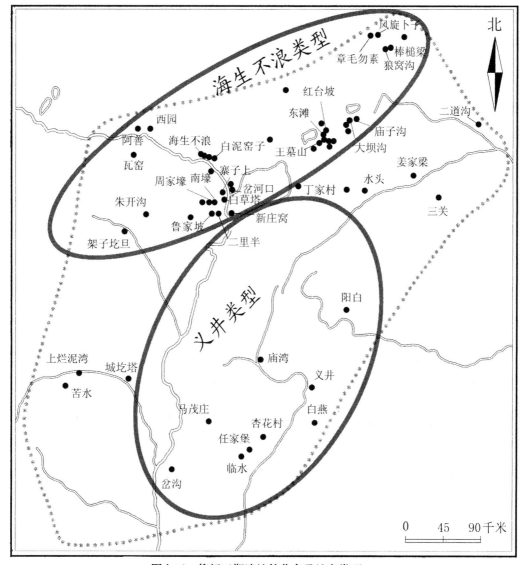

图七三　仰韶三期遗址的分布及地方类型

以灰褐和灰皮红褐胎为主，颜色多不纯正，红陶很少，另见极少量黑陶和白陶。夹砂陶器表大部分拍印绳纹，另见少量附加堆纹、篮纹、方格纹、指窝纹、压印纹等。泥质陶器表基本为素面或压光，有些装饰彩陶。彩陶颜色以黑为主，红彩次之，还见紫彩、褐彩、白彩等。多为复彩，内彩也发达。复合图案繁缛复杂，单元图案有鳞纹、双勾纹、三角形纹、绞索纹、涡纹、网纹、棋盘格纹、菱形纹、平行线纹、弧线纹、勾叶纹、折线纹、圆圈纹、圆点纹、锯齿纹等。陶器应主要是采用置于慢轮上的泥条制作法，形制较规整。主要器类为小口双耳罐、颈部箍附加堆纹的绳纹罐、筒形罐、大口瓮、折腹钵、曲腹钵，以及素面罐、彩陶罐、豆、碗、壶、杯、器盖等。另有石斧、石铲、石刀、石凿、石锛、石纺轮、陶纺轮、陶刀、石磨盘、石磨棒、火山岩锉、石钻、石环、骨锥、骨簪、骨镞、角凿等工具或装饰品。有一种两侧打出缺口的铲状器富有特色。还有一种大致圆形的中有圆孔的璧形石器，体大不规整，显然不是纺轮，而可能是钻孔时垫在下面的钻垫一类。石刀多为长方形，带双孔者多于单孔者（而仰韶二期是均为单孔）。钻孔仍主要为旋钻法，未见管钻。引人注目的是一些用燧石制作的细石器，有镞、矛形器、刮削器等，其中以镞的特征最明确，且形制规整，主体部分为或长或短的等腰

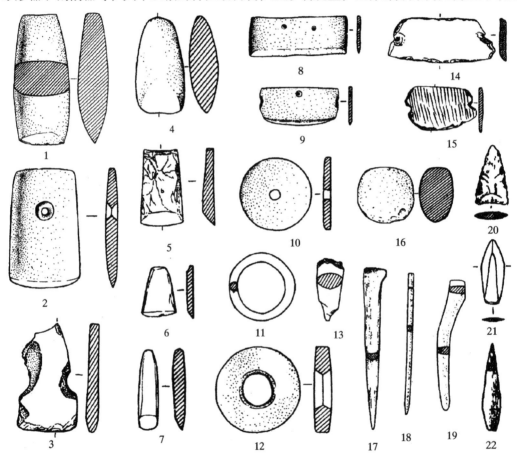

图七四　海生不浪类型石、陶、骨、角器

1、4.石斧（庙子沟 H12:4、白草塔 F14:1）　2.石钺（庙子沟 F20:10）　3.石铲（南壕 IH37:8）　5.石锛（南壕 IIT8①:5）　6、7.石凿（庙子沟 H19:4、F20:3）　8、9.石刀（庙子沟 F16:9、H91:9）　10.石纺轮（庙子沟 F20:2）　11.石环（庙子沟 M13:2）　12.石璧形器（庙子沟 F5:6）　13.石钻（南壕 IH68:2）　14、15.陶刀（王墓山坡上 H29:2、鲁家坡 H12:5）　16.石球（王墓山坡上 T16①:1）　17.角锥（王墓山坡上 H1:1）　18.骨簪（庙子沟 M22:2）　19.骨柄（庙子沟 H12:12）　20、21.石镞（王墓山坡上 F11:2、庙子沟 H91:9）　22.骨镞（王墓山坡上 H6:2）

三角形，多为凹底，少数有铤（图七四）。

　　晋中地区该期遗存以杏花村 H11 和白燕 H99 为代表，包括马茂庄 H4 组和 H5、任家堡 H2、临水 H1、义井 T1 ⑥、阳白 H108 组等。庙湾也见该期遗存。陶器分夹砂和泥质两大类，颜色以灰褐色和红褐色为主，纯净灰陶和黑陶。夹砂陶多拍印绳纹，其上多箍压数周指压附加堆纹，见少量篮纹，大型器物肩部靠上多带大鸡冠耳。泥质陶以素面为主，拍印篮纹者也较多。彩陶颜色丰富，常见红和褐色，紫色、黑色少量；图案复杂，有垂带纹、背向双勾纹、网纹、棋盘格纹、对角三角纹、条带纹、同心圆纹等，常组合使用。典型器类有绳纹折沿双錾罐、小口翻领罐、彩陶罐、素面罐、大口缸、敛口折腹钵、斜直腹平底碗等。另有陶刀、陶环、骨镞、细石器镞等工具或饰品（图七五）。

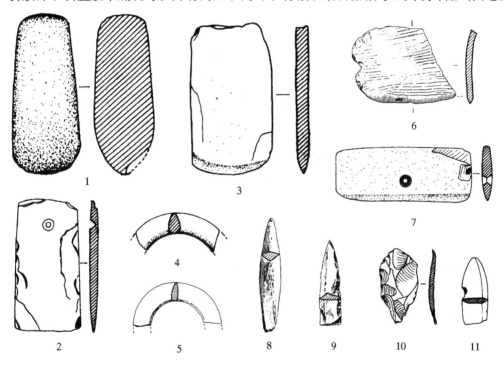

图七五　义井类型石、陶、骨器

1. 石斧（阳白 H108:5）　2. 石钺（阳白 H108:8）　3. 石铲（阳白 F202:5）　4. 石环（阳白 H302:2）　5. 陶环（马茂庄 H5:7）　6. 陶刀（马茂庄 H4:5）　7. 石刀（阳白 T1102③:2）　8. 骨镞（马茂庄 H4:3）　9、11. 石镞（马茂庄 H4:4、阳白 T3201③:1）　10. 石刮削器（阳白 H108:2）

　　可以看出，二者的主要差别表现在陶器的种类和形制方面：前者的小口双耳罐和筒形罐与后者的小口翻领罐均不互见；同样是绳纹罐，前者多卷沿或翻缘，较矮胖，一般在颈部箍一周附加堆纹，或在颈部附近附加细泥条、小泥饼形成间断的或连续的，波浪形或圆圈形等的装饰，而后者一般折沿瘦长，在颈部箍一周或多周宽附加堆纹，其至

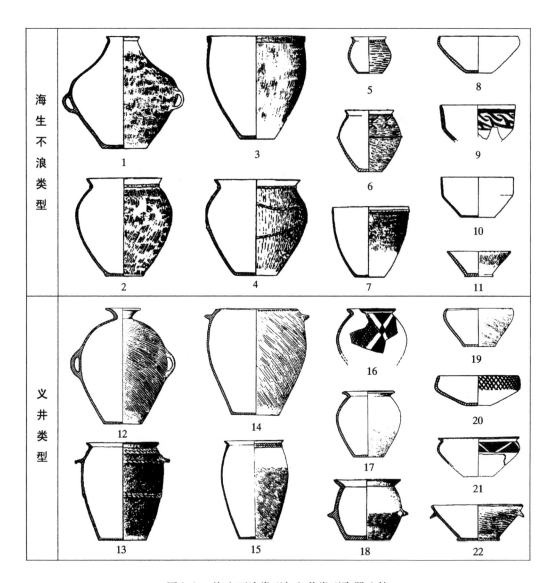

图七六　海生不浪类型与义井类型陶器比较

1. 小口双耳鼓腹罐（王墓山坡上 F11:20）　　2、4. 绳纹罐（王墓山坡上 F10:05、南壕 IIF6:5）　　3. 大口瓮（王墓山坡上 F10:2）　　5、6、15、18. 篮纹罐（白草塔 F13:1、西园 F4:4、白燕 H99:10、H99:9）　　7. 筒形罐（王墓山坡上 F5:2）　　8、19、20. 曲腹钵（白草塔 H32:1、杏花村 H11:1、030）　　9、10. 深折腹钵（红台坡上 G1:18、南壕 IH2:2）　　11、22. 平底碗（白草塔 H18:1、白燕 H96:4）　　12. 高领罐（杏花村 08）　　13. 双鋬绳纹罐（白燕 H99:5）　　14. 双鋬大口瓮（杏花村 07）　　16. 彩陶罐（马茂庄 H4:8）　　17. 素面罐（杏花村 H11:3）　　21. 卷沿盆（杏花村 H11:2）

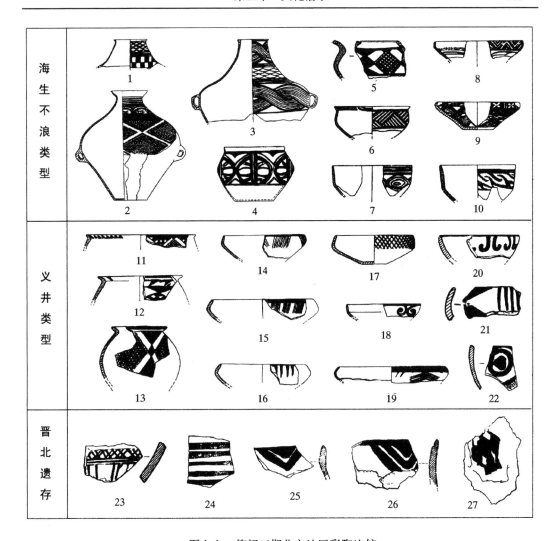

图七七 仰韶三期北方地区彩陶比较

1、7. 周家壕（F5:2、H11:1） 2、3、8、9. 南壕（IH2:1、IH2:3、IH2:5、IF10:1） 4. 白草塔（F21:1） 5、10. 红台坡上（G1:17、G1:18） 6. 白泥窑子 K（BK 采:8） 11、12、16、20. 任家堡（T1④:6、H2:1、T1③:1、04） 13、14、18、19. 马茂庄（H4:8、H3:4、H4:9、060） 15、17. 杏花村（026、030） 21、22. 义井（T1④:6、T1④:5） 23. 丁家村（采集） 24. 云冈（采集） 25～27. 庙坡（采集）

中、下腹也箍多周宽附加堆纹，更为重要的是，后者的肩部附近一般带大双鋬；前者的折腹钵一般直口或稍敛，上、下部高度略等，而后者的折腹钵多为敛口，上部明显低矮。此外，前者篮纹明显少于后者，彩陶罐和素面罐也不如后者普遍。前者彩陶以黑色居多，后者以红、褐色为主；前者流行内彩，后者少见；前者图案组合繁复，后者相对简单；前者的鳞纹、绞索纹、相向双勾纹，后者的垂线纹、背向双勾纹等一般不互见（图七六、七七）。至于前者的少数双鋬罐，只能视为来自后者的影响。

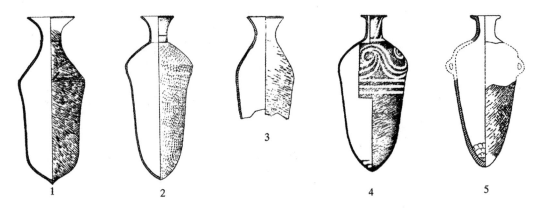

图七八　喇叭形小口尖底瓶比较

1. 海生不浪类型（达拉特旗奎银生沟 87DQK:10）　2. 义井类型（马茂庄 H4:10）　3. 西王类型（陈郭村 H4:
22）　4. 半坡晚期类型（福临堡 H123:1）　5. 石岭下类型（师赵村 T115③:41）

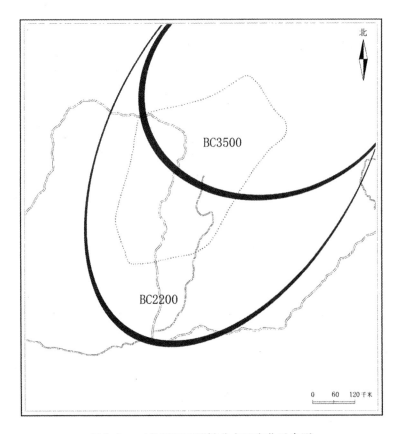

图七九　三角形细石器镞分布区变化示意图

就整个仰韶文化三期而言，钵仍是最典型的器物之一。最常见的是敛口曲腹钵，分布于仰韶文化各区；多为直口的深折腹钵分布在豫北冀南、北方地区东部以至于西辽河流域；红顶钵只在冀中等地区有少量残留，浅双腹盘主要流行于渭河流域。小口尖底瓶的范围开始收缩，在甘肃东部、关中、晋南和北方地区西部等地都见有喇叭口者，形制也大同小异（图七八）。常带双鋬、箍一周或多周附加堆纹的绳纹罐或缸（瓮）主要分布在关中、晋南、豫西和北方地区西南部，但其影响却远达山东地区[69]，斜颈鼓腹的双耳罐基本只见于内蒙古中南部，素面双耳罐流行于冀中、燕山南北以至于北方地区东缘，而无耳素面罐见于面向山东的更广大地区。鼎的分布范围向东南方向退缩，而豆却向北向东伸展甚远，也偶见于北方地区东部。另外，这时候三角形细石器镞的分布范围向南大为扩展（图七九）[70]，从原来一般见于红山文化分布区及其以北，少量见于岱海地区（图八〇，4、5、9、10）[71]，扩展到整个内蒙古中南部（图八〇，2、3）和燕山以南地区（图八〇，7、8）。不过有铤镞更可能是从晋南（图八〇，6）向北影响（图八〇，1）[72]。总体来看，这时各地都基本是在早期文化的基础上，向着不同方向发展演变，彼此间基本势均力敌。从与东方文化大的交流来说，总体上没有实质性的变化。鼎的范围收缩而豆、壶的范围伸展，饰网纹带的彩陶罐、双鋬绳纹罐等也一直影响到山东地区（图八一）。

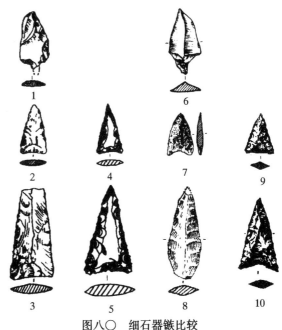

图八〇　细石器镞比较

1~3. 海生不浪类型（王墓山坡上 F8:1、F11:2、F8:02）　　4、5、7、8. 雪山一期文化（大南沟 M56:5、M20:11，方方 T4②:86，中贾壁 T10③a:7）　6. 西王类型（古城东关 IH234:5）　9、10. 红山文化（西水泉 63采:15、12）

这样，除北方地区外，可将其他区域仰韶文化三期遗存，根据其分布地域和文化特征，大体分为东西两部分：西部包括晋西南、关中和甘肃东部的遗存，东部包括豫北冀南、冀中北以至于燕山南北的遗存。

西部遗存陶器表面多拍印绳纹或为素面，常见附加堆纹和双鋬，主要器类有喇叭口小口尖底瓶、深腹缸、敛口瓮、深腹罐、敛口斜直腹钵、带流钵、浅腹盘、甑等。当然彼此间也存在一定区别。晋西南以芮城西王村[73]和襄汾陈郭村仰韶晚期[74]为代表的遗存，常见篮纹，有少量由花瓣纹简化而来的红色条带纹、"山"字纹彩陶，缸、罐类口较小，小口尖底瓶喇叭形敞口明显，还有豆和高领罐等。关中以西安半

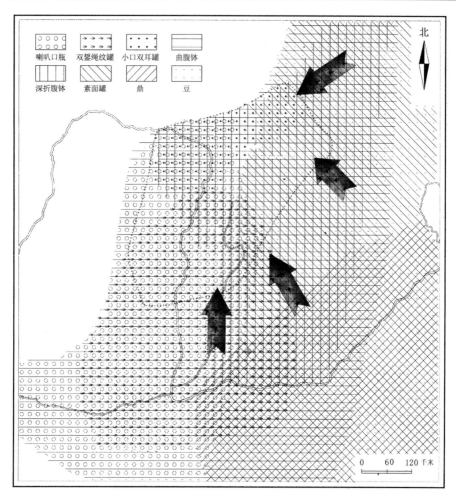

图八一　仰韶三期典型陶器分布示意图

坡晚期[75]和宝鸡福临堡三期[76]为代表的遗存，流行绳纹，见少量白色涡纹、圆圈纹等
图案的彩陶，小环形耳较常见，缸、罐类口稍大，小口尖底瓶高直颈，还有浅双腹盆、
高颈壶等。甘肃东部以秦安大地湾仰韶晚期[77]和天水师赵村四期[78]为代表的遗存，和
关中地区基本近似，但彩陶盛行，其图案主要是泉护类型式彩陶的复杂化。这一类遗存
在陕北西南部直接与北方地区文化接触[79]。以上前两类遗存分别被称为仰韶文化的西
王类型和半坡晚期类型[80]，后一类遗存由于变异的程度较大，一般被称为马家窑文化
石岭下类型[81]。但其与仰韶文化属于一个大的文化系统也还是没有问题的（图八二）。

　　东部遗存陶器表面多为素面或压光，拍印绳纹、篮纹者很少，彩陶较发达。主要
器类有深腹缸、高领罐、彩陶罐、素面罐、折腹盆、豆等。其中豫北冀南以安阳鲍家堂
仰韶遗存[82]、磁县下潘汪仰韶文化"第一类型"[83]为代表的遗存，流行深折腹钵，彩陶

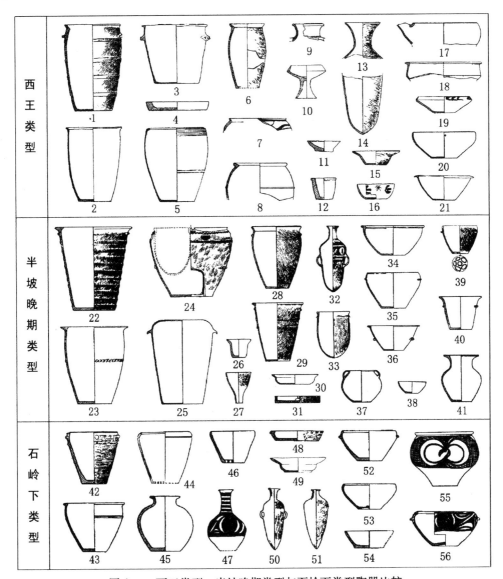

图八二　西王类型、半坡晚期类型与石岭下类型陶器比较

1、2、22、23、42、43. 缸(西王村 M2:1、H11:1:4、福临堡 H24:21、H24:1、大地湾 Y201:5、T703:35)　3、40. 深腹盆(西王村 H8:1:2、福临堡 H126:3)　4、31、48. 浅腹盘(西王村 T6:3:5、福临堡 H70:2、大地湾 H273:15)　5、25、44. 敛口瓮(西王村 H4:2:17、福临堡 H24:33、大地湾 T103:36)　6. 篮纹深腹罐(陈郭村 H4:47)　7. 彩陶罐(陈郭村采:4)　8. 素面罐(西王村 H29:2:14)　9. 高领罐(西王村 H36:2:2)　10. 豆(陈郭村 H5:12)　11、38、54. 平底碗(陈郭村 H4:6、福临堡 H4:4、大地湾 F408:3)　12、26. 杯(西王村 T8:4:5、福临堡 H116:18)　13、14、50、51. 喇叭口小口尖底瓶(陈郭村 H4:21、H4:2、福临堡 H4:1、大地湾 M751:1、大地湾 H374:22)　15、30、49. 浅双腹盆(西王村 H4:2:8、福临堡 H24:10、师赵村 T111③:91)　16、19、20、35、52、53、56. 敛口钵(陈郭村 H4:1、采:15、西王村 T2:3:15、福临堡 H107:9、大地湾 H307:58、H359:1、T703:85)　17. 带流钵(西王村 H3:1:3)　18. 折腹盆(陈郭村 H5:4)　21、34、36、55. 折沿盆(西王村 H4:2:7、H116:11、H24:13、大地湾 T210:38)　24. 灶(福临堡 H23:3)　27. 漏斗形器(福临堡 H24:7)　28、29. 绳纹深腹罐(福临堡 H24:18、H24:37)　33. 釜(福临堡 H23:3)　37. 双耳罐(福临堡 H24:5)　39、46. 甑(福临堡 H107:8、大地湾 H275:4)　41、45. 高领壶(福临堡 H24:15、大地湾 H374:19)　47. 高领瓶(大地湾 H374:28)

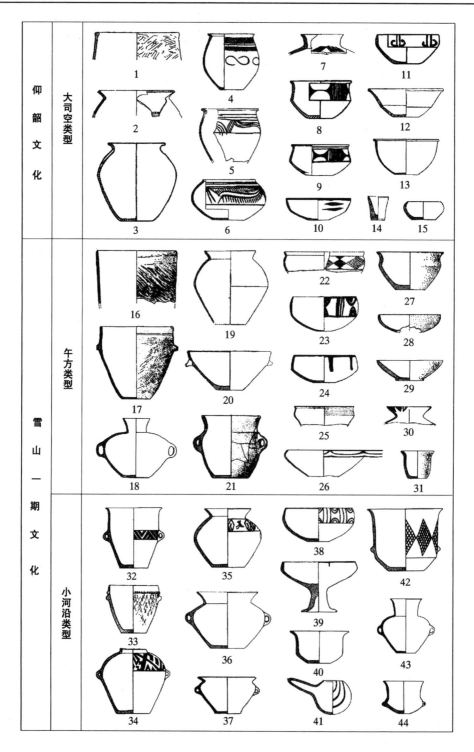

图八三　仰韶文化大司空类型、雪山一期文化午方类型和小河沿类型陶器比较

1、16.缸（下潘汪 H70∶5、午方 T6③∶407） 2、3、19、35.折肩罐（鲍家堂 T2⑥∶5、下潘汪 H70∶2、中贾壁 H20∶2、大南沟 M55∶5） 4、5.圆腹罐（鲍家堂 H108④∶3、H5∶4） 6.盂（鲍家堂 H7∶6） 7、34.高领罐（鲍家堂 H104∶1、大南沟 M39∶1） 8～11、23、24.折腹钵（下潘汪 T50④a∶14、鲍家堂 H4∶5、T2001③∶5、下潘汪 H99∶1、午方 T5②∶274、T5③∶273） 12、27.双腹盆（鲍家堂 T2004③∶8、午方 T1②∶398） 13、22.弧腹盆（鲍家堂 H104∶2、中贾壁 T9③b∶5） 14、31.杯（鲍家堂 T2③∶1、午方 T2③∶420） 15、26、38.敛口钵（鲍家堂 H105∶5、中贾壁 0∶20、大南沟 M29∶4） 17、32、33.筒形罐（镇江营 H1038∶1、大南沟老 M6∶3、M32∶3） 18.小口双耳罐（雪山） 20.敞口钵（中贾壁 H7∶9） 21、36、37.素面侈口双耳罐（镇江营 H1389∶1、大南沟 M29∶1、M46∶2） 25.红顶钵（中贾壁 T9③a∶10） 28、39.豆（镇江营 H1038∶4、大南沟 M24∶3） 29.圈足碗（午方 T1②∶748） 30、43.壶（中贾壁 T11③a∶21、大南沟 M67∶4） 40、42.折腹盆（大南沟 M32∶6、M56∶1） 41.勺形器（大南沟 M67∶20） 44.尊形器（大南沟 M32∶11）

多为红或紫红色，图案以弧线三角纹和成组曲线纹组合最为常见，此外还有网纹、背向双勾纹、涡纹、圆圈纹、水波纹、睫毛纹、S 纹、"山"字纹等。冀中和北京地区以昌平雪山一期[84]、镇江营三期[85]、容城午方[86]、平山中贾壁[87]为代表的遗存，流行素面双耳罐，彩陶一般为红或赭红色，流行对顶菱形和菱形网纹、对顶三角形、波浪纹、逗点纹、半重环纹、垂条纹、成组斜条纹等图案。西辽河流域以敖汉旗小河沿[88]和翁牛特旗大南沟[89]为代表的遗存，其筒形罐、折腹盆、尊形器、器座等富于特色，彩陶一般黑色，少数红色，有个别白色彩绘，除半重环纹、重三角形纹、菱形网纹、垂条纹等外，还见动物纹、"卍"字纹等。以上第一类遗存，应当主要是在钓鱼台类型的基础上发展而来，一般称为仰韶文化的大司空类型。第二、三类遗存与大司空型有明显的联系，但大量素面罐等在其他地区找不到来源。极可能仰韶二期时河北中部地区受庙底沟类型的影响较弱，继续保持了镇江营二期的素面作风，并一直延续到仰韶三期。这两类遗存实际上可纳入一个文化——雪山一期文化的范畴，并作为该文化的两个地方类型——午方类型和小河沿类型。他们二者分别与仰韶文化和红山文化有更多联系，又都受到大汶口文化的影响（图八三）。

另外，晋南以垣曲古城东关仰韶晚期为代表的遗存[90]，虽以素面为主，但也有一定量绳纹；背向双勾纹、逗点纹等彩陶与大司空类型近似，折肩罐、彩陶罐等又与秦王寨类型相似。所以这类遗存也可能是仰韶文化的一个地方类型（图八四）。

那么，这时期内蒙古中南部和晋中地区遗存的文化性质应当如何界定呢？

前文说过，内蒙古中南部该期遗存独特性的形成，肇始于仰韶二期末段：当时东西部遗存的面貌明显分野。偏西鄂尔多斯黄河两岸以白泥窑子 A 点 F2 为代表的遗存，其绳纹罐颈部箍附加堆纹等特征的出现，不过是当地文化进一步发展的结果，并没有多少全新和外来的因素。而偏东岱海地区以红台坡上为代表的遗存就不是这样。红台坡上遗存中绳纹折腹罐、宽沿曲腹盆、宽沿弧腹盆等器物，还具有仰韶二期二段的遗风，其余器物则多属外来的和创新的成分。就其典型器类来讲，深折腹钵明显来自东南，而筒形

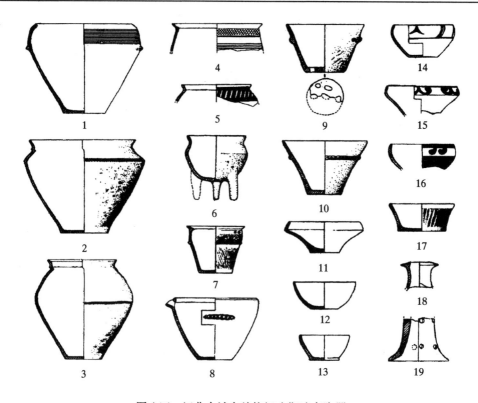

图八四　垣曲古城东关仰韶晚期遗存陶器

1. 敛口瓮（IH31：40）　　2、3. 侈口罐（IH31：41、IH56：41）　　4、5. 彩陶罐（ⅡH31：2、ⅡH35：2）　　6. 鼎（IH129：2）　　7. 深腹盆（IH41：12）　　8. 带流钵（IH79：13）　　9. 甑（IH129：3）　　10～12、14～16. 钵（IH56：23、ⅡH31：5、ⅡH29：3、IH173：1、IH56：26、IH31：38）　　13、17. 平底碗（IH56：24、ⅡH27：23）　　18. 小口尖底瓶（IH41：12）　　19. 豆（IH56：30）

罐无疑来自东北。因为深折腹钵在大司空类型有完整的发展序列[91]，筒形罐则是红山文化系统最典型的器物[92]。至于最独特的小口双耳鼓腹罐的来源，也最耐人寻味。田广金提出，其造型看似两个曲腹盆扣在一起，又可能进一步与后岗类型的小口曲腹瓶有渊源关系[93]。但它们是几类完全不同的器物，与后岗类型也不应存在直接联系。实际上与其形态最近似的器物是雪山一期文化流行的小口双耳高领罐，这种器物也见于大司空类型。只是这种小口双耳高领罐传到岱海－黄旗海地区后，将其直领圆肩的特征改造为斜领鼓腹而已，在庙子沟遗址还可以见到二者共存的情况。庙子沟等遗址流行的素面双耳侈口罐也是雪山一期文化的典型器（图八五）。可见红台坡上遗存的形成与雪山一期文化有很大关系。再就彩陶来说，其来源仍是大司空类型、雪山一期文化和红山文化等。相对双勾纹和鳞纹肯定来自红山文化，三角形纹、棋盘格纹等也常见于红山文化遗存中，在辽宁凌源和喀左交界处的牛河梁[94]、凌源城子山[95]和内蒙古赤峰西水泉[96]等遗址

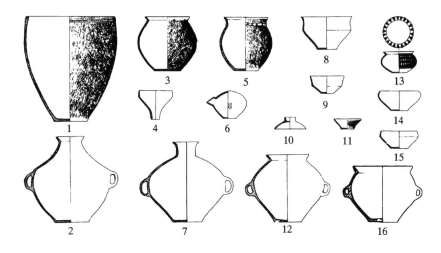

图八五　庙子沟遗存陶器

1. 大口瓮（H5:2）　　2、7. 小口双耳罐（F8:4、M30:3）　　3、5. 绳纹罐（M23:3、H13:6）
4. 漏斗形器（F8:10）　6. 带流罐（H5:11）　8、9. 深折腹钵（H31:5、H31:6）10. 器
盖（F8:3）　11. 平底碗（H13:2）　12、16. 侈口双耳罐（F20:18、H13:1）　13. 彩陶罐
（H91:4）　14. 敛口曲腹钵（M15:2）　15. 敛口折腹钵（M15:1）

都有发现。对顶三角形、对顶菱形与菱形网纹则应来自雪山一期文化和大司空类型，折线三角纹常见于雪山一期文化（图八六）。但有一个值得注意的现象是，我们虽然能从深折腹钵上看出远在东南的大司空类型的较多影响，但彩陶图案上的影响却相对少得多。这表明接受影响也可以是个积极的、有自主选择性的过程，同时也说明它们彼此间相对独立、势均力敌的态势。另外，在王墓山坡中遗存还发现典型的红山文化系统的长圆形岫玉璧（图八七），在红台坡上发现打磨过的岫玉料。总体来看，与红台坡上遗存关系密切的正是我们所划的北方地区周围的东部遗存。虽然东部地区对岱海地区的影响在仰韶二期二段就已现端倪，但此时则明显加强。进入仰韶三期以后，内蒙古中南部东西两部进行了很好地融合，基本上形成了一大类统一的遗存。以前只见于东部或只见于西部的大部分器物都基本在全区范围能够见到。此后这类遗存就开始相当稳定地发展，其内部格局和对外关系未再发生大的变化。我们只能从白草塔出土的饰4组大圆形图案的彩陶盆等方面（图二八，4），依稀分辨出来自石岭下类型的影响（图八六，17、18）。不仅如此，这类遗存以其独特的小口双耳鼓腹罐、领部箍附加堆纹的绳纹罐等陶器，内彩、复彩和繁复的彩陶图案，以及独特的陶器组合，在文化面貌上区别于周围的文化或类型。这类遗存最早被称为仰韶文化海生不浪类型[97]。由于海生不浪遗址有一定代表性，所以还是不变更的好[98]。当然后来对庙子沟等遗址揭露的面积更大，但这并不能成为改用诸如庙子沟文化等名称的理由[99]。另外，这类遗存总体面貌还属仰韶文化范畴，因此也不宜使用海生不浪文化这样

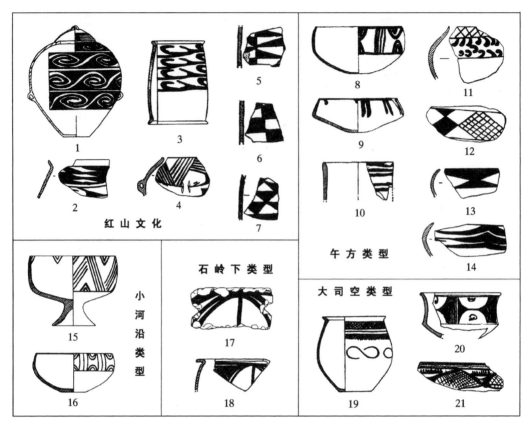

图八六　仰韶三期北方地区周围遗存彩陶比较

1. 牛河梁（M6）　2、4. 西水泉（T53①:20、T13①:22）　3、5～7. 城子山（T5③:5、T4②:22、T1②:5、T3③: 2）　8～10. 午方（T5②:274、T12②:270、T4③:402）　11～14. 中贾壁（0:7、H32:10、H32:1、0:1）　15、16. 大南沟（M31:6、M29:4）　17、18. 师赵村（T114③:44、T110③:55）　19～21. 鲍家堂（H108④:3、T2004②:6、T2⑤）

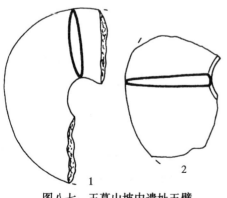

图八七　王墓山坡中遗址玉璧
1.T2②:1　2.T1②:1

的名称。

　　当然内蒙古中南部东西部之间的差别仍然是存在的。喇叭口小口尖底瓶就流行在鄂尔多斯黄河两岸地区，却不见于岱海－黄旗海地区。这种大量因素融合而又鲜明地保持少数典型特征的情况，让我们联想到东西部的主要居民是相对稳定的，它们还固执于各自的一些风俗习惯。在文化交互影响和融合的同时，并没有全方位的血统上的交流。无论如何，我们主要据此还可以将内蒙古中南部该期遗存分成东西两小类，也就是两个地方亚型。西部一类以阿善二期遗存发掘早，且有一定代表性，可称为"阿善二期亚型"；东部可称为"庙子沟亚型"。实际上，即使是两个地方亚型的分法，也还不能反映各处地方特点的细节。具体来说，同样属于庙子沟亚型，但岱海、黄旗海和商都地区还存在一定差别。最明显的是素面双耳侈口罐和小口双耳高领罐这两类器物，在黄旗海地区大量存在，而在岱海地区罕见。而商都的花边卷沿圆腹绳纹罐、饰紫红彩的钵、类"之"字纹筒形罐以及大量细石器镞等独具特色。前文已经说明，这是由于黄旗海地区更靠近雪山一期文化区，商都更靠近东北地区且处于北方地区边缘的缘故。同样属于阿善二期亚型，在包头地区大青山南麓台地和鄂尔多斯及黄河以东地区也有所区别。有人曾经用不同的类型或亚型来标识这种差别[100]。

晋中地区同期遗存的形成不如内蒙古中南部那样富有戏剧性。罐、瓮上带双錾的作风在上期末就已显端倪，它和附加堆纹的出现与盛行都是此时北方地区及其西、西南部地区共同的现象。这应当都只是这一大地区文化自然的发展结果。由于该地区大部分文化特征与其西、西南部地区相似，自然表明它们彼此间有着更为密切的关系。当然其与东、东南部文化遗存也有关系。高领罐就是此时其东、东南方向广大地区普遍出现的东西，深折腹钵、彩陶罐，以及除网纹以外的垂带纹、背向双勾纹、对角三角纹、条带纹等彩陶图案都可能与其东的大司空类型、雪山一期文化的影响有关（图八六）。而正是深折腹钵和网纹、对顶三角纹、条带纹、棋盘格纹、同心圆纹等彩陶图案，使其与海生不浪类型的关系也显得更加密切，实际上这些因素都与它们共同的东方近邻有关。当然，由于该地区遗存和海生不浪类型的地理位置一南一北，所以这里有更多大司空类型的彩陶，而海生不浪流行更多来自红山文化的彩陶。无论如何，该地区遗存以其融合东西方文化的，不同于海生不浪类型的另一种形式，构成仰韶文化又一地方类型的条件。学术界一般以较早发现的义井遗址为名，称其为"义井类型"[101]。也有人称其为"义井文化"[102]。近年的调查和试掘也更加深了人们对义井遗址的认识[103]。

义井类型也存在进一步的地方性差异。例如，偏东北的忻定盆地的阳白遗址等，就未发现偏西南区流行的喇叭口小口尖底瓶，但却有较多素面侈口罐。这种情况当与其邻近冀中地区有关。有一种深双腹盆形豆，可能反映了来自冀西北地区的影响。待条件成熟，就至少可能划分出两个地方亚型。

以下我们还要对可使用的考古材料相当缺乏的冀西北、晋北和陕北的情况略加分析。

冀西北以姜家梁晚期墓地为代表的一类遗存，随葬陶器以疏松的加砂、夹"蚌"红褐陶为主[104]，坚硬的泥质灰陶其次，均用泥条筑成法制作，多为素面或经打磨压光。器类显得单调，有折腹盆、豆、敛口钵、杯、瓢形器等器类，以盆、豆为基本组合。盆多上腹内凹，豆多浅腹细柄，有一种折腹盆形豆富有特色。少数泥质灰陶盆和豆上饰有

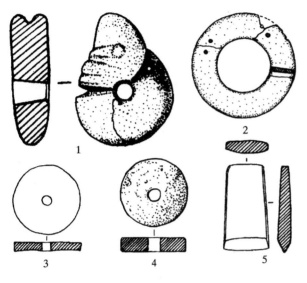

图八八　姜家梁晚期玉、石、陶器

1. 玉龙(M75:1)　2. 石环(M8:4)　3. 陶纺轮(M34:3)　4. 石纺轮
(M15:3)　5. 石锛(M2:1)

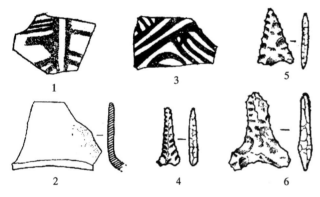

图八九　周家山和宋家庄遗址仰韶三期遗存陶、石器

1. 红彩陶片　2. 高领罐　3. 黑彩陶片　4~6. 石镞

红色彩带，数件泥质灰陶盆上腹部饰红地黄色网格纹、折线纹彩，一件褐陶盆的口沿内侧和腹部各戳印一周圆圈纹（图三三）。另随葬石锛、石环、石纺轮、陶纺轮以及属细石器的石镞、石核、石片等，还有一件玉猪龙（图八八）。显然，这类遗存当属于雪山一期文化，而与仰韶文化海生不浪类型或义井类型判然有别。具体来说，其主要随葬饮食器、折腹盆上腹明显内凹、彩陶流行红色等总体特征更接近午方类型，而与小河沿类型大量随葬筒形罐、盆的上腹基本竖直、彩陶多为黑色的情况区别较大。但个别瓢形器与小河沿类型大南沟墓地的同类器别无二致，玉猪龙也只能是西辽河流域红山文化的遗留物。三关晚期还发现有素面褐陶双耳罐。在阳原周家山和宋家庄遗址采集到一些曲线纹等图案的红或黑色彩陶，以及凹底三角形石镞等，或许与姜家梁遗存同类（图八九）[105]。

晋北经调查的大同云冈石窟对岸、大同水头[106]、浑源县庙坡、右玉丁家村[107]等遗址见有黑色或红色彩陶，其中平行条带纹、重三角形纹等图案与雪山一期文化接近，网纹、菱形棋盘格纹、圆圈纹等图案泛见于义井类型、海生不浪类型和雪山一期文化。另外，大同水头发现的折腹盆形豆和姜家梁晚期同类器一样。估计晋北小区该期遗存应和冀西北区遗存大体同类。晋北和冀西北所在桑干河流域属海河水系，其在仰韶二期一段时就形成了具有一定地方特色、且与其东部有较多联系的马家小村类型。这时候又在仰韶文化传统薄弱的边缘处插上一刀，也属自然之事。也正因为这样，海生不浪类型和义井类型在偏西区关系较密切，而在偏东区关系较疏远的现象才会比较容易理解。

陕北以上烂泥湾 B 组为代表的遗存，见喇叭口小口尖底瓶、饰多段附加堆纹的绳纹罐、折腹钵等器类，以及网纹、对顶三角形黑、红色彩陶，这些都与海生不浪类型和义井类型基本近似。但由于材料缺乏，使我们难以对其文化性质作出明确的判断[108]。

二　仰韶四期遗存

亦即本地区总第五期。这一期也就是所谓"庙底沟二期"。对于其属于仰韶时期还是龙山时代，还存在明显的分歧。实际上庙底沟二期遗存从发现之初，就是被作为由仰韶文化向"龙山文化"过渡的遗存来认识的[109]。但这个过渡时期毕竟时间不长，不能和仰韶文化或"龙山文化"这样的较大的时期相提并论，所以就存在一个向上或向下归纳的问题。多数人只注意到其陶器灰色、多饰篮纹、有斝等所谓"龙山"特征，而宁愿将其作为"龙山文化"早期。严文明先生却认为，庙底沟二期等遗存同仰韶文化的联系要多于其与龙山时代的联系，因此还应归属仰韶文化[110]。具体来说，仰韶文化的典型器小口尖底瓶正是在这时经历了由衰而亡的过程，其他主体器类钵、盆、罐、瓮等也主要是在第三期文化基础上的继续发展。说到陶器灰色和多饰篮纹等特征，也都是从上一期就明显起来的。实际上更多新因素的出现开始于仰韶文化三期而不是庙底沟二期，以至于从仰韶文化三期开始就被认为已经进入铜石并用时代[111]。但没有人会同意将仰韶文化三期也算作龙山时代。至于斝也正是在庙底沟二期最为流行，到龙山时代只有中原腹心地区还残存一些。龙山时代中原地区真正具有代表性的器物是鬲而不是斝。更重要的是，龙山时代或广义的"龙山文化"等概念，是与山东章丘城子崖龙山遗存相比较而提出或加以引申的[112]。在山东及邻近地区，此后虽发现了流行黑、灰陶的以泰安大汶口墓地为代表的遗存，但却另命名为大汶口文化，并未将其归入龙山文化范畴[113]。有很多证据表明，庙底沟二期恰恰与大汶口文化末期，而不是与龙山文化早期时代相当。我们又有什么理由一再坚持庙底沟二期一定属于龙山时代呢？至于那种不加分析地将河南等地庙底沟二期和龙山早期遗存混同的做法，正好为庙底沟二期龙山说作了注脚[114]。

该期仰韶文化的分布范围和第三期大同小异，大部分地方都表现为三期基础上的继续发展（图九〇）。岱海、晋北和冀西北地区似乎表现为文化的缺失或衰弱，但在晋中、晋南等地出现了鼎、斝等新因素，继仰韶二期早段之后，晋南地区在对外关系中又一次表现得非常活跃。这与第三期文化内部关系相对稳定、势均力敌的情况有所区别。对外关系上，偏早阶段来自东方的大汶口文化因素等明显增加，偏晚阶段对东方的影响非常深刻。

此时，本区内蒙古中南部西部和陕北、晋中两区的地方特点比较明显。

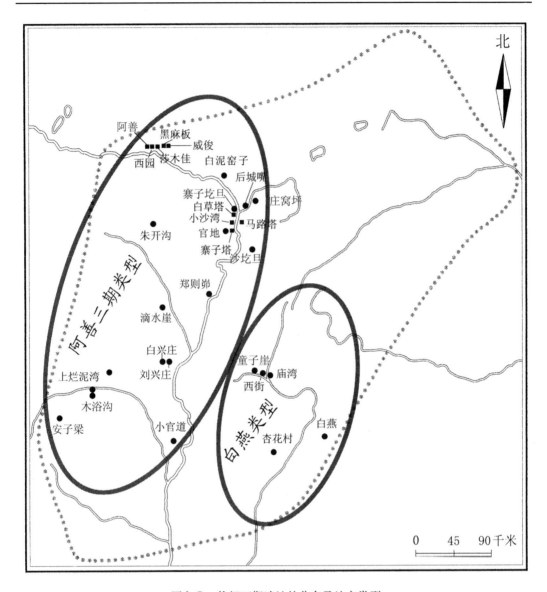

图九〇　仰韶四期遗址的分布及地方类型

　　内蒙古中南部西部和陕北遗存以阿善三期和小官道遗存为代表，包括寨子塔
T16④组、H98组、T16③组，白泥窑子K点H2组、D点F5组、C点F3组、L点H3组、
小沙湾F4、白草塔H3、朱开沟Ⅶ区H7008组、后城嘴二段、庄窝坪二期、官地
三期、阿善三期、西园三期、郑则峁一期、上烂泥湾C组等，莎木佳、黑麻板、威
俊[115]、马路塔[116]、沙圪旦[117]、寨子圪旦、石佛塔、柳青、荒地窑子、木浴沟、滴水
崖、庙界、安子梁、白兴庄、刘兴庄也有此类遗存。陶器主要为泥质和夹砂，也有少量
砂质者。陶色多数为纯正灰色，少数为灰褐色、黑皮褐胎和灰皮褐胎者，另有极少红、

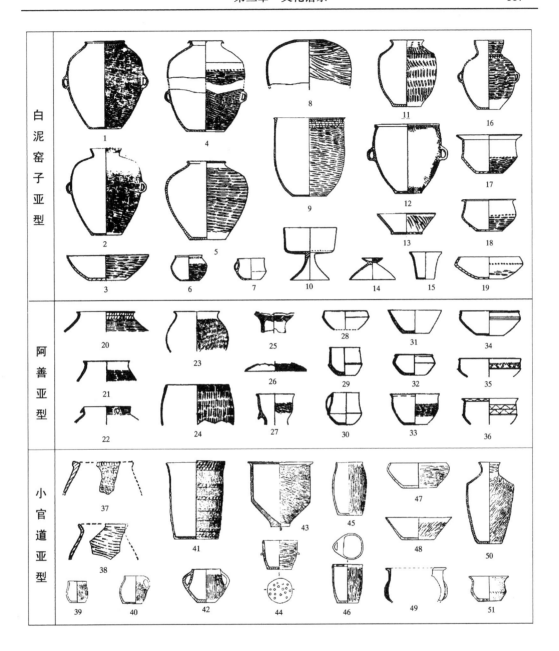

图九一 阿善三期类型各地方亚型陶器比较

1、4、20、22、37. 小口瓮（白泥窑子 D 点 F5：13、F5：35，阿善 F1：02、T5③：04、木浴沟） 2. 高领罐（白泥窑子 D 点 F7：14） 3、48. 斜腹盆（白泥窑子 D 点 H11：75，小官道 AH3③：2） 5、11、21、38. 篮纹罐（白泥窑子 D 点 F6：8、F6：4，阿善 H19：04、木浴沟） 6. 篮纹小罐（白泥窑子 D 点 T16③：27） 7、30. 单耳杯（白泥窑子 D 点 T16③：30，阿善 H71：01） 8. 敛口瓮（官地 H14：2） 9、41. 直壁缸（白草塔 H3：1，小官道 BF2③：8） 10、25. 豆（官地 H37：1，阿善 F16：03） 12、24. 大口瓮（白泥窑子 D 点 F7：1，阿善 1955：01） 13、31. 平底碗（官地 H30：4，阿善 H16：02） 14、26. 器盖（白泥窑子 D 点 F5：31，阿善 T18A②B：04） 15、29. 杯（官地 H30：2，阿善 H31：01）

16、27、50. 小口罐（白泥窑子 D 点 F5:51，阿善 T21②B:07，小官道 BT2③:7）　　17、18、51. 折腹盆（白泥窑子 D 点 F3:16，F2:18，小官道 AH2③:3）　　19、28、32、34、35、47. 敛口曲腹钵（白泥窑子 D 点 F7:5，阿善 T5③:05，阿善 T7②B:01，F1:01，H31:04，小官道 BF2③:11）　　23、45. 绳纹罐（阿善 T3B②A:06，小官道 BF8③:1）　　33. 深腹盆（阿善 H77:01）　　36. 深折腹钵（阿善 T17③:02）　　39. 绳纹小罐（小官道 BF2③:1）　　40. 单耳罐（小官道 AH2③:2）　　42. 双耳罐（木浴沟）　　43. 尊（小官道 AF8③:1）　　44. 甑（小官道 BF2③:11）　　46. 带流罐（小官道 BF2③:3）　　49. 双耳盆（上烂泥湾）

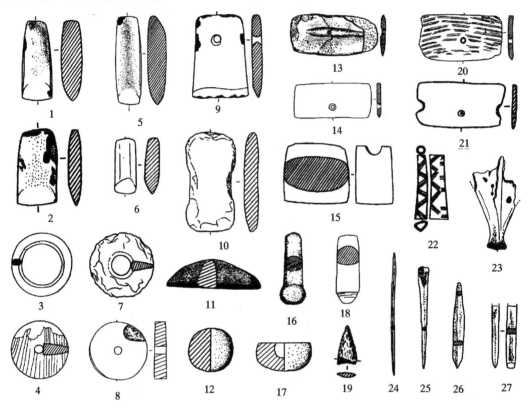

图九二　阿善三期类型石、陶、骨器

1、5. 石斧（小沙湾 T15②:3、F1:1）　2. 石锛（小沙湾 T1②:2）　3. 石环（阿善 H8:75）　4. 石纺轮（寨子塔 T16③:10）　6. 石凿（白泥窑子 D 点 T8③:16）　7. 石环状器（小沙湾 F3:3）　8. 陶纺轮（白泥窑子 D 点 F6:31）　9. 石钺（小沙湾 F15②:8）　10. 石铲（寨子塔 T8③:1）　11. 石磨棒（白泥窑子 D 点 F5:21）　12. 石球（寨子塔 H98:2）　13、14、21. 石刀（阿善 T6③:4，白泥窑子 D 点 H3:37，官地 H42:1）　15. 石秤砣形器（白泥窑子 D 点 T5③:5）　16. 石杵（阿善 T5③:74）　17. 石钵（寨子塔 T8③:3）　18. 石钻（官地 H32:2）　19. 石镞（白泥窑子 D 点 H1:55）　20. 陶刀（白泥窑子 D 点 T5③:4）　22. 骨针筒（阿善 H71:1）23. 卜骨（寨子塔 T8③:4）　24. 骨簪（寨子塔 H69:6）　25. 骨锥（官地 G4:7）　26. 骨镞（官地 H37:5）　27. 骨匕（官地 H37:4）

黄、白色者。制作技术无明显改变。器表以拍印横篮纹和素面压光者为主，流行在罐、瓮等器物口沿外箍多周附加堆纹，方格纹、绳纹、戳印纹、压印纹等也占一定数量。偶见潦草的红色彩陶或彩绘，有个别为白彩、蓝彩。大部分为平底器，也有少量尖底器和圜底器。唇部常见小纽，腹部多双环形耳。主要器类有篮纹鼓肩或折肩罐、敛口瓮、大口瓮、小口瓮、高领罐、素面侈口罐、绳纹罐、直壁缸、喇叭口和浅杯形小口尖底瓶、小口壶、折腹盆、斜腹盆、弧腹盆、敛口曲腹钵、深折腹钵、平底碗、深腹豆、钵形甑、小单耳罐、小双耳罐、杯、器盖（图九一）。工具和装饰品等与前也无明显变化，主要是石斧、石铲、石刀、石凿、石锛、石纺轮、砺石、石或陶秤砣形器、石或陶纺轮、陶刀、陶网坠、石磨盘、石磨棒、石杵、石球、石盘状器、石钻、石或陶环、骨柄石刃刀、骨锥、骨针、骨铲、骨凿、骨匕、骨镞、骨镖、骨鱼钩、骨簪、角凿、卜骨等工具、装饰品或宗教用品。还有个别石臼、玉环。有一种两侧打出缺口的铲状器富有特色。那种体大不规整的钻垫一类石器仍然存在。石刀多为长方形，多旋钻单孔，少数双孔，以靠近刃部者为多，也有部分两侧琢出缺口或兼穿孔者。陶刀均为陶片打磨修整而成，中有穿孔。石铲分两种：一种形制规整，两面打磨光滑；另一种打制，亚腰形。钻孔仍主要为旋钻法，未见管钻。石或陶秤砣形器大体呈长方体，上部有一凹面，用途不明。细石器镞的数量明显增多。以形制规整的或长或短的等腰三角形凹底石镞最常见。此外有矛形器、刮削器等。卜骨一般为牛等动物的肩胛骨，表面有烧灼痕迹，有的边缘有琢痕，可能是有意整治所为（图九二）。

晋中地区该期遗存以白燕 H538 和 F2 为代表，包括童子崖 H8 组、H6 组和杏花村 H23 等。娄烦山城峁、庙湾、西街也见此类遗存。陶器分夹砂和泥质两大类，多为灰陶，黑陶、红褐陶和黑皮褐胎者少量。泥质陶盛行横篮纹，夹砂陶仍以绳纹为主，附加堆纹常见，另有少量压印纹和简略褐彩。鸡冠耳明显少见。典型器类有绳纹或篮纹深腹折沿罐、高领罐、大口罐、大口缸、单耳罐、素面直口罐、斜腹盆、深弧腹盆、敛口曲腹钵、直口折腹盆、豆、钵形甑、器盖，并有器颈部或口沿外箍多周附加堆纹的直壁缸、大口瓮、敛口瓮，有少量盆形鼎、折腹斝、釜灶、釜、素面高领折肩壶、绳纹高领圆肩壶、盘口盆（图九三）。另有两侧带缺口的石斧、陶刀、石或陶环、骨匕等（图九四）。

比较来看，前者流行的小口鼓腹瓮（罐）基本不见于后者，后者晚段新出的鼎、斝、釜灶、盘口盆，绘条带纹彩的折肩壶等不见于前者。后者流行大口深腹的罐（缸），而这类器物在前者中只有少量。其余器类多半在大致相似的基础上，又有细微的差别。

较前来说，仰韶文化四期的范围略有收缩。从整个仰韶文化四期来说，共性最大而分布面又广的器物当属斜腹盆了，它所分布的主要范围也基本就是此时仰韶文化的范围。一般拍印横篮纹或素面，以较浅斜直腹者最多，与其共存的常见斜直腹平底碗。敛口曲腹钵虽有较广分布面，但数量大大减少。深折腹钵、折腹盆等仍常见于北方地区，浅双腹盘由关中扩展至晋南附近。高领罐是这时的一类重要器物，实际上还可以明确

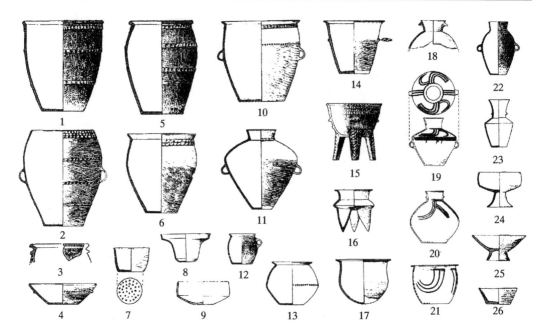

图九三　白燕类型陶器

1. 大口缸（白燕 F2：70）　2. 敛口瓮（童子崖 H6：5）　3. 釜灶（白燕 G501：52）　4. 斜腹盆（白燕 G502：117）

5、6. 深腹罐（白燕 H538：44、T523③A：1）　7. 甑（白燕 H908：1）　8. 盘口盆（白燕 F2：31）　9. 深折腹钵

（白燕 H538：45）　10. 大口罐（白燕 H238①：1）　11. 高领罐（白燕 F504：23）　12. 单耳罐（白燕 H961：3）

13. 折腹罐（白燕 H538：47）　14. 深斜腹盆（白燕 G502：114）　15. 鼎（白燕 F14：40）　16. 斝（白燕 F2：30）

17. 釜（童子崖 H6：2）　18、20、22. 圆肩壶（童子崖 H8：13，白燕 F2：27、H312：12）　19、23. 折肩壶（白燕

F2：49、H259：8）　21. 深弧腹盆（白燕 F14：31）　24、25. 豆（白燕 T2006⑫：1，童子崖 H8：3）　26. 平底碗

（白燕 H538：20）

分为两种：一种口较大而广肩者，一般圆肩，从上一期就流行于河南大部以至于冀中南等地，此时更扩展至几乎整个仰韶文化区；另一种小口而窄肩者，圆或折肩，其实是由小口尖底瓶经由小口平底瓶发展而来。当然后者在形成过程中不能排除前者对它的影响。同时由于二者形态近似，功能相若，越到后来越难以区分，反映当时人对二者的差别也逐渐开始忽略。普通的罐或瓮、缸类器物，一般箍多周附加堆纹，在北方地区多为小口广腹，而在渭河流域、晋南、豫西等地则多深腹较直或略鼓。单或双耳罐则从关中扩展至晋南、豫西和北方地区。鼎扩展至晋中、关中地区，新出的斝以晋南为中心，在晋中、关中、豫西等地与鼎共存。豆扩展至仰韶文化区大部，尤以双腹豆最具特色（图九五）。总体来看，来自东方大汶口文化、南方屈家岭文化等的影响异常强烈，对中原地区的革新起到了促进作用，使原有稳定的文化格局发生动荡甚至重组[118]。

这样，可将北方地区以外其他区域仰韶文化四期遗存，大体分为晋南豫西、关中、甘肃东部和豫中四个地区略加讨论。

晋南豫西遗存可明确分为 3 段。早段以河津固镇第二期[119]和侯马东呈王遗存[120]为代表，包括西王村上层和襄汾陶寺Ⅲ区 H256 遗存。陶器表面多拍印篮纹或为素面，常见附加堆纹，主要器类有深腹罐（缸、瓮）、高领罐、斜腹盆、深腹盆、双腹盘、单或双耳罐、釜灶等，并存在钝底小口尖底瓶向小口平底瓶演变的短暂过程。此时新出带附加堆纹的扁柱状足盆形鼎。中段以河津固镇第三期和垣曲古城东关 IH251 遗存[121]为代表，新出双腹豆、矮圈足杯等明显与屈家岭文化同类器近似的器物，体现出南方地区的强大影响。但更重要的是新出高体釜形斝，三足在根部内聚。这种从某种程度上可以说全新的器物的出现，或许确实是受了大汶口文化流行的鬶的启示[122]，体现出东方文化的强

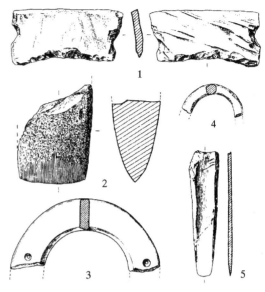

图九四　白燕类型石、陶、骨器

1. 陶刀（杏花村 H2:9）　2. 石斧（杏花村 H23:16）　3. 石环（杏花村 M101:1）　4. 陶环（杏花村 H23:15）　5. 骨匕（杏花村 H23:18）

劲生命力。有人甚至以斝作为"庙底沟二期文化"开始的标志[123]。这两段与整个晋南豫西区文化面貌较为统一，可称为"庙底沟二期类型"（图九六）[124]。至晚段时情况发生了较大变化，临汾盆地以陶寺 M3015 为代表的所谓陶寺类型遗存，斝、深腹罐、釜灶、扁壶等主要日常陶器种类为继承当地庙底沟二期类型中段而来，而高领折肩壶、折肩罐、折腹盆、大口缸、陶鼓、鼍鼓、钺、厨刀、琮等器类，以及陶、木器上的彩绘，大小墓的严重分化等多同表现"礼制"相关的因素，和庙底沟二期类型中段遗存风格迥异，而与以大汶口文化晚期为代表的山东及邻近地区的文化面貌相当吻合[125]。这就清楚地表明，陶寺类型的形成是东方文化西移，并与当地文化融合的产物。同时，社会的上层人物应以东方"殖民者"为主，他们力图维护原有文化传统和等级制度。与此同时，晋南南部地区和豫西地区以古城东关 H1 和 H188 为代表的遗存，仍为庙底沟二期类型的继续发展：斝三足外移，器体变矮，新出凿足罐形鼎，以及双耳折肩壶和薄胎红陶杯（图九七）。

关中遗存也就是泉护二期类型，以武功浒西庄遗存为代表[126]。与庙底沟二期类型比较，绳纹较多，单或双耳罐更加流行。其釜形斝缺乏最初始形态者，应当来自晋南，但其两种罐形斝却基本不见于庙底沟二期类型，应当是在釜形斝思路下的创新。甘肃东部遗存也就是常山类型，以镇原常山遗存为代表[127]。双耳器盛行，缺乏三足器（图九八）。

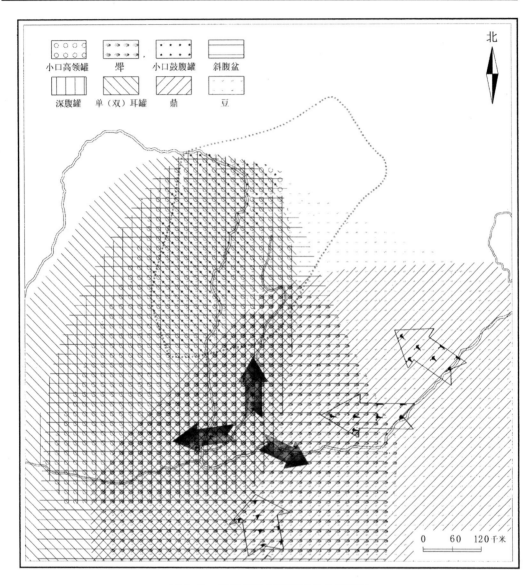

图九五 仰韶四期典型陶器分布示意图

郑州附近以大河村四期为代表的秦王寨类型晚期遗存，与北方地区遗存相隔甚远，且面貌差别很大。但至庙底沟二期类型晚段时，庙底沟二期类型急剧东扩，在豫中、西地区形成以登封阳城 H29[128] 和偃师二里头 H1 遗存[129] 为代表的谷水河类型遗存，并进一步对豫东、鲁西南、皖西北地区施加积极影响。

此外，岱海、晋北、冀西北地区普遍缺乏该时期遗存。我们虽然不能就此断言此时这些地区为文化空白区，但农业文化极度衰落却是不可否认的。冀南地区永年台口等遗址既有该期遗存，又存在仰韶三期遗存，但由于发表的材料简略，无法区分清楚[130]。

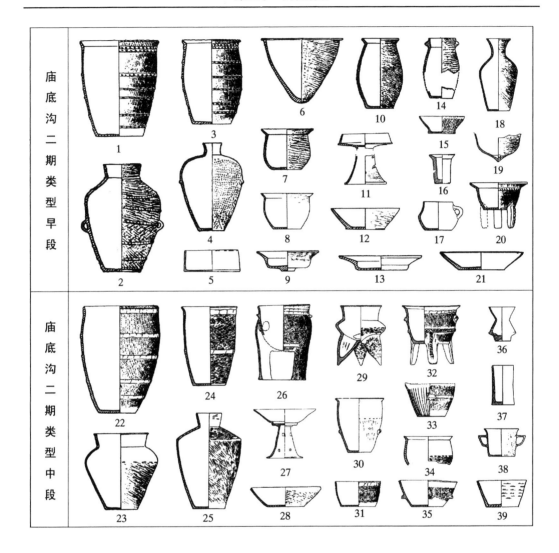

图九六 庙底沟二期类型早、中段陶器比较

1、22. 大口缸（固镇 H18：12，东关 IH251：55） 2. 高领罐（东呈王 H23：4） 3、10、24. 深腹罐（固镇 H18：9，东呈王 H53：1，东关 IH101：27） 4、25. 小口罐（东呈王 H23：6，东关 IH251：54） 5. 直腹盘（东呈王 T108HG：28） 6. 尖底缸（东呈王 H31：18） 7. 垂腹盆（东呈王 H49：11） 8、30、34. 深弧腹盆（固镇 T108③C：2，东关 IH193：6，固镇 H1：19） 9、13. 双腹盘（固镇 T107③D：1，H17：2） 11. 敛口豆（固镇 T107③D：1） 12、21、28、31、35、39. 斜腹盆（固镇 T106③A：6，东呈王 T109HG：2，东关 IH251：58、IH251：75、IH199：1、IH251：74） 14. 双錾深腹罐（东呈王 H35：9） 15. 平底碗（东呈王 T108HG：23） 16、37. 直腹杯（东呈王 T108HG：31，东关 IH101：40） 17. 单耳罐（固镇 T107③C：13） 18. 小口平底瓶（固镇 H18：5） 19. 小口尖底瓶（固镇 H25：6） 20、32. 鼎（固镇 H25：4，东关 IH251：43） 23. 大口鼓肩罐（固镇 H1：2） 26. 釜灶（东关 IH101：18） 27. 双腹豆（东关 IH266：4） 29. 斝（东关 IH251：62） 33. 擂钵（东关 IH251：57） 36. 矮圈足杯（东关 IH251：48） 38. 双耳杯（固镇 H6：1）

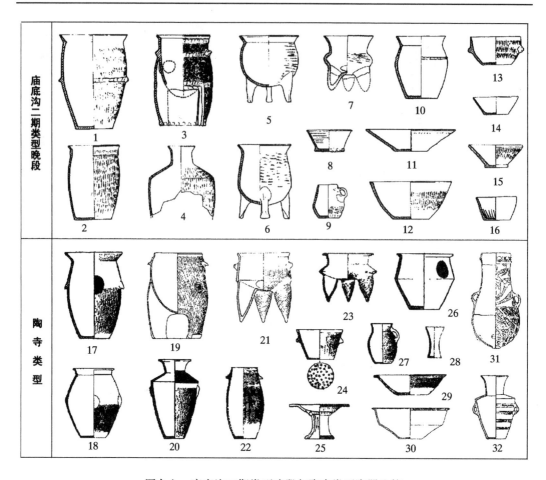

图九七 庙底沟二期类型晚段与陶寺类型陶器比较

1、2、10、17.深腹罐（东关 IH62：12、IH188：22、IH27：1，陶寺 M3015：38） 3、19.釜灶（东关 IH218：50，陶寺 IIT1③B：36） 4.小口高领罐（东关 IH275：36） 5、6.鼎（东关 IH94：19、IH183：16） 7、21、23.斝（东关 IH38：8，陶寺 M3015：30、M3002：2） 8、14、15.平底碗（东关 IH218：48、IH112：35、IH188：50） 9、27.单耳罐（东关 IH38：6，陶寺 M3015：45） 11、29.斜腹盆（东关 IH112：37，陶寺 IIH4：18） 12、13.弧腹盆（东关 IH112：38、IH112：42） 16.擂钵（东关 IH184：15） 18.鼓腹罐（陶寺 IIH4：24） 20.高领尊（陶寺 M3015：29） 22.双鋬深腹罐（陶寺 IIH4：26） 24.甑（陶寺 IH6：30） 25.豆（陶寺 M3073：14） 26.折腹罐（陶寺 M3016：5） 28.杯（陶寺 M2063） 30.折腹盆（陶寺 T1H3：27） 31.鼓（陶寺 M3072：11） 32.折肩壶（陶寺 M2202：8）

邯郸涧沟遗址水井 H6 中出土的大口高领罐等[131]，明确属于该期，多拍印横篮纹，有的带双鋬，和晋中地区以及晋南侯马东呈王[132]等遗址所见双鋬深腹罐形制近似，与大汶口文化末期的高领尊也有相近的一面。但这类遗存的整体面貌是同于台口该期遗存，还是另有特点，都还不甚清楚。

有了对周围地区的大致了解，我们就可能对这时期北方地区遗存的文化性质作出判断。

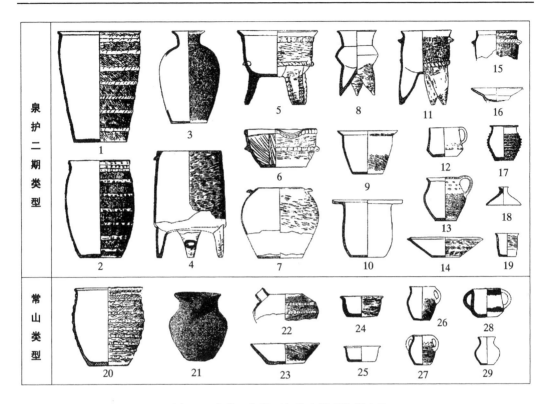

図九八 泉护二期类型与常山类型陶器比较

1、2、20.深腹罐（浒西庄 T22④:1、H24:9、常山 H26:10） 3.小口罐（浒西庄 H10:4） 4、8、11.斝（浒西庄 H33:17、H33:16、H33:21） 5.鼎（浒西庄 H31:1） 6.擂钵（浒西庄 H36:6） 7.敛口罐（浒西庄 H23:3） 9、10.深腹盆（浒西庄 H36:3、H4:1） 12.单耳杯（浒西庄 H32:6） 13、21、26.单耳罐（浒西庄 T9⑤:24，常山 H26:1、H5:1） 14、23.斜腹盆（浒西庄 T9⑥A:29，常山 H9:1） 15.釜灶（浒西庄 T6④:16） 16.双腹豆（浒西庄 H30:9） 17.小罐（浒西庄 H28:5） 18.器盖（浒西庄 T4③:6） 19.杯（浒西庄 H28:3） 22.盂（常山 H26:2） 24、25.平底碗（常山 T1③:6、H17:1） 27.双耳罐（常山 H24:5） 28.双耳杯（常山 H20:5） 29.壶（常山 M1:1）

　　内蒙古中南部西部和陕北遗存主要是在当地早期文化的基础上发展而来，并较稳定地发展，外来的影响较小。例如，其小口广腹罐（瓮）与海生不浪类型的小口双耳鼓腹罐，其小口平底瓶与海生不浪类型的喇叭口小口尖底瓶都存在明显的继承关系。存在此种关系的还有绳纹罐、折腹盆、斜腹盆、敛口瓮等大部分器物。与海生不浪类型比较，绳纹减少，篮纹迅速增加，彩陶大幅度减少，这其实是此时整个仰韶文化区普遍发生的事情，主要是阶段性的反映。能观察到的外来的影响自然是存在的，像单、双耳罐的出现和增多就明确受关中的影响，少数矮圈足双腹盘也是晋南、关中流行的器物，而典型广肩高领罐的出现与来自东南方的影响有关。但外来的影响毕竟是很次要的。这类遗存以往有人称为阿善三期文化[133]或阿善文化[134]，我们以为叫"阿善三期类型"更合适些。同时我们也注意到，这个类型还存在较明显的地方差异，至少可以划分为 3 个地方亚型：南流黄河两岸（包括陕北北部）以白泥窑子 D 点为代表的遗存，流行在小口瓮颈部、肩部以下饰一周压印纹，深折腹盆折棱处饰一或二周压印纹。方格纹和横篮纹常见于一器，篮纹罐、绳纹罐等少数有花边。包头附近地区以阿善三期为代表的遗存，流行连点戳印纹（或刺纹），往往在陶器上腹、肩部或口沿上连续点刺成连续三角形、平行线形等几何形图案。其石刀常在中部划磨出长条形凹槽后再在中心穿孔。陕北南部以小官道为代表的遗存，流行无附加堆纹装饰的绳纹深腹罐、带流罐，和较多磨制柳叶形石镞。折肩小口平底瓶和深腹罐与庙底沟二期类型的同类器更为近似，双环形耳贴紧器身的素面深曲腹盆罕见于它区，双耳、单耳罐较多。这三小类遗存我们分别可称其为白泥窑子亚型、阿善亚型和小官道亚型。

相对而言，晋中地区尤其是后段受外来影响的程度要大得多。前段的深腹罐、瓮以及盆、钵类，多不过是义井类型的发展和延续。基本情况与内蒙古中南部相若。而后段却新出盆形鼎、折腹斝、素面高领折肩壶、盘口盆等特征鲜明的器物。盆形鼎显然应当是临汾盆地形成陶寺类型之前，从晋南传入，而其他几种则需要讨论。折腹釜形斝和陶寺类型同类器基本相同，自然是从后者而来。素面高领折肩壶和陶寺类型的同类器极为相近，不排除从临汾盆地传入的可能。但问题是临汾盆地的此类器也是突然出现的。前文讨论过，这类器的出现可能与东方文化的强烈影响有关。只可惜由于联系山西和山东地区的河北省中、南部地区，此时文化面貌总体不甚清楚，限制了对这种影响过程的进一步研究。此类器先至晋中，或差不多同时到达晋中和临汾盆地，都是可能的[135]。至于盘口盆基本不见于其他地方，红色的条纹彩陶等也在当地仰韶三期以及大司空类型遗存有所发现，与陶寺类型大圆点彩陶或彩绘作风有别。这类遗存由于有过白燕一期文化的称呼[136]，我们可因此称其为白燕类型。该类型发现遗存尚少，难以讨论地方性的差异。

第四节　龙山时代

严文明先生在提出"龙山时代"这一概念时，就清楚地指出，包含其内的"各个文化彼此连成一片，又基本上属于同一时代，而且除齐家文化外，都曾被称为龙山文化"[137]。显然，龙山时代不能片面理解为一个单纯的时间概念。单从文化面貌上看，龙山时代有着不少共性，最普遍的是轮制陶器的盛行和器表颜色的黑、灰化等。这固然可以理解为共同的发展阶段性，但其整齐的步伐无疑表明了彼此间存在较多联系和相互影响。更不用说鬶等器物的分布面空前宽广[138]。在仰韶文化阶段，中原、北方、山东地区和江汉等区域文化虽然存在诸多联系，但总体上差别较明显。从这个意义上说，龙山时代似乎是个统一性增强的时期。但另一方面，龙山时代各地方遗存又表现出相当的地方性。龙山时代各考古学文化的分布地域，比仰韶时期普遍要小一些。从这个意义上讲，龙山时代似乎又是个地方特点继续增多的时期[139]。很显然，单方面的理解都是不正确的。实际上，经过仰韶时期各文化之间的碰撞、融合，在龙山时代达到一定程度的"重组"，使以前的文化格局和模式有相当程度的变化。这也正是龙山时代能够成为一个亚"时代"的原因之一。山东和北方地区文化在此"重组"过程中起了关键性的作用。龙山时代又可明确分为前、后两大期[140]。

由于龙山时代各地器物种类增加至一个最高峰，就不但可能使分期研究更能细化，而且使各地的差异更容易显现出来。这对了解文化谱系自然是有益的。但在判断文化性质时也应充分注意到这一点。

以前我们使用瓶（壶）、罐、瓮、钵、盆来概括仰韶文化的基本特征。如果把瓶（壶）换成高领罐，则以其为特征的遗存仍然构成一大类，只是比龙山时代低一个层次。这一大类遗存一般被称为中原龙山文化，包括客省庄二期文化、王湾三期文化、后岗二期文化、陶寺类型和造律台类型等[141]。稍为宽泛一些还可以包括齐家文化在内。事实上，北方地区龙山遗存也完全可以纳入中原龙山文化的范畴。我们很容易就可以看出，中原龙山文化大体分布在原仰韶文化区，基本是在仰韶文化的基础上发展而来。

再进一步来说，北方大部地区龙山时代文化的面貌其实有着相当一致的地方特点[142]。斝式鬲是产生并盛行于该地区的最典型的一种器物[143]，与其共存的大体同类的器物还有甗和盉。此外还有大口折肩尊、敛口瓮、大口瓮、直壁缸、绳纹或篮纹鼓腹罐等特殊器物。它们与高领罐、斜腹盆、曲腹盆、敛口钵、平底碗、浅腹豆、甑、单耳罐、双耳罐、小斝等共同组成一个相对独特的陶器群。按照其地方化的程度和依照当时文化的总体格局，宜将其单独命名为一个考古学文化。"河北龙山文化许坦型"是命名这类遗存的最早尝试[144]。此后有过用老虎山文化指称内蒙古中南部龙山遗存[145]；或仅用老虎山文化指称岱海地区龙山遗存[146]，用大口一期文化[147]或永兴店文化[148]指称内蒙古中南部南流黄河两岸龙山遗存；或用游邀文化指称"三北地区"（实即本文所说北方地区）龙山后期遗存[149]等多种说法。但鉴于上述理由，我们主张用老虎山文化来涵盖北方地区大部龙山遗存。

一 龙山前期遗存

亦即本地区总第六期。这时候，除陕北南部外，其余地区遗存均应属老虎山文化。我们可以将其分成岱海与张家口盆地、河套及鄂尔多斯黄河两岸、晋中和陕北北部4个小区来讨论（图九九）。

岱海与张家口盆地小区以老虎山和园子沟遗存为代表，包括西白玉、面坡、板城、大庙坡、贾家营H3遗存等。凉城窑子坡、杏树贝、白坡山、合同窑、武家坡、界牌

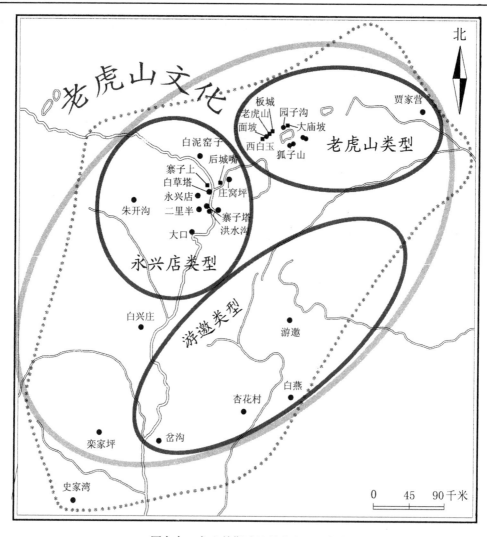

图九九　龙山前期遗址的分布及地方类型

沟、狐子山、黄土坡、五龙山、牛圈圐山、砚王沟也有此类遗存[150]。遗物多为陶、石器，骨、角、牙器为数很少。陶器一般用泥条筑成法制作，斝等三足器的袋足为模制，一般分段制作后粘接，口部见在慢轮上修整所留下的旋抹痕，内、外壁常留下拍、垫、压、抹、刮、擦痕，总体上制作较粗糙，未发现以快轮拉坯制作的陶器。夹砂陶为泥质陶的3倍还多，一些外表细腻貌似泥质的陶器，实际上是对含砂较少的夹砂陶的外表经过反复抹压所形成。陶色以灰为主，褐或黑、灰皮褐胎者较少。流行篮纹，素面和压光者其次，绳纹、附加堆纹、花边、压印纹等少量。许多器物带拱形耳或乳头状鋬，少数附鸡冠耳。陶容器基本为实用的生活用品，除据功用分盛储器、炊器和饮食器，据形态分平底器、三足器和圈足器等外，还可依制作风格分三大类：第1类主要为素面夹砂罐，还包括少量素面夹砂盆和素面泥质罐，器类虽少，数量却多，多呈深浅不一的褐色，制作粗糙；第 2 类包括绳纹罐、篮纹罐、方格纹罐、高领罐、矮领瓮、直壁缸、大口瓮、大口罐、折腹小罐、斝、盉、甗、斜腹盆、钵、碗、甑等大部分器类，外表多为灰色，以夹砂者为主，制作一般；第 3 类包括高领尊、大口尊、敛口瓮、折腹盆、豆、双耳罐、单耳罐等，外表多为灰或灰黑色，一般为泥质陶，即便夹砂，含量也很少，制

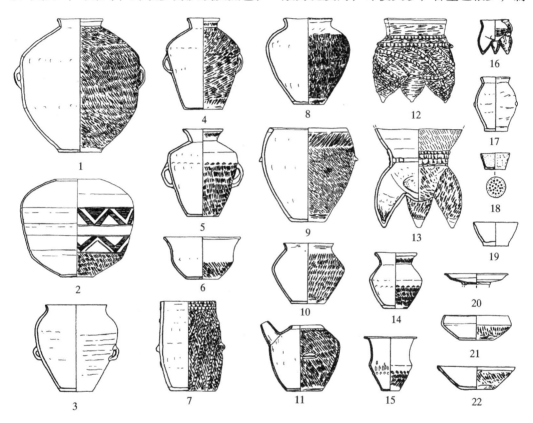

图一○○ 老虎山类型陶器

1. 矮领瓮（园子沟 F2003：4） 2. 敛口瓮（老虎山 F26：3） 3、17. 素面夹砂罐（园子沟 F3038：2、F3039：8）4. 高领罐（园子沟 F3033：5） 5、14. 高领尊（园子沟 F3026：10、F3034：15） 6. 曲腹盆（老虎山 F2：3） 7. 直壁缸（老虎山 T103④：1） 8. 绳纹罐（园子沟 F3026：9） 9. 大口瓮（老虎山 F2：2） 10. 篮纹罐（园子沟 F2015：2） 11. 盉（西白玉 H6：6） 12、16. 斝式鬲（老虎山 F27：1、园子沟 H2002：5） 13. 甗（西白玉 T2③：1） 15. 大口尊（园子沟 F2007：9） 18. 甑（园子沟 F3026：6） 19. 碗（园子沟 F2016：4） 20. 豆（西白玉 H6：2） 21. 敛口钵（园子沟 F2023：6） 22. 斜腹盆（园子沟 F2003：3）

作较精细。由于一窑器物只能在一种气氛下烧成，故第 1 类陶器不大可能和其他两类同窑混杂烧制，这类陶器甚至还可能有专用的方形陶窑（图一○○）。石器均多琢磨兼制，少数为细石器，孔多旋钻，个别琢钻。包括大小不一的生产和建筑工具斧，木工工具锛

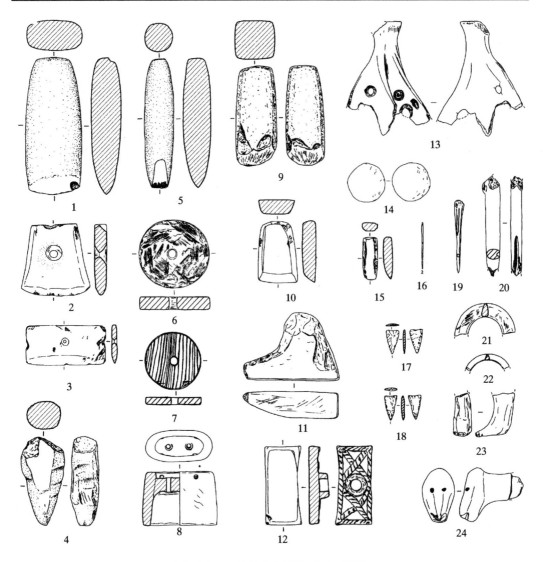

图一〇一　老虎山类型石、陶、骨器

1、5. 石斧（园子沟 F2007:1、F2007:2）　2. 石钺（西白玉 F2:1）　3. 石刀（园子沟 T340③:5）　4. 石钻（老虎山 T203③:5）　6、7. 石纺轮（园子沟 F3037:1、F3035:9）　8. 陶铃（西白玉 H3:1）　9. 石杵（园子沟 F3034:4）　10. 石锛（园子沟 T340③:1）　11. 石抹子（园子沟 F2007:11）　12. 陶抹子（老虎山 C:3）　13. 卜骨（老虎山 T510④:4）　14. 石球（老虎山 F64:9）　15. 石凿（园子沟 T342③:8）　16. 骨针（园子沟 H2004:1）　17、18. 石镞（老虎山 F64:1、F64:5）　19. 骨锥（园子沟 H2004:2）　20. 骨柄（园子沟 F2011:1）　21、22. 石环（老虎山 T509③:10、T207③:14）　23. 陶脚（老虎山 T201④:1）　24. 陶鸟首（西白玉 H3:1）

和凿，农业生产工具刀，独具特色的精美石纺轮，形态各异的涂抹白灰的石抹子，鲜艳小巧的狩猎工具镞和矛形器，光滑细致的装饰品环，以及钺、垫子、球、磨盘、磨棒、砺石等器类（图一〇一）。

河套及南流黄河两岸小区以官地四期和永兴店遗存为代表，包括寨子塔 F15 组和 H8 组、朱开沟 H7003、二里半 IIH10 组、白泥窑子 K 点 H3、洪水沟 T11③和 H9、大宽滩 F1、寨子上 F2、白草塔 F9、铁孟沟 M1 和 M2，以及庄窝坪三期、后城嘴三段、白泥窑子 L 点第 2 层、大口第 3 至 5 层等。陶器以泥质和夹砂占绝大多数，砂质陶少量，质地均较坚硬。陶色较纯正，多为灰色，褐色者较少。器表拍印横或斜篮纹者为主，绳纹、方格纹其次，素面、戳印纹、附加堆纹等少见。仍有篮纹和方格纹见于一身的情况。戳印纹一般呈一周环绕在器物口沿外，其上至口沿部分为素面压光。仍主要以泥条筑成法制作。器物有绳纹鬲、素面鬲、篮纹双鋬式鬲和绳纹双鋬式鬲、甗、盉、翻缘方格纹罐、篮纹罐、花边绳纹罐、高领罐、大口尊、大口瓮、敛口瓮、直壁缸、单耳罐、

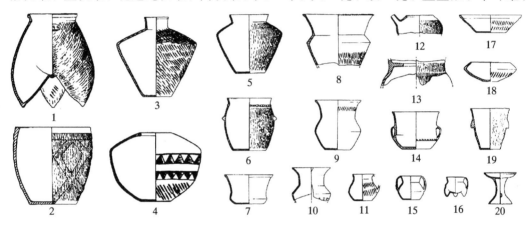

图一〇二　永兴店类型陶器

1. 鬶式鬲（永兴店 H14:2）　2. 直壁缸（白草塔 F9:1）　3. 高领罐（白草塔 F15:2）　4. 敛口瓮（永兴店 G2:8）　5. 翻缘罐（永兴店 H17:1）　6. 双鋬绳纹罐（永兴店 H66:2）　7. 曲腹盆（永兴店 G2:2）　8. 大口尊（白草塔 F15:9）　9、10. 高领尊（永兴店 H66:1、H42:1）　11. 单耳罐（永兴店 H8:4）　12. 盉（永兴店 H9:2）　13. 甗（永兴店 G2:12）　14、15. 双耳罐（白草塔 F9:2、永兴店 H46:1）　16. 鬶（永兴店 H35:1）　17. 斜腹盆（永兴店 G2:3）　18. 敛口钵（永兴店 T1③:1）　19. 深腹盆（永兴店 H17:2）　20. 豆（永兴店 H32:1）

双耳罐、斜腹盆、折腹盆、曲腹盆、敛口钵、浅腹豆等（图一〇二）。工具和装饰品等与前无明显变化，主要是石斧、石铲、石或陶刀、石凿、石锛、石纺轮、砺石、石或陶抹子、石或陶纺轮、细石器镞、石磨盘、石磨棒、石杵、石穿孔器、石钻、石玉或陶环、骨锥、骨针、骨铲、骨凿、骨簪、角凿、卜骨等。基本特征同于早先的阿善三期类型，只是缺乏石或陶秤砣形器，新流行石或陶抹子，石刀增多而陶刀减少（图一〇三）。

晋中小区以杏花村 H118 为代表，包括白燕 H219、游邀 H348、岔沟 H1 遗存等。夹砂陶稍多于泥质陶。以灰陶为主，黑或灰皮褐胎陶和红褐陶其次。夹砂陶多拍印绳纹，泥质陶多拍印右斜篮纹，横篮纹其次，还有方格纹、附加堆纹、旋纹、刻划纹、戳印纹

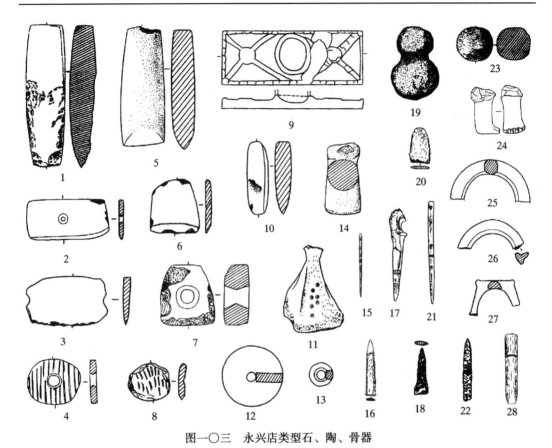

图一〇三　永兴店类型石、陶、骨器

1、5. 石斧（白泥窑子 K 点 T3②:1、永兴店 H15:2）　2. 石刀（永兴店 H73:3）　3. 陶刀（白泥窑子 K 点 T1②:
65）　4. 陶纺轮（永兴店 H21:4）　6. 石锛（庄窝坪 H12:2）　7. 石穿孔器（永兴店 H43:2）　8. 陶圆片（白
泥窑子 K 点 H3:58）　9. 陶抹子（白草塔 F15:8）　10. 石凿（寨子塔 F15:12）　11. 卜骨（永兴店 H31:12）
12. 石纺轮（寨子塔 F15:7）　　13、25、26. 石环（寨子塔 H12:1、白泥窑子 K 点 T3②:4、永兴店 H36:5）　14.
石杵（永兴店 H7:1）　15. 骨针（永兴店 H31:6）　16、18. 石镞（白泥窑子 K 点 H3:10、白泥窑子 L 点 T3②:1）
17. 骨锥（寨子塔 F15:24）　19. 石网坠（白泥窑子 K 点 T3②:6）　20. 石刮削器（白泥窑子 K 点 H3:11）
21. 骨簪（寨子塔 H50:3）　22. 骨镞（白泥窑子 L 点 H12:2）　23. 石球（白泥窑子 K 点 T3②:7）　24. 陶人脚
（朱开沟 Ⅶ 区）　27. 陶环（永兴店 H73:6）　28. 骨匕（庄窝坪 H12:4）

等。少数泥质陶见旋纹带内填充刻划三角形纹、戳印点纹等。器类中以斝式鬲、甗、
盉、泥质小斝类三足器数量多且特征鲜明，其次还有绳纹罐、篮纹罐、高领罐、直壁
缸、大口瓮、敛口瓮、大口尊、高领尊、曲腹盆、斜腹盆、敛口钵、甑、浅盘豆、单耳
罐、双耳罐等（图一〇四）。另有石斧、石铲、石锛、石凿、石或陶刀、细石器镞、陶
环、陶抹子、石或陶纺轮、陶垫子、骨锥、骨簪、卜骨等工具、装饰品或宗教用品（图
一〇五）。

陕北北部该时期以栾家坪 T3④组为代表，白兴庄遗址也见此组遗存。流行绳纹、

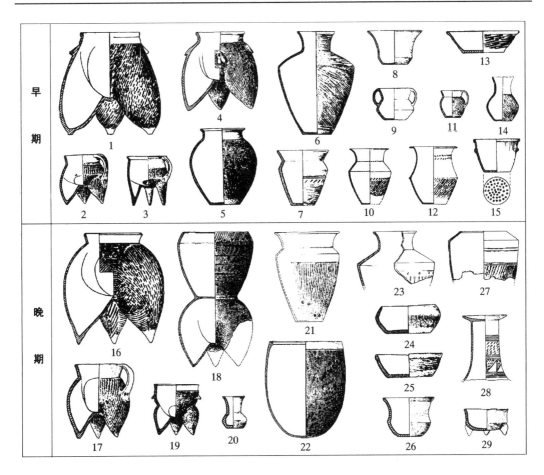

图一〇四 游邀类型陶器

1、2、4.斝式鬲（游邀 H348：1，杏花村 H317：1，H118：3） 3、19、29.斝（白燕 H108：38，杏花村 H123：3、H257上：21） 5.绳纹罐（白燕 T22⑨：3） 6、23.高领罐（杏花村 H12：1，乔家沟 H4：20） 7、12、21.大口尊（杏花村 H257上：4，白燕 H219：3，乔家沟 H4：3） 8、26.曲腹盆（杏花村 H257下：13，乔家沟 H6：13） 9.双耳罐（杏花村 H127：4） 10.高领尊（白燕 H219：15） 11.单耳罐（杏花村 H118：5） 13、25.斜腹盆（游邀 H204：2，杏花村 H6：2） 14、20.长颈壶（杏花村 H127：3，乔家沟 M2：2） 15.甗（白燕 H1006：4） 16、17.鬲（游邀 H193：1，杏花村 H6：4） 18.甗（乔家沟 H1：11） 22.蛋形瓮（乔家沟 02） 24.敛口钵（杏花村 H6：1） 27.敛口瓮（杏花村 H6：8） 28.豆（乔家沟 H1：5）

篮纹、方格纹等。器类有花边绳纹罐、篮纹罐、方格纹罐、直壁缸和斝式鬲、鼎等。

龙山前期高领罐、斜腹盆、双腹盆、敛口钵、平底碗、豆、单耳罐、双耳罐，以及普通的罐或瓮、缸类器物，在分布上都和庙底沟二期无太大变化。变化最明显的是三足器。这时候，形态各异的斝已覆盖了包括晋南豫西、北方地区、渭河流域、豫北冀南在内的广大地区，甚至还向南影响到南阳盆地。双鋬斝式鬲的分布中心在北方地区，外及临汾盆地和豫北冀南。甗有两个中心：北方地区和豫北冀南。单把斝式鬲也有两个互不

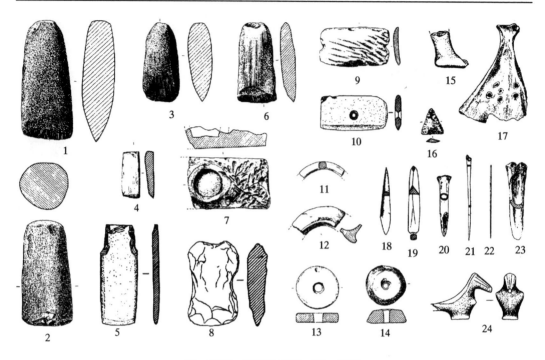

图一〇五　游邀类型石、陶、骨器

1、3. 石斧（杏花村 T30③:4、035）　2. 石杵（杏花村 H257 下:18）　4. 石凿（杏花村 H7:6）　5、8. 石铲（阳白 T1201②B:23、T1103②C:9）　6. 石锛（杏花村 T301:1）　7. 陶抹子（杏花村 H130 下:7）　9. 陶刀（杏花村 H7:4）　10. 石刀（阳白 T1204②B:29）　11、12. 陶环（杏花村 H130 下:8、H21:1）　13. 石纺轮（杏花村 034）　14. 陶纺轮（杏花村 H161:2）　15. 陶人脚（阳白 H112:2）　16、19. 石镞（杏花村 H130 下:9、阳白 H102:2）　17. 卜骨（乔家沟 H4:6）　18. 骨镞（阳白 H107:15）　20. 骨锥（游邀 H161:1）　21. 骨簪（游邀 H194:5）　22. 骨针（阳白 H107:19）　23. 骨匕（乔家沟 H5:3）　24. 陶鸟（阳白 T1104②A:4）

连属的中心，一个是北方地区，一个是关中地区，外及陇东。盉也主要分布在北方地区。在这些新兴空足三足器的排挤下，鼎的范围向东南有所退缩。可以看出，北方地区是斝式鬲、甗和盉的最重要的分布区（图一〇六）。

这样，可将北方地区周围的中原龙山前期遗存，大体分为晋南、关中、陇东、豫北冀南、冀中和北京附近五个地区略加讨论。属于中原龙山文化范畴的王湾三期文化前期遗存等，由于分布地域和北方地区不直接相连，故不再涉及。

晋南该期遗存明确有南北之分，而且分别都是前一阶段当地遗存的继续发展：北部临汾盆地遗存仍以陶寺大墓为代表，属于陶寺类型[151]。南部遗存以垣曲古城东关 IH145 和龙王崖 H106[152] 遗存为代表，主要器类和庙底沟二期类型无太大变化，只是篮纹多为右斜，附加堆纹少见。釜形斝大口折腹，三足外移至底部边缘。另外还见石家河文化的典型因素红陶杯（图一〇七）。这类遗存以往一般被简单归入庙底沟二期，实际上肯定已进入龙山时代。

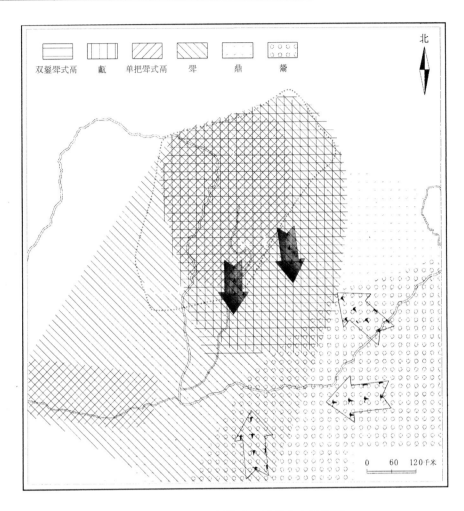

图一〇六 龙山前期陶三足器分布示意图

关中以武功赵家来 H2 为代表的遗存[153]，应当属于客省庄二期文化前期，其前身为泉护二期类型。仍流行横篮纹，也有较多绳纹。最重要的是它拥有最原始形态的斝式鬲之一——高体束颈单把斝式鬲。当然，富于地方特色的深腹罐形斝还继续存在，小口高领罐由先前的圆肩变为折肩。其他器物基本是泉护二期类型的发展和延续（图一〇八）。

陇东以天水师赵村七期为代表的齐家文化前期遗存，也有高体束颈单把斝式鬲和深腹罐形斝，应为受客省庄二期文化影响所致。但其矮体釜形斝、素面小斝和单把釜形斝式鬲却基本不见于关中地区。另外，其小口高领罐仍为圆肩且较矮（图一〇九）。

豫北冀南以安阳后岗 H31 为代表的后岗二期文化前段遗存[154]，有着大量最原始形态的甗[155]，卷沿圆腹，袋足与器底分界明显。与其共存的有罐形斝。其他陶器基本可

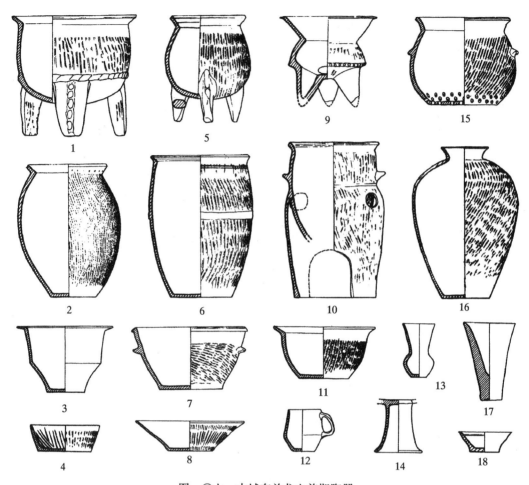

图一○七　古城东关龙山前期陶器

1、5. 鼎（IH145：37、IH145：42）　　2、6. 深腹罐（IH44：25、IH252：112）　　3. 双腹盆（IH231：10）　　4. 擂钵
（IH44：30）　　7、8、11. 斜腹盆（IH145：46、IH61：86、IH145：36）　　9. 斝（IH91：1）　　10. 釜灶（IH30：20）　　12.
单耳罐（IH145：47）　　13. 高颈壶（IH44：41）　　14. 豆（IH252：188）　　15. 甑（IH91：9）　　16. 高领罐（IH145：
34）　　17. 红陶杯（IH252：81）　　18. 平底碗（IH61：7）

分两大类：一类为深腹罐、高领罐、深腹盆等拍印绳纹的陶器，一般属泥条筑成法制
作；一类为平底盆、双腹盆、豆、四足盘、直筒杯、贯耳器盖等表面压光的器物，多为
轮制（图一一○）。

　　冀中以涞水北封一期遗存为代表[156]，有相当数量的素面陶，其次为篮纹、绳纹、
弦纹、方格纹等，部分器物为轮制。有素面翻缘深腹罐、翻缘或折沿绳纹罐、折沿篮纹
罐、高领罐、大口瓮、斜腹盆、深弧腹盆、折盘豆、圈足盘、平底碗，以及少量鼎、
斝、甗等（图一一一）。

　　北京附近以镇江营四期 H1012 为代表的雪山二期文化前段遗存，流行素面夹砂褐陶

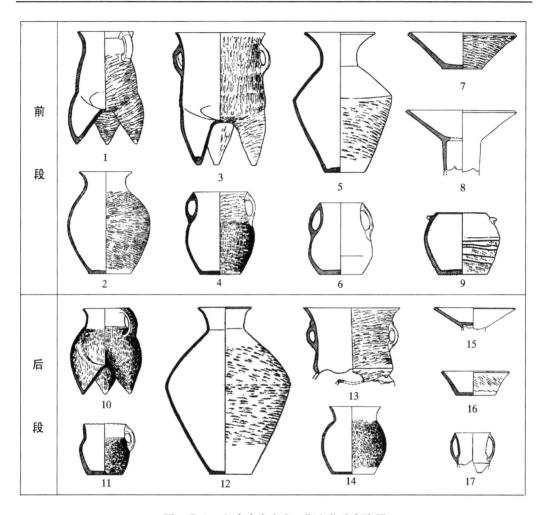

图一〇八　赵家来客省庄二期文化遗存陶器

1. 斝式鬲（H2:3）　　2. 篮纹罐（H20:4）　　3、13. 斝（H2:1、H4:6）　　4、6、17. 双耳罐（H20:2、H2:12、H5:5）

5、12. 高领罐（H20:1、H31:7）　　7、16. 斜腹盆（T107⑦A:5、T113⑤:8）　　8、15. 豆（T112⑦B:11、T107⑤:13）

9. 敛口罐（H20:3）　　10. 鬲（T102⑥B:7）　　11. 单耳罐（H4:3）　　14. 绳纹罐（T101④:2）

和泥质灰陶，有素面罐、大口曲腹盆等器类（图一一二）。

　　下面我们来具体讨论北方地区龙山前期遗存。先从最早进入龙山时代的官地四期遗存和老虎山、园子沟早期遗存说起。

　　官地四期遗存还是容易认识的。它基本上只是在阿善三期类型基础上的继续发展而已。总体来说，横篮纹减少而右斜篮纹增多，方格纹和绳纹也有所增加。附加堆纹大为减少，除直壁缸外，其余器物一般不像以前那样在口沿外箍多周附加堆纹。绝大多数器物都和阿善三期类型同类器存在发展演变关系，斝、折盘浅腹豆和一种饰圆形大镂孔的矮圈足簋形器则为新出。陕北北部的栾家坪T3④组遗存与官地四期遗存近似。

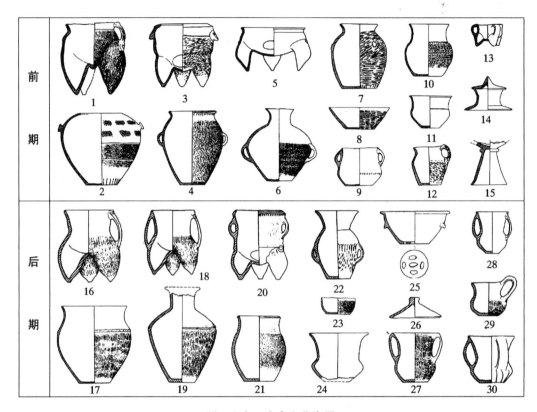

图一○九　齐家文化陶器

1. 斝式鬲（师赵村 T317②:10）　　2. 敛口瓮（师赵村 T308②:16）　　3、5、13、20. 斝（师赵村 T430F25:1、
T353②:4、T360F26:1，西山坪采:05）　　4、17. 绳纹罐（师赵村 T333②:5，西山坪 T7③:9）　　6、19. 高领
罐（师赵村 T308②:9，西山坪 T48H18:13）　　7. 篮纹罐（师赵村 T315②:1）　　8. 斜腹盆（师赵村 T320②:1）
9、22、27、28、30. 双耳罐（师赵村 T362②:1，西山坪 T2③:7、采:11、T25③:11、T48③:8）　　10、21. 圆
腹小罐（师赵村 T403②:1，西山坪 T48③:19）　　11、24. 尊（师赵村 T308②:2，西山坪采:01）　　12、29.
单耳罐（师赵村 T322②:7，西山坪 T1③:8）　　14、26. 器盖（师赵村 T388②:17，西山坪 T13③:10）　　15. 豆
（师赵村 T335②:1）　　16、18. 鬲（西山坪 T49③:13、T48H18:18）　　23. 平底碗（西山坪 T1③:28）　　25. 甑（西
山坪 T31H7:2）

　　老虎山和园子沟早期遗存就复杂得多了，对其形成过程的理解也有相当难度。这部
分是因为此前仰韶四期时岱海–黄旗海地区存在文化缺环的缘故。这类遗存中篮纹罐、
方格纹罐、高领罐、高领尊、大口尊、矮领瓮、直壁缸、大口瓮、敛口瓮、大口罐、折
腹小罐、折腹盆、双耳罐、单耳罐、钵、碗、甑等大部分器类，都与官地四期以至于阿
善三期类型很相似。但差不多占陶器总数 1/3 的素面夹砂罐类器物，在西部区却毫无踪
迹可寻。关于素面夹砂罐的来源，主要有两种说法：一说为来自稍远的午方遗存[157]，
一说为来自本地的海生不浪类型庙子沟亚型[158]。如果考虑到后者的素面夹砂罐其实是
受前者的影响所致，则这两种说法就没有实质上的区别。但话又说回来，既然在本地仰

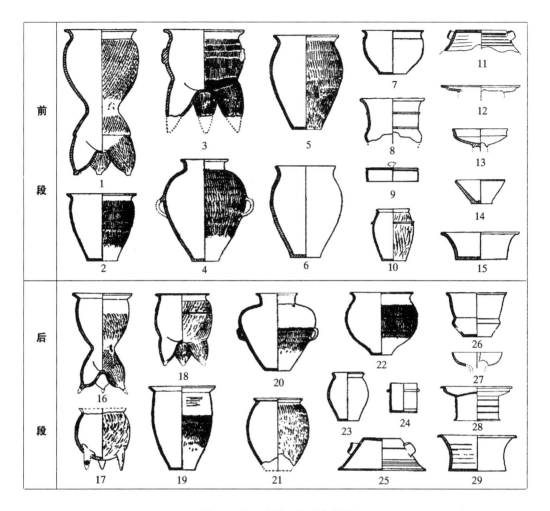

图一一〇　后岗二期遗存陶器

1、16.瓶（H31:6、H1:1）　2、19.大口罐（F38:4、H1:7）　3、18.斝（H5:13、T6④:12）　4、20.高领罐
（H19:2、T1③:26）　5、21.绳纹罐（M21:1、H1:5）　6、23.素面罐（M7:2、H1:6）　7、22.深腹盆（T1⑥:
56、T20④:4）　8、26.双腹盆（H10:10、T3④:3）　9、11、25.器盖（H45:7、T2⑦:46、T1③:22）　10.深腹
小罐（H47:2）　12、13、27、28.豆（H45:16、T18⑤:23、T9③:53、T20④:8）　14.平底碗（H45:6）　15、
29.平底盆（T5⑥:24、T1③:25）　17.鼎（T1④:44）　24.杯（T1③:37）

韶三期的庙子沟类遗存就有大量素面夹砂罐，则第二种说法就更为确切。事实上园子沟
早期的各种素面夹砂罐，差不多都可以在庙子沟等遗址找到原型；庙子沟除了少数夹砂
红褐色的双耳罐外，更多的是灰或灰褐色的双耳罐，表面经压磨而砂粒不显，也正好与
园子沟早期素面夹砂罐的特征类似。另外，园子沟早期有较多的卷沿或翻缘花边绳纹
罐，其形制与庙子沟亚型的同类器更为近似。有以上证据，基本可以肯定岱海－黄旗海
地区在仰韶四期存在庙子沟亚型承继者遗存的可能性。我们再考虑到偏西的老虎山早期

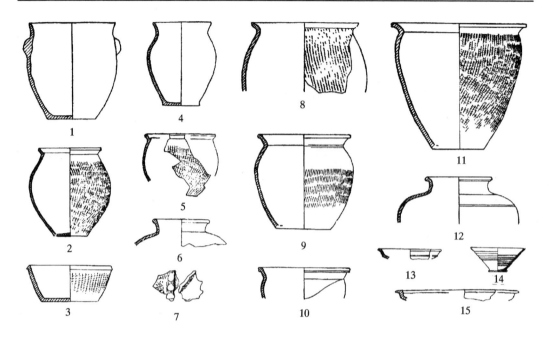

图——一　北封一期遗存陶器

1、4. 素面罐（采:1、H7:1）　2、9. 篮纹罐（H8:1、H6:12）　3. 斜腹盆（H7:3）　5、10. 深腹盆（H8:8、H6:9）　6、12. 高领罐（H7:2、H8:3）　7. 鼎足（H8:7）　8. 绳纹罐（H6:5）　11. 大口瓮（H8:19）　13. 折盘豆（H8:10）　14. 平底碗（H8:2）　15. 圈足盘（H8:9）

有更多直壁缸、篮纹罐等，而偏东的园子沟早期有更多绳纹罐、素面夹砂罐这些情况，则可以推测西部区对岱海地区的影响主要发生在龙山初期而不是仰韶四期。另外，岱海以东的北封一期遗存和雪山二期文化前段遗存也有不少褐或灰色的素面夹砂罐，只是多无耳，和园子沟早期的双耳素面夹砂罐同中有异。涞水、北京地区仰韶三期也同样属于流行素面罐的地区，所以其素面夹砂罐应当同样与当地的传统有关。不能说是龙山前期时从岱海传入冀中或者相反。

　　和官地四期遗存一样，在老虎山和园子沟早期也新出折盘豆与饰圆形大镂孔的矮圈足篮形器，对其来源还不能有清楚的解释。或许这种豆也只是仰韶四期那种浅弧腹盘豆的发展变异的结果。但同时也应注意到，邻近的北封一期就有折盘豆，山东地区以至于河南大部、鄂东北地区同时期遗存也流行折盘豆。本地区通过冀中地区间接接受来自龙山文化的影响也不是不可能。

　　老虎山、园子沟早期遗存和洪水沟一期遗存中最为引人注目的恐怕还要数釜形斝或斝式鬲类器物了。我们注意到北方地区最早形态的可勉强称为斝式鬲的器物，其实和晋南等地早先就流行的釜形斝有清楚的发展演变关系。

　　前文说过，大约在仰韶四期中段时（约公元前2900～前2800年），最初形态的釜形

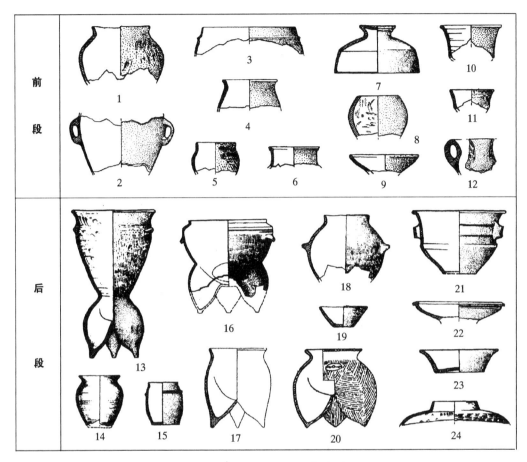

图——二 雪山二期文化陶器

1、2、4、8、14.素面罐（镇江营 H1012：31、T0909⑥：1、H1012：28、H1012：42、H1101：1） 3.大口瓮（镇江营
T0909⑥：3） 5.绳纹小罐（镇江营 H1012：29） 6.高领罐（镇江营 H1012：11） 7.器盖（镇江营 H1012：10） 9、
22.豆（镇江营 H1012：14、H1101：12） 10、11.大口曲腹盆（镇江营 H1012：16、H1012：18） 12.单耳罐（镇江营
H1012：35） 13.瓿（镇江营 H1101：10） 15.杯（镇江营 H532：1） 16.斝（镇江营 H1108：6） 17、20.鬲（雪山
H66④：94、H66：7） 18.双錾罐（镇江营 H1101：11） 19.平底碗（镇江营 H1108：4） 21.贯耳盆（镇江营 H532：
2） 23.平底盆（镇江营 H281：11） 24.矮领瓮（镇江营 H532：3）

斝出现在晋南地区（图——三，1）；稍后（约公元前 2800～前 2600 年）便扩展至关中、
豫西（图——三，2），并在关中派生出富有地方特色的深腹罐形斝；至仰韶四期末段
（约公元前 2600～前 2500 年），又向北扩展至晋中地区（图——三，5）。在釜形斝发展
的这几个小的阶段，最明显的变化是三足逐渐外移，口部逐渐变大。但各地区的演变趋
势也有不同的一面：晋南，包括晋中，器体向宽矮发展；关中和豫西则一直保持瘦高的
形态。进入龙山时代，情况就复杂化了。如果说庙底沟二期是斝的时代，那么龙山前期
就是斝式鬲的时代（约公元前 2500～前 2200 年）。这时候，晋南和豫西流行更宽矮、口

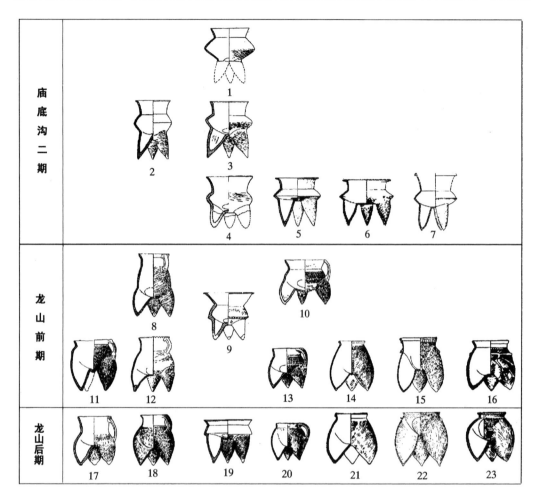

图一一三　斝-鬲类陶器演变略图

1~7、9、19. 斝（固镇 H2∶1，浒西庄 H33∶16，东关 IH251∶62、IH38∶8，白燕 F2∶30，陶寺 M3002∶2，阳城
YT39H29∶9，东关 IH91∶1、IH103∶1）　8、10、11~13. 单把斝式鬲（赵家来 H2∶3，园子沟 F2023∶5，师赵村 T317
②∶10，赵家来 F8∶2，杏花村 H317∶1）　14、15、16. 双鋬斝式鬲（永兴店 H14∶2，陶寺 80Ⅲ 02，老虎山 F27∶1）
　17、18、20. 单把鬲（西山坪 T49③∶13，赵家来 T102⑥B∶7，乔家沟 H5∶1）　21~23. 双鋬鬲（大庙圪旦 H1∶
1，陶寺 ⅢH303∶12，筛子绫罗 F101∶23）

更大的釜形斝，在临汾盆地还派生出形态各异的罐形斝，在关中、北方地区和豫北冀南
则发展出一些新的器类。

　龙山初期，关中地区除仍有深腹罐形斝外，新出一种在束颈单把罐下加 3 个袋足的
器物（图一一三，8）。这种器物虽然三足尚未连在一起，且与器底分界清楚，但和鬲的
形态已经非常接近了，因此一般被称为斝式鬲。这种新器物虽然不是釜形斝直接演变的
结果，但肯定是直接受其启发而来。如果不是早一时期该地区大量斝的流行，就难以想

象会由单把罐变为罐形斝式鬲。豫北冀南虽未见到釜形斝，但却有罐形斝。更重要的是出现三足与器底分界明显的雏形甗，其上部和与其共存的双腹盆近似。这种雏形甗的出现也应当与受斝的启迪有关。

北方的内蒙古中南部是探讨鬲之起源的重要地区。岱海地区在出现素面小斝的同时也出现了绳纹釜形斝：大口翻缘，器体宽矮，三足外撇且与器底分界明显（图一一三，10）。准格尔地区同时或稍晚也出现了与之类似的器物，还新见最早形态的双鋬篮纹斝或斝式鬲。这种釜形斝其实与斝式鬲已非常接近，和晋南仰韶四期末段的釜形斝很相似，只是三足外撇更甚，也因此而与鬲更为接近。我们因此推测它应当是受晋南釜形斝影响而产生的，与小口尖底瓶没有本质上的关系，最多在个别器底或袋足的做法上采用了和小口尖底瓶一样的泥条筑成法[159]。问题是釜形斝的影响具体什么时候到达内蒙古中南部？如果说是在仰韶四期末段，和晋中出现釜形斝的时期相同，则由于在岱海地区未发现此段遗存而难以确证；如果说是在龙山初期，又因为作为中间地域的晋中、晋北地区该段遗存暂未发现而无法证明。看来问题的解决，还有待田野工作的进展。洪水沟所出双鋬篮纹斝或斝式鬲，或许是在上述釜形斝的基础上进一步发展而来，但不排除接受了晋中的部分文化因素，因为双鋬器物在晋中本来是比较流行的。至于晋中有无更早形态的双鋬斝式鬲，就目前的材料还无法弄清楚。

到了龙山前期晚段，分别有了老虎山和园子沟晚期、永兴店、杏花村 H118 和石峁等以斝式鬲为代表的遗存。在这些遗存中最大的变化是都出现侈口单把釜形和侈口双鋬釜形斝式鬲，以及甗和盉。这使得北方地区大部的统一性大为增强，所以才可以被统称为老虎山文化。另一方面，各小区的这些类遗存之间的差别也还是存在的，并分别与各小区此前遗存有发展关系。例如，岱海小区的素面夹砂罐、晋中小区的罐形斝就不见于其他类遗存；岱海小区的斝式鬲多拍印篮纹，其他小区多为绳纹；岱海和鄂尔多斯小区都流行花边绳纹罐，但前者多圆或鼓肩，后者多折肩，而晋中地区的绳纹罐则多有矮颈。鉴于以上差别，就有必要将它们在名称上加以区分：岱海地区的龙山前期遗存可以称为老虎山类型[160]，西部南流黄河两岸包括陕北北部遗存可称为永兴店类型，晋中遗存可称为游邀类型[161]。当然，各地方类型以内也还存在一些差别。较明显的是偏于晋中西南一隅的岔沟和晋中其他地区遗存之间的差别。岔沟遗存的部分夹砂陶中羼和小石子甚至小石片，见在篮纹表面用白彩彩绘出方格网纹、平行线纹等几何图案，个别与红彩组合使用，并见双鋬小罐、折沿腹较直的深腹绳纹罐等。

至龙山前、后期之交，临汾盆地也出现双鋬斝式鬲（图一一三，15），自然应当是受北方地区影响所致。不能因为其形制与当地的釜灶有一定联系，就认为其来源于釜灶[162]。陇东地区的单把釜形斝式鬲（图一一三，11）、釜形斝和素面小斝也不排除受北方地区的影响。另外，关中的单把罐形斝式鬲继续发展成三足与器底不能截然分开，但三足仍尚未相连的形态（图一一三，12），同时传播到陇东地区。

　　总结起来我们注意到，鬲类器的发源地不在晋南，而恰恰在其周围地区，这是有道理可寻的。晋南由于是斝的原发地，所以传统的力量最强，不容易发生实质性的变革。而周围地区既能接受其影响，又不受或少受斝所在传统的影响，因此能推陈出新。尤其是岱海地区，它能够通过洪河河谷等通道接受来自晋南或晋中的影响，但毕竟地境偏远，进一步的随时的交流比较困难。这就为其易于创新提供了条件。另外，内蒙古中南

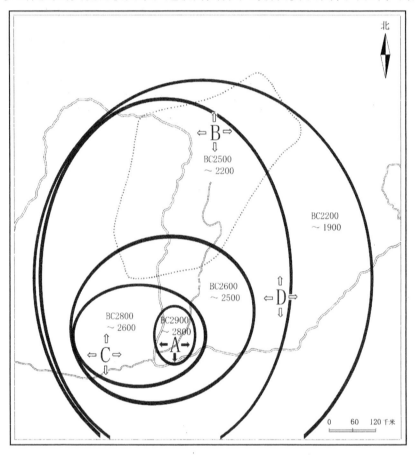

图一一四　斝－鬲类陶器分布区演变示意图

部区缺乏釜灶类成熟的炊具也可能是原因之一。总之，斝－鬲类器的原生发源地在晋南，次生发源地分别在北方地区、关中和豫北冀南这3个区域。北方地区既是双鋬釜形斝式鬲的惟一发源地，又是单把釜形斝式鬲（另一种单把罐形斝式鬲的发源地在关中）和敛口有腰隔甗的发源地（另一种卷沿无腰隔甗的发源地在豫北冀南）（图一一四）[163]。需要指出的是，各地区斝式鬲和甗类器总体上都应当与釜形斝有渊源关系。至于在制作中体现出与当地其他器物相似的风格，像釜灶、单耳罐或者深腹盆等，不能成为来源于

这些器物的理由，只能作为其创新性和地域性的体现。

最后讨论一下偏在陕北南部的史家湾遗存的情况。这类遗存的小口高领罐（壶）、双鋬罐、釜灶等明显继承小官道类型或庙底沟二期类型，双耳曲腹盆与小官道类型同类器近似，大口折腹斝形制与陶寺类型的相似，高颈单耳罐富于地方特色，红陶杯则为接受石家河文化的影响。另外，夹砂陶多于泥质陶，并流行粗糙的麻窝纹等。夹砂陶中鬲和岩渣是颇为引人注目的现象，在岔沟遗存中也有类似情况，这应当是该处黄河两岸地区的共性，与当地的自然环境有关。总之，史家湾遗存显然和老虎山文化差别甚大，也

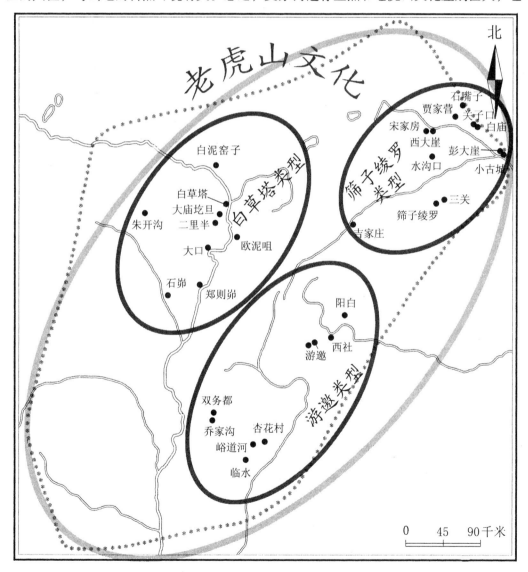

图——五　龙山后期遗址的分布及地方类型

不能归入邻近的陶寺类型和客省庄二期文化的范畴。具体命名还有待材料充足后再定。

二 龙山后期遗存

亦即本地区总第七期。这时的北方地区遗存基本均属老虎山文化。我们可以将其分成河套及鄂尔多斯黄河两岸、晋中、冀西北和陕北小区来讨论（图一一五）。

河套及鄂尔多斯黄河两岸以白草塔 F8 遗存为代表，包括二里半 IH98、大庙圪旦 H1 等遗存。陶器以夹砂和泥质灰陶为主，另有夹砂和泥质褐陶、磨光黑陶等。绳纹为主，斜篮纹其次，另有压印纹、附加堆纹等。典型器类有双鋬鬲、单把鬲、敛口甗、盉，以及大底绳纹罐、高领罐、直壁缸、大口瓮、敛口瓮、大口尊、高领尊、曲腹盆、斜腹盆、豆、单大耳罐、双大耳罐、折腹壶。工具、装饰品和宗教用品等与永兴店类型无明显变化。

晋中以杏花村 H6 为代表，包括乔家沟 H6、双务都 H1、峪道河 M1、临水 M3、游邀 H326 组、阳白晚期遗存等，定襄西社、偏关欧泥咀、大同吉家庄也有此类遗存。陶器分夹砂和泥质两大类，多为灰或灰褐色，少数红褐色，个别黑皮褐胎陶。绳纹主要施于夹砂陶，篮纹基本见于泥质陶。出现较多浅乱绳纹，左斜篮纹和竖篮纹增多，横篮纹基本消失。仍基本为泥条筑成法制作。典型器类有袋足根部内聚至相连或接近相连的双鋬鬲、单把鬲、敛口甗、敛口斝、罐形斝、釜形斝、素面小斝，以及直领折肩高领罐、大口尊、直壁缸、直或斜腹盆、大口曲腹盆、甑、浅盘豆、单大耳罐、双大耳罐、杯、高颈壶、蛋形敛口圜底瓮、圈足瓮、矮领瓮等。工具、装饰品和宗教用品等与杏花村 H118 类遗存无明显变化，但明确出现三角形细石器镞。

冀西北以筛子绫罗 H122 组、贾家营 H2 为代表，怀安宋家房、西大崖、水沟口[164]，宣化关子口、白庙[165]、龙门，怀来彭大崖、马站[166]、小古城[167]，崇礼石嘴子[168]等遗址也有此类遗存。陶器分夹砂和泥质两大类。夹砂陶大多为灰色，少数红褐色，多施绳纹，其次为篮纹和附加堆纹；泥质陶绝大多数为灰色，个别偏红褐色，一般施篮纹，少数为方格纹。典型器类有鼓肩双鋬鬲、单把鬲、大口甗、盉、深腹罐形斝、釜形斝、单耳素面小斝，以及矮颈绳纹罐、双鋬绳纹罐、大口尊、大口瓮、敛口瓮、素面罐、贯耳罐、高领罐、斜腹盆、贯耳或无耳大口曲腹盆、甑、平底碗、圈足盘、豆、单耳罐、双大耳罐、高颈壶等（图一一六）。另有石斧、石铲、长方形或半月形石刀、两侧带缺口的陶刀、石锛、石凿、石磨盘、石磨棒、石纺轮、蚌刀、骨锥、骨簪、骨针、蚌环、卜骨，以及凹底三角形、带铤柳叶形等形状的细石器镞等工具、武器、装饰品和宗教用品（图一一七）。

陕北北部该时期以郑则峁二期为代表，包括石峁 H1 遗存。绳纹明显多于篮纹，见双鋬鬲、盉、绳纹罐、高领罐、斜腹盆、大口尊、圈足盘、平底碗等器类。延安大砭沟[169]和清涧吕家山也发现类似的肥袋足鬲[170]，当是存在此类遗存的证据（图一一八）。

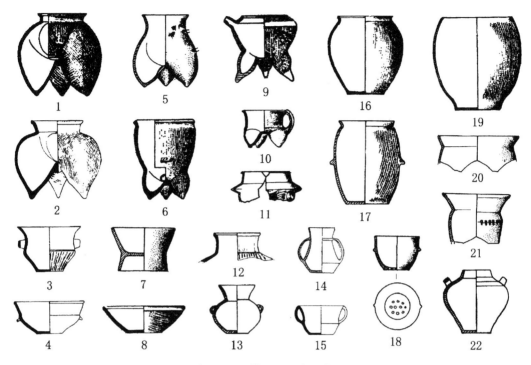

图一一六 筛子绫罗类型陶器

1、2. 双錾鬲（筛子绫罗 F101：23，贾家营 H2：33） 3. 贯耳曲腹盆（贾家营 H2：3） 4. 双腹盆（贾家营 H2：2）
5. 单把鬲（关子口 H2：22） 6. 甗（筛子绫罗 H120：24） 7. 圈足盘（关子口采 03） 8. 斜腹盆（筛子绫罗
H122：20） 9. 盉（石嘴子） 10. 素面小斝（筛子绫罗 H104：36） 11. 釜形斝（关子口采 07） 12. 高领罐
（贾家营 H2：35） 13. 高颈壶（石嘴子） 14、15. 双大耳罐（小古城，贾家营 H2：4） 16、17. 绳纹罐（筛子
绫罗 H122：67，关子口采 014） 18. 甑（关子口 H1：1） 19. 大口瓮（关子口采 013） 20. 素面罐（关子口 H2：
28） 21. 大口尊（白庙采 017） 22. 贯耳罐（石嘴子）

　　龙山后期大部分器类的分布和前期相似，值得强调的是在北方地区流行的大口曲腹
盆和晋南、豫西流行的双腹盆形态近似，只是前者腹部和缓过渡而后者转折分明。变化
最明显的仍然是三足器。这时候，除了斝和盉仍覆盖在中原和北方大部地区外，双錾鬲
大规模南扩至晋南甚至豫西，单把鬲的两个中心连为一体并向周围有所扩展，甗东向扩
展至山东和豫东地区。另外，在东部地区还衍生出一种直腹鬲，多为素面。这时候，鬶
的范围向西扩展到关中。从鬲、甗的大范围扩展可以看出，北方地区这时候表现得异常
活跃（图一一九）。此外，继仰韶三期之后，三角形凹底细石器镞又一次继续向南扩张
至晋南、河南、山东、皖北等地（图七九）。

　　这样，可将北方地区周围的中原龙山后期遗存，大体分为晋南、关中、陇东、豫北
冀南、冀中和北京附近六个地区略加讨论。

　　晋南该期遗存仍存在南北之分，而且分别都与前一阶段当地遗存有一定联系：北部

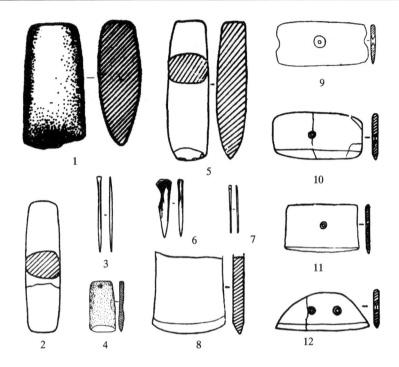

图一一七　筛子绫罗类型石、骨器

1、5. 石斧（关子口 H 2:17，石嘴子）　2. 石磨棒（石嘴子）　3. 骨簪（关子口
H 2:2）　4. 石凿（石嘴子）　6. 骨锥（关子口 H 2:3）　7. 骨针（关子口 H 2:
8）8. 石铲（石嘴子）　9~12. 石刀（小古城，石嘴子，石嘴子，石嘴子）

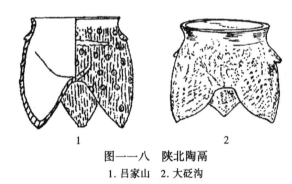

图一一八　陕北陶鬲
1. 吕家山　2. 大砭沟

临汾盆地遗存以陶寺晚期 H365 和 H303
遗存为代表[171]，包括曲沃东许遗存
等[172]。偏北部的洪洞侯村遗存与其小
有差别[173]。其与早期遗存实有重大区
别，故暂时称为陶寺晚期类型。陶寺早
期斝、扁壶等原属庙底沟二期系统的器
物在晚期得到较多承继，而特征鲜明的
东方因素丧失殆尽，又新出大量鬲类，
包括富有地方特色的双鋬肥袋足鬲、单耳鬲等。南部遗存以垣曲古城东关 IVH111 遗存
为代表，主要器类有釜形斝、单把鬲、双鋬鬲、折沿深腹罐、高领罐、矮领瓮、釜灶、
圈足罐、双腹盆、素面斜腹钵、单或双耳罐、单耳杯、豆、圈足盘等。这类遗存主要是
在古城东关 IH145 类龙山前期遗存的基础上，增加了不少鬲，一般被称为三里桥类型。
与豫西、豫中地区的王湾三期文化相比，最明显的区别是少鼎多鬲（图一二○）。

关中以赵家来 H4 为代表的遗存，应当属于客省庄二期文化后期。与前期相比，除

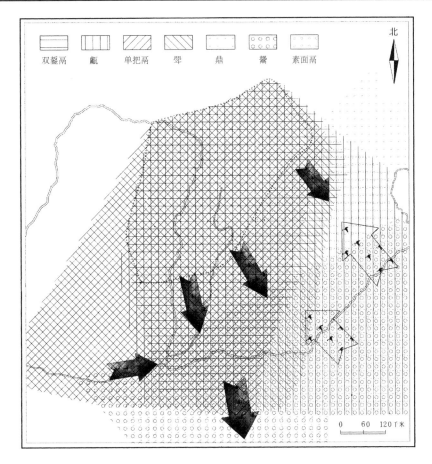

图一一九　龙山后期陶三足器分布示意图

鬶式鬲演变为鬲外，单耳罐和双耳罐的器耳变大，其余器物小有变化（图一〇八）。陇东天水西山坪七期为代表的齐家文化后期遗存[174]，与前期的演变和客省庄二期文化基本相同（图一〇九）。

豫北冀南以后岗 H1 为代表的后岗二期文化后段遗存和前段遗存也完全是继承和发展的关系，甗三足根相连且出实足根，深腹罐最宽处下移至中腹，且甗、罐类由卷沿变为折沿（图一一〇）。

冀中以任丘哑叭庄一期遗存为代表[175]，其基本面貌和后岗二期遗存近似，同样和龙山文化有着密切关系，或者可称为后岗二期文化哑叭庄类型。与后岗二期遗存相比，其直腹鬲、尊形器、带双錾的大口瓮、矮领瓮等富有特色，也有少量素面罐（图一二一）。

北京附近以镇江营四期后段遗存为代表，与前段遗存差别较大，素面罐大量减少，新出甗、双錾鬲和富有特色的素面鬲等，总体上和后岗二期文化，尤其是哑叭庄类型相

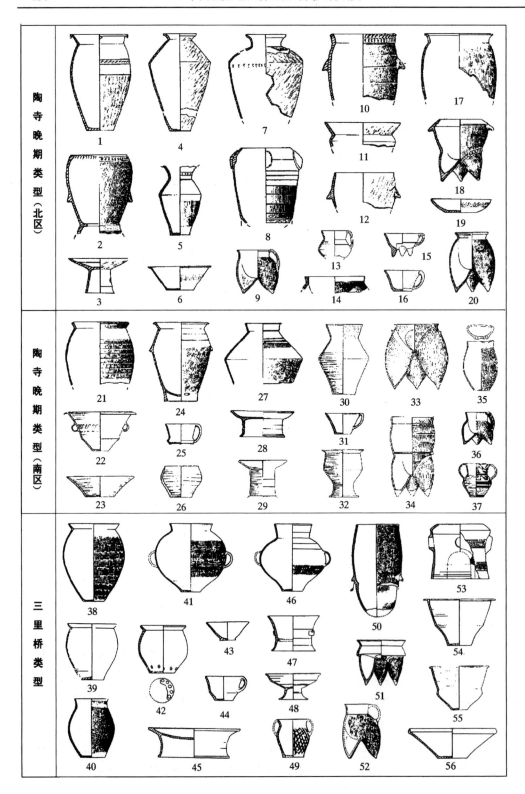

图一二○　陶寺晚期类型与三里桥类型陶器比较

1、10、17、21、38~40. 深腹罐（侯村采：10，采：32，采：19，东许 H6：5、东关 IVH33：20、IVH23：20、IH244：15）　2、34. 甗（侯村采：8，陶寺 H3403：6）　3、29、48. 豆（侯村 H1：2，陶寺 IIIH303：19、东关 IVH111：39）

4、27、30. 折肩罐（侯村采：63，东许 H6：4，陶寺 M2384：2）　5. 高领尊（侯村 H7：9）　6. 斜腹盆（侯村 H3：9）　7、46. 高领罐（侯村采：30，东关 IVH23：19）　8、24. 圈足罐（侯村采：61，东许 H6：6）　9、14、20、33、36、52. 鬲（侯村采：1、H1：6、H3：34，陶寺 IIIH303：12，东许 H3：6，东关 IVH111：58）　11. 大口尊（侯村 H3：18）　12. 深腹盆（侯村 H5：10）　13. 单耳罐（侯村采：43）　15、16、25、31、44. 单耳杯（侯村 H7：7、H7：6，东许 H3：2、T3④：2，东关 IVH111：105）　18、51. 斝（侯村采：11，东关 IH103：1）　19. 浅腹碗（侯村 H1：1）

22、54. 折腹盆（陶寺 IIIH303：17，东关 IVH111：37）　23、56. 斜腹钵（陶寺 M2384：5，东关 IVT165④：2）　26. 敛口钵（陶寺 78 采：28）　28、45、47. 圈足盘（东许 H8：1，东关 IVH111：54、IH109：21）　32. 簋（陶寺 IIIH303：18）　35. 扁壶（陶寺采：1）　37、49. 双耳罐（陶寺 M2384：4，东关 IVH111：60）　41. 矮领瓮（东关 IVH61：16）　42. 甑（东关 IH68：8）　43. 平底碗（东关 IVH174：6）　50. 釜灶（东关 IH158：10）　53. 灶（东关 IH140：8）　55. 双腹盆（东关 IH187：5）

近，一般笼统称为雪山二期文化（图一一二）。

下面我们来具体讨论北方地区龙山后期遗存。

河套及鄂尔多斯黄河两岸以白草塔 F8 为代表的遗存，与龙山前期的永兴店类型完全是一脉相承的关系，几乎每类器物都可前后相承。最大的变化是溜肩斝式鬲演变为溜肩和鼓肩的两小类鬲，器物的环形耳也普遍变大。这类遗存可称为白草塔类型。陕北以郑则峁二期和石峁 H1 为代表的遗存，总体和鄂尔多斯近似，可归入白草塔类型。但从石峁曲尺形镂孔圈足器等特征看，还是有一定地方特色。晋中以杏花村 H6 为代表的遗存，和杏花村 H118 类前期遗存一脉相承，演变轨迹和内蒙古中南部相同，可以作为游邀类型晚期。当然进一步的地方差别还是存在的：北部忻定盆地花边绳纹鬲、单把曲尺形镂孔圈足瓠形杯、圈足盘、双耳圈足簋形器等极富特色；南部太原盆地蛋形瓮下腹逐渐内收，甗袋足肥大，甗、斝器底略平，而忻定盆地蛋形瓮垂腹，甗、斝袋足较小，甗、斝多尖底。

冀西北以筛子绫罗 H122 组为代表的遗存和以贾家营 H3 为代表的前期老虎山类型遗存，存在较大的区别。前者中很少见后者流行的素面夹砂罐，而新出大量器物：束颈肥袋足双鋬鬲、单把鬲、甗、大口尊等是这个时期北方地区共见的器类，而贯耳曲腹盆、贯耳鼓肩罐等又和哑叭庄类型以及雪山二期文化后段同类器相似，具有强烈的龙山文化风格，当是龙山文化通过冀中和北京附近地区向西北强烈影响的明证。由于这类遗存具有比较明显的地方特色，故可称为筛子绫罗类型。

作为北方地区鬲类器物发源地的岱海地区，进入一个文化极度衰弱的时期，这是十分引人注意的。板城所见花边折沿绳纹罐口沿与筛子绫罗类型的部分器物相近，如果确实仍有大量素面夹砂罐和它共存，则说明老虎山类型在当地还有继承者[176]。

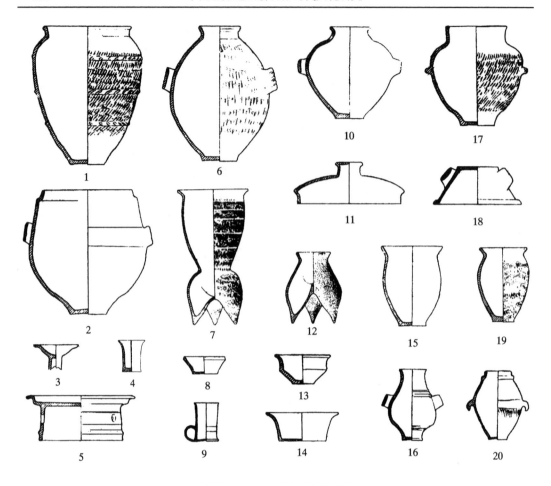

图一二一　哑叭庄一期陶器

1. 大口瓮（H71:119）　2. 子母口缸（H34:101）　3. 豆（H44:1）　4. 直筒杯（H34:48）　5. 圈足盘（H34:94）
6、10. 贯耳瓮（T65③:18、T51②:21）　7. 甗（H34:95）　8. 平底碗（H31:8）　9. 单把杯（H23:1）　11、18. 器
盖（M1:5、H17:15）　12. 鬲（H50:1）　13. 折腹盆（H7:7）　14. 平底盆（H30:24）　15. 素面深腹罐（H62:23）
16、20. 壶（H34:91、H57:1）　17. 双錾瓮（H42:16）　19. 绳纹深腹罐（H63:2）

　　总体来看，这时除冀西北小区接受外来的影响明显增加外，整个北方地区主要处于
一个积极地对外施加影响的时期。主要表现为鬲类器物的大规模南下东进，从晋南一直
影响到豫西，从冀中一直影响到山东和豫东。这种程度剧烈的文化过程，使受影响地区
文化发生了很大变化，成了那些地区文化变化的重要原因之一。具体来说，向晋南的影
响更加直接，表现出强烈的单向性：距晋中最近的洪洞、霍州一带，除斝-鬲类器物
外，其大口尊、双錾深腹盆、高领罐、高领折肩尊等和北方地区同类器非常相似；临
汾、曲沃一带，大口尊等器物罕见，但斝-鬲类器盛行；更南部的三里桥类型则斝-鬲
类器更少一些。向东的影响也不可忽视，太行山以东平山坡底 H1 出土的大口瓮等就具

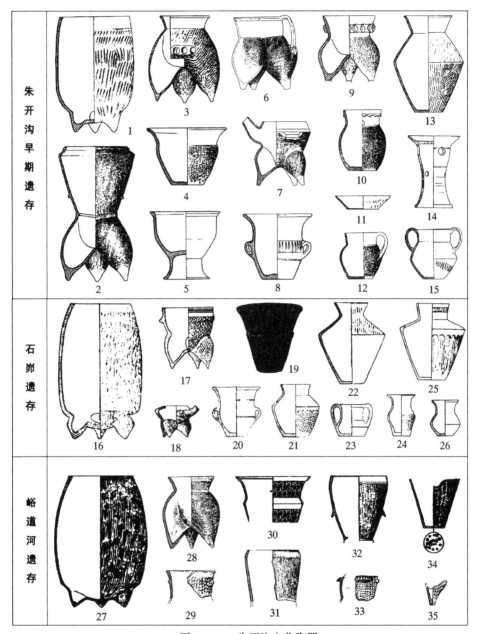

图一二二 朱开沟文化陶器

1、16、27. 三足瓮(朱开沟 W2006:2,石峁 M2:1,峁道河 W2:1) 2、31、32. 瓿(朱开沟 W2011:1,峁道河 H1:4、W3:2) 3、6、9、28. 鬲(朱开沟 W2002:1、M3008:1、M3002:1,峁道河 H1:1) 4、8、19、20、30. 大口尊(朱开沟 M3024:3、M1037:2,石峁采,石峁:9,峁道河 W3:4) 5. 深腹簋(朱开沟 M3027:2) 7、18. 盉(朱开沟 M6011:3,石峁:8) 10. 花边罐(朱开沟 M4014:1) 11. 斜腹盆(朱开沟 H2011:7) 12. 单耳罐(朱开沟 M1095:1) 13、21、22. 折肩罐(朱开沟 W2013:1,石峁采:16、W1:2) 14. 豆(朱开沟 M2001:3) 15、23. 双耳罐(朱开沟 M2020:3,石峁采:11) 17、29、33、35. 斝(石峁 M2:7,峁道河 H1:7-1、H1:6、H1:7-2) 24、26. 长颈壶(石峁采:20,石峁采:19) 25. 高领尊(石峁采:15) 34. 甑(峁道河 W3:3)

有明显的老虎山文化特色[177]，雪山二期文化、哑叭庄类型乃至龙山文化的斜直腹鬲也应当是在老虎山文化影响下形成的。但另一方面，龙山文化对后岗二期文化、雪山二期文化乃至老虎山文化筛子绫罗类型、游邀类型（北区）都产生了明显影响。

这时老虎山文化和客省庄二期文化的相互影响却难以清楚地看出来，主要是因为二者是中国中、西部最主要的两个斝–鬲类三足器的起源地，此前已有相当的共性。从两个单耳鬲中心区的连成一片，可知二者此时的联系不是减少而是增加了。实际上我们就很难断定三里桥类型的单耳鬲到底是北方地区斝式鬲的后裔，还是客省庄二期东向影响的结果。老虎山文化和齐家文化的关系与此类似而略为疏远。

除冀西北外，北方地区大部龙山后期遗存发展成为朱开沟文化早期[178]，时当二里头文化一、二期[179]。在内蒙古中南部、陕北和晋中分别以朱开沟早期、汾阳峪道河W3[180]、神木石峁M2为代表[181]。以朱开沟早期的面貌最为清楚。其主体来源于当地龙山时代文化是毋庸置疑的[182]。具体当由老虎山文化后期的白草塔类型发展而来。双鋬鬲、单耳鬲、敛口甗、盉、斝、带纽罐、篮纹折肩罐、双耳罐、单耳罐、长颈壶、大口尊、高领尊、斜腹盆、直柄豆等大部分陶器，都与白草塔类型同类器近似。北方地区本身是双鋬鬲、单耳鬲、敛口甗、盉、带纽罐、大口尊、高领尊等器物的主要起源地，不过至龙山后期已向周围地区广泛扩展；斝、篮纹折肩罐、斜腹盆、直柄豆、长颈壶等在龙山后期则分布于中原和北方的大部地区；单或双耳罐类器物从本源来说虽以陕西、甘肃等地者为早，但至少于庙底沟二期之时已扩展至中原和北方地区大部，成为北方地区文化的有机组成成分。此外，厚体斧、穿孔刀、锛、凿、杵、纺轮、细石器镞等石器、锥、针、匕、镞等骨器，以及骨柄石刃刀、陶纺轮等，也都与白草塔类型者基本一致。当然，朱开沟文化早期有三足瓮、蛇纹鬲等独特的器物，融入了不少陶寺晚期类型因素，并接受二里头文化、齐家文化等的影响，这些都是明显不同于老虎山文化的地方。另外，朱开沟早期、石峁和峪道河三类遗存间也存在地方性差异（图一二二）。

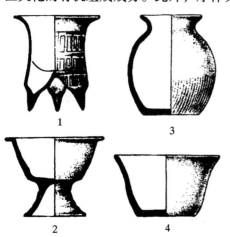

图一二三　三关遗址 M2008 陶器

1. 鬲（M2008：1）　2. 豆（M2008：2）　3. 罐（M2008：3）　4. 盂（M2008：5）

冀西北地区以蔚县三关 M2008 为代表的遗存，墓葬流行筒腹鬲（或鼓腹鬲）、豆、尊（或盂）、罐的基本陶器组合，可纳入夏家店下层文化范畴[183]。这显然是夏家店下层文化向西扩张的结果（图一二三）。

以上从一个较大的空间角度着眼，对北方地

区新石器时代文化谱系作了较为详细的论述。总结起来看，就文化格局和对外关系来说，仰韶文化时期北方地区主要处于接受外来影响的自我积淀的时期，龙山时代主要处于向外影响的变革时期。其中仰韶一期虽然同时接受来自东、西部的影响，但东部的比重要大一些，它们在北方地区碰撞、融合成一个相对统一体；仰韶二期接受晋南的强烈影响，与当地原有文化融合，使该地区统一性大为增强；仰韶三期来自东北和东部的影响明显加强，使该地区在一定程度的分化、重组后走向具有明显地方特色的统一体；仰韶四期以接受晋南影响为主，东方的影响次之，但基本格局未变。龙山前期该地区在变革的基础上开始活跃起来，对晋南、豫北冀南等地施加影响，但还不足以改变当地文化格局；龙山后期对西部以外的周围地区施加强烈影响，引起了相关地区文化格局的程度不同的改变和进一步的连锁反应。

[1] 严文明：《关于考古学文化的理论》，《走向 21 世纪的考古学》，三秦出版社，1997 年。

[2] 赵辉：《关于考古学文化和对考古学文化的研究》，《考古》1993 年 7 期。

[3] V.G.Childe, "Piecing Together the Past", Routledge & Kegan paul, London, 1956；夏鼐：《关于考古学上文化的定名问题》，《考古》1959 年 4 期。

[4] Lewis R.Binford, "Archaeology as Anthropology", *American Antiquity* 28, No.2, 1962.

[5] 严文明：《关于考古学文化的理论》，《走向 21 世纪的考古学》第 87 页，三秦出版社，1997 年。其"民族文化区"这一概念与张忠培提出的"历史 – 文化区"和"亲族文化区"大致相当。见张忠培：《〈中国北方考古文集〉编后的检讨》，《中国考古学——走近历史真实之道》，科学出版社，1999 年。

[6] 严文明：《关于考古学文化的理论》，《走向 21 世纪的考古学》，三秦出版社，1997 年。

[7] 北京大学考古实习队：《河北唐山地区史前遗址调查》，《考古》1990 年 8 期；河北省文物研究所：《河北省迁西县东寨遗址发掘简报》，《文物春秋》1992 年增刊；北京市文物研究所、北京市平谷县文物管理所上宅考古队：《北京平谷上宅新石器时代遗址发掘简报》，《文物》1989 年 8 期。

[8] 河北省文物研究所、保定市文物管理处、容城县文物保管所：《河北容城县上坡遗址发掘简报》，《考古》1999 年 7 期。

[9] 严文明：《中国古代文化三系统说——兼论赤峰地区在中国古代文化发展中的地位》，《中国北方古代文化国际学术研讨会论文集》，中国文史出版社，1995 年。

[10] 严文明：《略论仰韶文化的起源和发展阶段》，《仰韶文化研究》，文物出版社，1989 年。

[11] 栾丰实：《北辛文化研究》，《考古学报》1998 年 3 期。

[12] 严文明：《略论仰韶文化的起源和发展阶段》，《仰韶文化研究》，文物出版社，1989 年。

[13] 王志浩、杨泽蒙：《鄂尔多斯地区仰韶时代遗存及其编年与谱系初探》，《内蒙古中南部原始文化研究文集》，海洋出版社，1991 年。

[14] 中国社会科学院考古研究所编著：《宝鸡北首岭》，文物出版社，1983 年；陕西省考古研究所：《龙岗寺——新石器时代遗址发掘报告》，文物出版社，1990 年。

[15] 山西省考古研究所：《山西翼城枣园新石器时代早期遗址调查报告》，《文物季刊》1993 年 2 期。

［16］中国历史博物馆考古部、山西省考古研究所、山西省垣曲县博物馆：《山西省垣曲县古城东关遗址 IV 区仰韶早期遗存的新发现》，《文物》1995 年 7 期。

［17］郑州市文物考古研究所：《1982、1985 年河南郑州市大河村遗址发掘》，《考古学集刊》第 11 集，中国大百科全书出版社，1997 年。

［18］河南省文物研究所、长江流域规划办公室考古队河南分队：《淅川下王岗》，文物出版社，1989 年。

［19］河北省文物管理处：《磁县下潘汪遗址发掘报告》，《考古学报》1975 年 1 期。

［20］中国社会科学院考古研究所安阳发掘队：《1971 年安阳后岗发掘简报》，《考古》1972 年 3 期；中国社会科学院考古研究所安阳工作队：《1972 年春安阳后岗发掘简报》，《考古》1972 年 5 期；中国社会科学院考古研究所安阳工作队：《安阳后岗新石器时代遗址的发掘》，《考古》1982 年 6 期。

［21］河北省文物研究所、邯郸地区文物管理所：《永年县石北口遗址发掘报告》，《河北省考古文集》，东方出版社，1998 年。

［22］河北省文管处：《正定南杨庄遗址试掘记》，《中原文物》1981 年 1 期。

［23］北京市文物研究所：《镇江营与塔照——拒马河流域先秦考古文化的类型与谱系》，中国大百科全书出版社，1999 年。

［24］拒马河考古队：《河北易县涞水古遗址试掘报告》，《考古学报》1988 年 4 期。

［25］廊坊市文物管理所、三河县文物管理所：《河北三河县刘白塔新石器时代遗址试掘》，《考古》1995 年 8 期。

［26］孙祖初：《论中原新石器时代中期文化》，《文物季刊》1996 年 4 期。

［27］严文明：《北首岭史前遗存剖析》，《仰韶文化研究》，文物出版社，1989 年。

［28］赵宾福：《半坡文化研究》，《华夏考古》1992 年 2 期。

［29］张忠培、乔梁：《后岗一期文化研究》，《考古学报》1992 年 3 期。

［30］戴向明：《黄河流域新石器时代文化格局之演变》，《考古学报》1998 年 4 期。

［31］河北省文物管理处、邯郸市文物保管所：《河北武安磁山遗址》，《考古学报》1981 年 3 期；开封地区文管会、新郑县文管会：《河南新郑裴李岗新石器时代遗址》，《考古》1978 年 2 期。

［32］孙祖初认为"后岗一期文化"的"四十里坡类型"，来源于包括刘白塔早期遗存在内的"下潘汪文化"的"燕落寨类型"。见《中原地区新石器时代中期向晚期的过渡》，《华夏考古》1997 年 4 期。

［33］严文明：《内蒙古中南部原始文化的有关问题》，《内蒙古中南部原始文化研究文集》，海洋出版社，1991 年。

［34］内蒙古社会科学院蒙古史研究所、包头市文物管理所：《内蒙古包头市阿善遗址发掘简报》，《考古》1984 年 2 期。

［35］崔璇、斯琴：《内蒙古中南部新石器至青铜时代文化初探》，《中国考古学会第四次年会论文集》，文物出版社，1985 年。

［36］崔璇、斯琴：《内蒙古清水河白泥窑子 C、J 点发掘简报》，《考古》1988 年 2 期。

［37］严文明：《略论仰韶文化的起源和发展阶段》，《仰韶文化研究》，文物出版社，1989 年。

［38］中国社会科学院考古研究所：《敖汉赵宝沟——新石器时代聚落》，中国大百科全书出版社，1997 年；中国科学院考古研究所内蒙古工作队：《内蒙古巴林左旗富河沟门遗址发掘简报》，《考古》1964 年 1 期。

［39］包头市文物管理所：《内蒙古大青山西段新石器时代遗址》，《考古》1986 年 6 期。

［40］西安半坡博物馆、渭南县文化馆：《陕西渭南史家新石器时代遗址》，《考古》1978 年 1 期；半坡博物馆、陕西省考古研究所、临潼县博物馆：《姜寨——新石器时代遗址发掘报告》，文物出版社，1988 年。

［41］山西省考古研究所：《山西翼城北橄遗址发掘报告》，《文物季刊》1993 年 4 期。

[42] 中国科学院考古研究所山西工作队：《山西芮城东庄村和西王村遗址的发掘》，《考古学报》1973 年 1 期。

[43] 王小庆：《论仰韶文化史家类型》，《考古学报》1993 年 4 期。

[44] 苏秉琦：《关于仰韶文化的若干问题》，《考古学报》1965 年 1 期。

[45] 田建文、薛新民、杨林中：《晋南地区新石器时期考古学文化的新认识》，《文物季刊》1992 年 2 期。

[46] 张忠培：《试论东庄村和西王村遗存的文化性质》，《考古》1979 年 1 期。

[47] 戴向明：《试论庙底沟文化的起源》，《青果集——吉林大学考古系建系十周年纪念文集》，知识出版社，1998 年。

[48] 严文明：《论半坡类型和庙底沟类型》，《考古与文物》1980 年 1 期。

[49] 严文明：《略论仰韶文化的起源和发展阶段》，《仰韶文化研究》，文物出版社，1989 年。

[50] 崔璇、斯琴：《内蒙古清水河白泥窑子 C、J 点发掘简报》，《考古》1988 年 2 期。此前同作者称其为"岔河口文化"，见崔璇、斯琴：《内蒙古中南部新石器至青铜时代文化初探》，《中国考古学会第四次年会论文集》（1983），文物出版社，1985 年。

[51] 魏坚、崔璇：《内蒙古中南部原始文化的发现与研究》，《内蒙古文物考古文集》（第 1 辑），中国大百科全书出版社，1994 年。

[52] 因此田广金因其名为"王墓山下类型"。见田广金：《论内蒙古中南部史前考古》，《考古学报》1997 年 2 期。

[53] 海金乐：《大同马家小村遗存分析》，《文物季刊》1992 年 4 期。

[54] 怀安县文保所：《河北省怀安县新石器时代遗址调查简报》，《文物春秋》1993 年 3 期。

[55] 严文明：《略论仰韶文化的起源和发展阶段》，《仰韶文化研究》，文物出版社，1989 年。

[56] 苏秉琦：《中华文明起源与重建中国史前史》，《东南文化》1988 年 5 期。

[57] 这是严文明先生指导本文的写作时指出的。

[58] 田广金：《内蒙古岱海地区仰韶时代文化遗址的调查》，《内蒙古中南部原始文化研究文集》，海洋出版社，1991 年。

[59] 内蒙古文物考古研究所、丰镇市文物管理所：《丰镇市北黄土沟遗址发掘简报》，《内蒙古文物考古文集》（第 2 辑），中国大百科全书出版社，1997 年。

[60] 伊克昭盟文物工作站：《伊金霍洛旗架子圪旦遗址发掘简报》，《内蒙古文物考古》1994 年 2 期。

[61] 乌盟文物站凉城文物普查队：《内蒙古凉城县岱海周围古遗址调查》，《考古》1989 年 2 期。

[62] 凉城县文物保护管理所：《凉城县文物志》，1992 年。

[63] 内蒙古乌兰察布盟文物工作站：《内蒙古商都县新石器时代遗址调查》，《考古》1992 年 12 期。

[64] 内蒙古文物考古研究所、商都县文物管理所：《内蒙古商都县两处新石器时代遗址的调查与试掘》，《北方文物》1995 年 2 期。

[65] 吉发习：《内蒙古托克托县新石器时代遗址调查》，《考古》1978 年 6 期。

[66] 汪宇平：《清水河县台子梁的仰韶文化遗址》，《文物》1961 年 9 期。

[67] 内蒙古文物考古研究所、伊克昭盟文物工作站：《内蒙古准格尔煤田黑岱沟矿区文物普查述要》，《考古》1990 年 1 期。

[68] 王志浩、杨泽蒙：《鄂尔多斯地区仰韶时代遗存及其编年与谱系初探》，《内蒙古中南部原始文化研究文集》，海洋出版社，1991 年。

[69] 国家文物局考古领队培训班：《兖州六里井》，科学出版社，1999 年。

[70] 本文的细石器镞即赵辉所谓 X 型镞。见赵辉：《中国北方的史前石镞》，《国学研究》第四辑，北京大学出版

社，1997 年。

[71] 张宏彦：《东亚地区史前石镞的初步研究》，《考古》1998 年 3 期。

[72] 张素琳：《山西垣曲县古城东关遗址出土新石器时代的细石器》，《考古》1998 年 2 期。

[73] 中国科学院考古研究所山西工作队：《山西芮城东庄村和西王村遗址的发掘》，《考古学报》1973 年 1 期。

[74] 山西省考古研究所、襄汾县博物馆：《山西襄汾陈郭村新石器时代遗址与墓葬发掘简报》，《考古》1993 年 2 期。

[75] 中国科学院考古研究所、陕西省西安半坡博物馆：《西安半坡——原始氏族公社聚落遗址》，文物出版社，1963 年。

[76] 宝鸡市考古工作队、陕西省考古研究所宝鸡工作队：《宝鸡福临堡——新石器时代遗址发掘报告》，文物出版社，1993 年。

[77] 甘肃省博物馆文物工作队：《甘肃秦安大地湾遗址 1978 至 1982 年发掘的主要收获》，《文物》1983 年 11 期。

[78] 中国社会科学院考古研究所：《师赵村与西山坪》，中国大百科全书出版社，1999 年。

[79] 王志浩、杨泽蒙：《鄂尔多斯地区仰韶时代遗存及其编年与谱系初探》，《内蒙古中南部原始文化研究文集》，海洋出版社，1991 年。

[80] 严文明：《略论仰韶文化的起源和发展阶段》，《仰韶文化研究》，文物出版社，1989 年。

[81] 严文明：《甘肃彩陶的源流》，《文物》1978 年 10 期。

[82] 中国社会科学院考古研究所安阳工作队：《安阳鲍家堂仰韶文化遗址》，《考古学报》1988 年 2 期。

[83] 河北省文物管理处：《磁县下潘汪遗址发掘报告》，《考古学报》1975 年 1 期。

[84] 参见鲁琪、葛英会：《北京市出土文物展览巡礼》，《文物》1978 年 4 期。

[85] 北京市文物研究所：《镇江营与塔照——拒马河流域先秦考古文化的类型与谱系》，中国大百科全书出版社，1999 年。

[86] 河北省文物研究所：《河北容城县午方新石器时代遗址试掘》，《考古学集刊》第 5 集，中国社会科学出版社，1987 年。

[87] 滹沱河考古队：《河北滹沱河流域考古调查与试掘》，《考古》1993 年 4 期。

[88] 辽宁省博物馆、昭乌达盟文物工作站、敖汉旗文化馆：《辽宁敖汉旗小河沿三种原始文化的发现》，《文物》1977 年 12 期。

[89] 辽宁省文物考古研究所、赤峰市博物馆：《大南沟——后红山文化墓地发掘报告》，科学出版社，1998 年。

[90] 中国历史博物馆考古部、山西省考古研究所、垣曲县博物馆：《1982～1984 年山西垣曲古城东关遗址发掘简报》，《文物》1986 年 6 期。

[91] 陈冰白：《略论"大司空类型"》，《青果集——吉林大学考古专业成立二十周年考古论文集》，知识出版社，1993 年；吴东风：《大司空文化陶器分期研究》，《环渤海考古国际学术讨论会论文集》（石家庄·1992），知识出版社，1996 年。

[92] 魏坚、曹建恩：《庙子沟文化筒形罐及相关问题》，《青果集——吉林大学考古专业成立二十周年考古论文集》，知识出版社，1993 年。

[93] 田广金：《内蒙古中南部仰韶时代文化遗存研究》，《内蒙古中南部原始文化研究文集》，海洋出版社，1991 年。

[94] 辽宁省文物考古研究所：《辽宁牛河梁第二地点四号冢筒形器墓的发掘》，《文物》1997 年 8 期。

[95] 李恭笃：《辽宁凌源县三官甸子城子山遗址试掘报告》，《考古》1986 年 6 期。

[96] 中国社会科学院考古研究所内蒙古工作队：《赤峰西水泉红山文化遗址》，《考古学报》1982 年 2 期。

[97] 严文明：《新石器时代》，北京大学历史系考古专业讲义，1964 年（未刊）；内蒙古历史研究所：《内蒙古中南部黄河沿岸新石器时代遗址调查》，《考古》1965 年 10 期。

[98] 北京大学考古系、内蒙古文物考古研究所、呼和浩特市文物事业管理处：《内蒙古托克托县海生不浪遗址发掘报告》，《考古学研究》（三），科学出版社，1997 年。

[99] 魏坚：《试论庙子沟文化》，《青果集——吉林大学考古专业成立二十周年考古论文集》，知识出版社，1993 年。

[100] 田广金使用"阿善类型"和"白泥窑子类型"的名称来区别二者，见田广金：《内蒙古中南部仰韶时代文化遗存研究》，《内蒙古中南部原始文化研究文集》，海洋出版社，1991 年。魏坚使用"阿善二期类型"和"海生不浪类型"的名称来区别二者，见魏坚：《试论庙子沟文化》，《青果集——吉林大学考古专业成立二十周年考古论文集》，知识出版社，1993 年。戴向明则区分出"包头区"和"河曲区"，见戴向明：《海生不浪文化过程论》，北京大学考古学系硕士研究生毕业论文，1992 年。

[101] 山西省文物管理委员会：《太原义井村遗址清理简报》，《考古》1961 年 4 期。

[102] 国家文物局、山西省考古研究所、吉林大学考古学系：《晋中考古》，文物出版社，1999 年。

[103] 海金乐：《晋中地区仰韶晚期文化遗存研究》，《山西省考古学会论文集》（二），山西人民出版社，1994 年。

[104] 在镇江营、午方、中贾壁等同时期遗存中，流行夹云母红褐陶。不知姜家梁之"夹蚌陶"是否也为夹云母陶。

[105] 张家口地区博物馆：《河北阳原桑干河南岸考古调查简报》，《北方文物》1988 年 2 期。

[106] 北京大学考古系等：《山西大同及偏关县新石器时代遗址调查简报》，《考古》1994 年 12 期。

[107] 山西省考古研究所、右玉县图书馆：《山西右玉丁家村新石器时代遗存》，《考古》1985 年 7 期。

[108] 据笔者调查了解，陕北该期遗存很多，有的面积甚大，说明该期属陕北的文化发达期。

[109] 中国科学院考古研究所：《庙底沟与三里桥》，科学出版社，1959 年。

[110] 严文明：《略论仰韶文化的起源和发展阶段》，《仰韶文化研究》，文物出版社，1989 年。

[111] 严文明：《论中国的铜石并用时代》，《史前研究》1984 年 1 期；严文明：《中国新石器时代聚落形态的考察》，《庆祝苏秉琦考古五十五年论文集》，文物出版社，1989 年。

[112] 傅斯年、李济、董作宾、梁思永、吴金鼎、郭宝钧、刘屿霞：《城子崖——山东历城县龙山镇之黑陶文化遗址》，前中央研究院历史语言研究所，1934 年。

[113] 山东省文物管理处、济南市博物馆：《大汶口——新石器时代墓葬发掘报告》，文物出版社，1974 年。

[114] 参见韩建业、杨新改：《王湾三期文化研究》，《考古学报》1997 年 1 期。

[115] 包头市文物管理所：《内蒙古大青山西段新石器时代遗址》，《考古》1986 年 6 期。

[116] 胡晓农：《清水河县大沙湾马路塔遗址调查简报》，《乌兰察布文物》1989 年 3 期。

[117] 北京大学考古系等：《山西大同及偏关县新石器时代遗址调查简报》，《考古》1994 年 12 期。

[118] 卜工：《庙底沟二期文化的几个问题》，《文物》1990 年 2 期；罗新、田建文：《庙底沟二期文化研究》，《文物季刊》1994 年 2 期。

[119] 山西省考古研究所：《山西河津固镇遗址发掘报告》，《三晋考古》第二辑，山西人民出版社，1996 年。

[120] 山西省考古研究所、山西大学历史系考古专业：《山西侯马东呈王新石器时代遗址》，《考古》1991 年 2 期。

[121] 中国历史博物馆考古部、山西省考古研究所、垣曲县博物馆：《1982～1984 年山西垣曲古城东关遗址发掘简报》，《文物》1986 年 6 期；张素琳、佟伟华：《垣曲古城东关遗址庙底沟二期文化和龙山文化遗存》，《三晋考古》第二辑，山西人民出版社，1996 年。

[122] 陈冰白：《新石器时代空足三足器源流新探》，《中国考古学会第八次年会论文集》（1991），文物出版社，1996

年；张忠培：《黄河流域空三足器的兴起》，《华夏考古》1997 年 1 期。

[123] 卜工：《庙底沟二期文化的几个问题》，《文物》1990 年 2 期。

[124] 严文明：《略论仰韶文化的起源和发展阶段》，《仰韶文化研究》，文物出版社，1989 年。

[125] 山东省文物管理处、济南市博物馆：《大汶口——新石器时代墓葬发掘报告》，文物出版社，1974 年；田建文、薛新民、杨林中：《晋南地区新石器时期考古学文化的新认识》，《文物季刊》1992 年 2 期；苏秉琦：《谈"晋文化"考古》，《华人·龙的传人·中国人——考古寻根记》，辽宁大学出版社，1994 年。

[126] 中国社会科学院考古研究所：《武功发掘报告——浒西庄与赵家来遗址》，文物出版社，1988 年。

[127] 中国社会科学院考古研究所泾渭工作队：《陇东镇原常山遗址发掘简报》，《考古》1981 年 3 期。

[128] 河南省文物研究所、中国历史博物馆考古部：《登封王城岗与阳城》，文物出版社，1992 年。

[129] 中国社会科学院考古研究所二里头工作队：《河南偃师二里头遗址发现龙山文化早期遗存》，《考古》1982 年 5 期。

[130] 河北省文化局文物工作队：《河北永年县台口村遗址发掘简报》，《考古》1962 年 12 期。

[131] 北京大学、河北省文化局邯郸考古发掘队：《1957 邯郸发掘简报》，《考古》1959 年 10 期；河北省文化局文物工作队：《河北邯郸涧沟村古遗址发掘简报》，《考古》1961 年 4 期；邹衡：《关于夏商时期北方地区诸邻境文化的初步探讨》，《夏商周考古学论文集》，文物出版社，1980 年。

[132] 山西省考古研究所、山西大学历史系考古专业：《山西侯马东呈王新石器时代遗址》，《考古》1991 年 2 期。

[133] 内蒙古社会科学院蒙古史研究所、包头市文物管理所：《内蒙古包头市阿善遗址发掘简报》，《考古》1984 年 2 期。

[134] 崔璇、斯琴：《内蒙古中南部新石器至青铜时代文化初探》，《中国考古学会第四次年会论文集》（1983），文物出版社，1985 年；张忠培、关强：《"河套地区"新石器时代遗存的研究》，《江汉考古》1990 年 1 期；魏坚、崔璇：《内蒙古中南部原始文化的发现与研究》，《内蒙古文物考古文集》（第 1 辑），中国大百科全书出版社，1994 年；崔璇：《阿善文化述论》，《中国考古学会第八次年会论文集》（1991），文物出版社，1996 年；魏坚：《试论阿善文化》，《青果集——吉林大学考古系建系十周年纪念文集》，知识出版社，1998 年。

[135] 许伟：《晋中地区西周以前古遗存的编年与谱系》，《文物》1989 年 4 期。

[136] 国家文物局、山西省考古研究所、吉林大学考古学系：《晋中考古》，文物出版社，1999 年。

[137] 严文明：《龙山文化和龙山时代》，《文物》1981 年 6 期。

[138] 高广仁、邵望平：《史前陶鬶初论》，《考古学报》1981 年 4 期。

[139] 董琦：《虞夏时期的中原》，科学出版社，2000 年。

[140] 韩建业、杨新改：《王湾三期文化研究》，《考古学报》1997 年 1 期。

[141] 严文明：《略论仰韶文化的起源和发展阶段》，《仰韶文化研究》，文物出版社，1989 年。

[142] 杨杰：《晋陕冀北部及内蒙古中南部龙山时代考古学文化初探》，《内蒙古中南部原始文化研究文集》，海洋出版社，1991 年。

[143] 田广金：《内蒙古中南部新石器时代文化特征和年代》，《内蒙古文物考古》第 4 期（1986 年）；严文明：《在内蒙古西部原始文化座谈会上的发言》，《内蒙古文物考古》第 4 期（1986 年）；许伟：《晋中地区西周以前古遗存的编年与谱系》，《文物》1989 年 4 期；张忠培、关强：《"河套地区"新石器时代遗存的研究》，《江汉考古》1990 年 1 期；杨杰：《晋陕冀北部及内蒙古中南部龙山时代考古学文化初探》，《内蒙古中南部原始文化研究文集》，海洋出版社，1991 年；许永杰、卜工：《三北地区龙山文化研究》，《辽海文物学刊》1992 年 1 期。

[144] 邹衡：《关于夏商时期北方地区诸邻境文化的初步探讨》，《夏商周考古学论文集》，文物出版社，1980 年。

[145] 田广金：《内蒙古中南部龙山时代文化遗存研究》，《内蒙古中南部原始文化研究文集》，海洋出版社，1991 年。

[146] 崔璇：《阿善文化述论》，《中国考古学会第八次年会论文集》(1991)，文物出版社，1996 年。

[147] 崔璇：《阿善文化述论》，《中国考古学会第八次年会论文集》(1991)，文物出版社，1996 年。

[148] 魏坚、崔璇：《内蒙古中南部原始文化的发现与研究》，《内蒙古文物考古文集》（第 1 辑），中国大百科全书出版社，1994 年。

[149] 许永杰、卜工：《三北地区龙山文化研究》，《辽海文物学刊》，1992 年 1 期。

[150] 凉城县文物保护管理所：《凉城县文物志》，1992 年。

[151] 罗新和田建文正确地认识到陶寺大墓的年代在约公元前 2600～前 2200 年，这实际上正好包括庙底沟二期末段和龙山前期在内。见罗新、田建文：《陶寺文化再研究》，《中原文物》1991 年 2 期。

[152] 中国社会科学院考古研究所山西工作队：《山西垣曲龙王崖遗址的两次发掘》，《考古》1986 年 2 期。

[153] 中国社会科学院考古研究所：《武功发掘报告——浒西庄与赵家来遗址》，文物出版社，1988 年。

[154] 中国社会科学院考古所安阳工作队：《1979 年安阳后冈遗址发掘报告》，《考古学报》1985 年 1 期。

[155] 陈冰白认为豫北冀南地区是甗的起源地，这无疑是正确的，但不能排除另外的起源地（北方地区）。见陈冰白：《新石器时代空足三足器源流新探》，《中国考古学会第八次年会论文集》(1991)，文物出版社，1996 年。大汶口文化末期的鼎式实足甗，也可能和这种真正的空足甗有一定关系。

[156] 河北省文物研究所、保定地区文管所、涞水县文保所：《河北涞水北封村遗址试掘简报》，《考古》1992 年 10 期。

[157] 田广金：《论内蒙古中南部史前考古》，《考古学报》1997 年 2 期。

[158] 魏坚：《试论庙子沟文化》，《青果集——吉林大学考古专业成立二十周年考古论文集》，知识出版社，1993 年。

[159] 参见田广金：《内蒙古中南部龙山时代文化遗存研究》，《内蒙古中南部原始文化研究文集》，海洋出版社，1991 年。

[160] 田广金：《内蒙古中南部龙山时代文化遗存研究》，《内蒙古中南部原始文化研究文集》，海洋出版社，1991 年。

[161] 王克林将其称为“晋中类型”，见王克林：《晋国建立前晋地文化的发展》，《中国考古学会第三次年会论文集》，文物出版社，1984 年。宋建忠将其称为白燕类型，见宋建忠：《山西龙山时代考古遗存的类型与分期》，《文物季刊》1993 年 2 期。

[162] 参见高天麟：《黄河流域龙山时代陶鬲研究》，《考古学报》1996 年 4 期。

[163] 认为北方地区是带鋬斝式鬲起源地已基本成为一种共识，但关于单把斝式鬲的认识却颇为歧异：或认为其起源于北方地区，后影响到渭河流域（见张忠培、关强：《“河套地区”新石器时代遗存的研究》，《江汉考古》1990 年 1 期）；或认为泾渭流域是其中心（许永杰、卜工：《三北地区龙山文化研究》，《辽海文物学刊》1992 年 1 期；陈冰白：《新石器时代空足三足器源流新探》，《中国考古学会第八次年会论文集》(1991)，文物出版社，1996 年）。王立新首先把单把束颈高体罐形斝式鬲和翻缘矮体釜形斝式鬲明确分开，并认为二者分别起源于渭河流域和北方地区（王立新：《单把鬲谱系研究》，《青果集——吉林大学考古专业成立二十周年考古论文集》，知识出版社，1993 年），这和本文的结论一致。

[164] 怀安县文保所：《河北省怀安县新石器时代遗址调查简报》，《文物春秋》1993 年 3 期。

［165］陶宗冶：《河北张家口市考古调查简报》，《考古与文物》1985 年 6 期；张家口市文管所：《河北宣化关子口、白庙遗址复查》，《文物春秋》1991 年 3 期。

［166］张家口考古队：《河北怀来官厅水库沿岸考古调查简报》，《考古》1988 年 8 期。

［167］刘建华：《河北怀来小古城发现新石器时代遗址》，《考古》1987 年 12 期。

［168］张家口地区文管所：《河北崇礼石嘴子发现新石器时代遗址》，《考古》1992 年 2 期。

［169］尹达：《新石器时代》图版三，三联书店，1979 年第 2 版。

［170］巩启明、昌智荣：《榆林地区新石器时代文化遗存》，《中国考古学年会第八次年会论文集》（1991），文物出版社，1996 年。

［171］中国社会科学院考古研究所山西工作队、临汾地区文化局：《山西襄汾县陶寺遗址发掘简报》，《考古》1980 年 1 期；中国社会科学院考古研究所山西工作队、山西省临汾地区文化局：《陶寺遗址 1983～1984 年 III 区居住址发掘的主要收获》，《考古》1986 年 9 期。

［172］山西省考古研究所、曲沃县博物馆：《山西曲沃东许遗址调查、发掘报告》，《三晋考古》第二辑，山西人民出版社，1996 年。

［173］山西省考古研究所、洪洞县博物馆：《洪洞侯村新石器时代遗址调查、试掘报告》，《三晋考古》第二辑，山西人民出版社，1996 年。

［174］中国社会科学院考古研究所：《师赵村与西山坪》，中国大百科全书出版社，1999 年。

［175］河北省文物研究所、沧州地区文物管理所：《河北省任丘市哑叭庄遗址发掘报告》，《文物春秋》1992 年增刊。

［176］内蒙古文物考古研究所、日本京都中国考古学研究会岱海地区考察队：《板城遗址发掘与勘查报告》，《岱海考古（二）——中日岱海地区考察研究报告集》，科学出版社，2001 年。

［177］滹沱河考古队；《河北滹沱河流域考古调查与试掘》，《考古》1993 年 4 期。

［178］内蒙古自治区文物考古研究所、鄂尔多斯博物馆：《朱开沟——青铜时代早期遗址发掘报告》，文物出版社，2000 年。

［179］中国社会科学院考古研究所：《偃师二里头——1959 年～1978 年考古发掘报告》，中国大百科全书出版社，1999 年。

［180］山西省考古研究所：《山西汾阳县峪道河遗址调查》，《考古》1983 年 11 期。

［181］西安半坡博物馆：《陕西神木石峁遗址调查试掘简报》，《史前研究》1983 年 2 期。

［182］田广金：《论内蒙古中南部史前考古》，《考古学报》1997 年 2 期。

［183］张家口考古队：《蔚县夏商时期考古的主要收获》，《考古与文物》1984 年 1 期。

第四章　聚落形态

聚落形态是"人类将他们自己在他们所居住的地面上处理起来的方式。它包括房屋，包括房屋的安排方式，并且包括其他与社团生活有关的建筑物的性质与处理方式。这些聚落要反映自然环境，建造者所具有的技术水平，以及这个文化所保持的各种社会交接与控制的制度"[1]。"在考古学中，聚落可视为一个既具有历史意义，又具有分析研究意义的单位"[2]。聚落的历史意义似乎比考古学文化清楚得多，这也是越来越多的考古学家选择它作为研究基础的主要原因。聚落考古是"用考古学的材料对社会关系的研究"[3]或"在社会关系的框架之内来做考古资料的研究"[4]。对社会关系的关注正是聚落形态研究在实质上明显区别与考古学文化研究的主要方面。但聚落形态研究主要适用于聚落内部或者小区内聚落群之间关系的研究。当范围更大时，对聚落间关系的把握就缺乏十分有效的方法，实际上常常就得借鉴考古学文化的研究成果。

"所谓聚落考古，一般应包含三个方面的内容。即（一）单个聚落形态和内部结构的研究；（二）聚落分布和聚落之间关系的研究；（三）聚落形态历史演变的研究。"[5]本章对聚落形态的研究也从这三个方面进行。由于以下的论述依照分期进行，所以每一个时期的论述实际上主要涉及前两个方面的内容，并注意各个时期间的衔接和变化。最后还要从历史演变的角度加以总结。

由于聚落"是一种处于'稳定状态'、据有一定地域并延续一定时间的史前文化单位"[6]，所以对聚落各组成部分同时性的研究就成为一个关键的问题[7]。共处同一地面或由道路相连的各单位，一般具有较高程度的同时性，但在以往的田野工作中多被忽视[8]，且这些地面或道路被破坏而难以辨别的情况也大量存在。所以如何细化考古遗存的分期，也是搞好聚落考古的着眼点之一。当然这并非说较长时间框架内的总体性观察就没有意义。

第一节　兴隆洼文化时期

该时期的聚落经发掘者仅有姜家梁和于家沟。二者相距仅 50 米，实际上可能属于同一个聚落。该聚落位于桑干河北侧山坡上，所在台地被流水冲蚀分割成 3 部分，由西而东被分别编号为Ⅰ、Ⅱ、Ⅲ发掘区。在Ⅰ区1600平方米的发掘范围内，发现方形半地穴式房址9座；均打破生土，彼此间没有打破关系；除F4暂时存疑外，其余都应在同一时期。这些房屋大致成排分布，门道朝向东南或南方坡下，反映了聚落内部存在一定

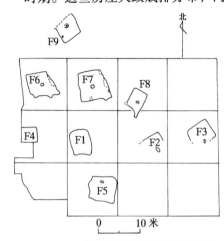

图一二四　姜家梁早期聚落遗迹的分布

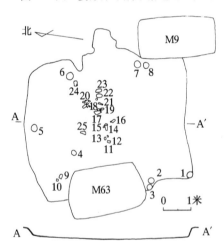

图一二五　姜家梁F1平、剖面图

1~8.柱洞　9、25.石斧　10、12~14、18.石刮削器　11.长石片　15~17.细石叶　19、20.烧骨　21.陶片　22、23.石核　24.石块

的秩序；四壁和居住面多经烧烤，有的中部有灶。面积最大的F7达30.25平方米，最小的F8为10.5平方米（图一二四）。以F1为例，间宽约4.8、进深约5.8米。共发现8个柱洞，多分布于室内四周，可以复原成四角攒尖顶。虽未明确发现灶，但在居住面中部集中分布着石斧、石刮削器、石叶、石片、石核、烧骨、陶片等大量遗物，应当是进行炊事等活动的主要位置。右侧空出，且右壁经火烧烤，可能为主要的睡卧之处，左侧也可供睡卧，大约可以住4~5人（图一二五）。其余房屋在功能方面与之相同，有的有灶，都没有贫富分化的迹象。单体房屋、排和整个聚落大概构成了至少3级社会组织。在姜家梁（M78）和于家沟还各发现1座小型的土坑竖穴墓，墓主人颈部均佩戴一串钻孔野猪牙。该聚落没有发现明确的农业生产工具，但磨制石斧、石磨盘、石磨棒或许间接或直接地与农业活动有关。石刮削器、石叶、蚌饰品等的大量发现，应当是其渔猎采集经济发达的反映。

姜家梁早期聚落与西辽河流域兴隆洼文化聚落有不少共同点，如房屋均为方或长方形半地穴式，有的居住面和墙壁经火烧烤，成排分布等。整个聚落大约都是一个以氏族为基础的、包括大约3级社会组织的公社[9]。但后者的房屋面积一般为30~80平方米，有的甚至达到140平方米，总体上明显大于前者，这可能反映了他们在社会组织的细节方面存在一定差异。在门道的有无这一点上，姜家梁早期不同于兴隆洼聚落，而与林西白音长汗聚落的情况相同[10]。当然，这类房屋与磁山文化的狭小"居穴"不可同日而语。

第二节　仰韶前期

一　仰韶一期聚落

北方地区属于该期的聚落较少，已发掘或试掘者不过 7 处。

从已知聚落的分布看，一般位于河流干道两侧的山坡台地或湖周围的低山上。大部分聚落面积无法确定，因为该期遗存在各遗址中只占一小部分。文化面貌单纯且经较全面揭露而能弄清面积和基本布局者有石虎山 I 和 II 聚落。以下就从这两个聚落的分析入手。

石虎山 I 和 II 聚落位于岱海南岸低山上，距岱海约 2500 米，海拔高度为 1348～1363 米。I 聚落在 II 聚落的西北方位，二者相距约 300 米（图一二六）。

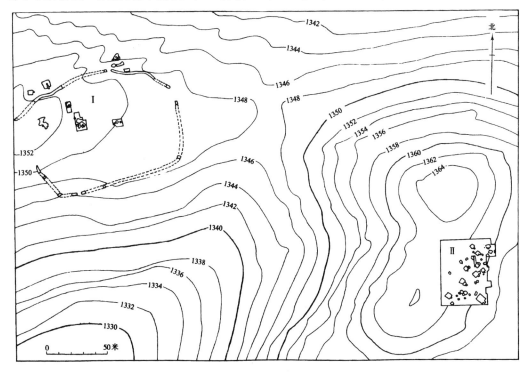

图一二六　石虎山 I、II 聚落地形

这两个聚落中发现的生产工具以石器为主。穿双孔或两侧带缺口的长方形石刀（爪镰）是一种掐穗工具。宽大的石铲既可翻地播种，又能取土平整房基。石斧可兼砍树、削木、挖土等多种用途。石磨盘和石磨棒是加工谷物的专用器具。有些磨棒上有圆形凹窝，应为便于敲砸果核。专用的木工工具有石锛和石凿。但在 I 聚落还发现大量骨、角、蚌类器，多属生产工具，有渔猎用的骨鱼钩、骨镞，镶嵌细石器刃的骨柄刀，以及骨锥、骨匕、骨针、蚌纺轮等常见工具。陶器均有炊器、饮食器等的明确分类，前者为夹砂陶，后者为经淘洗的细泥陶。此外，在 I 聚落发现大量动物骨骼，在北方地区所有新石器时代聚落中都是最为突出的。"在经解剖发掘的不到 200 平方米的围沟中，仅哺乳动物就多达 18 种，代表 140 个最少个体数。其中以鹿科动物为主，有狍子、马鹿、梅花鹿等，其他动物主要有水牛、黄牛、猪、狗、豹、貉、狗獾、狐狸、棕熊、羚羊、野兔、鼢鼠、黄鼠等，另外还有鸟、鱼、鳖等。"[11]水牛的较多发现在华北地区全新世以来的新石器时代遗址中尚属首次，猪半数以上为家养，狗均为家畜。这些都表明，这两个聚落是以农业生产经济为基础的稳定居处，但渔猎、采集经济也占相当比重。大型野生水牛、棕熊等动物骨骼在聚落中的发现，说明"集体狩猎应是当时聚落的一项主要的生产活动"[12]。

较早的 II 遗址位于一马鞍形丘陵靠阳坡一侧，面积约 3000 平方米。该遗址文化性质单纯，难以分出期段，遗迹均打破生土。所以虽存在遗迹间的少数打破关系，但仍可将各单位视为基本同时。在 1545 平方米的发掘区内，共发现房址 14 座，灰坑 23 个，墓葬 1 座。经钻探，在发掘区周围已少有遗迹发现，说明已经发现的部分应当是聚落的主体。除 2 座房屋（F4、F5）门向朝南，2 座房屋（F7、F14）门向朝西南外，其余门向均朝东南坡下。门向朝下，视野开阔，两侧活动面宽广，应当是一种坡地房屋门向的合理安排方式。房屋大体成排布置，以坡上部位的 F9、F1、F13、F11 一排较为整齐，又以北部较密而南部略疏（以 F3 所在位置为界）。如果将散远的 H19 和 H20 排除，则北部共有 10 座，南部共有 11 座灰坑。但如果考虑到南部 F1 被 H2 打破，二者不会同时使用，则在 F6 和 F9 之间就基本是个灰坑场了，尤以中央部位的几座排列密集，这与北部灰坑杂处房屋之间的情况有别。除 F2、F4、F5、F14 几座面积在 2～3 平方米之间的特殊房屋外，其余面积多在 10～15 平方米之间，最小的约 6 平方米，最大的 F6 约 36 平方米。惟一的一座墓葬（M1）位于聚落中部（图一二七）。

II 聚落房屋基本为半地穴式单间方形，直接挖在生土内。可以分成两大类：F2、F4、F5、F14 这 4 座是一类，其余为一类。前一类狭小简陋，没有灶，以 F4 为代表。F4 平面略呈圆角梯形，间宽 1.2～1.5、进深 1.2 米，门道斜坡状，活动面不甚平整。共发现 23 个柱洞，直径 5～10、深约 10 厘米。均为附壁柱，多略内斜。由于房内没有承重的主柱，因此复原起来应当是这些附壁柱内斜形成攒尖顶。地面仅发现少量陶片、石块等。这类房屋显然不适合正式居住，应当是储藏室一类的设施，当然也不排除为特殊的临时性的居所。后一类以双套间的 F3 为代表，主室基本呈方形，间宽 4、进深 4.1 米。穴壁表面抹一层厚约 0.5 厘米的白泥，居住面铺垫 4 厘米厚灰白色泥土。房址近门道处最初建有椭圆形坑灶，有长条形通风道直达门道出口，后来填充改建为地面灶。由

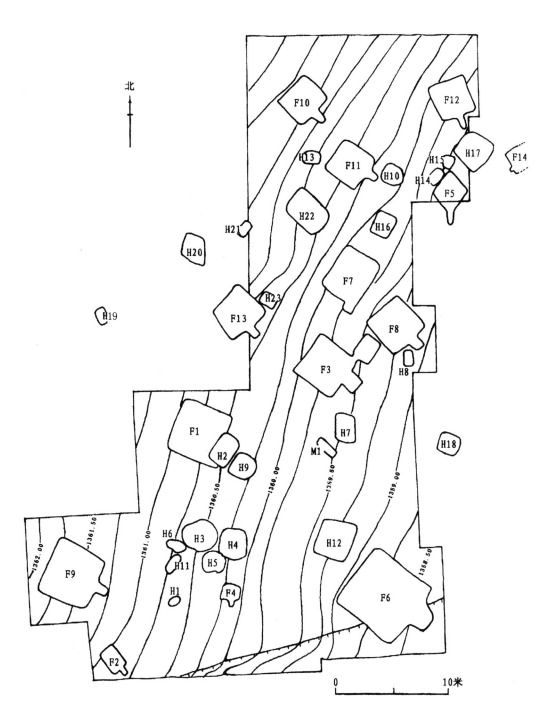

图一二七　石虎山Ⅱ聚落遗迹的分布

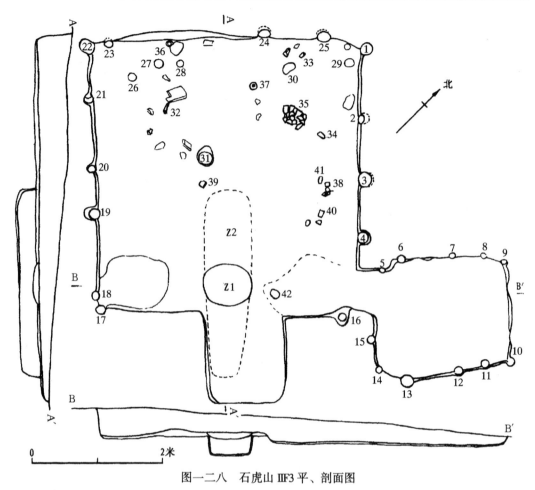

图一二八　石虎山 IIF3 平、剖面图

Z1. 晚期灶　Z2. 早期坑　1～31. 柱洞　32～34. 石磨盘　35. 陶釜　36、37. 陶钵　38、39. 砺石　其余为石块

于门道稍偏于左侧，故灶坑和通道就居于门道右侧，大约是为便于从左侧出入。柱洞20个，最大的一个（直径25、深50厘米）位于房屋中央部位，洞壁抹白泥，底部填以灰花土和白泥土，其余均较小（直径10～20、深10～30厘米），多是四壁的半壁柱。复原起来仍应当是四角攒尖顶，只是为稳固而中央立有主承重柱。房址后半部居住面上，散布有石磨棒、砺石、陶釜、钵等，应当是做家务、放家物的地方。前半部较为空阔干净，又被灶坑分为两半：右侧靠近坑灶而温暖，偏离出入口而隐秘，当是主要的睡卧之处[13]，左侧也可供睡卧，大约总共可以住 3～4 人。左前方的小侧室呈长方形，间宽1.8、进深2米，有11个半壁柱。无灶，但在其中心和门道外，各发现一红烧土面，居住面无遗物发现。这个侧室虽然可作储藏室之用，但更像是特殊性的居所。如果整套房屋内居住的是一个对偶家庭或核心家庭，则侧室就很适合子女成年后暂时居住（图一二八）。另外，最大的 F6 确有一些特殊之处，有必要加以说明。这座房屋规整讲究，平面

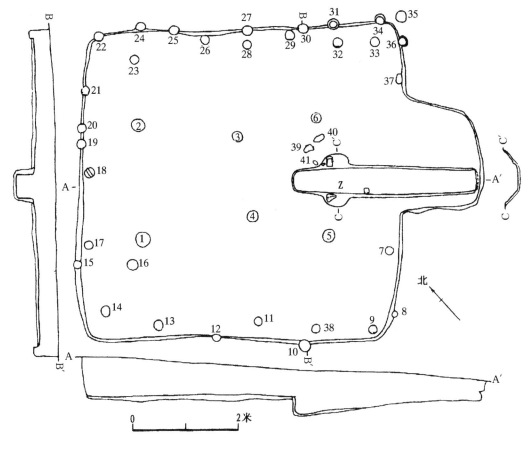

图一二九 石虎山 IIF6 平、剖面图

Z. 灶 1～38. 柱洞 39～41. 石器

略为方形，间宽 6、进深 6.2 米。居住面铺垫灰白色泥土，平整坚硬，壁面用白泥抹平。坑灶和通道同样偏在门道右侧。该室共发现 38 个柱洞，直径 12～30 厘米、深 5～25 厘米不等。其中位于中部的两排 6 个柱洞较粗，应当是起主要承重作用的主柱。其余为附壁柱和明柱，且在左、右两侧约略有附壁柱和明柱相对成两排的现象，这可能是由于该房跨度大、顶盖沉重的缘故。该房仍可复原为四角攒尖顶，但也可能前后起脊呈庑殿顶式。灶坑左侧附近发现砺石等遗物。该房阔大讲究，结构特殊，可能为村落集会、议事等的场所，也不排除一些有特殊地位的人物居住（图一二九）。灰坑以长方形者为主，椭圆形者次之，多数直壁平底，应为窖穴。墓葬 M1 为长方形土坑竖穴式，大小仅能容身，无葬具和随葬品，墓主仰身直肢。

明确了各单体建筑的功能，我们就可以进一步对整个聚落结构进行分析。现在可以看到，主要的居住区在聚落北部，居室周围有窖穴或者储藏室、牲畜圈等，这些设施可能分别属于附近的屋主。聚落南部除 F9 外，在阔大的 F6 后边就主要是成群的窖穴、储藏室等，这些设施更可能属于聚落公有，因为 F6 可以带有公家的性质。当然还可以有另一种假设，就是 F6 为富人独有，这些设施附属于 F6。可是无论从遗物，还是其他建筑上，还看不出任何分化的证据。按照第一种假设，每处居所居住的是一个 3～4 人规模的对偶家庭或核心家庭，则全聚落应有 30 人左右。

略晚的 I 聚落位于一丘陵顶部略偏东南一侧，面积约 15000 平方米，是 II 聚落的 5 倍。聚落中心主体部分被环壕包围，环壕以外也有部分遗迹。和 II 聚落一样，文化性质比较单纯，遗迹均打破生土，所以各单位也应基本同时。该聚落暂时仅发现房屋 6 座、灰坑 12 个，另有"祭祀坑" 1 个（图一三○）。

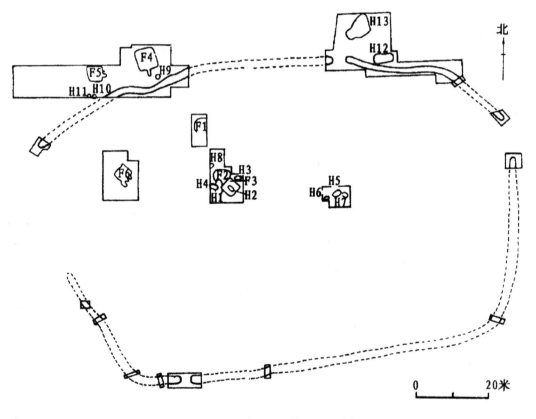

图一三○　石虎山 I 聚落遗迹的分布

环壕聚落平面略呈圆角长方形，东西长约 130、南北宽约 90 米。环壕口部残存宽度为 1.3～3 米，底部宽度为 0.8～1.5 米，残存深度 0.5～1.3 米。其东、北、南三面设有出入口。在南口一侧环壕底部，发现有较大柱洞，可能原来设有栅栏门。环壕中挖出的土多堆在沟的内侧边沿，以加强防护能力。环壕中堆积分为 3 层，上述大量动物骨骼就出于其中，此外还有碎陶片、石器、骨器、蚌器、炭化果核等，应当是环壕使用时逐渐散落其中的生活垃圾。这说明该聚落明显注意对安全的维护。房屋均为长方形半地穴式，四周有柱洞，居住面用灰白泥土铺垫，壁抹草拌泥，门道大致朝向环壕中心，以F4～F6保存较好，房址周围有不规则形灰坑。F4为面积约34平方米，形制规整，瓢形灶坑靠近门道并与之相通；据塌落情况分析，灶的上方原应有抹有草拌泥的排烟孔。F5面积约18平方米，前部瓢形灶坑两壁砌以石块，灶底、后壁等部用草拌泥抹光，灶前略偏左侧有一斜坡状通道，但与灶并未直接相连，偏右侧还有一通道。中央主柱洞后有经烧炙的牛头骨。其余情况和Ⅱ聚落F3主室大体相同（图一三一）。所谓"祭祀坑"（H12），指在一长条形浅坑（长约5、宽约2～2.5、深0.8米）底部发现4具完整狗骨架和较多马鹿、狍子骨骼和红烧土块、石块等。虽然详细情况不得而知，但Ⅰ聚落人口比Ⅱ聚落大为增加应是肯定的。

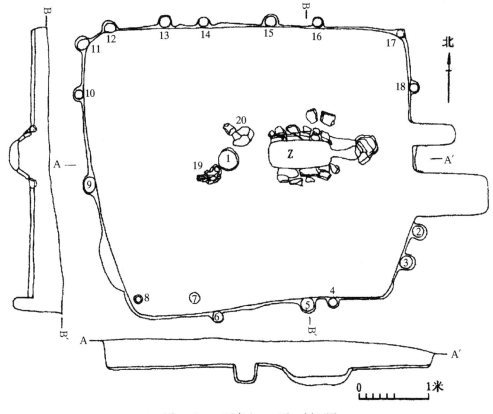

图一三一　石虎山 IF5 平、剖面图
Z. 灶　1～18. 柱洞　19. 牛头骨　20. 石块

就岱海小区来说，Ⅰ聚落显然在Ⅱ聚落基础上有所发展和变化。不但面积大为增加，而且十分注意安全维护，秩序感也有所增强，又有宗教类遗迹，总体上更加复杂。环壕所能抵御的不安全因素，不外乎野生动物和外边的"敌人"。从Ⅰ聚落大量动物骨骼的发现看，人们的确要面对凶猛的野兽；而Ⅰ遗存中大量绳纹等来自西方的因素，又暗示着人与人之间更多的竞争[14]。或许这两方面都是需要考虑的。另外，随着聚落的增大和人口的增加，就需要必要的有效的规则和设施来维持秩序，环壕在其中也许能起到一定作用。

石虎山 I、II 聚落房屋为方或长方形半地穴式、成排分布、右侧为主要睡卧区、有的居住面和墙壁经火烧烤等特点，与早先的姜家梁早期聚落的情况相似。但石虎山 II 聚落居住面和墙壁一般抹白泥，而 I 聚落开始抹草拌泥。

在岱海南岸和石虎山 I、II 聚落同时的还有与其相距近 30 公里的红台坡下聚落，暂时还不能确定他们之间存在实际的联系。

包头以东鄂尔多斯黄河两岸地区的阿善、白泥窑子、官地、鲁家坡、窑子梁、架子圪旦、坟墕、脑包梁、贺家圪旦等遗址，也都应当存在该期聚落，只是面积大小、布局结构等总体情况不能详知。阿善和白泥窑子遗址位于东流黄河北岸的两侧有沟的台地上，北依大青山，台地高于黄河水面接近 100 米。官地和鲁家坡遗址位于南流黄河西岸的台地或山坡上，北接山丘，周围临沟，背风向阳。其位置的选择和石虎山 I、II 聚落大同小异：距水源较近而又保持一定距离，便于生活取水和利用水产资源；附近低地有可利用的耕地；背有高山，原应密布森林，有狩猎之便。再就是背风向阳，相对独立，符合对安全的起码要求。鲁家坡一期聚落发现房址 6 座，皆为略呈方形的半地穴式建筑，近门道处一般有长方形或椭圆形坑灶，这都与石虎山聚落接近。地面抹草拌泥并经烧烤的现象比石虎山 I 聚落更加普遍。以 F5 为例，间宽 8.5～9.4、进深 8.25 米。中间

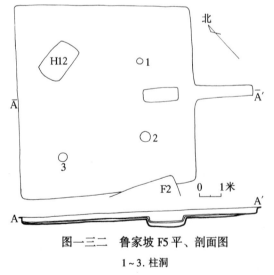

图一三二　鲁家坡 F5 平、剖面图

1～3.柱洞

有相互对称的 4 个大柱洞，应起主要承重作用（图一三二）。该房规整讲究，约为石虎山 II 最大房子的 2 倍，推测整个聚落的规模和复杂性也应当大于石虎山 II 聚落。另外，鲁家坡一期的灰坑多为圆形或椭圆形，缺乏方形者，这也是和石虎山聚落不同的地方。官地的情况和鲁家坡基本相同。

桑干河支流壶流河东岸的四十里坡遗址下层也存在该期聚落。其 F1 为长方形半地穴式，穴壁和居住面抹草拌泥并经火烧烤。汾河上游东西两岸的童子崖、西街等聚落彼此邻近，也发现地面铺垫草拌泥并经火烧烤的半地穴房子。这些聚落的大体情况彼此接近。

由于聚落方面资料的相对缺乏，我们仅将北方地区聚落和周围同期一些典型聚落作

比较。与石虎山 I 环壕聚落最相似者，当属姜寨等半坡类型的环壕聚落。它们有着向心结构的房屋布局，反映出一种利益与共、血缘凝聚、颇有秩序的平等社会状态[15]。另外，房屋结构彼此相似，社会功能也应大同小异。石虎山 II 聚落的房屋构造也与它们相近：大房子 F6 和其他中、小房子组成一个小聚落，大体和姜寨 5 组的其中一组相当；大房子附近有较多窖穴，反映出大房子本身也可能具有公家的性质；部分中、小房屋朝向大房子。这些都与 I 聚落乃至姜寨一期聚落相同或相似。石虎山 I、II 聚落和姜寨一期聚落的共同点，既有处于同样的社会发展阶段的一面，又有同属一个考古学文化所具有的亲缘关系和较多交往的一面。尤其是石虎山 I 聚落，既然其绳纹的出现确与半坡类型间接的影响有关，则其环壕等的出现就不能排除是受姜寨一期聚落的影响。当然石虎山聚落和姜寨一期聚落也小有差别，如前者居住面和穴壁多抹灰白泥而少见抹草拌泥者，也少见对其烧烤加工的做法；前者流行在地穴内周而不是地穴外周撑柱搭顶，限制了对室内空间的利用；前者多见直壁方形窖穴，而不见袋状窖穴等。不过这都是次要的方面，也仅限于属后岗类型的岱海小区，鲁家坡类型的情况要和半坡类型更为近似一些。另外，同属后岗类型的石北口一期也见长方形灰坑，或许与磁山文化有一定的渊源关系；属仰韶文化的下王岗一期仅见简陋的圆形半地穴式房屋，北辛文化晚期也多为简陋的圆形半地穴式房屋，和北方地区房屋有较大区别。另外，兴隆洼 – 赵宝沟文化存在环壕聚落且房址成排分布的特点，和石虎山聚落也有一致的一面。或许东北和关中地区的环壕聚落正是通过北方地区而发生了某种联系。但兴隆洼 – 赵宝沟文化的房屋多数较大，有的地面前低后高，灶和门道不相通，总体上和仰韶文化房屋差别较大。

二　仰韶二期聚落

明确属于该期的聚落明显增多，经发掘或试掘者就有 18 处。

聚落仍都位于河流干道两侧的山坡台地或湖周围的低山上。除遗址文化面貌单纯的王墓山坡下和马家小村聚落的面积分别为 7 万和 5 万平方米外，其余大部分面积无法确定。经较全面揭露而能弄清基本布局者只有王墓山坡下一处。

王墓山坡下聚落位于岱海东南岸低山坡下部位，距岱海约 2500 米，海拔高度仅为 1276 ~ 1285 米，最低处局部已被步量河破坏。一通向步量河的东西向冲沟将聚落从中心一分为二，也就是 I（北区）、II（南区）区。这条冲沟原来也当为低谷，是该聚落的一个自然分界线。聚落中发现的生产工具以石器为主，种类与石虎山聚落相近，显示了相似的经济模式和生产方式。少量细石器镞的发现可能与东北方狩猎方式的传入有关。虽然距湖面更近，仍有马鹿等动物骨骼和少量骨器发现，但难以与石虎山 I 聚落相提并论。

该遗址可分为紧相连接的 3 段。I 区所有房屋和部分灰坑属第 1、2 段，II 区房屋和

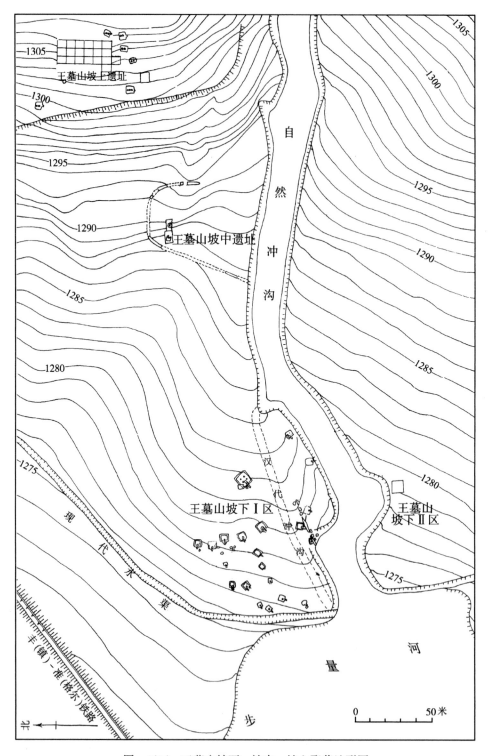

图一三三　王墓山坡下、坡中、坡上聚落地形图

I区部分灰坑（H32）属第3段。可能是同一群人在I区居住了若干年后，又搬到旁边的II区居住。I区共发现房址 21 座，周围少有遗迹，加上冲沟等破坏者估计不下于 30 座。I区房屋本身又大致可分为 2 段，尤其 F13、F20、F12、F6、F12 这一排明显为第 2 段时新建，但这并非说第 1、2 段房屋不可以同时使用。我们仍可以将其纳入一个统一的共时的聚落中去考虑。房屋虽有西、西南和南向的区别，但均大体面朝坡下。高处中央位置是面积达 90 平方米的大房子 F7，与周围房屋有 25 ~ 40 米的空白带。周围房屋面积一般在 15 ~ 30 平方米之间，最大的为 39 平方米（F11），分布较为密集，房内或周围有窖穴；低处

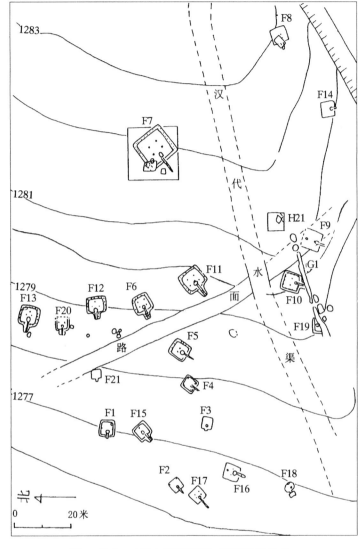

图一三四　王墓山坡下聚落 I 区遗迹的分布

的 F11、F6、F12、F20、F13 大体为一排，其门道通向前面的一条西北 – 东南向的道路（宽 4.1 ~ 5.5 米）；道路下方的房屋排列看不出明显规律（图一三三、一三四）。II区发掘房址 3 座，钻探出 4 座，总数难以估计。

该聚落房屋均为半地穴式单间，直接挖在生土内。除 1 座（F18）大体为尖圆形外，其余均呈圆角方形。室内均有灶，应当都属于居室。以 F13 为例，间宽 5.5 ~ 6.5、进深 5.5 米，面积约 33.6 平方米。穴壁、穴外台面和居住面抹草拌泥，经火烧烤成青灰色硬面。房址近门道处建有近圆形坑灶，坑灶后部有向里斜伸的储火坑，前部有长条形通风道直达门道出口。灶偏后位置有成堆红烧土、草拌泥，有的烧土上见有席纹痕迹，应当

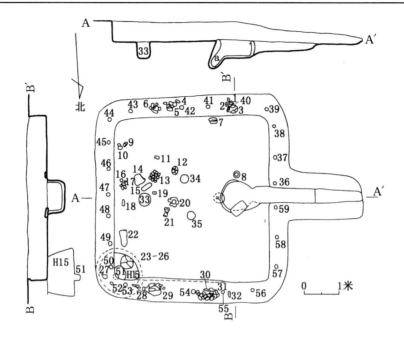

图一三五　王墓山坡下 IF13 平、剖面图

1、2、4、32. 陶刀　3、6、8、10、17、20. 陶中口罐　5、23～27、30、31. 陶
钵　7. 砺石　9、11、13、14、22. 石磨盘　15、16. 石磨棒　18. 陶器　19. 石
刀　21. 陶火种炉　28. 烧骨　29. 陶小口尖底瓶　33～59. 柱洞

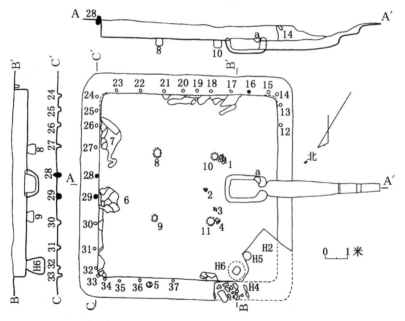

图一三六　王墓山坡下 IF7 平、剖面图

1. 陶小口尖底瓶　2. 陶器盖　3、4. 陶火种炉　5. 陶罐底　6、7. 红烧土　8～37. 柱洞

是屋顶烟囱塌落的残迹。房屋中央有 3 个起主要承重作用的主柱洞，穴外台面上有一圈承托屋檐的明柱。复原起来仍应当是四角攒尖顶。灶坑旁有夹砂罐，房屋中部中间居住面上有夹砂罐、火种炉等陶器；房屋后部中间居住面有石磨盘、石磨棒、石刀等成组石器；后右角有一圆形袋状窖穴（H15），储藏有陶钵、骨器等；台面上还放置陶夹砂罐、小口尖底瓶、钵和陶刀、石刀等。总体来看，居住面前部应当是炊事、就餐之处，中、后部为做家务之地，后部兼为储藏之处，台面上临时放置家物。房屋两侧有比较干净的空地，可以供 4～5 人睡卧（图一三五）。这种室内空间的布局结构在该聚落具有普遍性。值得注意的是，被称为火种炉的这种器物，一般每房各一，且多位于房屋中部而不是灶坑近旁，可能确兼有"灯"的功能[16]。另外，台面和门道空间的充分利用，无疑使室内空间大增。最大的 F7 规整讲究，平面略呈方形，边长约 9.5 米，面积逾 90 平方米。穴壁、穴外台面和居住面的加工方法与 F13 略同，只是更为精细讲究。前部坑灶外有长达 5 米的通道。中部有相互对称的 4 个主柱洞，周围台面上有一圈明柱。灶坑后部见火种炉、钵、小口尖底瓶等，可能与炊事或用餐有关，台面上也放东西。在穴壁附近发现大量红烧土，证明房屋毁于火灾，但可能及时搬走了大部分物品。该房阔大讲究，结构特殊，可能为集会、议事等场所，也可能是村落特殊人物的居所（图一三六）。灰坑基本都是圆形或椭圆形者，袋状或直壁，多数为窖穴。

该聚落除 F7 外，其余房屋在大小、功能上均没有明显区别，反映的应当是一个基本平等的社会场景。F7 很可能具有集会、议事和举行宗教活动等的功能，即使实际上临时性地住过人——极可能是组织这些活动的首领，也不能将其理解为专门的住宅。 F7 周围的大片空地，也就是这座特殊建筑空间上的延伸，为上述可能的活动提供了更广阔的空间，这样可以增加事件的层次性和复杂性，从而显得更为神圣，也可以容纳更多的甚至是全聚落的人参加。这其实也是血缘凝聚的一种反映。如果说一个房屋内居住的是一个对偶家庭或核心家庭的推测大致不误的话，F7 不会是贫富分化的产物，因为实质上的贫富分化无法发生在各对偶家庭或核心家庭之间。如果每处居所居住的是一个 3～4 人或 4～5 人规模的小家庭，则 I 区应有 40 人左右。

我们看到，王墓山坡下聚落和近旁早先的石虎山聚落并没有实质上的区别，这当主要是因为二者处于大体同一个社会发展阶段、同一个文化圈中的缘故。但从房屋居住面的加工、台面的有无、室内空间结构的安排等方面来说，二者并没有直接的继承性。这和基于陶器的研究结论是一致的。

附近的狐子山遗址也存在与王墓山坡下同时的聚落，二者隔步量河相望。彼此在聚落的位置、房屋的形状和结构等方面基本相同，当时应该存在实际的联系。另外，岱海东侧的黄土坡和西南侧的兰麻窑等地也存在该期聚落。

鄂尔多斯南流黄河两岸的官地、鲁家坡、白草塔、庄窝坪、后城嘴、坟塔、台什等遗址，也都应当存在该期聚落，只是面积大小、布局结构等情况不能详知。官地、鲁家坡、庄窝坪遗址位于南流黄河西岸的台地或山坡上，后城嘴遗址位于浑河南岸，距黄河稍远。这些遗址均后接山丘，周围临沟，多背风向阳，其位置的选择原则和该地区仰韶一期聚落相同，有的就属于同一遗址。其余遗址均有房址、灰坑或者窑址发现，基本情况和王墓山坡下聚落非常接近。就房屋来说，同样可以明显分为大、小两类，小者多在 15～30 平方米之间，大者接近百米。二者应当有和王墓山坡下聚落一样的不同功能。例如，官地二期聚落发现房址 5 座，皆为略呈方形或长方形的半地穴式建筑，近门道处有圆形或椭圆形坑灶，与门道直接相通，前部有灶坎，地面抹草拌泥并经烧烤。其中小型房屋以 F13 为代表，间宽 6、进深 5.15 米。左侧中部有一粗柱洞，右侧对应位置被现代坑打破，估计原也应有柱洞，应起主要承重作用。穴外台面的四角各有一明柱，证明台面也是室内的一部分。居住面发现陶罐、石磨盘等（图一三七）。大型房屋 F15，间宽 8.4～9.35、进深 10.1 米。中部有 4 个大体互相对称的主柱洞，应起主要承重作用。由于破坏严重，已不大可能发现穴外台

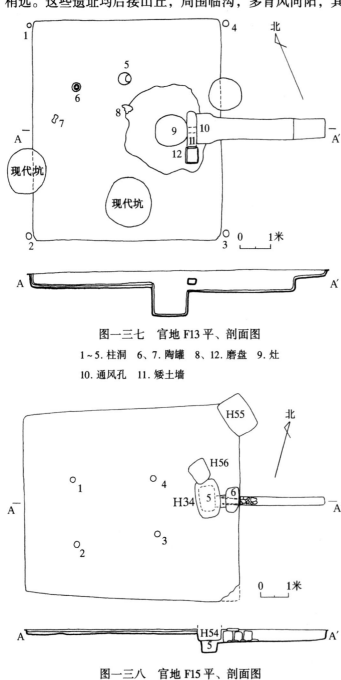

图一三七　官地 F13 平、剖面图

1～5. 柱洞　6、7. 陶罐　8、12. 磨盘　9. 灶

10. 通风孔　11. 矮土墙

图一三八　官地 F15 平、剖面图

1～4. 柱洞　5. 灶　6. 石板

面上的柱洞，但原先理应存在。门外近门口的门道两侧和底部砌垫石块，门内近门处铺盖石板（图一三八）。与官地 F13 各方面接近的尚有鲁家坡 F9、后城嘴 F4、庄窝坪 F3 等。灰坑一般为圆形或椭圆形、袋状或直壁。另外，坟堰遗址发现 20 余座极富地方特色的石板墓，为以石板围砌成长方形墓圹并铺底盖顶。一般长约 2、宽约 0.5 米，多东西向，无随葬品。在 2 座二次葬墓中，见黑彩带圜底钵内盛放头骨的现象。这种独特的葬俗反映出当地居民意识形态独特的一面。

　　包头附近大青山南麓东流黄河北岸的西园、白泥窑子等遗址也应当存在该期聚落，两遗址位于两侧有沟的台地上。西园遗址没有发现该期遗迹，白泥窑子发现一些房址和灰坑，包括 C 点 F1 和 A 点 F1、F2、F5 等。这几座半地穴式房屋均略呈方形，但各边稍弧而不够规整，较早的 CF1 进深稍长而较晚的 AF1、AF2、AF5 面宽略大。面积在 12~24 平方米之间，总体偏小。室内有 2 个主柱洞或没有柱洞，且柱洞的位置不够规矩固定。近门道处有一圆形坑灶，但无通道和门道相连。居住面也一般抹草拌泥并经烧烤。以最小的 CF1 和最大的 AF1 为例。CF1 间宽 3.1、进深 3.9 米。灶两侧有不对称柱洞各一，应起主要承重作用。推测外台面上还应有柱洞。其架盖应和王墓山坡下 F13 基本相同，只是由于房屋较小，对主柱洞的设置也就不甚讲究。居住面前部有钵、盆、杯等陶器，可能与饮食活动有关；后部发现小口尖底瓶、夹砂罐、瓮等，应有储藏可能；两个小口

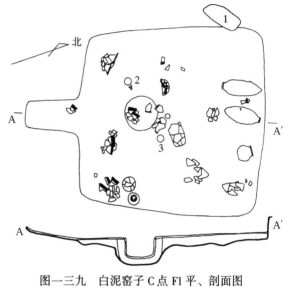

图一三九　白泥窑子 C 点 F1 平、剖面图
1. 晚期灰坑　2、3. 柱洞

尖底瓶中间摆放一个火种炉（图一三九）。AF1 间宽 5.1、进深 4.7 米。未发现柱洞，却在灶后有一块石板，可能是柱础，外台面上还应有柱洞。进门处两侧和后壁处共有 4 块大致对称的烧土硬面，可能也与支持柱子有关。否则由于房屋较大，结构就欠稳固。居住面未发现器物（图一四〇）。这些房屋与岱海地区、鄂尔多斯黄河两岸地区房屋虽基本相似，但地方特征却也较为明显，且始终如一。表明其居民自成群体，具有一定的自身传统，和当时陶器上表现出的大一统的情况有区别。灰坑的情况和上述其他两地区基本相同。

　　从鲁家坡一期和二期聚落的情况看，房屋形状、结构等均具有一定的承袭关系，说明两聚落及其居民极有可能具有连续性。只是由于聚落总体布局不明，就难以进一步作

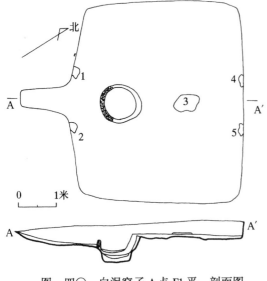

图一四〇　白泥窑子 A 点 F1 平、剖面图
1、2、4、5. 硬土面　3. 石板

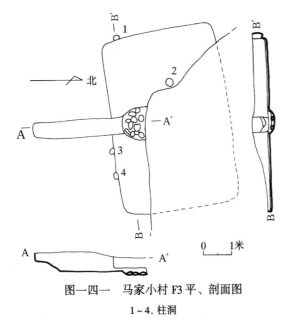

图一四一　马家小村 F3 平、剖面图
1～4. 柱洞

出肯定的结论。其余遗址一、二期聚落的情况也当作如是观。

桑干河流域的马家小村遗址基本属于该期偏早的一个聚落遗址，东西长约 250、南北宽约 200 米。遗址东依白登山，西临桑干河支流御河，位于高出河床约 50 米的台地上。由于遭严重破坏，遗迹分布情况已无法弄清。共清理 4 座残破房址（F1～F4），皆为半地穴式，挖在生土内，可辨形状者都是圆角长方形。以 F3 保存稍好，进深 4.25、间宽 6 米，面积约 26 平方米。椭圆形灶面铺垫石块，与门道直接相通。穴壁和居住面抹草拌泥并烧烤成青灰色。中部右侧有一主柱洞，另一侧对应位置也当有柱洞。穴外台面上发现 3 个柱洞，原来可能更多（图一四一）。F1 基本和 F3 接近，但要大出 1 倍以上。灶周围有凸起的土棱，表面也铺垫石块。桑干河支流壶流河南岸的三关遗址主体属于该期聚落遗存，严格来说是偏早（一段）和偏晚（二段）两个聚落，只不过二者有连续性，故又可以理解为一个较长时段的聚落。发现房址 6 座，平面呈前大后小的五边形半地穴式，挖在生土内，面积一般 40 平方米左右。其中 F2 前壁总长 5.76 米，壁长 3.88 米，两侧壁长 3.8 米左右。室内发现柱洞 4 个，应为起主要

承重作用的主柱洞，复原起来大致应为"五角攒尖顶"。穴壁四周有一圈宽约 20 厘米的稍高于居住面的土台，也许专为放置家物而设。居住面右侧有一前后向的宽 30 厘米、深 24 厘米的小沟，将右侧一小部和室内大部隔开。由于有 2 个柱洞就分布在右侧这一小块地方上，就使此处可以放置家物而不适于睡卧。近门道处圆形坑灶和门道连为一体，壁面和居住面抹草拌泥后经火烧烤（图一四二）。另外，该聚落的灰坑多为方形直

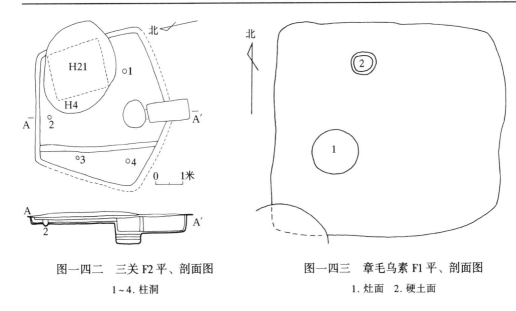

图一四二 三关 F2 平、剖面图　　　　图一四三 章毛乌素 F1 平、剖面图

1~4. 柱洞　　　　　　　　　　　1. 灶面　2. 硬土面

壁平底者。可以看出，桑干河流域该期聚落的这些房屋彼此之间，以及和内蒙古中南部房屋之间，都存在一定差别：如马家小村聚落房屋平面明显的横长方形，灶面铺垫石块，柱洞不甚对称规矩；三关聚落房屋平面呈五边形，穴壁周围留有土台，地面有小沟，柱洞不甚对称规矩，流行方形直壁灰坑等。当然其他主要方面都还是一致的。

汾河上游东西两岸的童子崖、西街、庙湾，汾河中游支流文峪河西岸的段家庄、峪道河、临水，以及黄河小支流三川河沿岸的杨家坪、吉家村、马茂庄等聚落，也都发现地面铺垫草拌泥并经火烧烤的半地穴房子，形状可辨者为圆角方或长方形。灰坑为圆形直壁或锅底状。晋中地区这些聚落的情况和鄂尔多斯黄河两岸及岱海地区大致类似。

另外，洋河沿岸的宋家房，无定河流域的上烂泥湾、高渠等遗址也都应当存在该期聚落，聚落位置的选择也和前述聚落没什么大的区别，但具体情况不明。较为特殊的是地处大青山东缘盆地区的章毛乌素遗址，所在地地势平坦，高出周围约 3 米，其东北缘有一干涸的古河床，对岸 3 公里处有一小山。该期房址 F1 的发现，说明此处存在该期聚落。F1 大体呈方形，长 4.3、宽 3 米，居住面垫以黑灰土。未发现墙壁痕迹，或许属于地面建筑。西南部有一圆形地面灶，烧烤成黑红色。北部偏西有一白色硬土面，可能为柱础。未发现门道。居住面出土夹砂罐、曲腹盆、钵等完整陶器和少量兽骨。这处聚落总体状况虽不甚明了，但聚落选择在平地，房屋可能为地面式等特征都已经很具地方特色（图一四三）。附近与其可能构成聚落群的还有风旋卜子、狼窝沟、朝天渠等聚落[17]。在狼窝沟第二地点发现的房屋也为地面式，有石板围砌的灶。

由于材料的限制，对桑干河、汾河和三川河沿岸二期聚落和一期聚落的具体关系还无从谈起，不过其总体特征大同小异。

以上我们谈到了岱海、鄂尔多斯黄河两岸、包头山前、大同盆地、壶流河两岸、洋河两岸、商都地区、汾河上中游、三川河两岸、无定河流域等至少 10 处左右的聚落小区，有些小区聚落相对成群分布。如官地、鲁家坡、后城嘴、庄窝坪等聚落彼此间相隔不过一二十公里，互相发生关系的可能性很大，但我们还无法确认这种关系的实际存在及其联系的具体方式。由于聚落面积多无法确定，布局多不甚清楚，也就无法确定聚落间是否存在等级之分。但仅从房屋、遗物等方面分析，还没有明显分化的迹象，这和王墓山坡下聚落内部所表现出来的平等的社会状况是吻合的。这些聚落小区（聚落群）之间也当有亲疏远近之别，形成彼此不同的关系。如岱海、鄂尔多斯黄河两岸、汾河上中游、三川河两岸的聚落形态彼此接近，它们之间的联系也当更多一些，形成北方地区当时的文化中心；处于边缘地带的包头、商都、大同、壶流河等地区的地方特点更为明显，当是与中心区域交流相对较少的缘故。这些相同点或不同点有的与陶器上反映的情况一致，有的则在陶器上未有充分反映。

该时期整个仰韶文化聚落的情况不如一期清楚。总体来看，这时期房屋基本仍为单间，平面多为方形[18]，圆形者也占一定比例，但北方地区基本未发现圆形者。房屋仍都有大小之分，但北方地区还尚未发现像泉户村 F201 那样超过 200 平方米的大房子[19]。与北方地区最具代表性的王墓山坡下 IF13 基本相同的房屋，当属北橄二期 F2。只是后者柱洞多为方形或长方形，显然是特意加工所为。庙底沟 F301 也与之类似，但灶坑不与门道直接相连，周壁柱洞稠密且有的为半壁柱，对台面的利用就大打折扣了[20]。关中、晋南、豫西地区的大部分方形房屋也都与其大同小异。至于郑州地区木骨泥墙的地面式建筑，与北方地区的区别就很大了。无论如何，大致平等、维护集体等社会基本状况还是彼此接近的，与一期也没有质的变化。但同时我们也应当注意到，当时黄河长江流域少数地区的社会已在发生较大的变化，已明确出现像河南灵宝北阳平那样达 100 万平方米左右的中心聚落[21]，和山东泰安大汶口早期墓地那样的存在贫富分化的高级别墓地[22]。地区性的发展不平衡已成为一个明显的问题。另外，准格尔坟堰发现的二次葬形式在关中最为流行[23]，也见于晋南等地[24]。其以石板为圹、头骨盛于钵内的现象，又让我们联想到东部沿海部分地区墓主头盖红陶钵的石棺墓的葬俗[25]。但二者为偶然巧合，还是确有联系，一时还难有定论。

以上的讨论没有包括白草塔、杏花村和红台坡上属于二期末段的部分遗迹单位。这些单位虽然以所出陶器特征归入二期，实际上却是和三期偏早的其他遗迹分别组成连续的聚落。鉴于其较为特殊，就放在仰韶三期部分讨论。

第三节　仰韶后期

一　仰韶三期聚落

明确属于该期的聚落大增，经发掘或试掘者就近 30 处。

聚落仍多位于河流干道两侧的山坡台地或湖周围的低山上。遗址文化面貌单纯的庙子沟、大坝沟、王墓山坡中、王墓山坡上、海生不浪等聚落的面积可以确定。经较全面揭露而能弄清基本布局的有王墓山坡上、庙子沟两处。

王墓山坡上聚落位于坡下聚落的东部偏北，二者相距约 380 米。海拔高度为1295～1310 米，接近山丘顶部。地势西高东低，坡度较大，水土流失而使部分遗迹遭到严重破坏，现存面积约 11000 平方米。聚落中发现的生产工具仍以石器为主，骨、角器次之，种类大致和石虎山及王墓山坡下聚落相近，显示了相似的经济模式和生产方式。最大的变化是细石器镞、刮削器和复合工具石刃骨柄刀等的较多出现，显示了狩猎经济的比重有所增加，或者至少是狩猎的传统模式有所变化。

该遗址文化性质单纯，遗迹均打破生土，可分两小段，所以可将其视为一个聚落的两个发展阶段。共发现房址 20 座、灰坑 29 座。其中明确属于早段的房址 4 座（F8、F11、F14、F19），灰坑 5 座（H8、H15、H16、H18、H19），均叠压于第 4 层下；从所出遗物特征还可以将第 3 层下叠压的 F16 和层位不清的 H26、H28、H29 也归入此段。明确属于晚段的房址 11 座（F1～F6、F10、F13、F15、F17、F18），灰坑 18 座（H1、H2、H5～H7、H9～H14、H17、H20～H25），均叠压于第 1、2 或第 3 层下；未清理完毕的房址 F9、F12、F20、F21 均叠压于第 2 层下，也当属于此段。H3、H4 和 H27 期属不明（图一四四、图一四

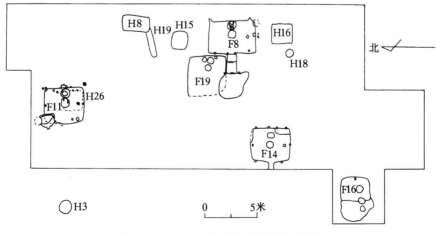

图一四四　王墓山坡上聚落早段遗迹的分布

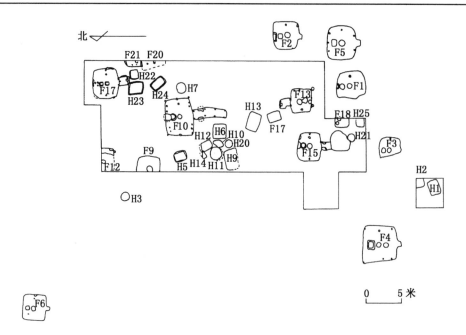

图一四五　王墓山坡上聚落晚段遗迹的分布

五）。发现的这些遗迹大约是聚落的主要部分。

　　早段房屋均向西，面朝坡下。由于 F8 打破 F19，所以二者不会同时使用。实际上可能同时的不过 4 座房屋。房屋多为横长方形半地穴式单间，直接挖在生土内。室内均有双灶，应当都属于居室。以 F8 为例，室内间宽约 4.22、进深 3.02 米；前低后高的台阶状门道长 1.61、宽 0.8 米；门前还存在一 5 平方米左右的活动面。居住面用灰白色黏土铺垫，穴壁抹一层白泥，后壁上部有一道凸棱。房址中部偏后有圆形直壁平底坑状主灶，表面抹草拌泥；紧靠后壁有大致圆形的坑状附灶，也在表面抹草拌泥，底部高低不平，东南侧有灶坎。横过主灶的房屋横轴线上有 5 个大柱洞，两端各 2，左侧多出一个，在最外侧柱洞的外侧还各有 2 个小柱洞，显然只起辅助作用。中间的 3 个主柱洞直立，周壁抹草拌泥，底铺石板或碎陶片；外侧的 2 个柱洞向外斜伸。这一排主柱子极可能共同承托一个横梁，以托起房屋顶盖。房屋前壁有 4 个、后壁有 3 个附壁柱或明柱，门道前端两侧各有一个柱洞。复原起来应当是中有横梁的前后两面坡式建筑，在门道上部还搭出门篷。至于左侧为什么要多出一个柱子，是此处房顶结构有异，还是仅仅为了室内空间分割上的需要，还不能确知。室内东南角有一圆形袋状窖穴。附灶北侧的居住面上放置一敛口瓮，东北角有一夹砂罐。总体来看，炊事、就餐应在居住面中、后部，后部、角落和左侧可能为储藏之处，该房可能已无台面可以利用。房屋右侧比较干净开阔，可以供 3～4 人睡卧（图一四六）。其他几座房屋的情况与此类同，只是面积稍小（约 10 平方米）。值得注意的是，由于 F11 的居住面叠压 H26，为使居住面坚实，曾用棒状工具层层夯实。在 F8

周围有 4 个方形或长方形灰坑，一个圆形灰坑，多数应为窖穴。在其他房屋周围尚无灰坑发现。如果这种情况不是出于发现的偶然性所致，我们或者可以认为这几座房屋所代表的家庭合在一起才有完整的消费和生产功能。如果每个房屋代表一个 3~4 人的核心家庭，合在一起就是一个 10 多人的完整的家庭了。他们的财物集中放在 F8 附近，显示了稍大而规整的 F8 在家庭中的特殊地位，或许它是家长或老人的居所。

　　晚段房屋除 F13 外，均南向。F13 南壁已抵基岩，无法南向开门，故将门设在北侧且折而向西，说明门向的统一是被大家看重的事情。相对居中且较大的 F10 周围有较多长方形或圆形窖穴，与其他房屋的间距也稍大；F13、F15、F17 的前方也有窖穴。此外遗迹的排列并无明显规律。房屋的形状、构造与早段虽无明显区别，但还

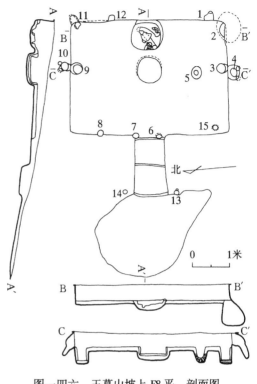

图一四六　王墓山坡上 F8 平、剖面图
1、3~15. 柱洞　2. 窖穴

是可以细分为两类：第一类以较大而规整的 F10 为代表，包括 F15、F17 等，属进深较浅、有横梁而可能前后两面坡式者。F10 间宽 4.95、进深 3.88 米，横轴线上的 3 个主柱也当为架设横梁之用。门道残长 4.8 米，两侧有对称的 4 对柱洞，说明当时有超过主室进深的搭顶的长门廊。在附灶与后壁之间有一圆形袋状大窖穴，门道两侧各一个对称的袋状小窖穴，其中一个底部放置夹砂罐 1 件。在多出一个柱子的房屋左侧居住面上有小口双耳罐、敛口瓮和夹砂绳纹罐等器物，证明这个位置多半是不住人的。门廊中部也放有夹砂罐。其基本结构和早段的 F8 很相似。长而略弯的门廊不但因可储物而使室内可利用空间相对变大，而且平增一种神秘之感（图一四七）。第二类以另一座较大的房屋 F4 为代表，包括 F1、F2、F5、F6、F13 等，属进深较大、无横梁而可能为四角攒尖顶者。F4 间宽 4.1~5.25、进深 4.75 米。左右两侧有大致对称的两列共 6 个柱洞。附灶后有一周围带坎的长方形台子，应当是放置与炊事有关的东西之用，属于灶的有机组成部分（图一四八）。这些房屋中，由于 F10 较大且周围有较多灰坑，所以有可能与周围的几座房屋共同组成一个家庭；F4、F5 分别有可能是其周围另外几座房屋的核心。目前还无法判断出哪一座属于整个聚落的核心建筑，或者存在这样的核心建筑与否。另外，也不能排除第一、二类房屋稍有早、晚之别的可能性。

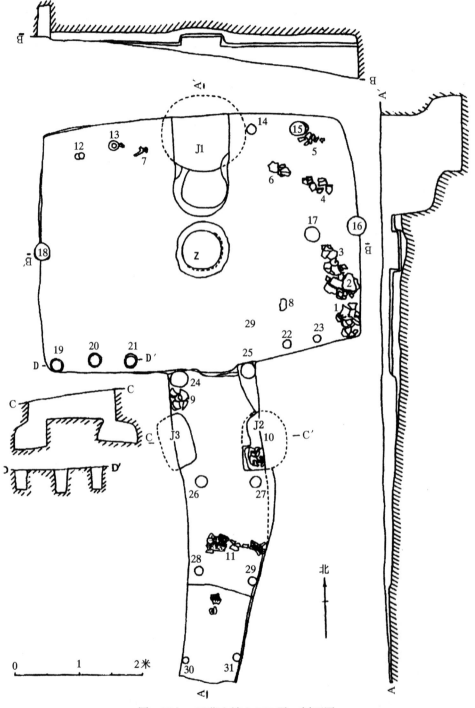

图一四七　王墓山坡上 F10 平、剖面图

Z. 灶　J1～J3. 窖穴　1、3. 陶小口双耳鼓腹罐　2. 陶敛口瓮　4、10、11. 陶夹砂罐　5、6. 陶片　7. 鹿角　8.

石块　9. 陶钵　12～31. 柱洞

该聚落房屋在大小、功能上均没有明显区别，反映的应当是一个平等的社会场景，看不出明显的贫富分化。早段的 F8 和晚段的 F10、F4、F5 等很可能是家庭的核心，每个家庭由几个核心家庭组成，并经血缘关系联系在一起。每个核心家庭是一个相对独立的生活和生产单位，但大部分的财产应为全家庭所有。如果每处居所居住的是一个 3~4 人规模的核心家庭，则全家应有 10 多人。其中早段聚落也就是一个家庭，晚段聚落有 2~3 个家庭或者更多。全聚落早、晚段房屋门向各自较严格的一致性则是重视全聚落的共同习俗和集体利益的表现。

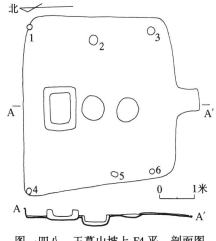

图一四八　王墓山坡上 F4 平、剖面图
1~6. 柱洞

王墓山坡上聚落和坡下聚落有着实质上的区别：前者家庭或者大家庭这一级社会组织在社会中凸现出来并开始起主要作用，而后者没有这一特点。联系中国后代的情况来说，这样的社会应当是父系社会。至于全聚落的共同习俗和集体利益，当然并没有因家庭地位的突出而变得无足轻重，只是有所削弱而已。具体到王墓山坡上聚落和坡下聚落房屋建筑方面，二者也有一定的一致性：均为方形或长方形的半地穴式，主要以木柱承托屋顶等，这仍然主要是因为二者处于大体同一个社会发展阶段、同一个文化圈、同样的地理单元中的缘故。从房屋的构建、居住面的加工、台面的有无、室内空间结构的安排等方面来说，二者并没有直接的继承性：坡下聚落房屋一般为四角攒尖顶，室内壁抹草拌泥并经烧烤，有台面可以利用，室内近门道处有单灶，房屋两侧都可供睡卧。坡上聚落房屋多为前后两面坡式，室内壁抹白泥，地面铺垫灰白泥土，无台面可以利用，室内偏后有双灶，主要的睡卧之处在房屋右侧。单从室内抹白泥、周围无台面、睡卧处偏于右侧等方面来看，王墓山坡上聚落和石虎山聚落倒是有些相近之处，二者还都流行方形或长方形窖穴。

在王墓山坡下和坡上聚落之间的坡中聚落，海拔高度为 1287~1293 米。聚落西、北面见环壕，南面被通向步量河的冲沟破坏，东南面因水土流失而迹象不清。环壕应基本围成一个长圆形，现存总长约 200 米，现存面积约 3750 平方米。估计环壕内原面积也不会超过 5000 平方米，还不足坡上聚落的一半。环壕口部宽约 0.6~1.1、深 0.6~1.5 米。如果不加上栅栏一类的设施，即使算上水土流失的部分，大概也不能起到防御野兽和抵御外敌的作用。仅在其北部清理 2 座房址，均为纵长方形半地穴式，居住面垫白灰土，墙壁抹灰白色草拌泥。其中 F2 中部近前有一圆形坑灶，底垫石块，壁抹草拌泥（图一四九）。F1 中、后部各有一圆形坑灶，虽然二者相距稍远且后灶并不居中，但

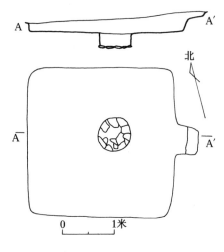

图一四九　王墓山坡中 F2 平、剖面图

与坡上聚落的房屋已很接近。

王墓山坡中和坡上聚落同在一坡，使人联想到二者可能为同一个人们共同体不同时期所有。但就现有陶器和房屋方面的资料，还不能将二者很好地衔接起来。

岱海地区最早的海生不浪类型的聚落，是仰韶二期末段的红台坡上聚落。该聚落位于岱海东北岸的黄沙土坡上，接近所在山丘顶部。面积约 4000 平方米，清理出 5 座房址和 2 条灰沟。基本为纵长方形半地穴式，居住面垫白灰土，墙壁抹灰白色草拌泥，单灶圆形。其中 F5（F4 也属此类）和王墓山坡中 F2 基本相同，进深略大于间宽，形制规整。居住面前部见石磨棒、石斧和石刀，后部角落见石磨盘，表明这些地方可能为临时作家务的地方；灶后方放置一作为炊器的筒形罐（图一五○）。F3（F1、F2 也属此类）较为特殊，进深明显大于间宽，前宽后窄，残进深 4.65、最宽 3.26 米，可能代表该类型最早的一种房屋形制（图一五一）。

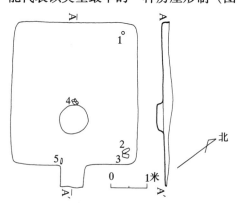

图一五○　红台坡上 F5 平、剖面图

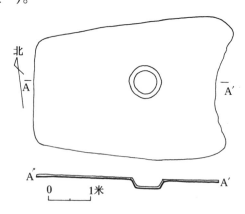

图一五一　红台坡上 F3 平、剖面图

1. 石磨盘　2. 石斧　3. 石刀　4. 陶筒形罐　5. 石磨棒

岱海南岸处于王墓山坡中聚落和红台坡上聚落之间的东滩遗址，大致存在相当于王墓山坡上时期或稍早的聚落，发现的 6 座房屋的基本情况也与之基本相同。其中 F4（F2 也属此类）和王墓山坡中 F2 基本相同，进深略大于间宽，进深 4.3、间宽 3.65 米。单灶，居住面右侧有红烧土面（图一五二）。F6（F3、F5 也大致属此类）和王墓山坡上 F8 基本相同，进深小于间宽，进深 3.5、间宽 4.8 米。双灶，后灶与后壁一圆形袋状大窖穴相连（图一五三）。

岱海东南岸的红台坡上、东滩等处属海生不浪类型的聚落，和附近的大坡、黄土坡、五龙山、平顶山等其他同时期聚落，构成一个相对独立的聚落群。从逻辑上推测，它们中真正同时的各聚落之间应当存在密切的关系，甚至有可能组成一级高于聚落的社会组织；南岸的王墓山（坡中、坡上）和狐子山及其他同时聚落可能组成另一个聚落群。

岱海以东的黄旗海南岸丘陵坡地上，也存在由庙子沟和大坝沟等至少 5 处聚落组成的聚落群。其中对庙子沟聚落曾经大规模揭露，对其布局有较全面的了解，可惜现在还只有简报可资利用。该聚落位于黄旗海盆地以南的低山坡上，平均海拔在 1370 米以上，北距黄旗海约 6 公里。聚落东侧有深沟即庙子沟，流水向北汇入黄旗海。聚落所在山坡坡度较缓，南半部遗迹保存较好，北半部水土流失而无遗迹可寻。聚落面积 30000 平方米以上，揭露面积达 10500 平方米，发现房址 51 座，灰坑、窖穴 132 座，墓葬 43 座。房址均为半地穴式，多呈圆角长方形，东西进深 2.8 ~ 3.8、南北间宽 3.2 ~ 4.8 米。一般面东背西，面朝坡下，南北成排。室内居住面周缘一般有 5 ~ 9 个柱洞，北部正中柱洞较大，底部常垫以碎陶片和石子。居住面和穴壁抹黄白色草拌泥，未经烧烤。坑灶位于中部近门道处，圆或圆角方形，直径约 60 ~ 70 厘米，深近 20 厘米，灶底烧结面下铺垫石板或石块。门道分斜坡式和台阶式两种。室内角落一般有窖穴，储放生活用具和生产工具，有的窖穴内葬有人骨。在窖穴内及周围居住面，常见未成年儿童尸骨。以 F8 为例，进深 2.95、间宽 3.95 米。室内周缘有 8 个柱洞，上半部均抹草拌泥，复原起来应当是四角攒尖顶。圆形灶坑位于中部近门道处，略偏左，内葬 2 具 2 ~ 4 岁幼童尸骨，人骨南侧有双耳罐 1 件。灶坑底部烧结面下垫一层石块（图一五四）。室内西北角有一圆形袋状窖穴（编号 M15），底部葬 20 岁左右的女性人骨 1 具，侧身屈肢，腕部戴一陶环，随葬倒扣的敛口钵 2 件，石斧 1 件（图一五五）。居住面后部偏右有陶小口双耳罐 4 件以及陶器盖、石镑、砺石、石纺轮等，当为储放家物和做家务的地方；前部灶坑两侧空地可供睡卧。该聚落灰坑多为长方形，少数为圆形、椭圆形和圆角方形。长方形和椭圆形者多位于房屋周围，一般口部略大于底部，直壁平底，常

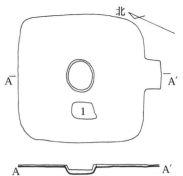

图一五二　东滩 F4 平、剖面图
1. 烧土

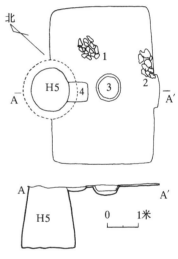

图一五三　东滩 F6 平、剖面图
1、2. 陶片　3、4. 灶

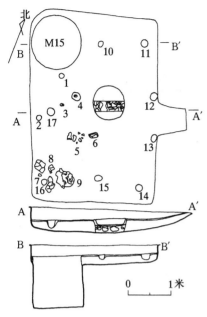

图一五四　庙子沟 F8 平、剖面图

1. 陶鼓腹罐　2、5、9. 陶小口双耳罐　3. 石纺轮　4. 陶器盖　6. 砺石　7. 石锛　8. 彩陶小口双耳罐　10～17. 柱洞

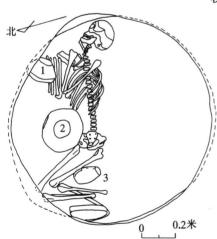

图一五五　庙子沟 F8 内 M15 平面图

1. 陶敛口折腹钵　2. 陶敛口鼓腹钵　3. 石斧

内置成组陶器；圆形和圆角方形者多在室内四角，多呈袋状。这两类灰坑基本上都是窖穴。以 H91 为例，略为长方形，坑口长 2.6、宽 2.3、深 1.3 米。在坑底南部和西部有小口双耳罐等陶器 8 件，石刀 1 件（图一五六）。室外有宽短的长方形竖穴土坑墓，但与灰坑、窖穴混杂在一起，见单人葬、双人或多人合葬等多种形式。人骨多侧身屈肢，有的卷屈很甚，头向不定。随葬品最多者也就 10 余件。以 M4 为例，长 2.42、宽 1.9、深 1 米。内葬 3 人，其中 1 个为幼儿，2 个分别为青年男女，屈肢很甚，头向相反。随葬小口双耳罐等陶器 6 件，骨槽形锥状器 3 件，骨匕和小石杯各 1 件（图一五七）。

大坝沟遗址和庙子沟遗址相距仅 8 公里。东侧临深沟，面积 26000 平方米，清理出房址 11 座，灰坑、窖穴 27 座，灰沟 1 条。从陶器来看，年代跨度较庙子沟遗址大，至少应当分为以 F9 为代表的早期和以 F1 为代表的晚期两个可能互相衔接的聚落。F1 与庙子沟 F8 同样间宽大于进深，而 F9 则进深大于间宽，F1 打破 F9。大坝沟遗址已发现的房屋一般和 F9 接近，这类房屋还常在墙角设壁灶，居住面和穴壁以料姜石羼胶泥涂抹压光，不用草拌泥。可见已发现部分主要属早期聚落。

大坝沟早期聚落和庙子沟聚落分别和王墓山坡中、坡上聚落时代相当，特征相近，但规模却大得多，整个聚落的人口自然也更多。但从房屋大小、遗物特征等来看，其社会状况和王墓山坡上等聚落并无本质区别：单屋居住的一般还应是核心家庭，几所互相关联的房屋内的成员构成父系大家庭，此外整个聚落应当代表更高一级的社会组织。

关于庙子沟聚落的废弃原因，也是一个引人注意的问题。从很多房屋内大量器物未来得及搬走，以及房内窖穴中埋葬死者的情况看，聚落的废弃显然不是出于迁移等正常

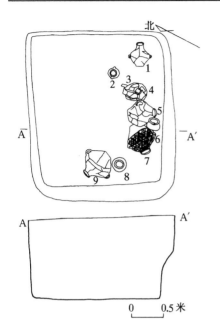

图一五六 庙子沟 H91 平、剖面图

1、4、5、9. 陶小口双耳罐 2. 陶大口双耳罐 3. 石刀 6. 彩陶鼓腹罐 7. 彩陶小口双耳罐 8. 陶鼓腹罐

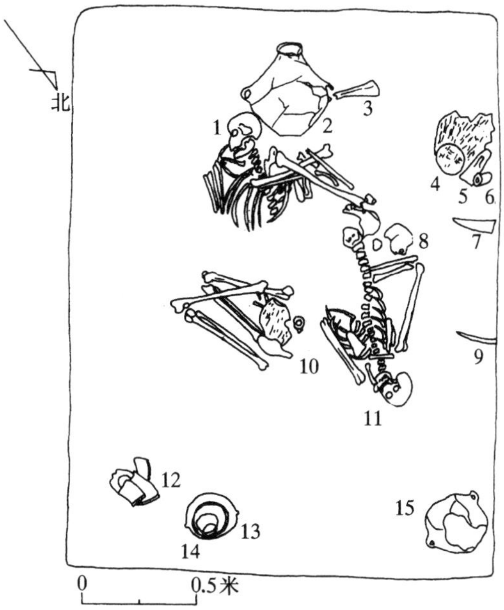

图一五七 庙子沟 M4 平面图

1、8、11. 人骨架 2、15. 陶小口双耳罐 3、5、7. 骨槽形锥状器 4、10、14. 陶折腹罐 6. 石杯 9. 骨匕 12. 陶敛口鼓腹罐 13. 陶大口双耳罐

原因。由于有些窖穴中的人骨摆放整齐且有随葬品，说明这个过程虽然不长，但也不是突然性的。水灾、火灾、地震等可能性因为缺乏相应的证据而应当排除在外。原始战争的可能性也较小，没有在聚落内、外发生战斗的迹象。剩下的最大的可能就是瘟疫了[26]：M15 中的 3 个个体可能属一对年轻夫妇及其子女，他们同时致死的原因最有可能是瘟疫。这样整家同时被埋葬的例子还有一些。当然要使这种解释成为确证，还需要更多的资料。不过屈肢葬和较宽短的墓穴等，实际上是当时流行的一种葬俗，并非是因为在窖穴中匆忙埋葬所致。

准格尔地区南流黄河西岸同时的白草塔、南壕、周家壕、寨子上、鲁家坡、二里半、张家圪旦、崔二圪嘴、柴敖包等遗址，也都应当存在该期聚落。除白草塔、周家壕外，其余聚落的面积大小、布局结构等总体情况不能详知。它们彼此间相隔甚近，构成又一个聚落群。这些聚落的位置和该地区仰韶前期聚落相同，有的就属于同一遗址。其中以白草塔该期聚落的情况较为清楚。

白草塔遗址位于一面向东南的阶状坡地上，三面为断崖绝壁，东侧高出黄河河谷 40~60 米，仅西侧制高点与山梁相连，位置颇为险要。因水土流失，遗址已遭严重破坏，以年代最早的仰韶三期聚落保存稍好。该聚落面积在 30000 平方米以上，共发现房

址 25 座，灰坑 26 座，窑址 2 座。这些遗迹均分布在第三、四级阶地上，尤以第四阶地
最为密集（图一五八）。

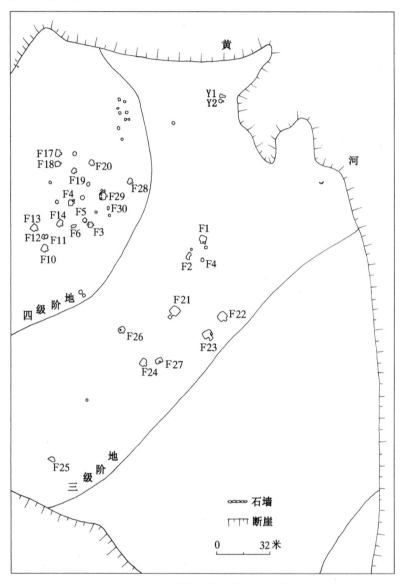

图一五八　白草塔一期聚落遗迹的分布

　　该聚落除偏早阶段的 F1、F21 等背对黄河面朝西南方外，其余房屋均大致朝向东南
坡下，属半地穴式。多数房址大致方形，少数进深小于间宽，面积一般在 10～25 平方
米之间。柱洞位于室内四周，一般后壁两个较大，近门道两侧各一。在左侧居住面上，
常见一规整的圆形小坑，底部垫陶片或石子。发掘者称其为地臼，但也不排除为柱洞的
可能性。流行双灶：圆形坑灶居前，一般在房屋中央；方形地面式灶靠后，有的周围设

坎或围石板。居住面除 F25～F27 外，均用白黏土铺垫，未经烧烤。门道有水平式、台阶式、斜坡式、带长方形门斗式等几种，喜欢在门道铺垫石板。偏早阶段的 F21 间宽略大于进深，进深 4.78、间宽 5.2～5.64 米。门道带长方形门斗，和居住面一样铺垫白黏土，上置石块（图一五九）。偏晚的 F13 为方形，进深 4.66、间宽 4.64 米。后壁一对柱洞较大，前壁、两侧壁柱洞较小。如果后壁粗柱洞是为了支撑更大的重量，该房就极可能为后高前低的一面坡式。短门道处垫有石板（图一六○）。F28 也基本呈方形，进深3.16、间宽 3.4 米。后部的方形地面灶三面以石板、右侧以土坎围砌。前、后壁各有两个柱洞，左侧有一"地臼"。台阶式门道上铺以石板（图一六一）。在房屋周围有圆形或长方形直壁平底坑。此外，在聚落东北悬崖边并列陶窑 2 座，为横穴式，上部已被破坏。窑室平面呈椭圆形。其中 Y2 窑室长径 1.3、短径 1.2 米（图一六二）。

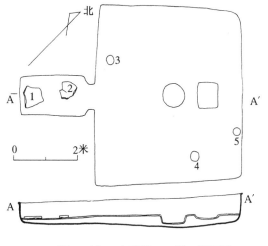

图一五九　白草塔 F21 平、剖面图

1、2. 石板　3～5. 柱洞

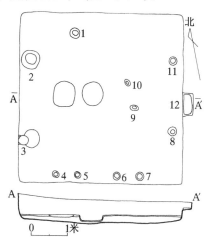

图一六○　白草塔 F13 平、剖面图

1～11. 柱洞　12. 石板

　　白草塔一期聚落和王墓山坡上乃至庙子沟聚落的情况基本相同。它们的房屋均为半地穴式，主要有横长方形和方形两种，面积中等，无台面可以利用，居住面和穴壁抹白黏土而不加烧烤，流行双灶。白草塔一期房屋左侧有"地臼"，王墓山坡上房屋左侧多出一个柱洞，这都对在此处睡卧构成了限制，大约主要的睡卧之处在右侧。所以白草塔一期聚落虽然房屋居住面遗物的分布情况不明，但其对室内空间的利用情况也当与王墓山坡上聚落大体相同，这样每座房屋也就应该代表一个核心家庭。白草塔一期聚落也见几座房屋紧挨在一起，周围有窖穴分布，大概同样代表一个完整的家庭。分布在两个阶地上的房屋各自大体成区，或许表示大家庭一类社会组织的存在，而整个聚落无疑代表着更高一级的社会组织。聚落北部有一群灰坑和 2 座窑址，原来也许更多，不像是属于某几座房屋所有，而更可能为整个聚落所有。如果这样，全聚落就不但有着共

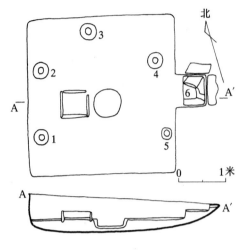

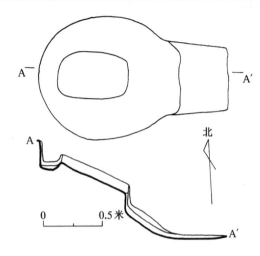

图一六一　白草塔 F28 平、剖面图

1、2、4、5. 柱洞　3. 地臼　6. 石板

图一六二　白草塔 Y2 平、剖面图

同的习俗和抵御外敌等一般性的共同利益，而且还可能有一定的公有财产，或者共同的劳动场所。当然，白草塔一期聚落也有一些自身的特点，如流行一面坡式的房屋架盖，后灶多为方形地面式，门道地面多明显低于室外地面并铺垫石板，室内窖穴较少见等。

周家壕聚落也是三面临沟，北依山梁，地势险要，面积约为 10000 平方米。清理的 7 座房址以横长方形者为主，也有圆形者，与白草塔不同的是其后灶多为圆形坑灶，门道也向外逐渐过渡，少见铺垫石板的做法，反而与岱海地区的特点近似。这也进一步反映出白草塔一期聚落的一些做法只是其自身特点，并不能完全代表附近其他聚落的情况。我们应当特别重视各聚落的独特个性。它可能反映出以血缘凝聚在一起的聚落内部

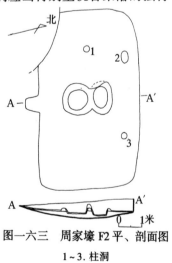

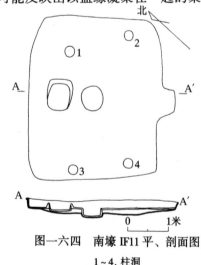

图一六三　周家壕 F2 平、剖面图

1～3. 柱洞

图一六四　南壕 IF11 平、剖面图

1～4. 柱洞

本身是非常稳固和团结的，虽然这时家庭的地位正日益突出；而聚落群中的邻近各聚落之间的关系，就要更加富于变化。虽然白草塔一期聚落比周家壕聚落大出不少，但没有任何证据表明它们之间有从属关系。相反，在白草塔一期聚落还未见像周家壕 F2 这样近 30 平方米的较大的房子（图一六三）。

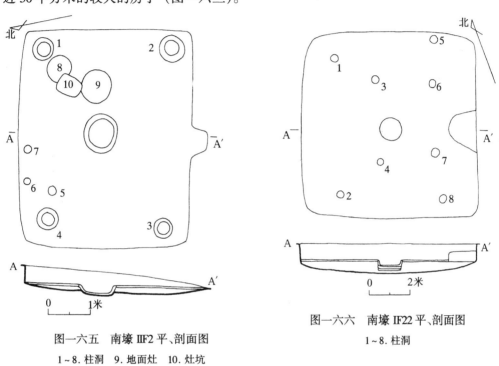

图一六五　南壕 IIF2 平、剖面图
1~8. 柱洞　9. 地面灶　10. 灶坑

图一六六　南壕 IF22 平、剖面图
1~8. 柱洞

另外，准格尔地区聚落群中寨子上该期房屋 F1 后灶也为方形地面式，鲁家坡该期房屋 F8 则为圆形。南壕属该期的 IF11 后灶基本为方形地面灶，有灶坑，门道明显低于外面（图一六四）；IIF2 的附灶在主灶左侧，且不只一个，门道逐渐伸向外面（图一六五）；偏早的 IF22 则在室内以土垫出台阶以供出入（图一六六）。这 3 座房屋均可能为四角攒尖顶。南壕的 1 座残陶窑（IY1）前部有略呈方形的工作间，柱洞的发现表明当时上有顶盖（图一六七）。

包头以东大青山南麓东流黄河北岸的阿善、西园、海生不浪、碱池、章盖营子、白泥窑子、台子梁等遗址也存在该期聚落，并构成一两个聚落群。其中以海生不浪该期聚落的情况较为清楚。

海生不浪遗址位于河岸平缓的三级阶地上，与河床高差约 50 米，两侧为沟谷，面积 50000 多平方米，主要为仰韶三期堆积。共发现房址 8 座，灰坑 32 座，窑址 1 座。从房址比较集中的第二发掘区的情况看，房屋门向朝东南或东方坡下，周围有长方形或圆形窖穴，1 座陶窑（Y1）也在此房址区。房屋除 F10 为半地穴式外，其余均为地面式，

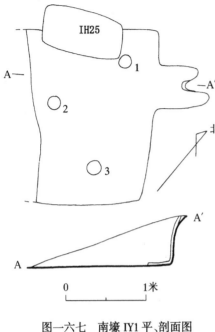

图一六七　南壕 IY1 平、剖面图
1~3. 柱洞

即在坡地上挖出平整的房面后，再在后部和两侧筑出土墙；或不筑土墙而直接在平地上建房。房屋均为圆角长方形，面宽大于进深，居住面以白黏土铺垫；房屋中、后部设双灶，前为圆形坑灶，后为方形或圆形地面坎灶，灶后一般有一窖穴。F10 间宽 3.6、进深 3 米，横轴线上有 3 个大柱洞，左 2 右 1，壁抹白泥，底垫陶片；后壁有一排小柱洞。复原起来应当是前后两面坡式。门道外还有活动面（图一六八）。F6 间宽 5、进深 3.65 米。柱洞较凌乱，大约是因为主要以土墙承重，柱子只起辅助作用。复原起来仍可能为前后两面坡式（图一六九）。该聚落房屋和王墓山坡上聚落该聚落房屋主灶为方形是其个性的表现。

房屋明显更接近一些，但地面式的结构却富于自身特色。聚落形态所反映的社会状况应和后者没多大的区别。

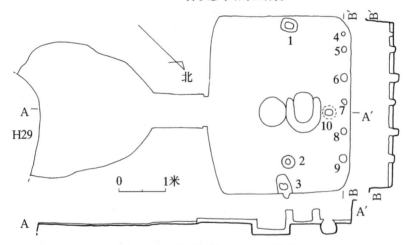

图一六八　海生不浪 F10 平、剖面图
1~9. 柱洞　10. 地穴

与海生不浪聚落不同的是，阿善、西园、白泥窑子该期房屋基本为半地穴式，居住面多经烧烤。后一点即使在整个海生不浪类型中也是突出的。其他方面和海生不浪以及准格尔地区房屋都大同小异。

准格尔聚落群以西的伊金霍洛旗境内，也存在该期的聚落和聚落群。其中分布着该期聚落的朱开沟 Ⅶ 区就位于沟谷纵横的沟掌山梁上，与朱开沟河床高差约 200 米，两

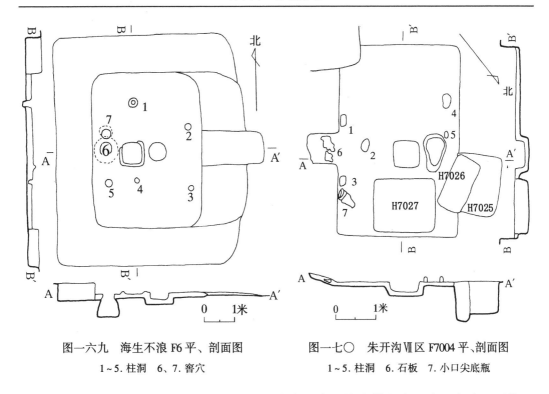

图一六九 海生不浪 F6 平、剖面图
1~5. 柱洞 6、7. 窖穴

图一七〇 朱开沟Ⅶ区 F7004 平、剖面图
1~5. 柱洞 6. 石板 7. 小口尖底瓶

侧为深谷，塌陷破坏严重。面积约 30000 平方米。房屋均为横长方形半地穴式，居住面铺垫白黏土，经烧烤，方形坑灶居中，后有地面灶，门向东南坡下。灰坑为长方形和圆形。以 F7004 为例，进深 3.15、间宽 4.85 米，门道左右、前部正中、后壁都有柱洞，门道处铺石板（图一七〇）。在包头以东和鄂尔多斯地区的仰韶二、三期聚落间，也存在与岱海地区类似的较大差异，表明社会形态发生了同样的变革，文化传统也有较大的改变。包头以东和伊金霍洛旗地区居住面多经烧烤的现象，表明其保留了更多的传统因素。

商都地区章毛乌素、风旋卜子、棒槌梁等聚落在同一地区左右摇摆而形成不同地点，规模多只千米左右，大概只是季节性或临时性的居址[27]。

滹沱河北岸的阳白，汾河上游东岸的义井、白燕，汾河中游支流文峪河西岸的杏花村、任家堡、临水，三川河沿岸的马茂庄，以及屈产河北岸的岔沟等遗址，也都应当存在该期聚落，但大部分都尚无房屋方面的资料。属于该期晚段的白燕一期一段的房屋，有椭圆形和圆角方形两种。其中 F501 为椭圆形，长径 3.4、短径 2.9 米，墙壁向内倾斜，无柱洞发现，应当是窑洞式建筑。墙壁抹草拌泥并经烧烤，居住面在草拌泥上抹白灰，平整光滑。近中部有椭圆形坑灶（图一七一）。阳白 F202 平面呈不规则形，南北 3.16、东西 4.12 米，有两层台阶通向外面。地面及墙壁经火烧烤，南侧有坎状灶。该房当为十分简陋的窑洞式建筑（图一七二）。岔沟 F16 平面不清，中有圆形灶，墙壁内

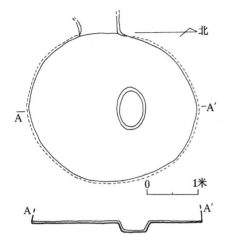

图一七一　白燕 F501 平、剖面图

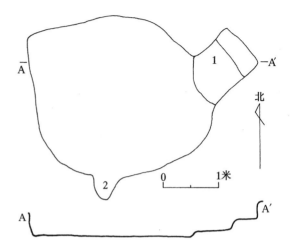

图一七二　阳白 F202 平、剖面图
1. 门道　2. 灶坑

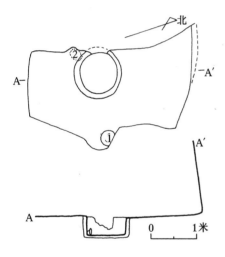

图一七三　岔沟 F16 平、剖面图
1. 柱洞　2. 陶罐

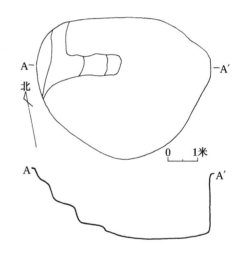

图一七四　白燕 H99 平、剖面图

斜，明显属于窑洞式（图一七三）。灰坑多为圆形和椭圆形，直壁、锅底状或袋状。有的设有台阶，显然属于窖穴，如白燕 H99（图一七四）。晋中地区已发现的少数房屋均为简陋的窑洞式，和鄂尔多斯黄河两岸及岱海地区的房屋情况差别很大，也基本不见后者流行的长方形窖穴。与该地区仰韶二期房屋也存在很大区别。该地区白灰（石灰）的使用，是建筑技术提高的标志之一。

此外，在无定河沿岸也存在该期聚落群。

以上岱海南岸、黄旗海南岸、准格尔东部、大青山山前、汾河上中游、无定河流域等聚落群，可能代表当时实际存在的高一级的人们集团。如白草塔、南壕、周家壕、寨子上、鲁家坡、二里半等该期聚落彼此间相隔不过一二十公里，互相发生关系的可能性很大，但我们还是无法确认这种关系的实际存在及其联系的具体方式，也无法确定聚落间是否存在等级之分。但仅从房屋、遗物等方面分析，还没有明显分化的迹象，这和王墓山坡上聚落内部所表现出来的平等的社会状况是吻合的。只是这时候家庭地位的突出才显现出一种新的气象。这些聚落群之间同样也当有亲疏远近之别，形成彼此不同的关系。如内蒙古中南部聚落形态彼此接近，晋中的房屋也明显比较一致，说明它们各自之间的联系也当更多一些，形成北方地区之下的至少两个亚中心。

仰韶三期时各地聚落及其房屋建筑等的区域性特征大为增强，除那些和北方地区可能有直接关系者，自然无需逐一比较。前文曾将北方地区房屋建筑主要分为两大区：在内蒙古中南部以横长方形带双灶的半地穴式者为主，室内抹白泥而不加烧烤；在晋中以近圆形单灶的窑洞式者为主，室内抹草拌泥且多经烧烤。后者的简陋窑洞式建筑在中国年代最早，与当地仰韶二期的长方形半地穴式房屋区别甚大，目前只能理解为本地的创造。而前者的双灶房屋就要复杂一些。

内蒙古中南部海生不浪类型的房屋可以明显分为前后 2 段，大体分别和陶器所代表的早段与中、晚段吻合：在东部岱海地区，早段为以王墓山坡中 F2 为代表的纵长方形单灶式，中、晚段主要为以王墓山坡上 F8 为代表的横长方形双灶式；在西部鄂尔多斯黄河两岸地区，早段既有以周家壕 F3 为代表的纵长方形单灶式，又有以白草塔 F21 代表的长方形双灶式，中、晚段多为横长方形双灶式。由于纵长方形单灶式房屋和当地仰韶二期房屋形制接近，所以出现在早段是容易理解的，而西部地区长方形双灶式房屋的出现就要突兀得多，而且一开始并未在西部区普及。如果把眼光放远，会发现在甘肃东乡林家遗址差不多同时的石岭下类型聚落中，流行双灶式房屋，近方形且带门斗（图一七五）[28]。这两地的双灶且带门斗的房屋应当存在传播关系，而不会是独立发生。又因为在内蒙古中南部西部区像白草塔 F21 那样双灶且带门斗者只是少数，所以只能是自西向东而不是相反。可以作为重要附证的是，在白草塔 F21 房基面上出有 1 件饰 4 组大圆形图案的彩陶盆，明显为受石岭下类型影响，而在石岭下类型中还没有发现明确来自海生不浪类型的因素。

现在可以这样推测，在仰韶三期之初，就有来自西南部地区的人在鄂尔多斯地区定居，他们带来了双灶门斗式房屋等新鲜的文化因素，而当地人多还保持自己的传统，这或许就是早段各聚落间互相歧异较大的原因。但林家的房屋为方形，后灶圆形且很小，这与白草塔 F21 略为横长方形，后灶方形较大的情况有别。二者房基面出土陶器从总体上更完全是两套。这种情况的形成至少有两种可能性：一是来自西南部的人数不多，已与当地人融合，房屋已有较大程度的本地化，陶器更基本为使用当地传统者；二是这种传播并非直接来自遥远的甘肃西部，而是属石岭下类型的偏东的区域，该地的房屋比林

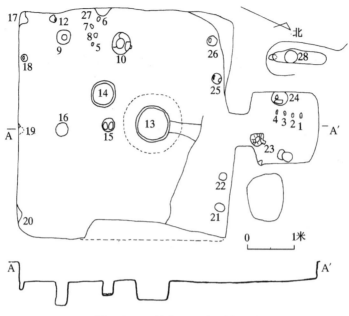

图一七五　林家 F19 平、剖面图

1、3、4. 石刀　2、6、7. 石器　5. 石纺轮　8. 砺石　9、28. 夹砂粗陶罐　10.
带流彩陶盆　11. 彩陶壶　12. 夹砂陶片　13、14. 灶坑　15、16、18、19、21～
26. 柱洞　17、20、27. 柱础

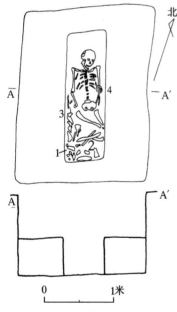

图一七六　姜家梁 M8 平、剖面图

1. 陶盆　2. 陶豆　3. 陶钵　4. 石环

家的房屋更接近白草塔 F21。即使是融合，也存在在一个聚落内和平共处，还是在一个聚落群中不同聚落间居住等不同情形。如果是前一种情形，聚落群内聚落间就可能比较融洽，甚至有某种程度的联合，而从当时开始的聚落选择险峻地势等加强防卫的措施，就可能是针对其他的聚落群；如果是后一种情形，聚落间就难免会有较大的利害冲突，加强防卫就更可能是针对自己的邻居。由于材料的缺乏，我们无法对这些假说作出肯定的回答。到了仰韶三期中段，这种横长方形双灶的结构得以延续并流行起来，甚至一直影响到岱海－黄旗海地区，但在包头以东等地也还有不少或方形或单灶者，至于门斗则没有延续下来。

岱海地区岫玉璧和岫玉料的发现，表明有红山文化的工匠携带玉料来到岱海地区；其余大量红山文化－雪山一期文化因素的进入，也应当伴随着东部地区人群的西移。至于这些东北人与当地居民以何种形式共同组成一个社会，还是值得以后深入探讨的问题。

最后还要讨论一下桑干河流域的聚落形态。在桑干河南岸的蔚县三关应存在该期聚落，北岸有姜家梁墓地，但与其对应的聚落遗址尚未发现。姜家梁墓地是北方地区难得一见的专门墓地，分为3个区，其中I区的主体部分已被揭露出来，四至基本到边。I区共发现墓葬77座，相互间没有打破关系，器物形态无明显变化，应大体属于同一时期。墓葬有大体一致的葬俗，如头向均为北略偏西，总体上大致分为若干排；多为较宽短的土坑竖穴墓，流行木棺和"熟土二层台"（如M8，图一七六）；墓主人均仰身屈肢，多属单人一次葬；一般在墓主人足端置随葬品，臂戴石环，女性随葬纺轮等。墓葬的排

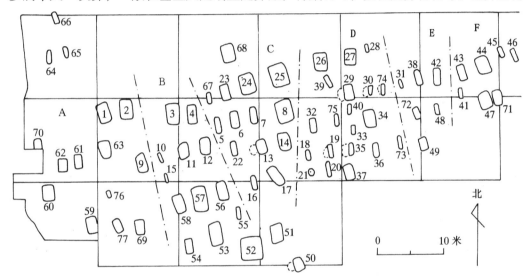

图一七七　姜家梁晚期墓地墓葬的分布

列明显存在一定秩序，按照其在空间上的集结状况，可以分为A、B、C、D、E、F共6群。其中前4群大致各有5~6排，每排3~4座、每群共15~20座墓葬；后2群各有2~3排，每排3~4座、每群共6~7座墓葬（图一七七）。假如排反映的是不同的辈分，则每群同一辈的人就是3~4人，前4群每群各有5~6代、后2群每群各有2~3代人埋葬于此。3~4个同辈人在一起，一般不是一个典型的一夫一妻制核心家庭所能容纳，而可能是一个包括3代人在内的父系血缘家庭的规模。因此群应当代表这类父系血缘家庭，整个墓区就可能是由6个家庭组成的家族墓区。如果按每代20年计算，前4群就延续了100年左右的时间，而后2群仅有50年左右。后2群就可能为从其他群中分出，也因此而其最上（北）一排的位置明显低于前4群。无论在墓葬大小，还是随葬品方面，群与群之间都没有明显的贫富等级差别，说明家族内部各家庭间基本平等。但在D群发现5座特殊的偏洞室墓（如M29，图一七八），C群发现2座，其余各群没有发现，说明家庭之间也存在一些葬俗方面的微小差别。该墓区还发现成年2人合葬、3人合葬墓各2例。除1例

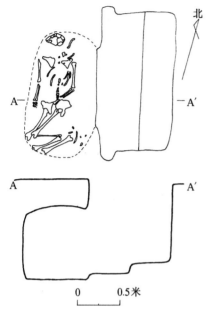

图一七八　姜家梁 M29 平、剖面图

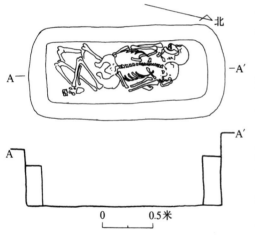

图一七九　姜家梁 M43 平、剖面图（中、下层）

（M63）的2位墓主人为平行放置外，余均上下叠压：M43从上而下分别为女、男、男（图一七九），M47为女、女、男。这种合葬墓反映的社会观念虽还有待进一步分析，但死者间不具有直接的母系血缘关系则已得到 DNA 研究的证实[29]。Ⅱ、Ⅲ区还分别已经发现了29座和10座墓葬，墓向与I区相同，但除个别墓随葬纺轮外，基本没有其他随葬品，双人或多人合葬墓所占比例却较高：I区14座，Ⅱ区5座。Ⅱ、Ⅲ区可能是与I区相关的另外2个家族墓区，他们共同组成一个家族公社的墓地，各家族在习俗方面并小有不同。

与姜家梁晚期墓地最相似的莫过于西辽河流域的大南沟墓地。二者均以土坑竖穴墓为主，且有少量偏洞室墓；墓地可分为若干群、排；墓主人仰身屈肢而墓穴较为宽短；流行单人一次葬，有少数合葬等。这些共同点自然是因为二者属于同一文化的缘故。姜家梁1件玉猪龙置于墓主人胸部的情况（图一八〇），和牛河梁红山文化墓葬别无二致[30]，说明这里存在红山文化的遗俗。目前虽然在小河沿类型未明确发现遗留下来的红山文化的玉猪龙，但在陶器上却有继承红山文化的一面，因此姜家梁的红山文化遗俗更可能是通过小河沿类型影响而来。但姜家梁和大南沟墓地也存在一定差别，如前者流行木棺和"熟土二层台"，随葬陶器仅见饮食器，女性随葬纺轮；后者不见"熟土二层台"，常随葬陶筒形罐，男、女性均随葬纺轮，且流行火烧墓坑和尸体的"火葬"习俗等。这或许又是二者属于不同地方类型的体现。

姜家梁墓地的葬俗对临近的仰韶文化产生了明显影响。庙子沟聚落宽短墓坑和屈肢葬的特征就明显与前者近似。但庙子沟式为侧身屈肢，钵类饮食器和小口双耳罐类盛储器一同随葬，这都是与姜家梁墓地不同的地方。

姜家梁和大南沟的仰身屈肢葬和偏洞室墓极具特色，因此也格外引人注意，但其源头还需要进一步探索。一般来说，洞室墓可能与现实聚落中的窑洞式房屋存在联系[31]。

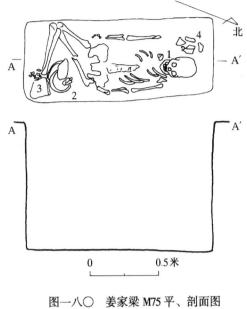

图一八〇　姜家梁 M75 平、剖面图
1. 玉猪龙　2、4. 陶钵　3. 陶盆

晋中地区是中国最早出现窑洞式房屋的地区，因此洞室墓最早出现于晋中地区是可能的，但还缺乏实据。至于认为偏洞室墓从甘青地区传播而来的说法则明显站不住脚[32]。甘青地区开始出现偏洞室墓最早是在半山类型时期，而姜家梁墓地的年代最多相当于石岭下类型至马家窑类型早期。而且甘青地区新石器时代的葬式除屈肢葬外，还有相当数量的仰身直肢葬等，总不能传播到东部后就全部成了屈肢葬。所以倒过来可能更合适一些。从鄂尔多斯区的情况来看，在仰韶三期之初仅见石岭下类型对海生不浪类型的影响，而没有反向影响的证据。因此东部对西部的大力影响大概发生在仰韶三、四期之交。

　　仅从文化习俗方面，可以推测桑干河流域当时的人们集团和洋河、永定河、滹沱河流域的人们集团存在密切的联系，他们和西辽河流域的人们集团一起，构成一个更大的人们共同体。其与义井类型、海生不浪类型等构成的仰韶文化人们共同体形成互相对抗的局面，且总体上对仰韶文化施加了更多影响。

　　这时期整个仰韶文化，乃至于黄河、长江流域甚至东北地区的聚落形态都普遍发生了较大的变化。总体来看，该时期仰韶文化的房屋形式多样化，建筑技术显著提高，地区性特征加强，家庭地位日益突出。但北方地区已发现的最大的房屋不过 30 平方米左右，和大河村 F15[33]、大地湾 F405 那样 100 多平方米的大房子不能相提并论[34]，更不用说与大地湾 F901 那样的殿堂式建筑相比[35]。在北方地区也还不容易看出其他地区所见的中心聚落和一般聚落的差别，以及明显突出的贫富分化现象[36]。这说明到仰韶三期，北方地区虽然也发生了变革，但变化的程度和方向都与周围地区有明显不同。北方地区在家庭地位突出的同时，并没有使血缘所维系的集体观念有明显削弱，也没有因此而出现像大汶口晚期墓地和红山文化"庙"、"坛"、"冢"那样所表现出的明显的阶级分化[37]；在以家庭为基本单位进行生产和生活的同时，反而更注意聚落防卫等全聚落的大事；在社会发展的同时，并无良渚文化那样奢侈浪费资源的情况发生[38]。这些都是非常引人注意的，我们可以暂称其为"北方模式"。

二　仰韶四期聚落

　　明确属于该期的聚落比三期有所减少，尤其东部区几乎是空白，经发掘或试掘者有

10 余处。

聚落仍多位于河流干道两侧的山坡台地上。除遗址文化面貌单纯的小沙湾、寨子圪旦、小官道等外，其余大部分面积无法确定。缺乏经较全面揭露而能弄清布局者。

准格尔地区南流黄河两岸大体同时的白草塔、小沙湾、寨子塔、官地、寨子圪旦、石佛塔、柳青、荒地窑子、庄窝坪、马路塔、后城嘴等遗址，都应当存在该期聚落。其中白草塔、小沙湾、寨子塔、马路塔、寨子圪旦聚落周围还有石围墙。除小沙湾、寨子塔、寨子圪旦外，其余聚落的面积大小、布局结构等总体情况不能详知。它们彼此间相隔甚近，构成一、二个聚落群。这些遗址的位置和该地区仰韶三期聚落相同，有的就属于同一遗址。

小沙湾聚落位于一北高南低的舌状坡地上，东临黄河，西、南有沟谷环绕，北依山梁，残存面积仅 4000 平方米。能与外界相通的北部又以 2 道东西走向的石围墙封堵

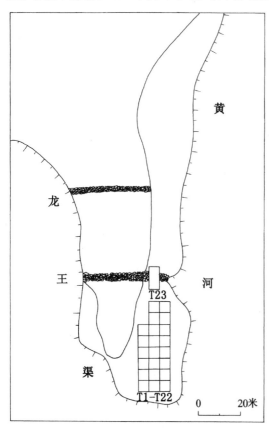

图一八一　小沙湾聚落平面略图

（图一八一）。内、外侧石围墙残长分别为 41 米和 37 米，二者相距 35 米。围墙横剖面梯形，上宽 2.9～3.5 米，下宽 3.3～4.2 米，残高 0.7～1.6 米。构筑方法为先在两侧垒砌石块，再在中间填充碎石。发现房址 5 座，均为半地穴式居室，间宽略大于进深，面积 12～15 平方米。F4 较为特殊，在房屋外侧还围有石墙，长 9.7、宽 8.2 米。房屋本身间宽5.04、进深 3.9 米，居住面铺垫白黏土。由于无柱洞发现，所以就可能是在穴外筑出前低后高的墙体，以墙承托屋顶成一面坡式。但已发现的外围石墙离半地穴太远，其墙体窄薄，可能并不是房屋本身的承重墙。中部略近门道处有圆形地面灶，灶面铺有石板。门道东向面河。居住面出土的陶器总数达 15 件以上，敛口瓮、直壁缸应为盛储器，篮纹鼓肩罐可能兼有炊器和盛储器的功能，甑是专门的炊器，小口尖底瓶当为水器，还有钵、杯等饮食器，完全可以满足日常生活需要。此外还出有石杵、石刀等生产工具。反映出该房具备比较完整的生产和生活功能，大约居住者也主要是核心家庭性质。该房属于该期中段，其半地穴外围石墙的情况，或许反映当时正处于一个由半地穴房屋向石墙

地面式房屋过渡的时期（图一八二）。编号为 F5 的遗迹实际上并非什么房屋，而是公共活动类建筑。它的墙体是在基岩上以石块垒筑而成，总体呈长方形，总长 13.2、宽 7.4 米，两头的墙还不止一道。墙宽 0.2～0.5、残高 0.4 米，这样薄的墙体实际上就不可能垒得太高。又分成大、小 2 间，在小间还围出一半圆形空间（图一八三）。

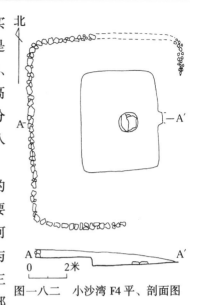

图一八二　小沙湾 F4 平、剖面图

寨子塔聚落北与小沙湾聚落相距仅几公里，位置的选择和布局的安排和小沙湾聚落非常相似，只是规模要大得多，近 50000 平方米。也位于黄河岸悬崖边，与河面高差约 70～90 米，西侧和南侧有沟谷环绕，仅北部与山梁相通。在聚落周围筑有石围墙，其中西、南、东三面的缓坡处建墙，险峻绝壁处不建，所以并不连续，部

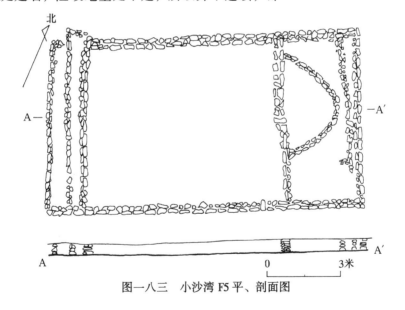

图一八三　小沙湾 F5 平、剖面图

分已经塌落。北侧与山梁连接处，筑有两道平行的保存较好的石墙，外墙长 142 米，内墙长 137 米，二者相距 15～25 米。这两道石墙建在两条高大的人工堆筑的土墙基之上，由于取土而在外侧挖出宽约 15～25 米的壕沟，仅寨门处地面平坦。墙基底宽 3.5～5 米、高约 1.8～3.5 米，两侧呈斜坡状。其上石墙以板片状岩石逐层垒砌，两侧面规整，宽 0.75～0.95 米，残存最高达 1 米以上。外墙偏西处开有外寨门，朝向西北，宽 5 米，门道两翼石墙呈弧形向外凸出。门道两侧石墙明显宽厚，并在西侧有 1 道、东侧有 3 道窄短石墙向外延伸。内墙正对外寨门处两道墙围出一个平台，可能供瞭望之用。内墙西

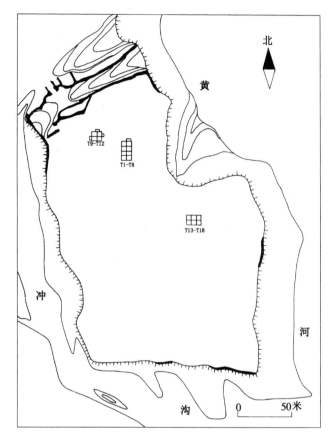

图一八四　寨子塔聚落平面略图

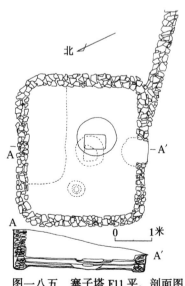

图一八五　寨子塔 F11 平、剖面图

侧开有内寨门，朝向西南，门道两侧也加宽加厚。这样重重屏障，道道关卡，加上瞭望台，将对聚落的防务重视到了一个无以复加的地步（图一八四）。聚落内房屋基本为长方形半地穴式，面积 12～16 平方米，居住面除 2 座为白灰面外，余均垫以黄胶泥土，有圆形地面灶。以 F11 为例，在半地穴内周以小石片层层垒砌出一圈规整石墙，石片间以草拌泥固定，壁面抹一层草拌泥。室内间宽 4.36、进深 3.7 米。居住面有 2 个使用期：第一个使用期时表面为白灰面，中部正对门道处有圆形地面灶，上置一块石板；右侧有一圆形柱洞，中有带凹窝的柱础石。第二个使用期时表面铺垫红胶泥土，地面灶略偏于左侧，上置方形石板。

该房显然是以穴内石墙承重，第一个使用期时还有一个起辅助支撑作用的柱子。在门外见石墙向左延伸，大概是残余的院墙一类（图一八五）。该房也属于该期中段，也明显有从半地穴式向石墙地面式过渡的特点；早段的 F16 则为单纯的半地穴式。灰坑绝大多数为形制规整的窖穴，以圆角长方形和圆形直壁平底者为主。另外，该聚落卜骨的发现，表明宗教气氛渐为浓厚。

在小沙湾以北约 10 公里处的寨子圪旦遗址，也存在该期聚落。聚落所在山丘东临黄河西岸悬崖，南、北两侧紧傍深沟，只有西侧坡势较缓。聚落位于高出黄河水面约 120 米的山丘顶部，环绕山丘顶部筑有石围墙，平面略呈椭圆形，南北最长约 160 米、东西最宽约

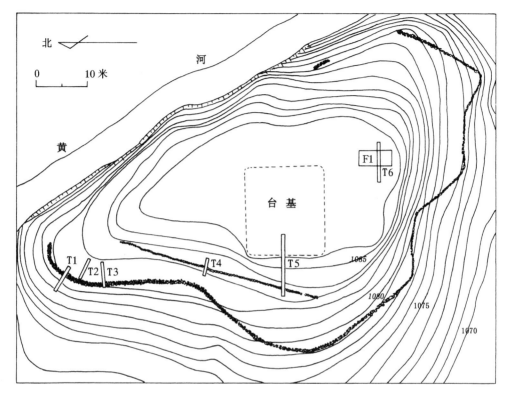

图一八六 寨子圪旦遗址地形图

110 米，围墙内面积约 15000 平方米（图一八六）。聚落中部山顶平坦，偏西稍低处砌筑有一道南北向石墙，石墙以东（以内）用土垫至与山顶等平，以扩大此平坦台地的面积。在山顶上建有 1 座底边长约30、顶边长约 20、残高约 3 米的方形覆斗状台基，表面砌以石块，可能属于祭坛。在台基南部为 2 座长方形石墙建筑基址，与中央台基略呈"品"字形分布。其中 F1 长约 12 米、宽 5 米，地面铺垫石块，可以是公共的活动场所，可能与祭坛配合使用。

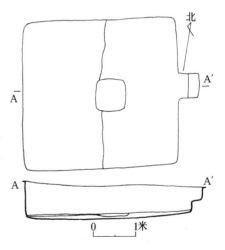

图一八七 白草塔 F18 平、剖面图

与寨子圪旦遗址隔沟相望的白草塔遗址，也存在该期聚落，只是目前仅发现 F18 这 1 座房屋和几座灰坑。F18 为长方形半地穴式，进深 3.68、间宽 3.36 米，居住面铺垫白黏土，地面灶呈圆角方形，有台阶式门道（图一八七）。在该遗址第三阶地外缘向第二阶地过渡的缓坡上，建有一道长约 240 米的石墙，两端与断崖相抵（图一八八）[39]。

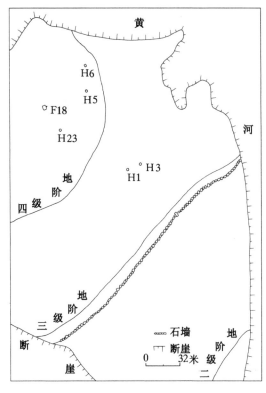

图一八八　白草塔二期聚落平面略图

仅从 F18 来看，白草塔二期聚落还是继承了一期聚落的某些特征：居住面铺垫白黏土、台阶式门道等，估计其反映的家庭结构和社会状况也大体类似。但其单个地面灶、室内无或少柱洞等则与之有别，也反映其顶盖的构架方式与前不同。

官地该期聚落的房屋共发现 4 座，属于早段，为横长方形半地穴式，面积 11～16 平方米，居住面铺垫黄褐土，中央有地面灶，有的上置石板。以 F5 为例，间宽 3.9、进深 2.9 米，地面灶略高于居住面，在墙壁西南角有一小坎（图一八九）。灰坑为长方形或圆形，直壁平底，基本都是窖穴。其中 H11 为长方形，坑底角落有小坑，一壁有柱洞，说明当时还搭过顶棚（图一九〇）。H61 为圆形，坑底乱置 5 具人骨，基本都是成年男性，一侧还随葬一个陶盆（图一九一）。推测这些人生前还应属于本聚落，而不是战俘一类，否则可能就不会有随葬品。那么他们到底是什么人呢？如果用这种方式处理战死的"英雄"的尸骨，显得简陋；如果只是抛弃被社会所不容的"罪犯"的尸骨，又过于仁慈。也许我们永远不可能知道得那么具体。后城嘴该期聚落的房屋和灰坑的情况与官地的相似。室内一般有一两个柱洞，墙壁抹草拌泥。

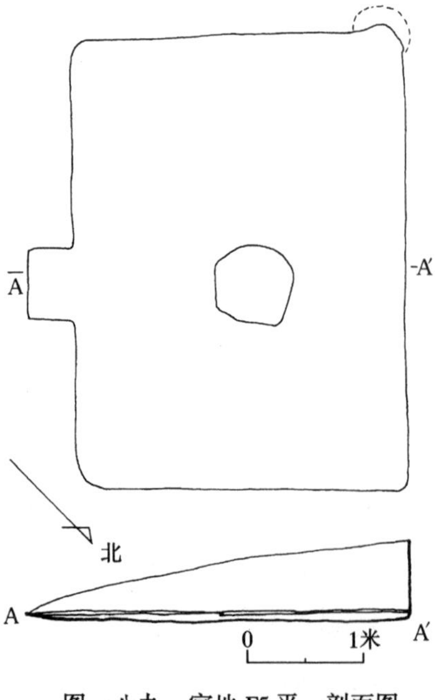

准格尔地区黄河西岸聚落群中各聚落之间可能存在密切的相互关系。就现有的少量资料看，各聚落房屋、灰坑等方面的一致性很大，从这些方面基本看不出各聚落的个性。这和仰韶三期的情况有一定区别。如果说仰韶三期时新来了不少移民，带来了许多新文化因素，那么经过几百年后，到这时已完全融为一体。准格尔地区的仰韶四期不过是三期基础上的发展，外来的因素很少。也没有证据表明

图一八九　官地 F5 平、剖面图

四期在家庭结构、社会状况等方面与三期有明显的差异。但这时候该聚落群却又面临着另外的十分严峻的问题，那就是人群之间相互关系的空前紧张，原始战争可能成为日常大事。否则，又为什么要像寨子塔聚落那样刻意地加强聚落的外部防卫，又为什么在河岸边一字排开的寨子塔、白草塔、小沙湾、寨子圪旦聚落中都修石围墙？说不定官地 H61 中埋葬的成年人真是在战斗中牺牲的。聚落群内空前的一致性体现出团结协作的精神，原始战争可能正是加强其协作的催化剂。或许小沙湾的大公共建筑就是大家议事的场所，寨子圪旦则既有议事厅，又有举行集体宗教活动的大型祭坛。在遇有战争等重要活动时，还可能取骨占卜，以求顺利。准格尔聚落群共同的敌人当然只能是另外的聚落群。我们注意到，寨子塔聚落无论在面积大小，还是建设规格上，都超过其他聚落，或许在对外原始战争中，它起着龙头的作用，也可以仅从这个意义上称其为中心聚落。因为还没有证据表明该聚落及其首领有着更容易获得资源和财富的特权。而寨子圪旦则可视为该聚落群的宗教中心。

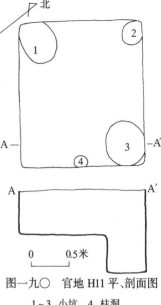

图一九○　官地 H11 平、剖面图
1～3. 小坑　4. 柱洞

从文化特征上讲，石墙在准格尔地区的大量出现是一个新鲜事物。由于仰韶四期早段房屋均为单纯的半地穴式，中段则表现为由半地穴向石墙地面式的过渡，再加上外来因素的缺乏，因此基本可以肯定石墙类建筑就发明于该地区。该地区板状沉积岩发育，埋藏浅显或直接裸露，仰韶三期时白草塔等聚落就流行在门道等处铺设石板。四期时人群间关系日益激化，而这类石板就是最好的修建防御设施的天然材料。由

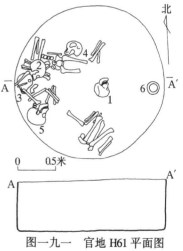

图一九一　官地 H61 平面图
1～5. 人骨架　6. 陶盆

寨墙再发展到房墙是更容易的事情。红山文化虽早就有大量利用石头的历史，但当时显然并未将这项技术带到内蒙古中南部；准格尔地区的石墙是仰韶四期中段才出现的，与红山文化没有什么直接关系。

十分有趣的是，在包头以东大青山南麓东流黄河北岸的阿善、西园、莎木佳、黑麻板、威俊等遗址，也都存在建有石围墙的该期聚落，并构成另一个聚落群（图一九二）。可惜这些聚落多数只作过调查，当时发现的石围墙现在都被破坏殆尽，使深入的研究已成为不可能。

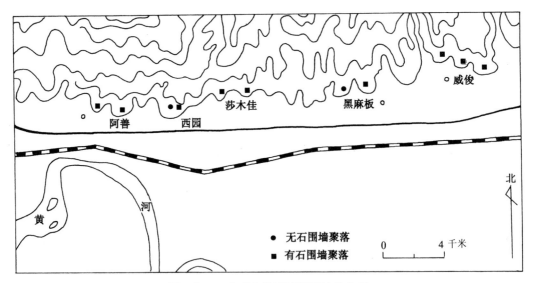

图一九二　大青山前石城聚落址的分布

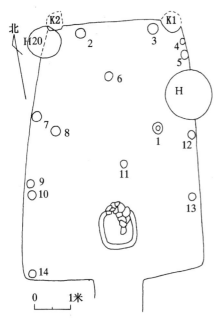

图一九三　西园 85F4 平面图

1～14. 柱洞　K1、K2. 壁龛

西园该期聚落位于两个东西相对的台地上，与山下平地高差约 60 米。西台地面积约 10000 平方米，该期房屋为半地穴式，分长梯形、圆角方形、圆形和凸字形，以前者最流行。房屋大体东西成排，门向西南坡下。85F4 为长梯形，间宽 4.5～6.3、进深 8.1 米，面积近 44 平方米。室内发现 14 个柱洞：周壁 10 个，中、后部 4 个，复原起来应当是窄长的四面坡式，顶上还应前后出脊。居住面和墙壁抹白泥，居住面经烧烤。近门道处有方形带坎浅坑灶。后壁两角各有一个壁龛，其中西北角壁龛底部放置 3 件石盘状器和 1 件角锥。前部可供炊事、坐卧，中、后部可以做家务、放家物，总体布局和前期房屋无大改变。但由于前后狭长，就更便于将这些不同的功能区分开。从建筑本身讲，技术难度应有一定增加。该房面积较大，但室内布局完全和普通房屋一样，其居住者极可能是聚落中的富人。这类房在聚落中的数量很少（图一九三）。88F3 也为长梯形，间宽 3～4.5、进深 6.3 米，面积约 23 平方米。室内发现 6 个柱洞，1 个较大者位于房屋后部中间，其余较小者在两侧各有 2 个、后壁中部有 1 个，基本互相对称，显然出于精心的设计，复原起来应当是窄长的四面坡式，顶上应前后出脊。居住面和墙壁抹白

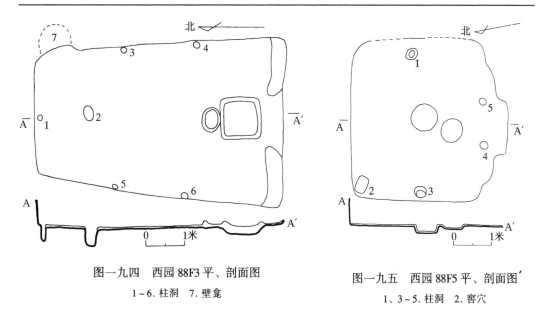

图一九四　西园 88F3 平、剖面图

1~6. 柱洞　7. 壁龛

图一九五　西园 88F5 平、剖面图

1、3~5. 柱洞　2. 窖穴

泥。近门道处有方形地面灶，紧挨其后有带坎的椭圆形附灶。东北角有一壁龛。室内空间安排当和上一个房屋没什么区别，只是面积小了一半，大约可居住 4~5 人的样子。这类房在聚落中居多（图一九四）。88F5 为特殊的凸字形，间宽 4.1、进深 3.8 米，面积约 15 平方米。室内发现 4 个柱洞，较大的 2 个在横轴线两侧各一，较小的 2 个在近门道处两侧各一，复原起来可能是前后两面坡式。居住面和墙壁抹白泥。圆形坑灶居中，其右前方还有一圆形附灶，西北角有一小龛（图一九五）。另外，房屋周围的灰坑（窖穴）为圆形、长方形直壁平底，以圆形居多，这和前期以长方形居多有一定区别。墓葬只在居住区零星发现，为长方形竖穴土坑墓。其中 M2 长 1.2、宽 0.8、深 0.6 米，仰身屈肢（和姜家梁墓地相似），头向西北，面向西，墓主为一 35 岁左右男性，无随葬品。东台地面积约 13000 平方米，在其东、西、南边缘见断断续续的石围墙。调查时地表可见一些石墙房址，呈圆角方形，门向朝南方坡下，面积在 20 平方米左右。

　　西园西台地聚落偏早而东台地聚落偏晚，二者并不共存，所以二者在聚落形态上存在差异。东台地石墙房屋已完全为地面式，其建筑时间不会早于小沙湾 F4 和寨子塔 F11。这和陶器的情况吻合。我们可以进一步推测，西园人或许就是从西台地迁到了东台地。在新的地方可以更好地规划聚落的整体建设，以适应越来越迫切的原始战争需要。

　　阿善遗址东距西园遗址约 5 公里，也由东、西两个台地组成，与黄河水面高差近百米，总面积约 50000 平方米。该期聚落的西、南、东三面筑有石围墙。早段房屋多为半地穴式，均呈纵长方形，有方形地面灶，居住面和墙壁抹草拌泥，居住面经烧烤，门道斜坡状。灰坑多为方形袋状。晚段房屋多为地面石墙，有方形、长方形、椭圆形等。门

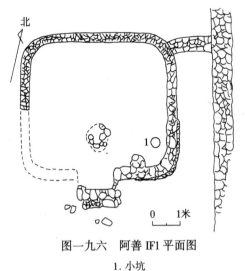

图一九六　阿善 IF1 平面图
1. 小坑

道朝向南侧坡下。以 IF1 为例，平面呈圆角方形，进深 4.4、间宽 5 米。石墙厚约 30 ~ 40 厘米，依墙有柱础石一，居住面铺垫黄土，中部近前的地面灶铺垫石块。房屋外后角有短石墙与宽长的石院墙相连。基本情况和寨子塔 F11 近似（图一九六）。由于发掘简报过于简单，我们不好判断两台地早、晚段遗迹的分布情况，似乎两台地都存在早、晚段遗迹。如果这样，两台地可以互为依托，在防御上要更加有利。另外，在西台地南端一道南北长 80、东西宽 30 米的山岗上，有一组地面石筑建筑群址，基本上占据了整个岗地。该建筑群的中心是一圆锥形石堆，底径 8.8、残高 2.1 米。其北又有 17 座小得多的石堆，底径 1.4 ~ 1.6 米、残高 0.35 ~ 0.55 米，其中 16 座排成一线，1 座在北端西侧。这些石堆均为用较规整的石块垒砌在生土上。在石堆群所在山岗的东、西、南边缘有石围墙，其中东、西墙内弧成亚腰形，南侧有三重之多（图一九七）。经解剖，墙宽近 1 米，叠压在该期早段文化层之上，又被含晚段陶片的地层叠压。发掘者据此认为该建筑群建于该期晚段。该建筑群的宗教色彩极其浓厚。我们可以设想在中心石堆上燃起圣火，人们沿着石墙所围成的夹道环行，或在石堆南侧的空阔地礼拜宣誓的壮观情景。如此大规模的宗教建筑群伴随着军事防御设施的出现，又使我们联想到它或许正是人群间关系紧张的产物。原始战争需要全聚落甚至全聚落群的团结，原始战争所带来的紧张空气又压迫着人们的神经，某种宗教仪式正是加强团结、缓解压力的良好手段。如果阿善三期聚落的面积也就是整个遗址的面积，那么 50000 平方米的规模在包头聚落群中是首屈一指的，阿善聚落就可能是中心聚落，该建筑群就可能是整个聚落群的中心。

　　莎木佳遗址西距西园遗址 5 公里，位于莎木佳沟东西两侧的台地上，与山下平地高差约 50 米。调查时只发现相当于阿善三期的遗存，很可能只是一个单纯的阿善三期聚落。西台地面积约 5000 平方米，在其东、西、南边缘有石围墙。聚落中部有一座长方形石墙建筑，长 26、宽 11.2 米，墙厚约 50 厘米。东北角还向北凸出，北侧偏东并有一小隔间。如此大规模的建筑如果要架顶盖是非常困难的，调查时也未发现其他与承重有关的结构，墙又过于窄薄，且未发现门道、火塘等。因此它并不是什么可以住人的"大房子"，而可能只是聚落的集会、议事场所（图一九八）。西台地西南隅一道南北向岗梁上，有一由 3 个围绕石圈的小土丘组成的建筑群址，间隔 1 米左右。最北的土丘最大，高 1.2 米，基部石方圈 7.4 米见方，腰部石圈 3.3 米见方，顶部还有石块；中间的土丘

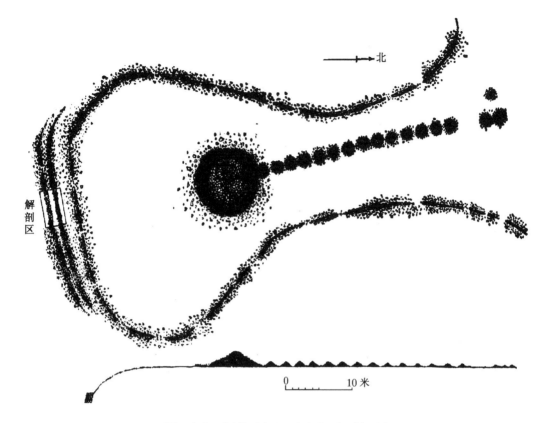

图一九七　阿善西台地"祭坛"平、剖面图

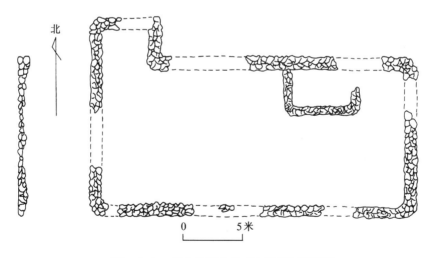

图一九八　莎木佳西台地"大房子"平面图

较小，高 0.8 米，基部石圈长 3.8、宽 3 米，顶部见石斧 2 件；南部土丘略高出地面，基部圆形石圈直径 1.5 米。该建筑群和阿善宗教建筑群有异曲同工之妙，只是规模小得

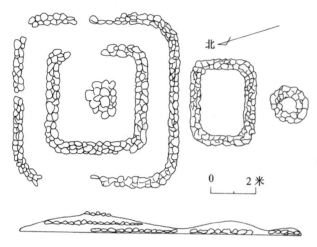

图一九九　莎木佳西台地"祭坛"平、剖面图

多，属于阿善三期晚段的可能性也大。它大概也就只是本聚落自身的"祭坛"而已（图一九九）。该聚落日常议事的场所和进行宗教仪式的"祭坛"是分开的，那么聚落当时的"行政"和宗教首长也是分开的吗？此外，在该聚落也发现和阿善三期晚段石墙房屋一样的房址。东台地面积约 3500 平方米，其东、西、南边缘也有石围墙。北半部地表可见 10 余座石墙房址，东南隅也有一座与西台地类似的方形"大房子"，边长 16.5 米。

莎木佳东、西台地上聚落布局近似，又都发现作为中心建筑的"大房子"，可能分别构成一级低于全聚落的社会组织。这和阿善的情况类似。又因为聚落西台地部分面积稍大、"大房子"面积也大，还有"祭坛"，所以全聚落的中心就可能在西台地而不是相反。

黑麻板遗址西距莎木佳遗址 7 公里，与山下平地高差约 70 米，也是以沟谷分成东、西两半，总面积 20000 多平方米，只见该期遗存。西半部面积不大，尚存 12 座石墙房址，依山势呈阶梯状排列，南端被破坏掉不少。房屋平面为圆角方或长方形，门道朝向南方坡下，墙厚 0.4 米左右，多为单间。面积大者近 60 平方米，小者仅 10 平方米多，可能与一定程度的贫富分化有关。具体来说，高处的 4 座（1~4 号）较小，低处的除 9 号外均较大。位于中央偏上部位的第 5、7 号房屋应当同属一个院落，可能构成一个完整意义上的家庭。其余的房屋也当大致如此。6 号房屋还有里外间。从面积来说，5、6、10、12 号房屋都不小，以 12 号房屋最大，但我们很难仅据此去推测谁主谁次（图二〇〇）。东半部面积较大，周围均发现断断续续的石围墙。在北墙还发现 2 米多宽的寨门，门道两侧有方形石墩。近北墙有一长方形建筑土台基，东西长 52、南北宽 25、残高 2.2 米，中心有"回"字形石圈，西侧有方形石圈，可能也是"祭坛"一类。东半部目前还未发现普通房址。该聚落两半部的情况和莎木佳很相似，其中东台地可能更为重要。

威俊遗址由 3 个台地组成，总面积为 40000 平方米左右，高出山下地面约 60~70 米。东端的第一台地面积最大，约 18000 平方米，平面呈不规则长方形。在其西部偏南有石围墙围成一个大致长方形的空间，东西宽约 65、南北长约 120 米，东北角空缺，北墙内侧有圆角方形的石墙房址 1 座。石墙内部面积较大，应当是居住区，只是房屋基本

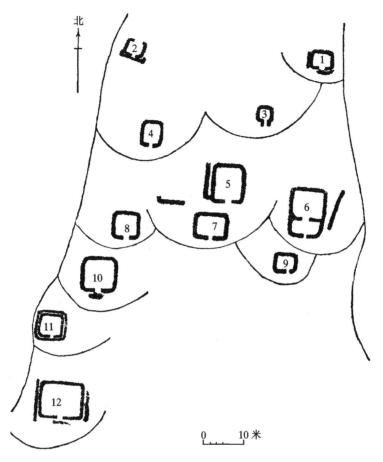

图二〇〇　黑麻板聚落房址的分布

不存或未发现。在其东部有南北呈一线的"祭坛"3座：北端的一座是在土丘上套砌方形石圈2周，内、外圈分别为5米和3米见方，在正中还有一直径1米的圆形石块面；中间的一座在第一座以南150米处，是在一个底径22米的圆形土丘上筑出一6米见方的平台，在土丘腰部和平台外缘各砌一方形石圈；南端的一座是用石块砌筑的长方形台基，南北长2.8、东西宽1.6、高0.7米（图二〇一）。中间的第二台地面积约8000平方米，其东、西、南三面边缘筑有石围墙。在东南部还残留5座圆角方形的石墙房址，门向南方坡下，面积20～25平方米。西南部有"祭坛"1座，是在一底径12、高1.5米的土丘的顶部和腰部，各砌方形石圈1个，规模小于东端台地的北"祭坛"（图二〇二）。西端的第三台地面积约14000平方米，其东、西、南三面边缘也筑有石围墙。在台地接近边缘的地方，残留10座圆角方形的石墙房址，门向南方坡下，面积20～30平方米。中央高处部位还有南北成列的石墙房址5座，每座房屋前面均有弧形护坡，房屋面积达40～50平方米。其他部位还有零星房址。这种中心位置房屋明显大于边缘位置房屋的

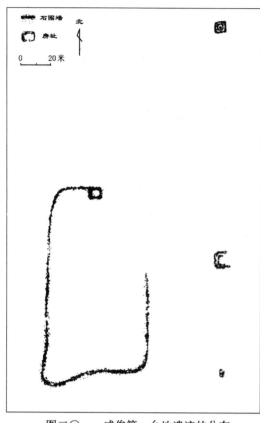

图二〇一　威俊第一台地遗迹的分布

现象，很可能与一定程度的贫富分化有关（图二〇三）。

威俊三个台地上的遗迹显然是相互联系而又相对独立的。第一台地面积最大，石墙围成的长方形"城"也最规整，"祭坛"三个一组，应当是全聚落的中心；第二、三台地面积较小，石围墙随地形而筑，其中第二台地只有一个较小的"祭坛"，可能处于从属地位。

包头以东地区黄河北岸聚落群中各聚落彼此形态十分近似。尤其是晚段聚落，流行由东、西2个甚至3个台地组成，一般总有主次之分；每个台地上一般都有普通居住区和宗教区的区别，东、西、南缘筑有石围墙；普通地面式石墙房址均呈圆角方形，有的前有护坡，保存较好者见两三座一组，可能构成一个家庭，表明家庭在社会起着主导作用；"祭坛"等与个人或个别家庭无明显联系的设施，又是维系血缘、加强聚落团结、强调集体利益的有效手段；各台地的主次之分，房屋较明显的大小区别，表明社会可能存在一定程度的贫富分化。这些都说明各聚落间肯定存在密切的相互关系。这其中以阿善聚落的面积及其宗教建筑群址的规模最大，很可能是中心聚落。一些小型的宗教活动等可能在各聚落自己的地盘举行，而大型活动可能就集中在中心聚落举行。这使得整个聚落群有可能成为高于聚落的更高一级的社会组织。从房屋的大小上看，一定程度的贫富分化是存在的，聚落乃至聚落群的头领最有可能是其中的富人。

包头以东地区的仰韶四期也只是三期基础上的发展，外来的因素基本不见。早、晚段之间聚落风格上的变化，同样应植根于人群之间空前紧张的相互关系。聚落险峻的地势、石围墙的防护作用、宗教建筑的感召力、"对子"台地的互相依托、聚落间的彼此配合，都在诉说着原始战争的紧迫性。虽然我们无法肯定包头以东石筑建筑是受鄂尔多斯地区的影响，还是在两地区同时发生，但这种原始战争气氛的空前紧张，却显然是彼此步调一致、互相启发的。实际上原始战争就有可能发生在这两个邻近的聚落群之间。邻近地区间如果不是用较近的共同的血缘维系团结，如果不是以彼此的联合来协调矛盾，就很容易形成激烈的对抗，这从根本上讲是为了争夺资源。争斗的过程可能类似现

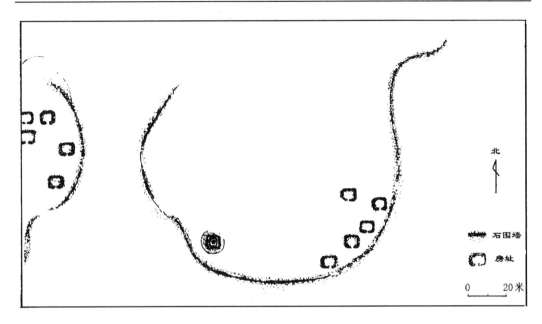

图二〇二 威俊第二台地遗迹的分布

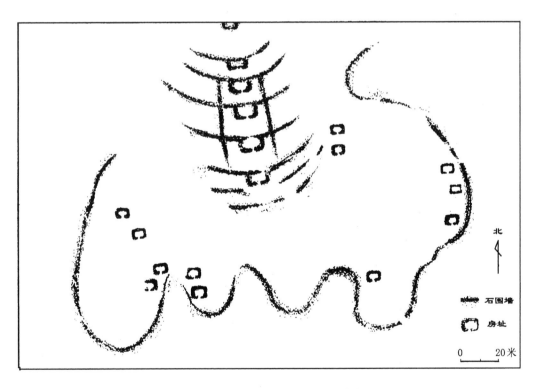

图二〇三 威俊第三台地遗迹的分布

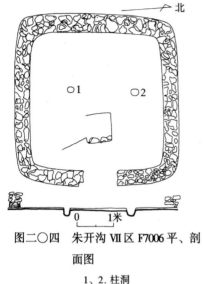

图二〇四 朱开沟Ⅶ区 F7006 平、剖
面图

1、2. 柱洞

在的"军备竞赛",可能造成资源的浪费和非生产性支出的大量增加,可能造成聚落群内部表面上的空前团结(宗教建筑所代表的)和实质上的贫富分化(普通房址所显示的)。我们还要考虑假设中的北方狩猎民族的威胁。因为这些石城正好分布在后来的长城沿线这一重要的农猎－农牧交错带上。

鄂尔多斯和包头以东地区聚落形态基本一致。如流行在聚落主体周围环绕石墙、内有祭坛等大型公共场所等。至于包头以东地区缺乏卜骨,还不能排除是出于考古发现的偶然性。

在伊金霍洛旗境内同样存在该期的聚落和聚落群,只是与黄河沿岸聚落的关系不得而知。其中分布着该期聚落的朱开沟Ⅶ区也有圆角方形石墙地面式房屋,个别为扁圆形半地穴式石墙房屋(F7007)。以 F7006 为例,边长 4.5 米,中部近门道处有方形地面灶,灶后有左右对称柱洞 2 个(图二〇四)。

汾河上游两岸的童子崖、山城峁、庙湾、西街、白燕,汾河中游支流文峪河西岸的杏花村等遗址,也都应当存在该期聚落,但大部分都尚无遗迹方面的资料。白燕该期房屋仍为窑洞式,有的十分复杂。属于早段的 F504 为穹隆顶,四周有大小 9 个壁龛,底部有若干小坑。其中正中的 1 号坑为"十"字形,旁边的圆形 8 号坑中有一完整高领罐。上方有一个大致椭圆形的塌陷缺口。活动面有垫土,门道呈长条形台阶状。该房大概不是普通的居室,可能有宗教或储藏的功能(图二〇五)。属于晚段的 F2 为一窑洞式双间房屋。较大的主室大体呈椭圆形,长径 3.72、短径 2.8 米,残高 1.48 米;较小的北间也大体呈圆角方形,边长 2 米左右,高 1.86~2.04 米;二者之间以过道相连。过道东侧有覆盖草灰的烧土面,可能为灶。居住面从上至下为硬黑土、草拌泥土、红烧土和黄土。在主室和过道的穴壁上有残留木炭的半圆形沟槽,或许是壁柱洞,只起辅助撑顶的作用。出入口应在过道附近。该房主室可住 3~4 人,北间可临时性住 1~2 人或仅供放东西,合起来还基本是一个核心家庭的规模(图二〇六)。这些简陋的窑洞式房屋,和鄂尔多斯黄河两岸地区的房屋判然有别,陶器上的区别也大,显示了两地区人群间关系的疏远。陶窑以 Y503 为代表。窑室平面呈马蹄形,长 1.8、宽 1.4 米,上部弧形内收,原应为拱顶,沿西壁发现 4 条烟道。窑箅为"非"字形,由 2 条主火道和两侧各 3 条分火道组成。火膛北侧立有窑柱,将两个主火道分开。火膛前还有供人在其内烧火的工作处(图二〇七)。另外,灰坑与上一期没有什么变化。

沟壑纵横的无定河沿岸也存在该期的聚落群。其中的小官道聚落位于一东南－西北走

向的向阳背风的山坡上，被一深沟从
中切成两半（A、B区），沟水流入无
定河。聚落面积 8000 平方米。发现
的 12 座半地穴式房屋中，圆形者 3
座，方形者 9 座。居住面分 3 种，一
种是在草拌泥面上抹白灰，一种是垫
土面经火烧烤，一种是草拌泥上铺垫
平整石板。墙壁上部弧形内收，表面
一般为草拌泥面上抹白灰。为使草拌
泥和穴壁结合紧密，在上面挖出许多
深浅不一的小洞。在有的房屋
（AF4、AF5、BF2）穴壁下部表面，
画有宽 3～4 厘米的枣红色平行线条，
绕屋一周。室内灶主要分草拌泥和石
块围砌的地面灶和浅圆形坑灶，另有
周围画彩圈的圆角方形地面火塘和一
种石块垒砌的壁灶。柱洞多分布在穴

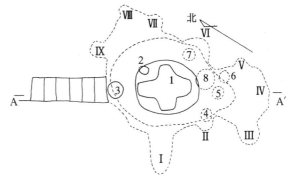

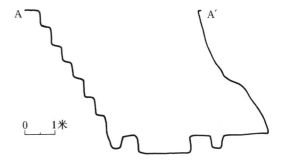

图二〇五　白燕 F504 平、剖面图

1～8.小坑　Ⅰ～Ⅸ.壁龛

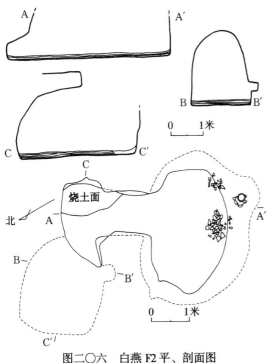

图二〇六　白燕 F2 平、剖面图

壁外周，个别室内中部也有（AF3），有的
底垫石块或草拌泥与碎陶片的混合物。保
存较好的 AF4 由主室、过道和外间组成。
主室呈扁圆形，底部长径 4.88、短径 3.55
米。墙壁是在草拌泥上抹白灰，近底部见
一周宽 3～4 厘米的枣红色平行线，一直延
伸到外间。室内中部有圆角方形的微低于
地面的火塘，周围彩圈黑中泛红（在枣红
色底色上涂黑），边缘略有凸棱。过道为长
方形，宽 1.5、长 2.35 米，墙壁上也抹草拌
泥和白灰面。在东壁原筑有土台，宽约 0.6
米，其下有石砌壁灶的火膛，该土台原应
为灶台。外间地面略高于主室和过道地面，
仅残存后部，部分壁面和地面残留有白灰
面。发现的 10 个柱洞位于主室穴壁和过道
外周，可以复原成圆形攒尖顶或穹隆顶。

该房将居室（主室）、厨房（过道）和活动室或储藏室（外间）分开安排，构思巧妙，布局合理（图二〇八）。BF2 由主室、外间和门道组成。主室略呈圆角长方形，底部间宽 5.12、进深 4 米、高 1.48～1.62 米。居住面和墙壁是在草拌泥上抹料姜石面，平整光滑。墙壁是在草拌泥上抹白灰，距居住面 1.2～1.4 米处开始只涂抹红胶泥面，再上为自然土壁。近底部见一周宽 3.5～4 厘米的枣红色装饰带，绕外间、门道一周。室内中部偏前有圆角方形的稍高于地面的火塘，用草拌泥和石块垒砌，下有烟道。左侧地面光滑整洁，应当是主要的睡卧之处；右侧地面明显脏乱，且摆放有杯、瓮、壶、钵等陶器，应当是放置餐具和储放家物之地。该房可供一个 3～4 人的核心家庭居住。

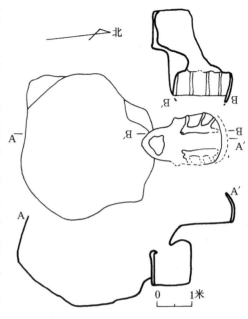

图二〇七　白燕 Y503 平、剖面图

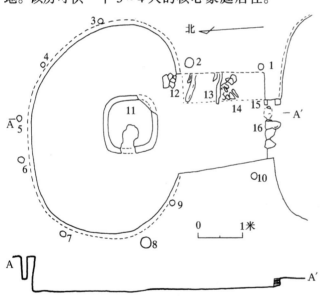

图二〇八　小官道 AF4 平、剖面图

1～10. 柱洞　11. 火塘　12. 壁灶　13. 壁炉　14. 东壁边沿推测线　15. 砌筑石块　16. 过道石台阶

外间狭小，也可理解为扩大和复杂化了的门道的一部分。平面略为梯形，前部宽 1.7、后部宽 1.8 米，进深 1.4 米，高 1.48 米。左侧地面经长期烧烤成红烧土面，可能属炊事用的壁灶位置，上置一盆；右侧地面放置一甑一罐，甑置于罐上，显然是炊具。门槛下垫土上铺石板。发现的 13 个柱洞位于主室、外间和门道穴壁外周，可以复原成四角攒尖顶或穹隆顶。从房内堆积中常见粘结有草拌泥的石板等迹象看，房顶可能利用了这种板状页岩。该房同样将居室（主室）和厨房（外间）分开安排（图二〇九）。另外见圆形袋状和梯形斜壁状的窖穴。

陕北北部黄河西岸的郑则峁也存在该期聚落，位于孤山川和黄河交汇的黄土山丘上。

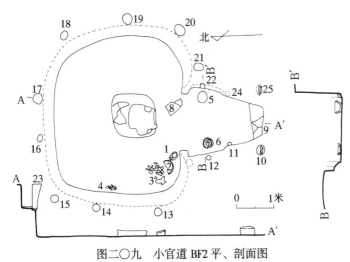

图二〇九　小官道 BF2 平、剖面图

1. 杯　2. 瓮　3. 壶　4. 钵　5. 盆　6. 罐　7. 甑　8. 石块　9. 门槛　10~
22. 柱洞　23. 修补活土

发现大致呈圆形的窑洞式房屋（丙 F4），居住面和墙裙均抹白灰，白灰面下抹一层经火烧烤的草拌泥。门口处地面铺以小石板。门道两侧的墙为小石板夹泥砌筑而成，壁抹草拌泥。圆形浅坑灶（火塘）位于居室中前部，中部以一块石板铺地，周围抹白灰。灶坑周围绘一周黑彩带。居室后壁有柱洞。流行长方形袋状或直筒状灰坑（窖穴）。

由于材料的缺乏，使我们难以对小官道和郑则峁房屋的来龙去脉作很具体的把握。总体看来，其与鄂尔多斯黄河两岸地区（早段）都流行带地面灶（火塘）的半地穴式房屋，但鄂尔多斯黄河两岸地区房屋稍有棱角，柱洞一般在室内，穴壁垂直，居室和厨房等一般不严格分开；这与小官道房屋不方不圆，柱洞在穴壁外，穴壁上部弧状内收，居室和厨房等分开的情况有别，郑则峁干脆就是窑洞式。小官道和郑则峁房屋布局合理，修整讲究，是晋中地区简陋的窑洞式房屋所不能比拟的，但其弧壁和窑洞式的情况不能说和晋中的窑洞式房屋没有联系。

这时期整个仰韶文化聚落形态的资料较少，与三期的变化不是十分明显。但黄河下游和长江流域聚落形态却确实发生了很大的变化。总体来看，该时期仰韶文化的房屋形式更加多样化，建筑技术继续提高，地区性特征加强。包头以东和鄂尔多斯地区流行的石墙建筑极具地方特色，晋中乃至于晋南东下冯[40]、甘肃东北部的宁县阳坬[41]和镇原常山[42]（还包括宁夏南部的海原菜园[43]）等地流行简陋的窑洞式建筑，渭河干道沿线的武功浒西庄、天水师赵村等则仍流行半地穴式房屋。从这些窑洞式房屋的形状来看，主要为圆形或略为圆形，这种形状建造难度小并不易倒塌，作为该类建筑的早期形制是合乎情理的。像东下冯 F301 那样的方形带天井的窑洞式建筑只是个别情况（图二一〇）。从这些窑洞式房屋的基本结构来看，以全挖在生土内的窑洞为主，这也符合建造窑洞式房屋的本意。少数房屋是室内支柱或利用生土墙壁搭成人工顶，但基本结构与生土顶窑洞式房屋区别不大，所以可称为人工顶窑洞式房屋

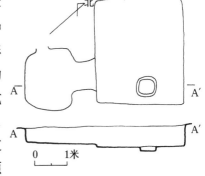

图二一〇　东下冯 F301 平、剖面图

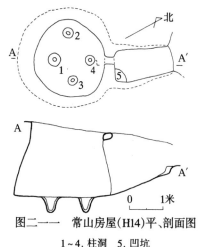

图二——一　常山房屋(H14)平、剖面图

1~4.柱洞　5.凹坑

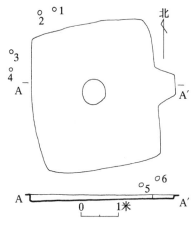

图二—二　浒西庄F1平、剖面图

1~6.柱洞

(图二——一)。由于最早的窑洞式建筑出现在晋中,所以晋南甚至甘肃等地的窑洞式房屋极可能也为受其影响而发生。另外,从浒西庄该期F1穴壁外有一圈柱洞的情况看,这类室内无柱洞或少柱洞的方形半地穴式房屋确实应复原成四角攒尖顶,并可能利用台面(图二—二)。这类房屋在准格尔地区该期早段流行。浒西庄F6火塘周围涂画红、黑彩圈的情况,则表明其与小官道聚落存在联系。

该时期建筑技术的提高,除局部流行石墙地面式房屋、出现石围墙等外,普遍的表现是居住面和墙壁白灰面修饰的推广。白灰面在强度和光滑度方面虽不见得能超过大地湾F901的那种水泥地面,但更利于防潮,更加洁白美观和易于进一步画出彩色装饰。更为重要的是,当时挖坑烧石灰的技术比较简单,所以在石灰岩丰富的黄河流域能够迅速流传开来。

北方的包头以东和准格尔等地区已发现的普通住房最大有60平方米左右,在目前发现的仰韶四期房屋中还是较大的;这里还存在中心聚落和一般聚落的差别,以及一定程度的贫富分化现象,也都比周围地区显得"进步"。这恐怕主要与考古发现的偶然性有关,也不排除是包头以东和准格尔地区激烈竞争所带来的畸形的突变。无论如何,我们难以将这样的社会与"文明"或"国家"联系起来。因为包头以东和准格尔地区这样两个有着共同传统的邻近的聚落群间存在的是争斗而不是联合,它们各自的范围十分有限,还完全达不到国家所具有的规模。没有一定的规模,就不可能有严重的贫富分化,就不可能积累充足的资源以实行国家的功能。而黄河下游和长江流域的大汶口末期高级家族墓地[44]、良渚的"台城"[45]和贵族"坟山"[46]、石家河等大型的城垣遗址[47]等,都说明这些中心聚落控制着广大的地区,社会已发展到基本进入早期文明的程度。前者那种程度的贫富分化与后者相比简直微不足道。这种巨大的差异,有资料缺乏所带来的假象的一面,但根本上却应是两种"模式"之间的差别,这两类社会在资源利用和分配、价值取向、道德观念等方面都存在很多不同。

有一个问题还需加以讨论。上文说过,偏洞室墓从东部向西部地区的传播,大约发生在仰韶三、四期之交,差不多也就是窑洞式房屋传入甘肃东部地区的时候。同时屈肢葬也西传，但和当地的仰身直肢葬共存。如果考虑到甘青地区半山类型的两道黑彩夹一道红彩、锯齿纹元素和发达的内彩等特征均可能和海生不浪类型存在联系[48]，同时也与雪山一期文化不无关系，半山类型的双口壶、鸮形壶、石（玉）璧、"卍"字纹等早在大南沟墓地就已存在，则以上推测基本可成定论。甚至不排除甘青地区的火葬习俗也与东部有关的可能。但仰韶四期时鄂尔多斯、晋中、陕北区文化彩陶已很衰落，并大量流行篮纹陶器，这与上述半山类型的特征相去甚远。同时冀西北、岱海－黄旗海以至于辽西地区却出现文化的"空白"现象。然则东部地区的这种文化空白，与甘青地区半山类型的兴起就可能不仅仅是巧合。完全存在东部人们集团西移的可能，只是具体过程还有待探索。

第四节　龙山时代

一　龙山前期聚落

明确属于该期的聚落比四期增加，尤其东部区增加不少，经发掘或试掘者超过 20 处。聚落间大小分化开始明显起来，超过 10 万平方米的聚落增多。

聚落多位于河流干道或支流两侧的山坡台地或湖周围的低山上，有些聚落的海拔位置有所增高。岱海地区的园子沟和老虎山经较全面揭露而能知晓其基本布局，仅次于它们的还有该地区的西白玉、面坡、板城聚落和晋中的岔沟聚落。黄河沿岸的寨子上聚落，陕北的史家湾聚落等，虽知道其范围和面积，但具体布局不清。

从整个岱海地区来看，在湖北岸属蛮汗山余脉的山坡上，已至少发现 11 处龙山时代聚落，南岸也发现 5 处以上（图二一三）。仅就北岸而言，各聚落相隔甚近，明显组成西、东两个聚落群，彼此间一定存在联系。不过要注意的是，虽然各聚落基本都代表一个连续存在的聚落，但上下跨度在 200 年左右，且可分期，各聚落的发展显然都经过了好几代人的努力。故严格意义上的聚落关系，至少应考虑到不同时期的变化。

园子沟聚落分布在由两条构造断陷浅沟谷隔开的 3 个山坡上（Ⅰ~Ⅲ区），海拔为 1330~1380 米。大致每坡遗址面积约 10 万平方米，总计约 30 万平方米。坡前即为园子沟河河床，东南距岱海 5.5 公里，全新世中期岱海水面应延伸至此。北端接近河谷谷口，南端以冲沟为界。聚落所在山坡基岩上覆盖的黄土最厚达 50 米以上。共发现房址 132 座、灰坑 16 座、窑址 5 座。作为聚落内主要遗迹的房屋几乎均面朝坡下，顺坡沿等高线成排成群分布。最典型的是由凸字形主室和长方形外间组成，与院落相连，且主室完全挖在生黄土内的窑洞式房屋（图二一四）。

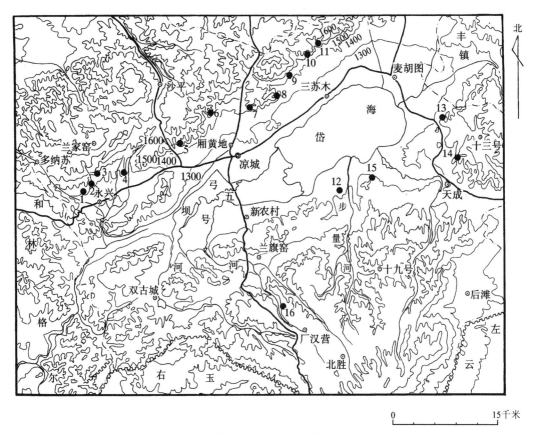

图二一三　岱海地区老虎山文化聚落的分布

1.西白玉　2.面坡　3.老虎山　4.板城　5.窑子坡　6.杏树贝　7.白坡山　8.园子沟　9.合同窑　10.大庙坡　11.武家坡　12.狐子山　13.黄土坡　14.砚王沟　15.石虎山　16.界牌沟

以保存良好的 F2007 为例，是在 F2009 废弃后，将其铺垫整平作为外间和院落，再向后掏挖出生土顶窑洞式主室。主室进深 3.5、间宽 3 米，地面为生土上敷草拌泥再抹白灰。墙壁阶状内收，残高 1.65～2.7 米：从地面直壁向上 1.23 米，壁面有草拌泥和白灰墙裙；然后向内凸出 2～3 厘米；再斜直向上 0.92 米，只抹草拌泥，经压磨平整光滑；最上为生土壁，内弧收顶至塌落面。火塘近圆形，直径 0.95 米，周围有 5～6 厘米宽黑彩圈，干净整洁，其灰褐色烧土硬面稍高于地面。前部左侧有一红烧土面壁灶。门道两侧有二对称浅窝，可能为门窝。主室属坐卧休息的地方，可直称为居室，大约可住3～5 人，地面未摆放陶器。外间大致方形，长 2.5、宽 2.75 米，垫坚硬平整的黄土。左右两壁黄土夯筑墙残高 1.45～1.65、宽 0.7 厘米，上有粗绳纹痕迹，原状可能后高前低；后壁左侧拐角处有一圆形壁柱。复原起来当为后高前低的一面坡式房屋。近左壁有灶，由 2 个相连圆形小坑组成，小端放置一火种罐，大端为灶本身，其内堆积草木灰。近右壁有一块不规则的红烧土，当为壁灶。该壁灶不应暴露在光天化日之下，故其前檐至少应延伸至此。外间主要用作厨房，也是储放物品、日常活动的重要场所。未加特别修饰，地面和四壁均无草拌泥和白灰面。在室内灶周围地面有绳纹罐、大口尊、斜腹盆、甗、盂、斝等10件陶器，大多完整，基本上可满足日常生活的需要：斝和甗为明确的炊器，并可配套使用；其余有储存、饮食等功能。在前檐下还有石斧2件，室内有石抹子3件。农业工具刀（爪镰）的缺乏和建筑工具抹子的较多发现，或许暗示了此家主人有擅长建筑手工业的可能，但证明其脱离农业生产的证据仍然不足。院落略呈长条

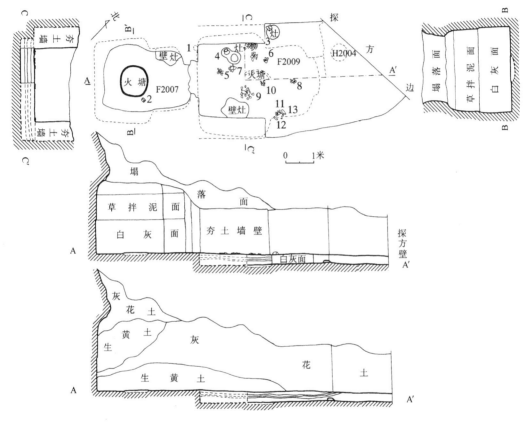

图二一五　园子沟 F2007、F2009 平、剖面图

1. 柱洞　2、3. 石块　4. 陶绳纹小罐　5、6. 陶大口尊　7、8. 陶斜腹盆　9. 陶甗　10. 斝　11. 陶绳纹罐　12、13. 石斧

形，近左壁拐角处有一直径 0.5 米的圆形地面灶（图二一五）。其他房屋除与 F2007 基本相似者外，主要有这样一些特殊之处：有的主室为圆角方形，有的主室直接与院落相连（无外间），有的在室内有 1～4 个柱洞以加固承托屋顶，有的外间有窖穴等设施。值得注意的是，F3035 出有 6 个石质、颜色近似的纺轮，且均较小，形制圆整，打磨光滑（图二一六）；F3037 出有 2 个青灰色纺轮，都较大，不甚圆整，打磨痕明显（图二一七）。这两组纺轮各自特征突出，显然是两个家庭分别制作，暗示了石器制作的家庭化。

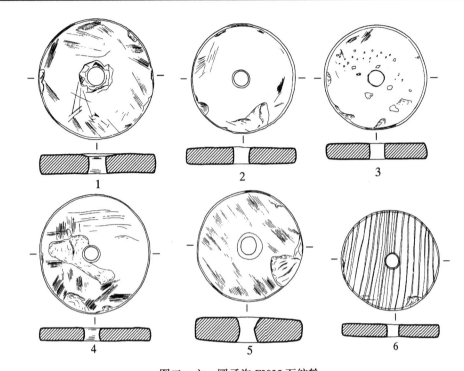

图二一六　园子沟 F3035 石纺轮

1.F3035:3　2.F3035:6　3.F3035:7　4.F3035:4　5.F3035:5　6.F3035:9

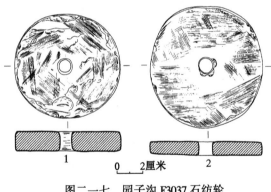

图二一七　园子沟 F3037 石纺轮

1.F3037:1　2.F3037:2

和一般掏挖而成的生土顶窑洞式房屋不同，F3021 主室前部居住面为铺垫而成，且前为夯土墙，显然修建时上方无顶。但因其主室仅有 1 个柱子，只能起局部加固支撑作用，这样只好以土壁本身承托屋顶。这和一般所谓半地穴式房屋以柱网或木骨泥墙承重不同；其室内、门道和院落地面均在同一水平面上，也和半地穴式房屋门道外高内低、屋外活动面高于屋内地面的情况有所区别。考虑到墙壁逐渐内弧收顶，适合在上部以椽横竖交叉搭建屋顶，并敷以土和草拌泥类。为便于利水，理应搭成后高前低的一面坡结构。复原起来看，虽然并无生土顶盖，但整体结构仍和典型的窑洞式房屋相似，或者说它完全是模仿典型窑洞式房屋而建的人工顶窑洞式房屋。F3021 的外间结构颇为复杂。后壁现存半壁柱洞 5 个，原应为 6 个，这些柱洞完全在一条直线上且两两对称，当出于较细致的设计：其中一对方形柱洞大且居中，当属起主要承重作用的主柱。由于前部残，故顶盖结构不好遽定：如果前部原无墙，就应当是横架椽子，最里的1根椽架于一排壁柱顶之上；如果前部原有墙，更可能是在方形柱洞位置纵向架2根主檩，其余柱顶架附檩，在其上横向架椽（图二一八）。另外，F3046完全是在平地夯筑土墙。由于不以柱子承重，只有在墙头搭椽盖顶，其整体结构仍接近一般窑洞式房屋（图二一九）。

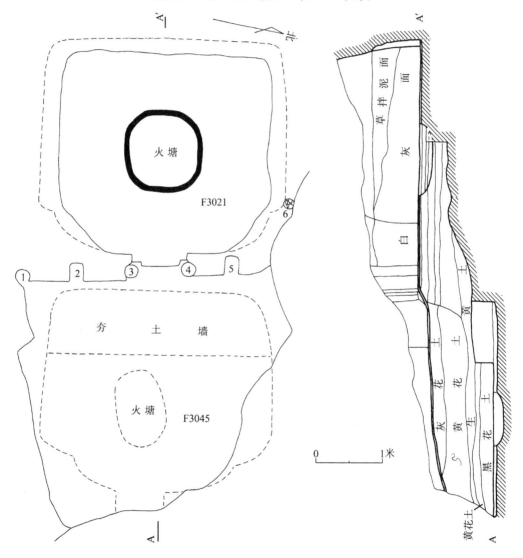

图二一八　园子沟 F3021、F3045 平、剖面图

1~6.柱洞

园子沟聚落大面积的揭露，对研究房屋组合关系提供了良好的资料。分析房屋组合，当以其空间分布上的疏密远近为首要依据，其次参考房屋特征上的差异。

最小也最清楚的第一级房屋组合是由同一个院落联系在一起的。院落周围有高低不

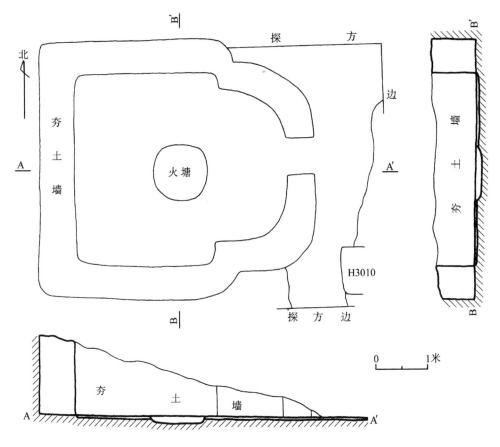

图二一九　园子沟 F3046 平、剖面图

一的生土墙壁，具有隔离和防卫作用。根据院落内房屋的数量又可以分成单屋院落、双屋院落和多屋院落 3 种情况，其中以双屋院落数量多而最具典型性。绝大部分双屋有着相似的建筑风格和功能，只是存在主次差异。或许显示其居住者亲密无间，而又长幼有别。例如，F2013 和 F2014 同属第 3 段，所在院落开挖在生土上。虽均为凸字形白灰面墙壁的生土顶窑洞式房屋，但存在不少小的区别：F2014 居主位，亦即所在区域绝大部分房屋所处的方位，门道朝向坡下，有外间；居室面积近 12 平方米，前部宽阔，火塘硕大；前部托一横梁。F2013 偏于一侧，门向朝内，无外间；面积不足 8 平方米，前部短促，火塘较小。二者明显有主有次。仅存在 1 个外间，表明厨房或主要活动区共享，则两房内居民就组成一个关系十分密切的社会组织。主房 F2014 可住 3～5 人，也许是家长或老一辈的夫妻及其他人；偏房 F2013 可住 2～4 人，也许是年轻一辈夫妻及其子女。这实际上便是一个典型的血缘家庭，有不到 10 个家庭成员（图二二○）。另外，偏房内大型盛储器的屡次发现，或许表明年轻一辈夫妻有自己相对独立的财产，也不排除只是房屋使用功能上的简单区分。从部分院落及其房屋的变迁来看，新屋外间能恰好落

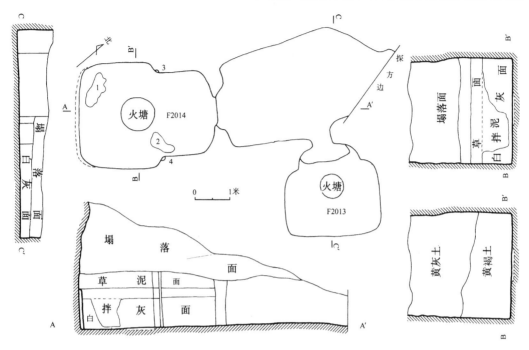

图二二〇　园子沟 F2013、F2014 平、剖面图

1、2.修补面　3、4.柱洞

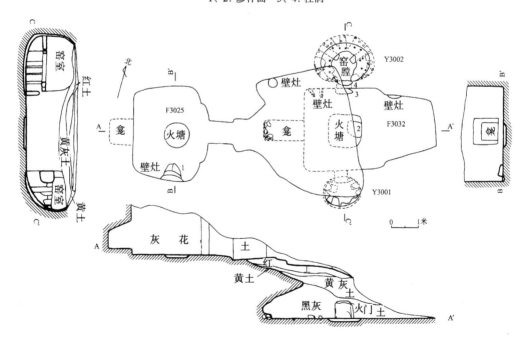

图二二一　园子沟 F3025、F3032、Y3001、Y3002 平、剖面图

1～4.石块

在旧房址之上，且新挖主室与旧房的门向全然一致，院落能前后沿用，显然建新房新院时旧房址尚清晰可辨。新旧房屋间隔如此之近，则一般情况下其主人理当在血缘上前后相继，甚至同一。多数新旧房风格一致就是很好的证据。其中传承最明显者是 F3025 和 F3032：二者是该聚落仅见的 2 座主室后壁带龛且有石垒副火塘的房屋（图二二一）。这就说明，住在一个院子里的横竖都是一家人。

院落相对集中成群，通过道路或更大的活动面彼此相连。最明显的例子是属第 3 段的 F2015～F2017、F2026 一群。F2016 和 F2017 居中，院门外活动面未清理完毕；F2015 和 F2026 分居两侧，位置靠下，院落（或外间）前有路向中央汇聚，应当与中央活动面相连。该群讲究对称，布局严谨，风格统一，应属于一个大的人们共同体。如果每个院落代表一个家庭，这一群就是一个血缘大家庭。但由于 F2026 显系刚分出者，尚未修整完毕，不会有人进住，故大家庭成员也就 10 数人。各院房屋无规格大小上的显著差异，表明基本无贫富之别；有位置布局上的有意区分，则是为了强调家庭地位的不同。其中居中有大院的 F2016 和 F2017 或许代表老家庭，居住大家长或排行小的后代；两侧的 F2015 和 F2026 或许代表分出的排行大的家庭。大一些的后代一般总是先分门立户[49]（图二二二）。

属同期同段的两群以上或多个院落房屋成排分布，就构成排。每排仍可以小路相连以方便来往，但实际上往往难以发现。最典型的 F2006、F2007、F2010、F2012～F2017、F2026 一排属第 3 段，包括 2 个群，除 F2013 外门向均朝东北，所在区域黄土深厚，房屋保存良好。两群建筑风格统一，房屋大小相若，无明显贫富差异。其排列秩序远不如群内院落之间那样明显。若仔细区分，当以 F2010 所在群规模大，且火塘有黑彩圈，或者地位稍高。如果排所代表的人们共同体是高于大家庭的家族，而又有家族长实际存在的话，则最可能为住在 F2010 的大家长所兼任。此家族人口可能在 30 人左右（图二二二）。但这并非说，居处的成排建设仅是出于血缘上的凝聚。它同时也是对山坡地貌适应的结果。长条形阶梯状台地，容易改造出较大的水平表面积。

当时人聚居而成的"区"和发掘区正相对应。每区各位于一个山坡之上，之间有构造断陷沟谷相隔，其中以Ⅱ区布局最为清楚。Ⅱ区共发现房址 45 座，其中 27 座经发掘或清理。明确属早期者仅 F2022～F2025 这 4 座，集中在西南部高地。其西部探出的房址或许有属早期者，还应有部分破坏不存或没有发现。由于数量少，不好细加分析。明确属晚期者共 21 座，主要包括偏低处西北～东南向的 3 排：F2019～F2021 所在的上排居室门向朝东，呈前部短的凸字形，修饰讲究，均有白灰面，面积均在 20 平方米左右；中央火塘规矩硕大，直径达 140 厘米，周围带 8 厘米宽黑彩圈；F2020 中并见 2 件完整中型罐形斝。F2001～F2005 所在的下排居室门向也基本朝东，呈长方形，多有垫土和草拌泥面，面积仅 10 平方米左右；火塘直径不过 80 厘米，不带黑彩圈。F2010 所在的侧

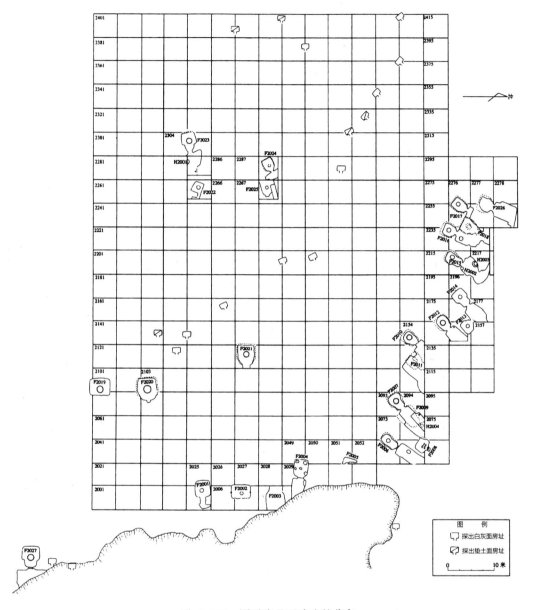

图二二二　园子沟Ⅱ区遗迹的分布

面一排门向东北（F2013 除外），多为前部长的凸字形，比较规整美观，多有白灰面，面积多约 8～10 平方米；火塘直径多在 70～100 厘米之间，少数带 5～7 厘米宽黑彩圈。此外，东南角还有房屋发现，部分肯定已经毁坏。可以看出，这 3 排不但风格稍异，而且大小规格有较明显的差别，表明各自所代表的家族之间存在一定程度的习俗和贫富差异。3 个家族又同居一坡，形成小村落，组成一个更大的人们共同体，或可名之为大家族。以 F2019～F2021 所在家族位置居上，房屋宽敞讲究而地位略高。如果存在整个大家族之族长的话，理应是该家族的家族长兼任。其余各家族居处靠下，环绕上排且与之有较大距离，房屋较小而地位偏低。此大家族到底有多少人口是个颇难回答的问题。上排虽仅发掘了3座房址，但从布局上看，有10余座探出者或也属此排；下排地处崖边，定有部分已遭毁坏，不会仅有5座。故3排的房屋数和相应的人口数不应有太大差别。如果按每家族30人左右计算，再考虑到悬崖边已毁房屋，则此大家族总人口或许在100人左右（图二二二）。I、III区的情况与此类同，发现的房屋分别为40和47座。

最后我们来讨论聚落的总体布局。笼统说来，整个聚落包括三个区。所在三坡略显突出，前傍水面，背靠深山，实际上组成一个相对独立的大山坡。其间虽有自然沟谷，但窄浅而容易来往穿行，不构成大的交通障碍。以下分早、晚期来加以分析。

明确的早期房屋仅18座，总体偏少，且只在II、III两区有所分布。早期房屋普遍偏小，最小者仅4平方米左右，最大者不过11平方米。III区为早期房屋的主要分布区。其中3座属第1段者大体在一处，最多代表一个大家庭。11座属第2段者分布在第1段房址区及其周围，大体分作2排，像是由2个家族组成的大家族，但人数却只是一般一个家族的规模。II区仅集中分布有属第2段者4座，或许代表一个家族。依第2段时II、III区总共三四十人的规模，也还不出一个大家族的范围。但这些都只是就发现并分出期段者来讲，与当时的实际人口可能还有较大出人。比较第2段II、III区房屋，看不出建筑风格上有什么明显差异：除F2022为曲尺形外，余皆凸字形，且墙壁多逐渐内弧至收顶。但III区火塘多带黑彩圈，II区仅1座有黑彩圈者，且F2022狭小简陋，故似乎以III区地位略高。如果联系II、III区的主要纽带仍然是血缘关系，则此时还显得很是亲近。

明确属晚期的房屋达48座之多，且未分期者也可能多属晚期，在各区均广泛分布。晚期房屋变大，最小者6平方米，最大者达16平方米左右。III区和II区各为由3个以上家族组成的大家族，I区规模或许还要大。它们共同构成一个更大的人们共同体，总人口当有三四百之多，或可用"家族公社"来指称。它有相对集中的居地，大体一致的文化习俗，并应仍以血缘维持凝聚。若仔细考察，I、III区房屋居室多为前部短的凸字形，墙壁一般逐渐内弧收顶，而II区居室多呈前部长的凸字形，墙壁流行两段直壁后收顶的作法。这种建筑风格上的细微区别，表明各大家族又有一定的自身特点。至于房屋大小、讲究的程度等则区别不大，显示了相互之间基本平等的关系。如果一定要分出主次，则可能还是III区占优势：III区的F3046虽然面积小于II区的F2020和F2021，但却是整个聚落惟一的夯土墙窑洞式建筑，显得特殊一些，或许便是全家族公社首领的居所。

由于严格的血缘族群应有强烈的领土观念，以及事实上整个聚落习俗方面相对的一致性，我们有理由认为整个聚落主要是同一支族人不断繁衍、发展的结果。最初来到园子沟的人数不多，大约只有一到几个家庭，就聚居在北头的山坡上（即III区）。之后人口渐多，形成血缘家族或大家族。居处也相应地向周围扩展，甚至有少数人到旁边的另一个山坡居住（即 II 区）。较少的人口数，一致的习俗，平等的关系，正是族人新来乍到，血缘较近，联系密切的反映。最后当总人口繁衍至三四百人时，连南头的山坡上也住满了人（即 I 区），形成繁荣兴旺的家族公社社会。整个家族公社的凝聚力和秩序大概主要靠较远的血缘关系及共同的习俗，或者还有战争一类并非日常共同利益的维系，所以显得缺乏力度。日常的关系应当主要发生在大家族内部，随着社会的发展，血缘的渐远，各家族之间逐渐形成了可以看得出来的习俗上的差异，以及较明显的贫富差别。至于 III 区家族间的差别不如 II 区明显，或许是因为其为母族居地，传统的平等观念更强烈一些。由于总人口数、历年数估算上的种种不确定性因素的影响，使聚落人口增长率的计算难以正确进行。仅就发现部分看，如果说在短短两百年间，人口从几十猛增至几百人，还是有些令人难以置信。

综合起来看，排所代表的家族是整个家族公社中最关键的一级社会组织：在家族之间才开始有风格习俗上的细微区别，家族内部完全一致，且井井有条；在家族之间才有较明显的贫富差异，家族内部基本平等，但主次分明。这大概是因为凝聚族人的血缘关系，至家族一级形成第一个临界点，以内异常亲密，以外明显疏远。正常的血缘关系只能是渐次远近的，故临界点的形成可能与当时人的有意维护有关，或者竟已形成一种习俗。如以夫妻 2 人组成的核心家庭为第一代的起点，繁衍到一个家族三四十左右的人口规模，也就是四五代的样子。中国古代直系亲属一般五代为限的传统，所谓"九族"观念，或许在此时已经萌芽[50]。

老虎山聚落所在山坡南临与岱海相连的低洼地，东去岱海约 25 公里。山坡西侧沟内泉水丰富，至今常流不断。聚落主要分布在西北－东南走向的两个山脊之间，并沿山脊修筑有石围墙，主体呈三角形簸箕状，中央一峻深大冲沟将其分为北高南低两大部分。最低处海拔 1450 米，最高处 1610 米，其中居住址主要分布在海拔 1490～1560 米的半山地带。所在山坡后为高峻的山峰。山脊之间三角形部分，底边长约 400 米，高约 450 米。如果加上山脊之外部分，以及簸箕状地形有更大的表面积，总面积在 13 万平方米左右。聚落所在山坡上的黄土最厚也可达 50 米以上。但由于坡势陡峭，水土流失严重，遗址遭到较严重破坏，尤以山脊和中央冲沟处破坏最巨（图二二三）。

环绕遗址主体的石围墙，主要分北－东北墙和西－西南墙两大部分，还包括遗址下部残留的一段长约 20 米的南墙。前两道墙在城墙西北角山顶汇合，与山顶平台上的小方形石圈相连。加上残失部分，总周长约 1300 米，以北－东北墙保存较好。城墙为下土建上石筑。下土建部分形状不甚规整，高低不一，大体宽 1.5 米，残存最高约 0.5～1.5 米，用黄土层层铺垫、砸实；上石筑部分石块大部散落，形状也不整齐，大体宽 0.7 米，残高约 0.3～0.5 米，用自然石块交错垒砌而成，石缝间垫有碎石块或黄土，内壁不规整，外壁较垂直平齐；二者总高约 1.3 米。在北－东北墙接近山顶的山坡陡峭处的外侧发现一处石堆，内侧发现一段长约 10 米、宽约 1 米的石墙，与此处城墙平行且相距约 5 米，可能是进一步加强防卫的设施。在北－东北墙低处的平缓地带，和西－西南墙接近山顶的部位还应存在城门。这两道墙在西北角山顶汇合，与似经修平的山顶平台上的规整方形小石圈相连。小石圈的东北和西南墙长约 40 余米。西北方仅在两端各有长约 5 米的两小段石墙，其中部是 1 座圆角长方形石墙房基（F33），进深约 2.35、间宽约 3 米，未发现火塘，门道朝内侧东南坡下（图二二四）。东南方（内侧）没有石墙，却发现了 3 处石堆。中间最大的一堆直径约 3 米。

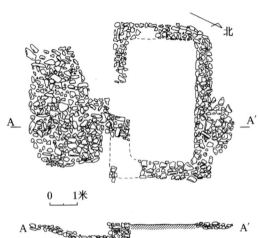

图二二四　老虎山 F33 平、剖面图

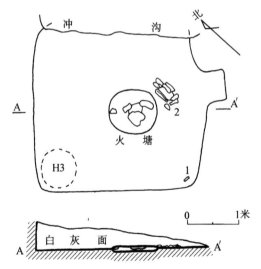

图二二五　老虎山 F7 平、剖面图
1. 石器　2. 陶带耳罐

在海拔 1490～1570 米的主要居住区，可见 8 个宽约 20 米、海拔差距 10 米左右的较宽平的台地，每个台地横跨两山脊间主要遗址区，并一直延续到西南山脊之外。在有些较陡台地的坡外还有石块垒筑的护坡，残留 10 处左右。这些台地和护坡应与当时的聚落建设有关，发现的 70 座房屋遗迹主要便成组分布在这些台地上。与园子沟聚落不同的是，该聚落偏早阶段和偏晚阶段的房屋有着明显的差别。偏早阶段房屋多为圆角纵长方形，墙壁垂直，火塘不甚规整，一般上覆石块，有的室内有窖穴。以 F7 为例，进深 3.4、残间宽 3 米。由于上部破坏严重，不知其具体为生土顶窑洞式房屋，还是人工顶。地面是先将生土面加以烧烤，再抹草拌泥和白灰，墙壁表面也抹白灰。火塘居中偏前，长圆形，径 0.8～1 米，周壁抹白灰。火塘的左前方置 1 个陶罐。右后部拐角处有圆形窖穴。看来除居卧外，做饭甚至部分物品的储藏都在室内，不见得有外间。室内面积 10 平方米左右，总共可居住 3～4 人（图二二五）。偏晚阶段的房屋多为凸字形，火塘规整光洁，室内绝无窖穴，应基本与园子沟房屋相近。只是由于保存差，外间、院落多已不存，也多无法确定其为生土顶还是人工顶。

该聚落没有发现以同一地面相连的房屋组合关系，只能在分期基础上观察其疏密远近。明确发现院落者仅 F32 这 1 座，按园子沟聚落的分法，当属单屋一类。此外，还有几组房屋虽未发现院落面，但也可能各自共用一个院落，属双屋类，如早期的 F37 和 F38 并排紧挨，中间仅隔 30 厘米厚的生土墙。其中 F38 略大，有对称四柱支撑屋顶，火塘大而整洁，或许为主房（图二二六）。由于院落的认定本身已多不明晰，因此群和排的划分更难以细定，较明确者如早期的 F5~F7 为一排（群），房屋风格结构相似（图二二七）。以中央大冲沟为界还可将整个聚落分成偏南偏北两大区，这应当是当时人分别实际聚居而成。北区布局稍清楚，共发现房址 41 座，其中 37 座经发掘或清理。明确属早期者集中分布在海拔 1508~1818 米之间的中低部位，主要是两大排：居上的 F5~F7 一排火塘不甚规整，垫以石块，室内有壁灶、窖穴；居下的 F12、F13、F32 一排火塘整洁，无壁灶、窖穴发现。二者风格各异，但不好说哪一排地位更高。明确属晚期者上下扩展至区全境。居中部位的 F16、F14、F19 和 F17、F15 两排房屋宽大规整，以 F14 面积最大，由此向

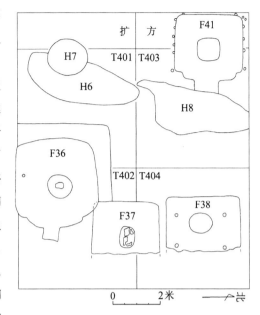

图二二六　老虎山 IV 区遗迹的分布

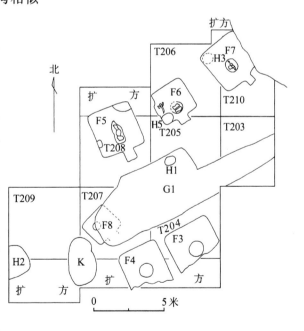

图二二七　老虎山 II 区遗迹的分布

高低两翼房屋渐小：向高处，最近的 F22、F20、F21 一排房屋中等，较远的 F23~F25、F31 最小；向低处，最近的 F3、F4 和较远的 F9、F11 等均为中小房屋。由此推测居中两排的主人在本区中地位较高，向两翼逐层降低。如果区所代表的大家族有实际首领的

话，自有可能为居中家族的成员（家族长）担任。但似乎与此规律不合的是，更高的F24、F27、F26、F35一排和更低的F62等又稍大，F24并且为该聚落发现的惟一有黑彩圈火塘者，这又作何解释？因其房屋数目太少，难以说它们各自为政。极可能是因为聚落外围在军事防御上有重要地位，才让地位较高的家族驻守。当然，这种地位上的些许差异，并未大到出现阶级的程度：房屋本身结构与功能大小略同，所出遗物为日常的生产和生活用具。另外，每排房屋多风格近似，而不同排房屋风格稍异，表明家族间习俗的差异也较明显。结合早、晚期可以看出，排与排之间存在风格和大小上的较为明显的差别，表明各自所代表的家族之间存在一定程度的贫富和习俗差异。各家族同居一坡，组成大家族。如果按平均每房居住3人计算，且考虑到未发现和已破坏的房屋，则早期大家族总人口不过三四十人，而晚期当在100人以上。南区共发现房址32座，并全部发掘或清理，基本情况与北区相仿佛。

整个聚落虽包括两个区，但实际上只在一个相对独立的簸箕形大山坡上。其间虽有冲沟，但当时应当窄浅而容易来往穿行。明确的早期房屋仅13座，在两区都只集中分布于局部区域。如果它们共同组成一个家族公社，则其总人口也不过几十人而已。比较两区房屋，看不出建筑风格和大小规格上有什么明显差异，表明彼此血缘关系还很亲近。另外，早期房屋普遍偏小，最小者仅4平方米左右，最大者不过11平方米。明确属晚期的房屋达46座之多，且未分期者也可能多属晚期，分布区域扩展至聚落全境。此时整个家族公社的总人口当有一二百人之多。它有相对集中的居地，基本相等的贫富程度，大体一致的文化习俗。就连两区所表现的房屋排列规律也大致相同，甚至一些细节也惊人的相似，如两区最大的房屋均在其中部和近山顶围墙边等。晚期房屋变大，最小者6平方米，最大者达20平方米左右。如果存在整个家族公社的首领的话，理应居住在北区居中部位的大房间内。可以进一步推测，每区晚期均主要是在各自早期的基础上发展起来的。

老虎山聚落窑址的发现也是十分引人注意的。其中Y1～Y3为普通的馒头形窑，三窑及其附属的储藏坑、和泥坑、工作面和工作台等则共同组成一个窑场，周围还探查出一些窑址（图二二八）。将规模较大的窑场置于围墙外，最大的好处是可减少火灾的发生，同时可就近利用西侧沟内的水源。以Y3为例，火门两壁各以石块垒筑，下部为一浅坑。从火门向里，几乎没有明显火膛，即向左右两侧伸出2条主火道，长约2米，宽0.2～0.5米，其上方沿火道走向各排盖1列石板，再由每个主火道分别向两侧呈"非"字形伸出数条分火道，有的上方也盖石板。窑室呈馒头形，向上内弧几近收顶，窑顶已破坏。窑壁挖在生黄土内，周壁抹草拌泥。窑门大部被毁。窑算近圆形，直径约220厘米，用草拌泥建造，残存长圆形火孔20个。火门外工作间（H16）为不规则形，其右侧为一长方形工作面，中间有一长方形工作台。在工作面后部有一椭圆形袋状坑（H15），

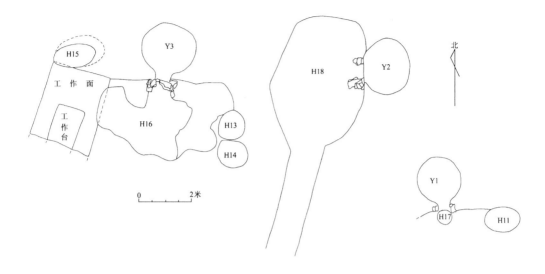

图二二八　老虎山 Y1～Y3 所在窑址区遗迹平面图

在工作间左侧有 2 个近圆形灰坑（H13、H14），在这些遗迹中发现有泥条和陶坯残片等。推测此工作面及工作台应为制作陶坯的所在，H15 可能为堆放陶泥或陶坯之处，H13 和 H14 可能为和泥坑，而工作间（H16）应为运送、码放陶坯、装窑以及烧火的场所。窑内堆积黑灰土夹红烧土块、胶结物，较松，内含遗物非常丰富。出土陶器 41 件，都属于灰色或灰、黑皮褐胎者（图二二九）。居住区零星的窑址中，Y4 和 Y5 为特殊的房屋形窑。以 Y4 为例，主体窑室部分为圆角长方形：地面为青灰或红褐色烧结面，坚硬平整，长 1.9、宽 1.7 米；四壁也为青灰或红褐色烧结面。从火门正中有一条长条形通道直通后壁，然后从后壁垂直向上，应为火道和烟道。窑后部地面有数块石头，堆积黑灰土夹红烧土块和胶结物，出土少量素面夹砂陶片（图二三〇）。这两类窑不同的形制，是为了达到不同气氛而烧出不同种类的陶器：前者为普通馒头形窑室者，陶器置于窑箅之上，可饮窑封顶以制造还原气氛。后者为方形窑室，器坯可能直接码放在室内地上，其上覆盖燃料，可能不封顶形成氧化气氛；器坯相互拥挤、受热不均而致器表斑驳。

老虎山聚落还在北部围墙内侧发现 3 座并排的墓葬，均为仅能容身的竖穴土坑墓，无葬具和随葬品。在居住区也有零星发现。总体上其数目与房屋所代表的聚落人口数大不相应，理应还存在专门墓地。灰坑多属于室内或室外窖穴。

整个聚落所在山坡两侧陡峭险峻，惟西北方向为一马鞍形山脊，再后遥对更高大的山峰。绝大部分环以石筑围墙，有的部位甚至筑双层夹墙，显然是出于共同防御的目的[51]。在近山顶的北墙内侧有 F26 和 F27，外侧有 F35；在近山顶的南墙内侧有 F30，斜上不远即有可能为城门。这几座房屋与其他房屋相隔甚远，可能具有管理聚落防务的

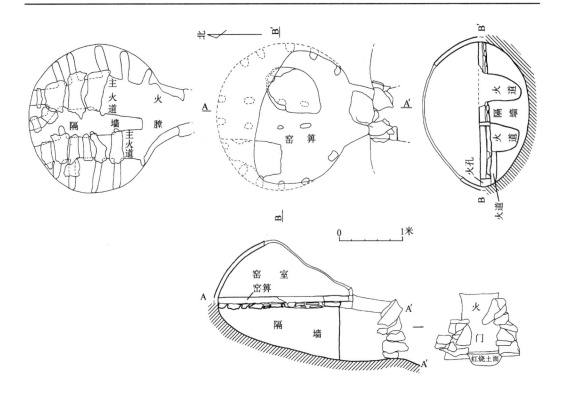

图二二九　老虎山 Y3 平、剖面图

任务。山顶小方石圈在防御上也能起重要作用：在山顶视野广阔，便于监视敌情；因其圈住了整个山头，控制了制高点，也大大扩展了防御范围。当然小方石圈、石房屋及其内石堆等也可有其他方面的特殊功能。站在山头前望，欣然有澄清天下之志；后看，则高峰仰至，气为之折。在这样的地方举行家族公社的宗教活动等，自然更加庄严神圣。因石屋（F33）内无火塘发现，不像有人长期居住的样子，故其象征意义似乎更大于其实际意义。严格的领土观念和习俗方面的一致性，表明整个聚落主要是同一支族人不断繁衍、发展的结果。聚落人数由少而多，发展势头迅猛；血缘由近渐远，但始终是维系族人的主要力量；文化习俗和贫富差别逐渐明显起来，但最终也未形成阶级差别。

　　和老虎山聚落一样有石围墙者，还有西白玉、板城和大庙坡聚落。西白玉北－东北墙内侧还有石砌台阶，宽 1.5 米左右，以方便城内来往和加强防御。在这段墙的中部有一宽约 7 米的缺口：两侧围墙较为陡直，每侧石筑和土筑部分总高近 3 米。稍靠外侧有一段长约 6 米，宽约 0.5 米，露出地表高约 20 厘米的石筑窄墙。地面外低内高成斜坡状，外侧低至与其北侧的一段平坦地段相连，内侧高至与遗址地表相平。这个缺口形状规整，外通平地，内有规整弧形台阶照应，极可能是当时的城门，外侧一小段低窄石墙则可能是门槛之类。其北和西－西南墙还有两三个城门（图二三一）。板城聚落城墙外

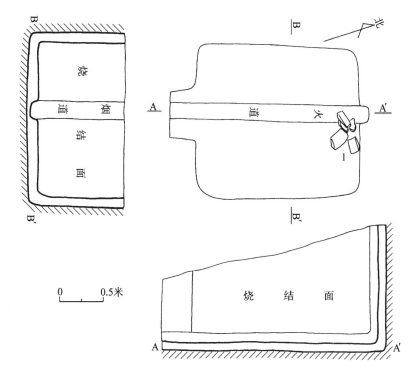

图二三〇　老虎山 Y4 平、剖面图
1. 石块

的近山顶处有 5 个 5 米见方的方形石坛，沿东西向山脊方向呈"一"字形排开，从头至尾总长约 200 米。除西端第 1 石方坛与正南北向有约 30°的夹角外，其余均为正南北向（图二三二）。以第 4 石方坛为例：主体部分是由石块摆砌成的 4 个大小大体相同的方形小室，每 2 个小室之间有通道，4 个小室所围成的中心部位有烧土面，上有较凌乱石块（图二三三）。这些方坛显然是宗教性的"祭坛"一类。

在对每个聚落有一定了解后，我们就想知道岱海北岸聚落群的情况。首先，各聚落总体特点大体一致。每个聚落均选择在背风向阳的山坡上，面朝与岱海相连的低地，背枕高山，侧临深沟，注意聚落卫护和交通。作为聚落内主要遗迹的房屋，门道一般朝向坡下。主室外一般应有外间，即所谓"前堂后室"。主室大多为凸字形窑洞式，可供一个小家庭坐卧休息，多有白灰地面和墙裙，有整洁的火塘；外间主要用作厨房，一般为一面坡式，地面见灶和大量陶器。每个聚落依空间的疏密远近可分成区、排、群、院落，乃至房屋，大致分别代表不同级别的社会组织：整个聚落可能代表家族公社，以下依次为大家族、家族、大家庭、家庭，以至于核心家庭。

其次，聚落间小的风格差别还是存在的。老虎山、西白玉、板城和大庙坡聚落主体周围环以石筑围墙，老虎山山顶发现小方石圈，其内有石墙房屋和石堆，板城山顶有 5

烧土面

0　　　　1米

图二三三　板城第4石方坛平、剖面图

个方坛"一"字形排开，西白玉北墙内侧更有整齐石台阶蜿蜒通向山顶。这些设施大部分主要是为了加强聚落防卫，体现出强烈的军事气氛，有些不排除有宗教等方面的特殊功能。与此形成鲜明对照的是，园子沟和面坡聚落既无石围墙，又没有其他特殊设施的明确发现。房屋建筑风格方面，园子沟早期流行凸字形生土顶窑洞式房屋，火塘平整讲究，流行火塘周围带黑彩圈；老虎山早期则只见方形房屋，火塘不甚规整且多上置石块，未见带黑彩圈者。早期其他聚落的情况不甚明晰。晚期时，虽然所有聚落都盛行凸字形房屋，但也各自有别：园子沟聚落最盛行凸字形生土顶窑洞式房屋，以前部较短者为主，前部较长者也占一定比例，火塘周围见黑彩圈者较多；其他聚落基本上均为前部较短者，火塘周围带黑彩圈者偶见。各聚落遗物也存在一定的差别。老虎山和园子沟聚落出土遗物最为丰富，二者所表现的差异应基本能代表其实际情况。其余聚落出土物少，难以详细比较。老虎山未发现直口绳纹罐、中体无花边篮纹罐和石纺轮，石镞和石环种类繁量多，陶抹子富于特征，流行附加堆纹和花边；园子沟没有大体花边篮纹罐、折腹小罐、折沿罐、陶片打制的小纺轮和陶抹子，花边小篮纹罐很少，石抹子有代表性，附加堆纹和花边较少。以上这些差异基本上早晚期都存在。

再次，聚落总面积和房屋面积也存在一定差别。聚落面积以园子沟聚落最大，达30万平方米左右；大庙坡聚落次之，约25万平方米；老虎山、西白玉和面坡聚落面积均不大，分别约为13万、9万和7万平方米。如果将各聚落房屋按面积大小加以比较，可大体分为大、中、小3个等级（表七、八）[52]。

表七　　　　　　　　岱海地区老虎山文化各聚落早期房屋面积比较表

房　屋　面　积	聚　　落	园子沟	老虎山
中 (9～11m²)	数量	8	5
	百分比（%）	44.44	38.46
小 (4～8m²)	数量	10	8
	百分比（%）	55.55	61.54

表八　　　　　　　　岱海地区老虎山文化各聚落晚期房屋面积比较表

房　屋　面　积	聚　　落	园子沟	老虎山	西白玉	板城	面坡
大 (16～25m²)	数量	6	2	3	5	3
	百分比（%）	13.04	4.76	30	17.24	20
中 (9～14m²)	数量	34	35	5	23	12
	百分比（%）	73.91	83.33	50	79.31	80
小 (6～8m²)	数量	6	5	2	1	
	百分比（%）	13.04	11.90	20	3.45	

可以看出，园子沟和老虎山聚落早期时只有中、小型房屋，并都以小型者稍多。晚期时，各聚落以中型房屋为主，有少量小型房屋，并出现大型房屋。大型房屋在园子沟聚落明显多于老虎山聚落，面坡和板城聚落更多，西白玉为最。西白玉F2复原起来可达25平方米左右，是所有房屋中最大的一座。

有了以上认识，就可以对岱海北岸聚落间相互关系大致作出如下判断：

（1）实物、习俗上的诸多的相同点，是它们之间利益与共、频繁往来的最好见证，甚至还可进一步推测它们间有着血缘上的密切联系。在岱海周围这样一个狭小范围内毗邻而居，从资源利用、日常交往等各方面考虑，也不能互相为敌、彼此对峙。当然日常的生产、生活主要还在聚落内进行，所以彼此间会形成一些差异。如此一来，聚落高海拔位置和险峻地势的选择，加强聚落防卫的石围墙等设施的建立，就都只有针对本地区外的共同敌人了。

（2）只有晚期遗存的板城和面坡等聚落，理应为从本地区其他聚落分化而来。当园子沟、老虎山等聚落发展到晚期时，聚落人口暴涨，这除了在原聚落本身扩展外，向附近合适之处移居也是当然选择。但考虑到园子沟晚期时有不少人移住近旁第3山坡，人口的增长也有一定限度，故板城和面坡聚落更可能是从附近的老虎山或西白玉聚落分出。

（3）早期时，园子沟和老虎山聚落存在较为明显的区别，这可能反映它们形成之初在人群和文化来源上小有不同。如果从文化来源来看，岱海地区老虎山文化是以当地的海生不浪类型和鄂尔多斯地区的阿善三期类型为主体发展而成的，但偏东的园子沟聚落和当地的海生不浪文化更为相似，大约早期居民以当地土著居多；偏西的老虎山聚落和小沙湾一类遗存更为相似，大约早期居民有不少来自鄂尔多斯地区。由于二者还是以共性为主，说明彼此间主要和平相待。这样两个聚落就谈不上主次之分，实际上也没有什么能体现主次的物证。晚期时，彼此已融合到近于一体。如果非要细分，大约老虎山、西白玉、面坡和板城这几个相邻聚落少有差别，可算作一群；园子沟与它们的区别稍微明显一些。如果做进一步的考古工作，很可能园子沟聚落周围更近似者与其组成另一群。第一群各聚落多有石围墙及相关设施，大小相差不多。老虎山聚落面积较大，其大型房屋的比例却最低。相比而言，西白玉有独特的石台阶，大型房屋比例最高，而且拥有最大的房屋 F2，似乎地位高一些，但聚落面积不大，且又偏于西端。园子沟聚落虽面积最大，但大型房屋比例不高，也无其他明显优于其他聚落的遗迹或遗物。这样看来，各聚落基本是平等关系，不存在明确的中心聚落和一般聚落的区别。这一点与各聚落内部相对平等的关系是一致的。

在陶器上我们能同时看到老虎山类型与当地仰韶三期遗存的遥远传承关系，以及与鄂尔多斯地区仰韶四期遗存的直接发展关系。可在聚落形态方面，就只能观察到与后者的联系。像险峻地势的选择、石围墙和"祭坛"的流行、个别石墙房屋的出现，固然是出于原始战争等现实的需要，但具体做法却和包头以东与准格尔地区前期聚落的情况一脉相承。再进一步来说，石围墙和城门的形制、结构，与寨子塔第一阶段聚落非常接近，"祭坛"在包头以东地区更为流行，石墙房屋兼见于两地。

作为聚落主体遗迹的普通房屋的来源，就要复杂一些。在同一聚落群中的老虎山聚落早期和园子沟聚落早期的情况就很不一样。老虎山聚落早期的纵长方形、灶面放置石块、室内有窖穴的房屋，和鄂尔多斯地区仰韶四期早段的半地穴式房屋非常接近，二者间应有渊源关系。园子沟聚落早期的主室（居室）与外间（厨房、活动室等）功能分离、火塘周围画黑彩圈、墙壁和居住面流行白灰面等特点，与郑则峁聚落窑洞式房屋基本一致，与小官道的半地穴式房屋也有相近的一面。至于凸字形房屋，就只在西园等聚落有不多的几例。可见园子沟的规整讲究的凸字形窑洞式房屋正是兼收并蓄并加以创新的结果，但其主体来源无疑应在陕北。晚期时窑洞式房屋显然成为当地人的共同选择。

以上占用较多的篇幅来分析岱海北岸老虎山文化聚落群，主要是因为那里有更多的可以利用的考古资料，可以把情况说得更清楚一些。

准格尔地区南流黄河两岸大体同时的寨子上、白草塔、寨子塔、永兴店、二里半、洪水沟、大宽滩、庄窝坪、后城嘴，以及稍远的大口和白泥窑子等遗址，也都应当存在该期聚落。寨子上聚落周围发现石围墙，后城嘴和二里半的石围墙也可能属于该期。除寨子上和二里半外，其余聚落的面积大小、布局结构等总体情况不能详知。它们彼此间相隔甚近，构成若干聚落群。朱开沟Ⅶ区也应有该期聚落。这些聚落的位置和该地区仰韶四期聚落相同，有的就属于同一遗址。

寨子上遗址的地理位置和小沙湾遗址非常近似，也是位于一北高南低的舌状坡地上，东临黄河，西、南有沟谷断崖，北依山梁，总面积近 30000 平方米。能与外界相通的北、西部筑有石围墙，东南部也有一

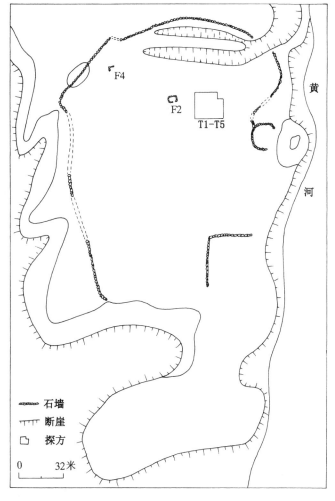

图二三四 寨子上聚落地形图

段成折线状，两侧留出较宽缺口。石墙宽 0.7～0.9 米（图二三四）。发现的 3 座房址中，F3 和 F4 为石墙地面式，F2 为半地穴或窑洞式，居住面抹白灰，室内中部近前有圆形地面灶。具体来说，F3 呈圆角梯形，前宽 5.5、后宽 4.8、进深 4.4 米（图二三五）。F2 基本为圆角方形，间宽 4、进深 3.6 米，墙壁也抹白灰（图二三六）。该聚落还发现墓葬 1 座（M12），为长方形竖穴土坑墓，侧俯身屈肢，无葬具和随葬品。

二里半遗址位于一坡梁上，中有古城梁沟相隔成东南部的古城梁（Ⅰ区）和西北部的二道梁（Ⅱ区）两区，总面积约 40000 平方米。第一次发掘的 F13 为圆形，直径 3.4 米。穴壁向上略内收，有可能为窑洞式房屋，门道不存。地面和墙壁抹白灰面（图二三七）。F10 为前后套间。主室（后室）作圆角方形，间宽 3.26、进深 2.97 米。墙壁向上略内倾，有可能属生土顶窑洞式。两侧壁各有一方形柱洞，东北部有一圆形柱洞，西北

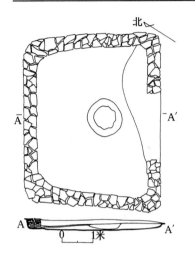

图二三五　寨子上 F3 平、剖面图

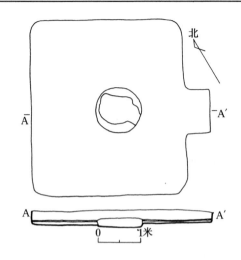

图二三六　寨子上 F2 平、剖面图

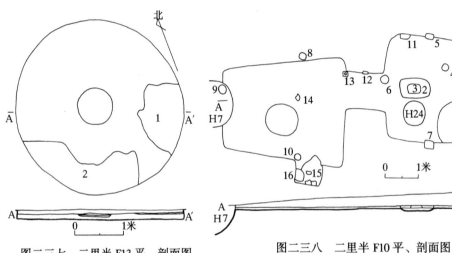

图二三七　二里半 F13 平、剖面图

1、2. 白灰面

图二三八　二里半 F10 平、剖面图

1. 白灰面　2. 灶烧结面　3. 灶上石板　4~10. 柱洞
11~15. 石块　16. 小坑

角有一柱础石，这些均可能只起辅助支撑作用。地面主要为红胶泥硬面，但在东南角有一块抹白灰面者。圆角长方形的火塘位于中部近前，上置石板。过道的北侧有 2 块柱础石。前室（外间）作梯形，间宽 2.38~3.35，进深 3.75 米，地面同样为红胶泥硬面。墙壁直立，估计上为一面坡式人工顶。两侧壁和门道处有柱洞。南壁有一龛状壁灶，内有石块、红烧土块和灰烬，一角还有小坑。近中部有圆形火塘。该房前、后室均可住人，因此整座房就可以住一个由两个核心家庭组成的小型的完整家庭。后室角落的白灰面太小而不宜睡卧，大概是放置重要的家物之用。前室的壁灶可能供大家炊事用，两室中部的火塘一般只供取暖（图二三八）。第一次发掘的灰坑 H32 坑口圆形，坑底方形，直壁平底，十分规整（图二三九）。

　　洪水沟遗址位于一向阳的坡地上，东临黄河，北为深沟。房屋和灰坑的基本情况与二里半遗址相同。发现的 8 座长方形土坑竖穴墓中，5 座为成人墓，3 座为儿童墓。葬式多为侧身直肢，少数为仰身直肢，无随葬品（图二四〇）。

　　寨子上聚落 F3 那样的石墙房屋流行于当地前期聚落，F2那样的门道高于居住面的房屋在当地也从仰韶三期开始就流行，只是我们难以确定其为半地穴式（穴壁外周原应立柱）还是窑洞式。这两种房屋在老虎山聚落都可见到，只是后者的门道与居住面都基本在一个平面上。二里半该期聚落的套间房屋虽与园子沟的同类房有相近的一面，如都可能为窑洞式，做饭都在外间等。但也有不少差异：前者前、后室在修建工艺上无明显区分，都有火塘供取暖，都可住人，后室兼放家物，从逻辑上整座房可住一个完整家庭。而后者只能在规整讲究的主室住人，一般不在主室专门放置家物，简陋的外间供炊事、储藏和活动，整座房也就可住一个核心家庭。再进一步说，像园子沟聚落房屋那样主室精致讲究、呈凸字形、火塘周围画黑彩圈等特点，也都不同于二里半的套间房，也不见于该地区。

　　鄂尔多斯聚落群其他聚落的情况也大体和寨子上与二里半相似，它们彼此间应有更密切的关系。如果后城嘴大到

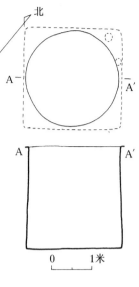

图二三九　二里半 H32 平、剖面图

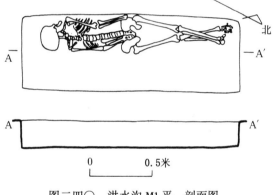

图二四〇　洪水沟 M1 平、剖面图

40 万平方米的城址确属该期，则极可能属于中心聚落。从这些聚落险峻位置的选择、个别聚落石围墙的存在来看，原始战争仍然是大家都要面临的一个问题。而这时候老对头包头以东聚落群基本衰亡了（可能正是与其竞争失败的结果）。新的对手又是谁呢？我们在分析岱海聚落群时也存在同样的疑问。现在来看，岱海聚落群和鄂尔多斯聚落群不正是彼此的对头吗？两者从聚落和文化特征上也都是同中有异，其关系与前此鄂尔多斯聚落群和包头以东聚落群之间的情况非常相近。可显然这两个聚落群是不大可能直接对抗的，它们之间还隔着一个同样可以发展农业的和林格尔地区。只有和林格尔地区可能存在的聚落群属于它们中的某一方，或与某一方联合，才可能有上述形式的对抗。这样一来，大规模的对抗就实际上不再是聚落群之间的事，而可能是高于聚落群的"聚落

群联合体"之间的事。我们这里使用"聚落群联合体"一词也是权宜之计：如果处于同一方的聚落群之间、聚落群的"首领"之间是基本平等的关系，只是由于原始战争等需要而彼此联合，这个词就还算切合，也和所谓"军事民主制"一词实质相同[53]；如果处于同一方的聚落群之间有着主次关系，聚落群的首领间有着"君臣"关系，就像文献中尧、舜时候的情景那样，则还不如使用"国"、"古国"或"原始国家"这样的词眼。可惜以上的推论多半还只是假设，岱海北岸聚落群所表现的基本平等的情况也和一般意义上的"国家"还有相当距离。然则岱海南岸呢？和林格尔呢？这都还是待解的谜题。此外，我们仍不能忽略来自北方狩猎民族的威胁。

　　滹沱河南岸的游邀，汾河上游东岸的白燕，汾河中游支流文峪河西岸的杏花村，黄河东岸的岔沟等遗址，也都应当存在该期聚落，但只有岔沟聚落的总体情况稍微明晰一些。该聚落所在山坡沟壑纵横，发现的 20 座房屋多集中在海拔 1065～1085 米的半山腰上，山脚有屈产河注入黄河。房屋均为白灰面窑洞式，平面多为凸字形，面朝坡下，有的三五成群地排列在一起，可能相当于园子沟的院落或组等组合关系。以保存较好的 F3 为例，最宽 3.1、进深 4.15 米，墙壁向上略内弧。居住面和墙壁抹草拌泥和白灰面。室内中部偏前有圆形火塘，是在浅坑壁抹白灰后再填土压实。门道处横放一块石板作为门槛。门外有平地，西侧有壁灶，其上搭顶棚而成外间（图二四一），不应只是院坪而让壁灶露天（图二四二）。还有些房屋室内有柱洞，其实只起辅助的支撑作用。以 F5 为例，间宽 5.25、进深 4.3 米。在靠近墙根的居住面上画有一圈宽约 0.6 厘米的红线。室内中部有方形火塘，东北角有带锅台的壁灶（图二四三）。可以看出，岔沟房屋的情况也与园子沟很相近：主室以凸字形生土顶窑洞式为主，中有火塘，地面和墙壁抹白灰面，有的有外间用作厨房，有的室内支柱起辅助支撑作用等。我们有理由推测，该聚落社会状况也和园子沟聚落大同小异。当然，岔沟与园子沟的房屋也还是有区别的，如岔沟居室多不圆不方，稍欠规整，园子沟居室更加方正讲究；岔沟有的居住面近墙根处画一圈红线，园子沟有的火塘周围画黑彩圈等。有趣的是，前此小官道的房屋既见墙壁近墙

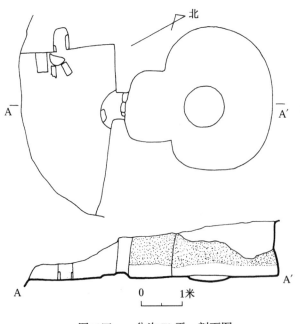

图二四一　岔沟 F3 平、剖面图

图二四二　岔沟 F3 复原图[54]

根处画一圈红线的现象（与岔沟近似），又见火塘周围画黑红色彩圈的情况（与园子沟相同），而郑则峁的窑洞式房屋就几乎和园子沟近同。不过小官道居室不圆不方的特征在岔沟得到更多继承。这样，实际上就从来源上通过小官道将岔沟和园子沟切实地联系了起来，两者均只继承了小官道的部分特征。进一步我们还可以推测岔沟和园子沟还可能存在现实的交流：两者居室的凸字形形状就不见于小官道，也少见于其他地区。虽然说这种凸字形结构可以使窑洞更为稳固，是窑洞式房屋的理想选择，但远非惟一的可能形制。

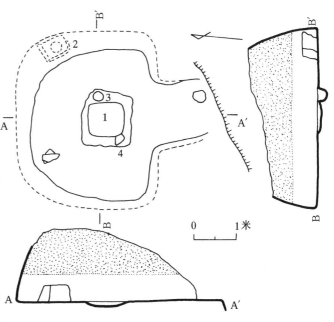

图二四三　岔沟 F5 平、剖面图
1. 火塘　2. 锅台　3. 柱洞　4. 石块

　　从杏花村简陋的双室窑洞式房屋 H118 来看，至少太原盆地附近的房屋和岔沟房屋还是区别很大的。H118 后室略呈椭圆形，间宽 6.75、进深 3.3 米，中部为地面，两侧

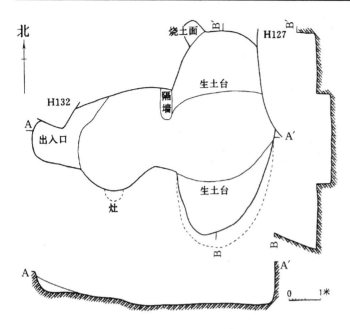

图二四四　杏花村 H118 平、剖面图

有土台可供睡卧。右土台壁上有烧土面，可能供取暖。过道右侧有隔墙。前室不甚规整，左侧有由火膛、灶箅等组成的壁灶，箅面上有炊器陶鬲。其中出土大体完整的陶鬲、绳纹罐、篮纹罐、缸、壶、杯等 10 余件，可以满足日常的储藏、炊事、饮食等的需要（图二四四）。杏花村陶窑 Y301 有着馒头形的大窑室，直径 1.8 米。火口向下，与老虎山前后方向的火口有别（图二四五）。此外，在游邀还见圆形或圆角方形的半地穴式（可能为窑洞式）房屋，地面有白灰面。灰坑多圆形袋状。见长方形竖穴土坑墓，墓主仰身直肢，无葬具和随葬品。

陕北的白兴庄、栾家坪和史家湾等遗址，也都应存在该期聚落，其中史家湾聚落还发现有房址等遗迹。史家湾聚落位于洛河及其支流府村川交汇处的梁峁中腰，高出河床约 15 米，现存面积只有 2500 平方米。3 座房址大体成一排，间距 2～5 米，门道均朝向东方坡下。平面呈圆角长方形，地面和墙壁抹白灰面，中有圆形火塘。以 F1 为例，间宽 2.55、残进深 2.75 米，墙壁向上内收，应属窑洞式房屋。从前

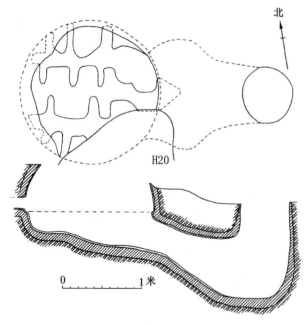

图二四五　杏花村 Y301 平、剖面图

部一排 4 个柱洞来看，可能为人工顶。后部的 2 个柱洞只起辅助支撑作用。中部火塘只是在白灰面上划出一个圆形圈而已（图二四六）。这些与园子沟和岔沟的窑洞式房屋有

着一定区别。该聚落还发现圆形袋状葬坑 1 座（H10），底径 2.8 米，内置人骨架 4 具。其中南侧和北侧分别为一成年女性和成年男性，均仰身微屈肢；他们之间有一 4～6 岁儿童。这 3 人应为一次性埋入，身周随葬双鋬陶罐、陶斝、陶单耳罐等。在东北部还预留出一块空地，后挖一袋状坑，内葬一幼儿。这个情况与后代的祔葬很相似，说明坑内可能是一夫一妻及其子女。但在大坑边缘预留那么小一点空间，难以将一个成人埋入，难道只是有意留给在世的小孩（图二四七）？该聚落灰坑多为圆形袋状。

另外，洋河沿岸的贾家营等遗址也应存在该期聚落。

这时期已进入龙山时代。由于对龙山前、

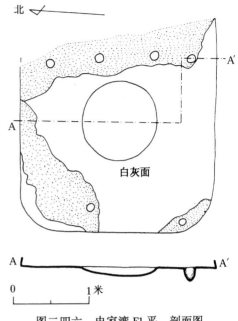

图二四六　史家湾 F1 平、剖面图

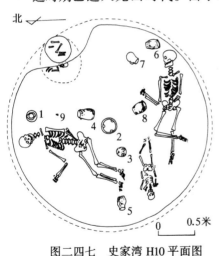

图二四七　史家湾 H10 平面图

1、4、6、8. 陶双鋬陶罐　2、3. 陶斝　5～7. 陶单耳罐　9. 石锥状器

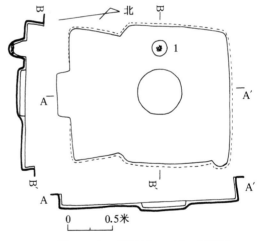

图二四八　师赵村 F14 平、剖面图

1. 器座坑

后期缺乏清楚的认识等原因，使得辨认出的中原龙山文化前期的资料显得明显偏少，也就难以具体把握其与仰韶四期之间的变化。总体来看，该时期中原龙山文化的房屋形式在各地区逐渐定型化，建筑技术继续提高。整个太行山以西的黄土高原地区都基本开始流行窑洞式房屋，甚至连先前为半地穴式房屋的渭河谷地也出现适应窑洞特点的凸字形房屋（图二四八）[55]，太行山以东豫北冀南的后岗二期流行圆形地面式房屋，河南大部

地区则为方形地面式连间建筑。这说明经过长时期的摸索与实践后，各地居民都找到了适于自己的"最佳"的聚落模式。另外，从河南汤阴白营房屋火塘外也见黑彩圈的情况看，与北方地区应存在实际的交流[56]。

该时期建筑技术的提高，除居住面和墙壁白灰面的继续应用和推广外，在北方地区主要是形成了以凸字形窑洞式房屋为代表的近乎"完美"的整体建筑技术。在仰韶三期王墓山坡上聚落就已出现的夯土技术虽继续使用，但主要应用在外间两侧壁和个别人工顶房屋的前墙等部分，作为窑洞式房屋的补充，纯粹的夯土墙房屋属于凤毛麟角。北方地区的城墙下部虽为土筑，但还不能断定其为夯筑。在后岗、平粮台[57]等地有土坯墙、木板地面等，以及较为成熟的城墙夯筑技术。

北方地区该时期聚落形态都基本和园子沟近似。现已发现的该时期最大的房屋也不过 20 余平方米，这与一般 10 余平方米的房屋似乎没有本质区别，表明已知聚落内的贫富分化确实十分有限。同样，也没有证据表明已知的哪一个聚落一定属于中心聚落。在这些方面和前期包头以东、鄂尔多斯聚落群的情况相比，好像是在倒退。但从鄂尔多斯聚落群与岱海聚落群的对抗来看，属同一方的人群比前大为增加，在这方面又好像比前期有所发展，而且 10 万平方米左右的中型聚落也比前增多。那么到底前期包头以东、鄂尔多斯聚落群的情况只是激烈竞争而出现的特化现象呢，还是尚未发现属于龙山前期的更重大的社会分化现象？我们只有在进一步的聚落考古工作中去寻找答案。事实上，这时候的黄土高原地区都存在和北方地区同样的现象，那就是从已发现的聚落形态中看不出严重的社会分化，而家庭和家族地位却已明显突出。陶寺墓地是个例外，那是因为它的出现本来就是东方文化西渐的产物。无论如何，北方地区在分化的程度上肯定无法和山东地区与江汉平原等地相比。前者最多处在一种"准国家"的状态，而后者早已迈入早期文明的门槛。

二　龙山后期聚落

明确属于该期的聚落比五期减少，经发掘或试掘者不过 10 处左右。但实际聚落或许还略有增加。

聚落位置的选择与前期无明显区别，多位于河流干道或支流两侧的山坡台地上，有些聚落的海拔位置较高。没有经较全面揭露而能知晓其基本布局的聚落，最多只知道一些零星遗迹的情况。

准格尔地区南流黄河两岸大体同时的白草塔、大庙圪旦、二里半，以及稍远的大口、白泥窑子等遗址，都应当存在该期聚落。它们彼此间相隔甚近，构成聚落群，并且应当是前期聚落群的延续。但寨子上、寨子塔等有石围墙的较重要的聚落已经消失。

白草塔该期房屋 F8 和 F16 并排而建，属于同一院落同一家庭的可能性很大。两房均为纵长方形，面积接近 12 平方米，居住面和穴壁抹白灰面。F8 有一个柱洞，F16 没有柱洞，可能为窑洞式或在穴壁外有柱洞。中部近前有长圆形火塘，上置石板。在 F8 室内有鬲、斝、甗、绳纹罐、大口瓮、敛口瓮、斜腹盆、扁腹壶、双耳罐、单耳罐等各类陶器 20 件左右，种

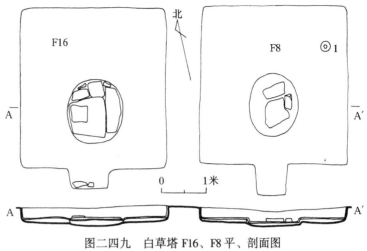

图二四九　白草塔 F16、F8 平、剖面图

1. 柱洞

类齐全，还发现石斧 1 件。F16 内仅见鬲、扁腹壶、敛口瓮等三数件。但我们还难以据此推断两房的主次（图二四九）。灰坑（窖穴）仍为长方形或圆形直壁平底。这些和前期该地区的情况没有什么不同。

二里半该期房屋和灰坑的情况与白草塔大体相同，但有一墓葬却颇为引人注意。该墓（M1）为长方形竖穴土坑，长 2.4、宽 0.85 米。男性墓主仰身直肢，在其颈部和腰部各戴一串圆片状石串饰，共 116 枚，右手腕并带一铜环。脚底随葬绳纹罐、单耳罐和折盘豆各 1 件（图二五〇）。这座墓的基本形制和北方地区其他墓葬也还是相同的，但其随葬精美石饰和铜环的情况却为北方地区新石器时代仅见，随葬陶器的情况也在这类长方形竖穴土坑墓中罕见。石饰的制作技术与该地区早就流行的石环的做法相同，铜环的形制与石环别无二致，铜器在附近的陶寺等地也早就出现了，因此这两种东西在该期墓葬中出土也还是可以理解的，至少就现有材料也只能作如此的理解。如果这样，该墓的主人就有可能在二里半聚落甚至鄂尔多斯聚落群中占有重要地位，可能是当时贫富分化、社会地位分化更加严重的一个重要线索。

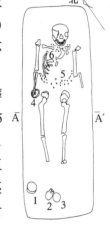

图二五〇　二里半 M1 平、剖面图

1. 鼓腹罐　2. 单耳罐 3. 豆盘　4. 铜环　5、6. 石串饰

滹沱河两岸的阳白、游邀、西社，汾河中游支流文峪河西岸的杏花村、峪道河、临水、乔家沟、双务都等遗址，也都应当存在该期聚落，并各自分别组成两个聚落群。

阳白遗址位于滹沱河北岸支流曼河上游台地上，西依五台山余脉马鞍山，东西长约

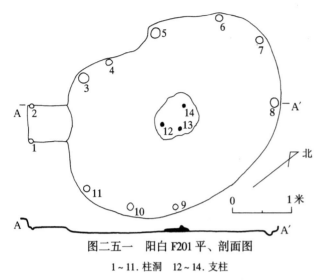

图二五一　阳白 F201 平、剖面图

1～11. 柱洞　12～14. 支柱

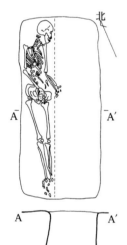

图二五二　　阳白 M102
平、剖面图

350、南北宽约 230 米。该期聚落的 11 座房址以圆形居多，方形其次，门道朝向西南方坡下，居住面抹白灰。以 F201 为例，平面略为椭圆形，进深 4、间宽 3 米。室周及门道两侧共发现 11 个柱洞，可供搭起一个锥状屋顶。中部有一不规则形灶，灶面有 3 个高约 5 厘米的小支柱，烧烤成红色，应为架放炊器之用。可见该房是集住人和炊事于一体的（图二五一）。墓葬除一般的长方形竖穴土坑墓外，还见长方形偏洞室墓（M102），也没有葬具和随葬品（图二五二）。灰坑有圆形袋状、圆形锅底状等。可以看出，该聚落房屋的简陋形制和同遗址仰韶三期聚落的情况很相似，灰坑形制也相同。在没有证据表明它们之间存在直接关系的情况下，至少可以将其归纳为一种地方传统。另外，游邀遗址也见白灰面"半地穴式"房屋和圆形袋状灰坑。

值得注意的是，阳白的偏洞室墓或许与仰韶三期时冀西北区的偏洞室墓传统有关。

从阳白等该期房屋和墓葬等方面，还看不出多少与贫富分化有关的迹象。从聚落面积来看，阳白和西社该期聚落应在 10 万平方米左右，游邀该期聚落面积不清，也难以确定哪一个是中心聚落。

杏花村等遗址该期聚落的面积多不能确定。其中在乔家沟发现横长方形房屋一座（F1），间宽 3.2、进深 2.5 米。中部一底垫陶片的坑被认为是柱洞，但也不排除是失去灶面的灶的可能。可能属窑洞式或在穴壁外埋柱的半地穴式。居住面和墙壁抹白灰面（图二五三）。发现"瓮棺葬"2 例，其中 M2 为长方形竖穴土坑，长 2、宽 0.7 米。用 4 个缺口或缺底的陶瓮扣合而成葬具，其内尸体仰身直肢（图二五四）。灰坑则流行圆形袋状者。

这时候桑干河下游和洋河中、下游地区的筛子绫罗、小古城、石嘴子、贾家营等遗址，也应有该期聚落，但面积大小多不能确定，聚落布局不清。宣化龙门聚落发现的 1 座简陋房屋，为椭圆形半地穴式，与五台阳白聚落的同期房屋近似。

陕北郑则峁存在该期聚落。房屋分 2 种。G2F7 为方形，进深3.4、间宽3.3 米。穴壁向上微收，没有发现柱洞，可能为半地穴式，也不排除作为窑洞式房屋的可能[58]。地面是在红烧土面上抹草拌泥，再上抹白灰面。圆形浅坑灶居中（图二五五）。F3 仅残留一角，墙为在地面上以小石块砌筑而成。壁抹草拌泥，并有白灰面墙裙。地面最下部为红烧土，上有一薄层草木灰，再上依次抹草拌泥和白灰（图二五六）。这两座房屋对地面和墙壁的加工方式都基本相同，地面都先烧烤再涂抹泥灰。其做法和岱海地区园子沟聚落窑洞式房屋的做法一样。方形半地穴式和地面式石墙房屋流行于鄂尔多斯地区。灰坑（窖穴）流行长方形，也有圆形者，袋状和筒状坑（图二五七）俱见。长方形灰坑是仰韶后期以来内蒙古中南部和陕北地区的共同特点。

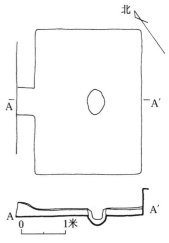

图二五三　乔家沟 F1 平、剖面图

显然，由于资料的缺乏，我们对龙山后期北方地区的聚落形态及其反映的社会状况还难以有比较准确的把握。

这时期，渭河谷地和豫北冀南地区的后期中原龙山文化处于稳定的发展阶段，从天水西山坪、宝鸡石嘴头[59]、岐山双庵[60]、武功赵家来、临潼康家[61]的情况来看，房屋流行窑洞式，有的呈凸字形，地面和墙壁抹白灰面，与该地区龙山前期的情况相似；几座并排的房屋构成院落，有的并以夯土院墙相连，房屋间有主次之分；几处这样的院落又进一步组合成组、排等，其层次结构与园子沟聚落非常接近，反映的社会组织状况也应差不多。后岗该期聚落仍流行圆形地面式房屋。晋南地区从陶器上看受晋中影响很大，但在聚落方面无明确的资料。从东下冯该期方形或梯形的窑洞式房屋看，与同地区前期房屋有继承关系，和关中乃至鄂尔多斯地区房屋形态也基本近似。这些地区也还流行圆形袋状灰坑、长方形竖穴土坑墓等，在后岗有与乔家沟一样以破陶器扣殓尸身的情况。这时有突飞

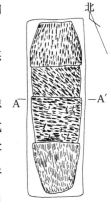

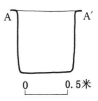

图二五四　乔家沟M2 平、剖面图

猛进发展的是河南中、西部的后期中原龙山文化——王湾三期文化。经过"禹征三苗"那样的重大转折后，其分布范围大为扩展，形成夏王朝[62]。从统计情况看，40 万～100 万平方米的大聚落就有近 10 个[63]，像登封王城岗等还有夯筑精致的城墙[64]。此外，水井的大量使用也是从这时期开始明显起来的。

龙山时代之后的二里头文化一、二期阶段，北方地区聚落形态在继承当地传统的基

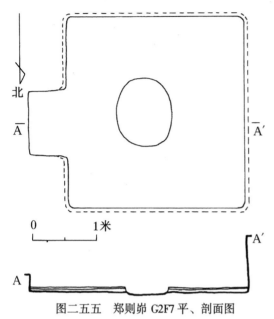

图二五五　郑则峁 G2F7 平、剖面图

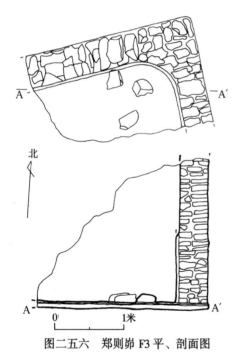

图二五六　郑则峁 F3 平、剖面图

础上，开始有了明显的发展。尤其陕北地区聚落数量大增，聚落间分化显著。当时聚落数量众多，且成群分布。

鄂尔多斯区以朱开沟聚落为代表。当时流行的带圆形地面灶、居住面抹白灰的方形或长方形半地穴式房屋，与白草塔类型房屋近同；更具地方特点的以土、石、陶片砸筑成墙的圆形地面式房屋，在朱开沟Ⅶ区仰韶文化四期阶段遗存中就有发现。部分无随葬品的墓葬或许是老虎山文化传统的延续；甚至墓主人脚下部位随葬陶器、颈胸佩串珠、臂带铜钏的习俗，已在白草塔类型个别出现。这表明和陶器一样，朱开沟聚落主体因素是继承当地老虎山文化传统而来。但随葬猪或羊的下颌骨，以及合葬墓流行以男性为本位、有偏洞室墓等葬俗，则应与齐家文化的影响相关[65]。由于资料局限，鄂尔多斯区各聚落间关系还无从细究。结合调查资料可知，他们很可能相互组成若干聚落群。陕北区以新华聚落的情况知道得稍多一些，基本情况和朱开沟相同。但新华墓葬中多不随葬陶器，或于个别墓葬中随葬小件玉器、石饰、石斧等，与朱开沟早期墓葬随葬成组陶器、基本未见玉器的情况不同。新华还发现专门的可能用于祭祀的"玉器坑"，坑底排列钺、刀、圭、玦、璜、铲、斧等 30 余件玉器，底下一小坑内还见禽类骨骼。附近的石峁聚落也发现不少珍贵玉器。可见陕北居民用玉已相当流行。陕北石峁、寨峁聚落周围环以石围墙，石擦擦山三面临峭壁，层层石护坡，对防御的重视达到了极致。陕北各聚落相互毗邻，面貌一致，构成另几个聚落群。其中石峁聚落面积达 90 万平方米，防卫设施完备并发现珍贵玉器，极可能就是陕北超级聚落群的中心。鄂尔多斯、陕北、晋中超级聚落群总体特点相同，很可能共同构成更高一级的聚落群共同体；彼此间存在主次之别，以陕北超

级聚落群的势力最大。该聚落群共同体雄踞北方，东与燕山
南北夏家店下层文化所代表的聚落群共同体、西与甘青地区
齐家文化所代表的聚落群共同体连成一体，成为以二里头聚
落为核心的晚期夏王朝在长城沿线的主要对手之一。

　　男尊女卑一般与以男性为本位的父系家族社会相联系，
玉器的盛行说明当时制玉手工业的相对独立以及社会有花费
相当能量生产珍贵物品的必要，聚落防卫的加强意味着战争
是聚落要面对的头等大事之一，聚落间、聚落群间等级分化
可能是社会群体和个人等级分化，以及社会进行大范围有效
控制和管理的具体表现。凡此都似乎说明当时的北方地区已
发展到早期国家的阶段。至于朱开沟早期聚落所表现的人们
间的相对平等，一方面可能与该聚落及其聚落群所处的较低
的地位有关，另一方面或许又是质朴平实的"北方模式"的
体现吧。

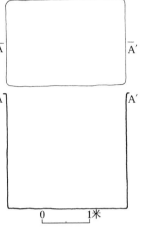

图二五七　郑则峁 G2H2 平、
　　　　　剖面图

[1] Gordon R. Willey, "Prehistoric Settlement Patterns in the Viru Vallay, Peru", Bulletin 155, *Bureau of American Ethnology*, Smithsonian Institution, Washington, D.C., 1953, p.1.

[2] 张光直：《聚落》，《当代国外考古学理论与方法》第 67 页，三秦出版社，1991 年。

[3] Bruce G. Trigger, "Settlement Archaeology——its Goals and Promise", *American Antiquity* 32, 1967, p.151.

[4] 张光直：《谈聚落形态考古》，《考古学专题六讲》第 86 页，文物出版社，1986 年。

[5] 严文明：《聚落考古与史前社会研究》，《文物》1997 年 6 期。

[6] 张光直：《聚落》，《当代国外考古学理论与方法》，三秦出版社，1991 年（吴加安、唐际根译）。

[7] 张忠培：《聚落考古初论》，《中国考古学——走近历史真实之道》，科学出版社，1999 年。

[8] 赵辉：《遗址中的"地面"及其清理》，《文物季刊》1998 年 2 期。

[9] 严文明：《中国新石器时代聚落形态的考察》，《庆祝苏秉琦考古五十五年论文集》，文物出版社，1989 年。

[10] 内蒙古自治区文物考古研究所：《内蒙古林西县白音长汗新石器时代遗址发掘简报》，《考古》1993 年 7 期。

[11] 内蒙古文物考古研究所、日本京都中国考古学研究会中日岱海地区考察队：《内蒙古乌兰察布盟石虎山遗址发掘纪要》，《考古》1998 年 12 期第 17 页。

[12] 黄蕴平：《石虎山 I 遗址动物骨骼鉴定与研究》，《岱海考古（二）——中日岱海地区考察研究报告集》第 509 页，科学出版社，2001 年。

[13] 这种情况流行于关中等地。见严文明：《仰韶房屋和聚落形态研究》，《仰韶文化研究》，文物出版社，1989 年。

[14] 田广金、郭素新：《大青山下耍与瓮》，《内蒙古文物考古》1997 年 2 期。

[15] 半坡博物馆、陕西省考古研究所、临潼县博物馆：《姜寨——新石器时代遗址发掘报告》，文物出版社，1988 年；巩启明、严文明：《姜寨早期的村落布局》，《考古与文物》1981 年 1 期。

[16] 此为田广金先生的观点。

[17] 内蒙古乌兰察布盟文物工作站：《内蒙古商都县新石器时代遗址调查》，《考古》1992 年 12 期。

[18] 严文明：《仰韶房屋和聚落形态研究》，《仰韶文化研究》，文物出版社，1989 年。

[19] 黄河水库考古队华县队：《陕西华县柳子镇考古发掘简报》，《考古》1959 年 2 期。

[20] 中国科学院考古研究所：《庙底沟与三里桥》，科学出版社，1959 年。

[21] 中国社会科学院考古研究所河南第一工作队、河南省文物考古研究所、三门峡市文物工作队、灵宝市文物保护管理所：《河南灵宝市北阳平遗址调查》，《考古》1999 年 12 期。

[22] 山东省文物考古研究所：《大汶口续集——大汶口遗址第二、三次发掘报告》，科学出版社，1997 年。

[23] 严文明：《半坡类型的埋葬制度和社会制度》，《仰韶文化研究》，文物出版社，1989 年。

[24] 中国科学院考古研究所山西工作队：《山西芮城东庄村和西王村遗址所发掘》，《考古学报》1973 年 1 期；山西省考古研究所：《山西翼城北橄遗址发掘报告》，《文物季刊》1993 年 4 期。

[25] 连云港市博物馆：《江苏灌云大伊山新石器时代遗址第一次发掘报告》，《东南文化》1988 年 2 期。

[26] 魏坚：《庙子沟与大坝沟有关问题试析》，《内蒙古中南部原始文化研究文集》，海洋出版社，1991 年。

[27] 内蒙古文物考古研究所、商都县文物管理所：《内蒙古商都县两处新石器时代遗址的调查与试掘》，《北方文物》1995 年 2 期。

[28] 甘肃省文物工作队、临夏回族自治州文化局、东乡族自治县文化馆：《甘肃东乡林家遗址发掘报告》，《考古学集刊》第 4 集，中国社会科学出版社，1984 年。

[29] 吉林大学考古 DNA 实验室：《河北阳原姜家梁遗址新石器时代人骨 DNA 的研究》，《考古》2001 年 7 期。

[30] 如牛河梁 M4。见辽宁省文物考古研究所：《辽宁牛河梁红山文化"女神庙"与积石冢群发掘简报》，《文物》1986 年 8 期。

[31] 谢端琚：《试论我国早期土洞墓》，《考古》1987 年 12 期。

[32] 见河北省文物研究所：《河北阳原县姜家梁新石器时代遗址的发掘》，《考古》2001 年 2 期。

[33] 郑州市博物馆：《郑州大河村遗址发掘报告》，《考古学报》1979 年 3 期。

[34] 甘肃省博物馆文物工作队：《秦安大地湾 405 号新石器时代房屋遗址》，《文物》1983 年 11 期。

[35] 甘肃省文物工作队：《甘肃秦安大地湾 901 号房址发掘简报》，《文物》1986 年 2 期。

[36] 严文明：《仰韶房屋和聚落形态研究》，《仰韶文化研究》，文物出版社，1989 年。

[37] 山东省文物管理处、济南市博物馆：《大汶口——新石器时代墓葬发掘报告》，文物出版社，1974 年；辽宁省文物考古研究所：《辽宁牛河梁红山文化"女神庙"与积石冢群发掘简报》，《文物》1986 年 8 期。

[38] 赵辉：《良渚文化的若干特殊性——论一处中国史前文明的衰落原因》，《良渚文化研究——纪念良渚文化发现六十周年国际学术讨论会文集》，科学出版社，1999 年。

[39] 发掘报告将该墙的建筑年代定在仰韶三期。但既然该遗址存在仰韶四期聚落，石墙就也有可能是在四期建造。因为包头—鄂尔多斯地区石墙的流行是在仰韶四期，所以在没有充分证据的情况下，我们暂将该遗址的石墙年代定在四期。

[40] 中国社会科学院考古研究所、中国历史博物馆、山西省文物工作委员会东下冯考古队：《山西夏县东下冯龙山文化遗址》，《考古学报》1983 年 1 期。

[41] 庆阳地区博物馆：《甘肃宁县阳坬遗址试掘简报》，《考古》1983 年 10 期。

[42] 中国社会科学院考古研究所泾渭工作队：《陇东镇原常山遗址发掘简报》，《考古》1981 年 3 期。

[43] 宁夏文物考古研究所、中国历史博物馆考古部：《宁夏海原县菜园村遗址、基地发掘简报》，《文物》1988 年 9 期。

[44] 山东省文物管理处、济南市博物馆：《大汶口——新石器时代墓葬发掘报告》，文物出版社，1974 年。

[45] 严文明：《良渚随笔》，《文物》1996 年 3 期。

[46] 浙江文物考古研究所反山考古队：《浙江余杭反山良渚墓地发掘简报》，《文物》1988 年 1 期；浙江文物考古研究所：《余杭瑶山良渚文化祭坛遗址发掘简报》，《文物》1988 年 1 期。

[47] 北京大学考古系、湖北省文物考古研究所、湖北荆州地区博物馆石家河考古队：《石家河遗址群调查报告》，《南方民族考古》第五辑，四川科学技术出版社，1993 年。

[48] 李水城：《半山与马厂彩陶研究》，北京大学出版社，1998 年。

[49] 即使在近现代农村，房屋和居住者也有某种对等关系：后代中排行最大的俗称"大房"，最小者称"小房"。

[50] 《尚书·尧典》："克明俊德，以亲九族。"孔传："九族，上自高祖，下至玄孙"。包括本身以上父、祖、曾祖至高祖，以及本身以下子、孙、曾孙至玄孙。就本身为起点，至上至下均为五代。尧时当为龙山前期，正与老虎山文化时期相当。但即便如此巧合，我们也无意认为此种亲属制度为老虎山文化首创，这实际上是龙山时代的一个普遍现象。

[51] 虽然属晚期的 F35 在围墙之外，但其余晚期房址（不包括 F33）均在其内，表明围墙所具有的防御和限制功能同早期没有太大变化。

[52] 1. 表七、八中涉及的房屋，仅包括各聚落期属明确且可大致估算出面积者；2. 这 3 个等级的划分仅局限在岱海地区老虎山文化聚落群内部。

[53] 〔美〕路易斯·亨利·摩尔根：《古代社会》（新译本），第 248～249 页，商务印书馆，1977 年。

[54] 胡谦盈、张孝光：《论窑洞——考古中所见西周及其以前土洞穴房基址研究》图四，《考古学文化论集》（三），文物出版社，1993 年。

[55] 中国社会科学院考古研究所：《师赵村与西山坪》，中国大百科全书出版社，1999 年。

[56] 河南省安阳地区文物管理委员会：《汤阴白营河南龙山文化村落遗址发掘报告》，《考古学集刊》第 3 集，中国社会科学出版社，1983 年。

[57] 河南省文物研究所、周口地区文化局：《河南淮阳平粮台龙山文化城址发掘简报》，《文物》1983 年 3 期。

[58] 该处为全国水土流失最严重的地区之一。

[59] 西北大学历史系考古专业 82 级实习队：《宝鸡石嘴头东区发掘报告》，《考古学报》1987 年 2 期。

[60] 西安半坡博物馆：《陕西岐山双庵新石器时代遗址》，《考古学集刊》第 3 集，中国社会科学出版社，1983 年。

[61] 陕西省考古研究所康家考古队：《陕西临潼康家遗址发掘简报》，《考古与文物》1988 年 5、6 期。

[62] 韩建业：《夏文化的起源与发展阶段》，《北京大学学报》（哲学社会科学版）1997 年 4 期。

[63] 赵春青：《郑洛地区新石器时代聚落的演变》，北京大学考古学系博士研究生学位论文，1999 年。

[64] 河南省文物研究所、中国历史博物馆考古部：《登封王城岗与阳城》，文物出版社，1992 年。

[65] 谢端琚：《试论我国早期土洞墓》，《考古》1987 年 12 期。

第五章 人地关系

人类总是生活在一定的自然环境之中，其生存和发展受环境的制约是毋庸置疑的。环境短时间尺度的变化可能引起资源利用、经济方式、聚落形态的不同程度的改变，长时间尺度的变化可能对一定地区文化和社会模式的形成、社会发展进程产生制约。这在气候变化敏感的北方地区尤为明显。反之，人类行为对该地区自然环境的影响也应当更加显著，自然环境也容易将所受到的影响更多地反馈给人类。

人地关系的考察主要可从共时和历时两个方面进行。自然环境对人类的制约表现在聚落的选择和营建、资源的索取、日常的生产、生活以至于社会形态等各个方面。人类对自然环境的影响肯定是存在的，但影响的程度和后果却较难以估计，一般只能从植被的面貌和资源的利用等方面加以推测。

第一节 兴隆洼文化时期

距今约 8500～7500 年，华北和东北地区气候较为暖湿，正当兴隆洼－磁山文化的繁荣期。但至今仅在冀西北发现有当时的文化遗存，并表现出与兴隆洼－磁山文化的一致性。至于它是由当地更早期文化发展而来，还是东－东北部文化西进的结果，目前还无法证实。从姜家梁早期房屋的情况看，其成排分布且门向多朝坡下的情况，自然是适应坡地特点的结果。房屋结构简单，有的甚至没有灶，看来定居时间可能不是很长。石斧可用于砍伐树木等，石磨盘、石磨棒可用来加工谷类植物的种子，大量刮削器、石叶的发现或许说明狩猎和采集经济仍占相当比重，不少蚌饰品则为人们在遗址周围水域经常从事捕捞的证据。还缺乏已存在农业经济的确切依据。

第二节 仰韶前期

大约距今 6800～5500 年间的仰韶前期，属于全新世气候最适宜期。舒适的自然环境，丰富的动植物资源，对人类社会持续稳定的发展提供了丰厚的条件。

一　仰韶一期

从仰韶一期开始就进入新石器时代晚期，各地考古学文化都有了突飞猛进的发展，这与中全新世适宜的气候环境应有直接关系。

石虎山Ⅱ遗存虽然未必是北方地区最早的农业文化遗存，但在岱海地区的出现却确颇为突然。东部的镇江营一期一类遗存，顺着洋河河谷，通过黄旗海地区到达岱海，或沿着桑干河河谷，通过大同盆地来到岱海，都是可能之途。如果考虑到北方地区大部同时或略晚的鲁家坡类型和后岗类型、半坡类型都存在密切关系这个事实，则来自东部的强烈影响就远不是通过岱海再西传这一条线了，而且差不多同时还有来自西方的影响。可能的情况是，东、西部文化从多处越过黄河和太行山脉这两大天然屏障，同时向北方地区渗透。从石虎山Ⅱ遗存的情况看，东部文化的到来主要是农民移居的结果，西部文化的渗透也不排除这种过程。此前的北方大部地区文化十分薄弱甚至空白，这就为外地人的大规模移居提供了首要条件。该时期气候条件的空前改善，使较为干寒的北方地区也开始很适合人类生存，这大概是这种迁移为什么发生在此时的主要原因[1]。我们还要考虑到有着悠久历史的东、西部文化在这个气候适宜期发生人口暴涨的可能性。

不但文化的来源与自然环境的变化有关，而且其后文化对环境的适应也表现得很明显。还是先从资料较全面的石虎山Ⅰ、Ⅱ聚落说起。这两个聚落均选择在近湖的山坡上，首先当出于环境的制约，当然也包括人对微观环境的选择。由前文可知，距今8000年和5000年时岱海水面分别约为海拔1253米和1227米，气候最适宜的仰韶前期（距今6800～6000年）时岱海水面当在海拔1250米左右，当时聚落前部河床及两侧低地的水域应远比现在辽阔。聚落选择在高出湖水水面约100米的低山顶，既能避免水患，又能充分利用水资源。Ⅰ聚落大量水牛和鱼、鳖类的存在，就是水资源充沛并被居民充分利用的反映。大量野生鹿类、棕熊等哺乳动物，以及环壕中大量山毛榉科栎属植物果实的发现，也说明附近山麓上有大面积森林可资利用。但聚落近周可能林木稀疏，主要为草原景观，适于种植农作物。因为遗址土样孢粉分析结果显示，木本比例约为10%，草本为90%，且其中绝大多数为蒿属[2]。遗址中发现的野兔、鼢鼠、黄鼠等啮齿类动物就应当生活在这样的草原环境。这样一个"山林生态系统、平原生态系统和湖泊生态系统三者辐集的地带，是新石器时代聚落定位的最佳选择"[3]。但无论如何，当地的农业发展程度毕竟有所局限。据研究，岱海地区现代土壤主要属暗栗钙土或栗钙土，是发育在温带干草原植被下的草原土壤类型，成土母质包括坡积物、风积物、黄土和红土等；由于水热条件限制，风化不够彻底，养分条件中等，有缺氮、少磷、多钾的特点[4]。而且位于坡地的栗钙土的有机质容易流失，在植被遭到破坏的情况下更是如此。当时的土壤特点也许较现在稍优越一些，但也不会相差太远。因此不仅当时农作物单产量不可能太高，而且持续的种植可能带来植被破坏、土壤养分流失而土地严重贫瘠的现象。广种薄收乃至于易地轮作可能是当时农业生产的基本特点。I和II聚落遗存只可分为2段，总共延续的时间或许也只有100多年，却分别两处，主要可能是出于土地薄瘠的原因。这样，以渔猎作为适当的补充就显得越加重要。

其次，人们的日常生活也深受自然环境的限制。由于岱海地区冬、春冷而多风，聚落就尽量选择背风向阳之地。聚落的建设，应是顺坡挖穴，成排分布，面积也不可能太大。房屋以木柱承重，顶盖可能使用粗椽细枝，再搭草敷泥，这些都要耗费大量树木，是以存在丰富的森林资源为前提的，但也肯定对森林环境有相当程度的破坏。聚落周围树木的稀少应肯定是人为的结果。作为主要生活用具的陶器的制作也是就地取材：塑性原料取用山坡上堆积的红褐色土、黏土，瘠性原料选择聚落前河床层次不同的细、中砂。

北方地区其他地区一期聚落虽然在微观环境上和岱海地区有一定区别，如不是湖边而是位于河边台地或山坡上，而且黄河两岸聚落与河面落差大，汾河和桑干河两岸聚落与河面落差小。这在可利用的资源，尤其是水资源方面会和岱海周围聚落有一定差别，但总体上大同小异。

二　仰韶二期

北方地区文化在该期得到较大发展，与距今6000年前后最适宜的气候环境是分不开的。而此时来自晋南地区的强烈影响，又对北方地区的文化发展起了巨大的推进作用。

笼统来说，在环境最适宜期，各地文化都会有很大的发展，其实不然。因为这里所说的环境适宜，主要指温度的增高和降水的增加。对于华南的热带和亚热带地区，这种波动可能没有什么意义；对于长江和淮河流域的部分地方，降水的增加可能使水位升高，河流泛滥，反而不利于人类生存，有些地区的居民可能还要向北迁移；对黄河流域大部来说，这时候更适于人类生存，是该地区文化发展的一个十分难得的机遇；而对于北方地区，不但原先能够发展的农业的地区更适于耕种，而且有些原来不能种庄稼的地方也开始能够发展农业；一些纯粹游猎采集的人们集团当向更北方移动。

晋南地区就是在这样一个绝好的机遇中空前发展，这首先是由于该期之初半坡类型居民的东进。他们在和当地居民融合的基础上，形成了富有特色的东庄类型，激发了其旺盛的创新、进取和开拓精神，同时也可能使其人口膨胀。东庄类型一经形成，就向周围迅速扩张，但以对文化相对薄弱、空白地带多的北方地区的影响最大。像王墓山坡下这样的聚落，就基本是晋南来的移民建立的新据点，所以二者之间在文化面貌上几乎没有什么差异；像白泥窑子、后城嘴、庄窝坪、官地、马家小村、三关等遗址的该期聚落，因为可能是在原聚落的基础上，和当地居民共同创建，所以地方特色稍浓厚些。稍晚些时候，晋南、豫西的庙底沟类型正式形成并向周围急剧扩张和施加影响。这时它对北方地区的影响反而不如此前巨大，因为两地区文化诸多的共性已使它们相互连成一个相对的统一体，而且北方地区适宜移民的地方也远没有此前多。但庙底沟类型对太行山以东后岗类型的代替却是一个异常剧烈的过程。另外，大青山东缘的章毛乌素现在气候干燥，常年风沙侵蚀，形成一个个大小不一的沙坑，俗称"风旋卜子"，但当时气候暖湿到允许人们定居农耕[5]。更重要的是，通过从此处至张家口沿线这一通道，使仰韶文化的影响一直达到东北地区。更有甚者，这时有农人从大青山南迁到山北的西沙塔等地生活。

　　该期文化对环境的适应和第一期没有明显的差别。例如，王墓山坡下聚落选择在近湖的山坡下部，最低处（海拔1276米）距当时的岱海水面（约海拔1250米）只有20多米。虽然面临湖水的威胁较大，但对水资源的利用又比石虎山聚落方便得多。但王墓山坡下发现的水生动物骨骼反而比石虎山I聚落少，可能与骨骼的埋藏状况有关。在该聚落也发现马鹿等大型哺乳动物的骨骼，可以利用的土地资源在气候适宜时也可以更广阔、肥沃一些。聚落仍旧选择背风向阳之地，并顺坡挖穴，成排分布。商都的章毛乌素、狼窝沟等该期聚落所在地高出周围约3米，也有一定的防水患的功能。附近干涸的古河床在当时应当是水量较为丰富的，加上对岸的低山，也就构成一个适于人类生息的自然资源比较丰富多样的地带。当地气候较干寒，如果和南方地区一样，将聚落选择在山坡上，在水源利用、农业开发等方面都是不适宜的。

　　总结起来我们看到，仰韶前期社会的稳定发展，尤其是二期时仰韶文化统一性的空前高涨，都与适宜的气候环境有相当关系。

第三节　仰韶后期

　　从大约距今5500年进入仰韶后期开始，气温明显下降，降水随之减少。降温少雨对不同地区环境的影响是很不一样的，给人类所带来的影响也各不相同。对于华南的热带和亚热带地区，这种波动可能同样没有什么意义；对于长江和淮河流域，降水的减少使水位下降，部分低洼地带可以耕种，反而有利于人类生存，有些偏北地区不再适于种植水稻，使习惯水田耕作的人们向南退缩；对黄河流域大部来说，这时候种庄稼就不那么容易，但还不至于有太大的变化，只是生活压力加大；而对于北方地区，发展农业就会面临更大的困难，狩猎、捕捞、采集等补充性经济的地位上升；一些纯粹游猎采集的人们集团当向南方移动，并可能有部分融入农业居民中间。

一　仰韶三期

该期时北方地区文化的区域性特征明显增强，与当时气候趋于干冷有一定关系。

仰韶二期时，北方地区和晋南、关中等地的联系非常密切，这应当主要是因为晋南等地不断有人群北迁，使南北信息有机会频繁交流。至三期气候明显变冷的时候，南方的农人一般只会向南移动，或至少原地不动，而向北移动的可能性较小。这就使北方地区和晋南等地的交流大为减少，这是其区域性特征增强的原因之一；同样可能出于气候的变化，伴随着人群的移动[6]，东北和东部的红山－雪山一期文化、大司空类型，西部的石岭下类型等的文化因素却较多地涌入北方地区，这就在很大程度上破坏了原本较为单纯的仰韶文化的统一性，是其区域性特征增强的原因之二。

从北方地区此时的生产工具来看，和仰韶二期无太大区别，表明其经济形态也无大的改变。但在内蒙古中南部突然增多的细石器镞，却颇为引人注意。它的出现虽然可说是由于红山－雪山一期文化影响的深入，但能够在此后持续存在却应当是适应当地环境的结果。气候的趋于干冷，就会使草原带南移，当地森林减少，大型动物随之减少而中、小型动物相对增多。而这种石镞又薄又小，虽然不排除射猎大型动物的可能性，但更适于射杀中、小型动物。从王墓山坡上聚落发现的动物骨骼来看，有猪、狗、狍、马鹿、黄鼠、鼢鼠、鸟和鱼等，黄鼠、鼢鼠等是温带草原地区的典型啮齿类小动物，马鹿、狍等则是在森林环境中存在的中、小型动物，狗则可能充当狩猎时的助手。鱼类应当就是从岱海中就近捕捞。水牛骨则未再发现。可见该聚落虽以农业为主，但狩猎、捕捞等也占重要地位。从王墓山坡上聚落的孢粉分析来看，几乎均为蒿属类草本植物的天下，木本类几乎未见[7]。这既反映出环境恶化的现象，也可能与人为的砍伐有直接关系。除商都等地区外，内蒙古中南部其他地区的情况应与之大同小异。偏处东北边缘的商都的章毛乌素、棒槌梁等聚落，发现大量细石器镞，说明其狩猎经济成分明显偏高。临时性居址正与狩猎经济相吻合，也是农业经济萎缩的表现。

晋中地区无细石器镞的发现，只能表明其所代表的狩猎模式没有影响至此，并不能说明气候的变化幅度就小得多。窑洞式房屋在当地的最早出现就同样可能与气候变化有关。典型的窑洞式房屋完全是在生黄土中掏挖而成，所以它诞生在黄土较发育的晋中地区正在情理之中。由于基本不用柱子承重，就大大减少了对森林资源的破坏，正符合现在所提倡的"可持续发展"思想。但对森林资源依赖性的减少，又毋宁说正是森林资源大量减少的一种反馈[8]。人们对森林的利用和破坏是持续性的，不能说在此时突然增加得很多，所以森林的减少就主要是由于气候的变化了。当然窑洞式房屋还有冬暖夏凉和减少风沙侵害等优点，这都与愈来愈严酷的气候是适应的。

仰韶三期时北方地区社会方面发生的变革，是否也和气候的变化有一定关系呢？至少二者在时间上是切合的。更应当注意到的是这时候中国社会普遍在发生变革。气候的变化刺激、触动着原本比较稳定的社会格局，使之有机会出现大的调整和变革，但在不同地区可能有不同的表现形式。具体到北方地区，气候的变化并未威胁到人们的生存，反而刺激其创新，以适应新的环境；东、西新文化因素的传入，更使这种创新有了可靠的来源和适当的理由。变革的最明显的结果是此时家庭地位的明显突出。难道是因为家庭比氏族更能灵活地应付严酷的环境？我们不敢肯定。但正如上述，在北方地区此时形成的所谓"北方模式"却是很与环境协调的：这种发展模式从表面上看比较迟缓、落后，但却与较严酷的自然环境相适应，可以在很大程度上避免资源的过度浪费，而能量的有效蓄积也显然更有利于长期的发展。

二　仰韶四期

该期之初的距今 5000 年左右，温度和雨水大约降低到一个临界点，以后又缓慢上升。北方地区的人们必须直面这个严峻的挑战。

这时聚落方面最明显的变化之一，是黄河两岸地区伴随着原始战争而有了石围墙和石墙地面式房屋的大量出现。

原始战争的出现原因当然不只是由于环境的变化，它首先是社会发展到一定阶段的产物。对北方地区来说，家族地位的突出和一定程度贫富分化的出现，都是原始战争产生的内在根据。但这种地区性的自发性的频繁争斗总应有一个契机。虽然包头以东和鄂尔多斯地区之间存在一定的文化方面的差异，但与周围地区相比就微不足道了。因此它们之间的争斗应主要是为了争夺有限的资源。而人口的暴涨、对资源利用的剧增和资源本身的锐减是主要的可能因素。以现有的资料，无论从聚落密度、聚落规模，还是聚落形态的其他方面，都不能得出当时人口暴涨和对资源利用程度剧增的结论。而环境持续恶化引起的资源锐减，包括森林的减少，耕地的退化，渔场的萎缩等，就可能成为最主要的原因。由于资源减少，而还要维持与以前一样多甚至更多的人口，再加上一定的贫富分化所带来的资源消费的增长，就只有扩大对资源的索取范围，这样频繁的争斗就在所难免。而从生产工具来看，其生产方式与前并无多大改变。

石围墙和石房墙等的大量出现本身就很有地方特色，它得益于当地丰富的板状页岩的存在。但石墙到这个时候才开始流行，除了它具有良好的防护功能外，恐怕也与环境的变化直接相关。随着森林资源的减少，人们还沿用传统的以木柱子托顶的方法就变得越来越困难；而植被的退化和破坏又使得更多的岩石裸露出来。这时候一旦人们认识到这种石板的用途，就可能一发而不可收。这个过程与前一期晋中地区窑洞式房屋的出现缘由何其相似！我们同时注意到，这时窑洞式房屋从晋中扩大到晋南、甘肃东北部、宁夏南部等地，恐怕也与同样的环境恶化有关。说到人类对环境的影响，则由于石墙和窑洞式房屋基本不耗费木材，所以显然比前对环境的破坏大为减少。

还有一个现象更加引人注目，那就是岱海、晋北、冀西北地区甚至西辽河流域文化的缺失或至少是衰弱。这些地区的气候条件还要比包头和鄂尔多斯黄河两岸地区差。当环境恶化到一定程度，就可能极大地限制农业生产的进行，甚至可能有不少人群西南向移动到甘青地区。但从岱海-黄旗海地区此后的老虎山类型与当地仰韶三期文化的密切关系，以及西辽河流域更后的夏家店下层文化与红山文化的些许联系，我们有理由承认各地的文化传统并未完全中断。那么，这种联系难道会是通过一般是不使用陶器的游猎人而实现的吗？还是一种我们还不知晓的特殊的方式？在没有更多的考古发现的情况下，还只能是个谜。

第四节　龙山时代

到大约距今 4500 年的龙山时代，气温和降水又回升到另一个临界点。只不过这个临界点与距今 6000 年左右的暖湿情况不可同日而语。之后又慢慢下降，到距今 4200 年左右落至低谷。当然这些波动都还在中全新世暖湿期的大范围内。这些气候波动对人类的活动都产生了明显影响。

一　龙山前期

岱海地区的气候变化，以及人类对这种变化的反映都十分敏感[9]。恰适龙山前期气候适宜期，岱海地区从文化"空白"迎来了文化发展的又一个高潮，不能不说是环境对人类的生存空间产生了直接影响。另外，在张家口地区也有了老虎山文化遗存。

但北方地区乃至于整个黄土高原地区的生态环境已不可能再像往日那样暖湿。岱海聚落群以至于整个黄土高原地区窑洞式建筑的流行，正是人类对森林持续萎缩等现象的被迫适应。否则，为什么该地区最终不像华北平原等地那样房屋由半地穴式演变到以柱撑顶的地面式？我们看到，从仰韶三期窑洞式房屋的出现，到四期时的扩张，再到龙山时代的普及，一直是持续发展的。仰韶四期时还有过石墙地面式、半地穴式等多种形式，但最终都为耗费木料最少、最具"天人合一"色彩的窑洞式房屋替代。从仰韶三期就出现了夯土技术，但最终仅起辅助作用。与此形成鲜明对照的是，华北平原和长江中下游平原流行地面式建筑并有了发达的夯筑技术。传统提供人们选择的范围，但环境却教导人们如何选择，这就是环境与文化的辩证关系。

显然，北方地区社会分化的不明显也主要出于环境的限制。因为在同样的生产力发展水平下，北方地区一定时间内的人均生产值要远远低于平原地区。这样多数人的温饱已是一个严重的社会问题，又如何会有剩余财富的迅速积累？在这种较严酷的生存环境下，在一个有血缘的或友好的人群内部，就容易形成团结的和相对平等的社会氛围。在这种所谓"北方模式"的范围内，大部分文化内容都是相互协调一致的。例如，贫瘠的土地和沟壑纵横的地形不宜有太大的人口密度，坡地不易形成大的聚落，窑洞式房屋不可能挖得太大，等等。

二　龙山后期

距今约 4300～4200 年的降温，对北方地区乃至典型的中原甚至长江流域的影响都是很大的。

和典型的中原地区一样，龙山时代的北方地区也处于一个大的发展时期。这个发展主要应当体现在人口的较大增长方面，如岱海聚落群所表现的那样。北方地区本来捉襟见肘的环境资源在这种情况下会过度耗费。一旦气候更加恶劣，轻则要面临很大的压力，重则直接影响到生存。

气候十分敏感的岱海地区的反映最为剧烈。园子沟聚落等仅仅繁荣了 200 年左右以后，就消失或极度衰落了。从老虎山聚落附近自然剖面和园子沟聚落文化层的分析可知，至距今 4300 年前后岱海地区的气温几乎降到 0℃ 左右。而且其后形成厚达 50 厘米的砾石层，表明曾经有过一场较大规模的洪、冲积过程。老虎山文化在岱海地区的突然中衰，也许与气候的湿干暖冷变化有关，也可能是由于山洪暴发：各聚落所在山坡陡峭，粉砂质黄土易淋溶，如果雨量突增，就极可能造成大幅度的水土流失，给人们赖以生存的土地和房屋造成严重破坏。至于气候的渐趋干冷，与短期的雨量突增，这二者之间并不矛盾。

其他地方虽没有岱海地区那样明显的"断档"现象，但其反响也不小。从这时候鬲类器物的大量南下来看，其人口南迁的规模非常可观。以前北方地区适于生息和人口稀少的时候，南方的农人北上寻求发展；现在北方地区环境恶劣和人口膨胀的时候，北方的人民又南下谋求生路，这似乎都是天经地义的事。但问题没那么简单，因为这时候南方同样人满为患。可北方人民如果不部分南下，就可能无法有效减轻环境变化所带来的压力，就可能有使整个社会走向崩溃的危险。所以无论是采取和平的还是暴力的形式，南下的潮流已经是大势所趋，不可阻挡。就实际情况来看，南下的人民选择了非常策略和明智的办法。拿晋南来说，对临汾盆地可能暴力的成分多一些，因为从文化上看基本上是北方文化代替了原有的陶寺类型。这既可能是临汾邻近晋中的缘故，也可能是由于其上层人物本来就来自东方的"外人"。对运城盆地和三门峡黄河沿岸来说则主要是和平的影响，只是在原有的陶器种类中增加了鬲等器物。远离北方和缘于同源的文化认同感可能都在起作用。但无论如何，大量人口的南下必定对晋南等地造成环境以外的压力。我们由此联想到所谓"禹征三苗"事件，除了其社会本身的原因和环境给予它的直接作用外，是否也与来自北方"风源地"的间接的压力有关？

　　到距今 3800 年左右，气候又稍趋暖湿，这时候进入二里头文化、朱开沟文化等所代表的社会发展的新阶段。此后气候虽有波动，但大趋势却是越来越干燥。中全新世的气候暖湿期一去不返。朱开沟晚期以后，在北方地区等地半农半牧－畜牧业逐渐从农业中分离出来，北方地区开始成为游牧民族和农业民族争夺之地[10]。游牧民族拥有一些从农业民族那里学来的先进技术，又骁勇善战，灵活多变。其对农业民族的影响是先前落后的狩猎人群所远远不能比拟的，如果果真存在一个那样的人群的话。当然，从事两种不同经济方式的人群之间的"胜负"仍与环境的波动息息相关：环境变得暖湿时农业民族北上，干冷时游牧民族南下。这种情况大约一直持续到明代为止。

---

[1] 田广金、史培军：《中国北方长城地带环境考古学的初步研究》，《内蒙古文物考古》1997 年 2 期。

[2] 铃木茂：《岱海遗址群的孢粉分析》，《岱海考古（二）——中日岱海地区考察研究报告集》，科学出版社，2001年。

[3] 严文明：《内蒙古中南部原始文化的有关问题》，《内蒙古中南部原始文化研究文集》第 11 页，海洋出版社，1991 年。

[4] 内蒙古自治区土壤普查办公室、内蒙古自治区土壤肥料工作站：《内蒙古土壤》，科学出版社，1994 年。

[5] 郭殿勇、李晓滨：《狼窝沟遗址孢粉分析反映的古植被与古气候》，《内蒙古文物考古文集》（第 1 辑），中国大百科全书出版社，1994 年。

[6] 据对庙子沟 70 多个人骨个体的鉴定，其种族类型以东亚蒙古人种特征为主，但又有明显的北亚蒙古人种因素。见朱泓：《内蒙古察右前旗庙子沟新石器时代人类牙齿的形态观察》，《人类学学报》1993 年 12 卷 3 期；魏坚：《庙子沟与大坝沟有关问题试析》，《内蒙古中南部原始文化研究文集》，海洋出版社，1991 年。同属庙子沟亚型的岱海地区王墓山坡上等聚落居民的体质特征也当与此近似。由于仰韶二期王墓山坡下居民系晋南移民，其特征应接近东亚和南亚蒙古人种，则庙子沟亚型北亚人种的成分显系外来，具体来说是应来自东北。见潘其风：《中国古代居民种系分布初探》，《考古学文化论集》（一），文物出版社，1987 年；韩康信：《中国新石器时代种族人类学研究》，《中国原始文化论集》，文物出版社，1989 年。

[7] 同[2]。

[8] 严文明：《岱海考古的启示（代序）》，《岱海考古（一）——老虎山文化遗址发掘报告集》，科学出版社，2000年。

[9] 田广金、史培军：《内蒙古中南部原始文化的环境考古研究》，《内蒙古中南部原始文化研究文集》，海洋出版社，1991 年；田广金、史培军：《中国北方长城地带环境考古学的初步研究》，《内蒙古文物考古》1997 年 2 期。

[10] 田广金：《鄂尔多斯式青铜器的渊源》，《考古学报》1988 年 3 期；田广金：《中国北方系青铜器文化和类型的初步研究》，《考古学文化论集》（四），文物出版社，1997 年；田广金、郭素新：《北方文化与草原文明》，《内蒙古文物考古文集》（第 2 辑），中国大百科全书出版社，1997 年。

第六章 历史地位

随着文化发展阶段的不同，北方地区及其文化的历史地位也存在阶段性差异。

仰韶前期，外来人口大量涌入，北方地区文化自身的特点不很突出，实力还当有限。仰韶一期时太行山以东和渭河流域等地人群同时来到该地区，他们可能始而相抗，继而相安，在此过程中东、西两区文化逐步融合，对仰韶文化共同体的形成起到关键性的作用，与东北文化的联系也日益增多。仰韶二期时该地区基本与晋南连为一体，总体上和晋南文化亦步亦趋，或许当时的北方社会也受晋南地区某种力量的制约，与关中地区人群关系也较密切。当时最大的冲突和威胁应当来自太行山以东的后岗类型。但稍后随着庙底沟－白泥窑子类型的东进和后岗类型的覆亡，东部的压力随之消除，仰韶文化因之而形成空前统一的局面。以仰韶文化为中心，包括红山文化、大汶口文化、大溪文化等在内的黄河长江流域超文化共同体已颇具规模，而仰韶文化与红山文化的联系就主要是通过北方地区而实现的。

仰韶后期，在接受外来影响的基础上，北方地区开始了自我积淀的时期，地区文化特质基本形成。但尚未形成统一体，也就限制了其对外的影响。仰韶三期，来自东、东北等方向的文化影响，以及与内地文化交流的减少，已使本地区文化颇具个性，并因自然环境的制约初步形成所谓"北方模式"。相对于沿江海的一系列文化，北方地区内部的分化不十分明显，迈向文明的脚步显得有些迟缓。但这种模式对于协调人地关系却有着明显的优势，有利于社会的长治久安。当时北方地区与周围地区人群基本和平相处。仰韶四期北方地区对外关系冷淡、内部矛盾激化，地区特点仍然突出。当时最值得一提的是卜骨及其占卜习俗在该地区开始流行。

龙山时代，北方地区本身已基本形成统一体，对外影响明显增强，许多北方文化因素逐渐成为整个早期"中国文化"的一部分。龙山前期迎来了该地区文化又一个大发展时期，产生了极具中国文化特色的炊器鬲，尤其是双鋬鬲，北方地区因之成为中国三大文化系统之一的鬲文化系统的核心[1]。龙山后期，随着老虎山文化的扩张，对外影响骤然加强。首先，双鋬鬲向南依次进入临汾盆地、黄河沿岸以至于伊洛流域，向东依次影响到河北、山东，不但替代了临汾盆地的陶寺类型，还对王湾三期文化、雪山二期文化、后岗二期文化以至于龙山文化后期等都产生了程度不同的影响。鬲及其所代表的饮食习俗因此也就成为最典型的中国早期文化因素之一[2]。其次，卜骨及其所代表的特殊的宗教习俗传播到广大的中原和东方地区，使其成为早期中国典型文化因素之一，商文化盛行的占卜习俗自然也与此相关。再次，"北方模式"的影响也日益扩大，是中国早期文明之所以能够独具特色的重要原因之一。不仅如此，老虎山文化南下引起的连锁反应甚至可能与夏王朝的建立也有一定关系。作为此后中国文化核心的商、周文化更是与北方地区新石器时代文化存在直接的渊源关系[3]。

另外，北方地区更北为广袤的草原沙漠地带，降水稀少，总体上并不适合农业的发展。而东北至北方地区新石器时代农业文化中细石器镞等的存在，暗示着更北地区存在一种特殊的狩猎方式及其人群。这种狩猎方式或许是旧石器时代晚期以来的延续。如果这个假说成立的话，那么北方地区的人们就必须和这些人群接触，与之对抗和交流。这对中原腹地文化能够持续、稳定的发展自然颇有意义。龙山后期，随着老虎山文化的对外扩张，细石器镞及其所代表的狩猎方式也成为早期中国文化因素之一。

概括起来说，仰韶前期北方地区及其文化在早期"中国文化共同体"或"中国文化圈"的形成过程中具有重要的历史地位[4]；仰韶后期北方地区及其文化对仰韶文化乃至于早期"中国文化"的多样性格局的形成作出了重要贡献，其在早期"中国文化共同体"或"中国文化圈"中的地位也更加稳固；龙山时代北方地区及其文化对周围地区文化的重组，社会的变革，对龙山时代中国文化共同体的形成起了很大的促进作用[5]。从这个意义上讲，虽然北方地区新石器时代文化本身并未迈入文明的门槛，但却间接地促进了中国文明从初期走向成熟，并长远地影响到中国文明的发展方向。

总之，北方地区作为鬲文化系统的核心，在早期"中国文化共同体"的形成中有着举足轻重的地位；作为一个相对独立的自具特色的亚文化区，对中国文明的形成和发展产生了深远的影响。

[1] 严文明：《中国古代文化三系统说——兼论赤峰地区在中国古代文化发展中的地位》，《中国北方古代文化国际学术研讨会论文集》，中国文史出版社，1995年。

[2] 安特生最早将鬲作为中国文化的重要标志。见安特生著、袁复礼译：《中华远古之文化》，《地质汇报》第五号，1923年。苏秉琦的考古研究从鬲开始，并一生都未中断对其思考。见苏秉琦：《苏秉琦考古学论述选集》，文物出版社，1984年；苏秉琦：《华人·龙的传人·中国人——考古寻根记》，辽宁大学出版社，1994年；苏秉琦：《中国文明起源新探》，三联出版社，1998年。严文明先生也指出，"斝、鬲、甗、盉后来都成为商周时代的典型器物，单是这一点就可以看出内蒙古中南部在中国古代文明起源中的地位和作用"。见严文明：《内蒙古中南部原始文化的有关问题》，《内蒙古中南部原始文化研究文集》第10页，海洋出版社，1991年。

[3] 关于晋中地区龙山时代及稍后文化与先商文化的关系，见邹衡：《试论夏文化》，《夏商周考古学论文集》，文物出版社，1980年；李伯谦：《先商文化探索》，《庆祝苏秉琦考古五十五年论文集》，文物出版社，1989年；王立

新、朱永刚:《下七垣文化探源》,《华夏考古》1995 年 4 期。关于陕北、鄂尔多斯地区等地龙山时代及稍后文化与先周文化的关系,见邹衡:《论先周文化》,《夏商周考古学论文集》,文物出版社,1980 年;韩建业:《唐伐西夏与稷放丹朱》,《北京大学学报》(哲学社会科学版),2001 年 4 期。

[4] 具有历史意义的早期"中国文化共同体"或"中国文化圈",显然不能完全以现代的中华人民共和国国界为限。它还必须具有在地域上彼此连成一片并相对独立、文化上彼此联系并自具特色等条件。不过至少在仰韶前期甚至新石器时代中期,现代的黄河长江流域已具有文化上的相对统一性,可以说已经形成了早期"中国文化共同体"或"中国文化圈"。

[5] 至仰韶后期和龙山时代,"中国文化共同体"中各文化间联系的深度和广度都明显增加,并且已经可以将一些大的"民族文化区"辨认出来:考古学上的一些文化区,无论在地理位置还是文化传统上,都恰好能与古史传说中的一些"族团"相对应。考古学资料与文献史料的结合,再好不过地证明了"中国"作为"观念形态与政治实体"在"三代"前夕业已形成。见严文明:《龙山文化和龙山时代》,《文物》1981 年 6 期;张光直:《中国相互作用圈与文明的形成》,《庆祝苏秉琦考古五十五年论文集》,文物出版社,1989 年;白寿彝总主编,苏秉琦主编:《中国通史》第二卷,上海人民出版社,1994 年;苏秉琦:《华人·龙的传人·中国人——考古寻根记》第 89~90 页,辽宁大学出版社,1994 年。

后　　记

本书是在我博士论文的基础上修改而成。正式写作开始于 1999 年 9 月，2000 年 6 月完成并提交答辩，2001 年 11 月改定。

我最初的考古学研究，主要集中在湖北和河南地区。这自然与我本科和硕士研究生阶段的田野实习经历有关，同时也离不开自己企望探索早期中国文明的形成过程和中国古史传说的持久兴趣。受此兴趣的驱使，后来我对晋南、冀中南等地区的新石器时代文化也曾作过一些研究，但总感难以深入。原因是这些地区的文化与北方地区存在千丝万缕的联系，而我当时对北方地区还缺乏起码的了解。所以 1996 年我考上博士研究生后，当导师严文明先生指定我主要研究华北地区尤其是北方地区的新石器时代文化时，我由衷地高兴，意识到这可能会是我学术生涯中最重要的一次旅程。

1997 年 7 月，在严文明先生的家中我第一次见到内蒙古文物考古研究所的田广金和郭素新研究员，商定由我复核整理他们多年发掘的岱海地区老虎山、园子沟等聚落遗址的材料。随后我就按计划在该所老虎山工作站学习和工作，4 个多月后完成任务，并复查、试掘了西白玉、板城等遗址，1999 年 4 月编写出《岱海考古（一）——老虎山文化遗址发掘报告集》（科学出版社，2000 年）。我的博士论文正是由此基点出发而最终完成的。此外，1998 年 7 ~ 8 月，我赴河北、内蒙古、山西、陕西、甘肃等地进行了为期一月的调查。1999 年 5 月又在田老师带领下到内蒙古东部地区调查参观。这些经历拓宽了我对北方地区古代文化的认识。

在论文出版之际，我首先要感谢导师严文明先生。先生结合我们的具体情况，详细制定培养计划，精心安排实习步骤，宏观把握论文框架，在具体观点上又鼓励我们大胆探索，力求创新。这都是论文能够顺利完成并取得一定成果的先决条件。论文答辩通过后，先生又提出进一步的修改意见，并为本书撰写了序言。先生严谨求实的学风，对我影响至大。

感谢田广金和郭素新老师对我的指导和帮助。尤其是在老虎山工作站期间，和田老师朝夕交谈，令我受益无穷。田老师那种不畏艰险、锐意进取的探索精神，给了我极大的勇气；田老师关于北方地区人地关系等方面的精辟见解，也深深地渗透到我的论文当中。

　　感谢北京大学考古文博学院李仰松、张江凯、赵朝洪、刘绪、赵辉、李水城、孙华、徐天进、张弛老师，感谢中国社会科学院考古研究所徐光冀、陈星灿老师。他们在论文从选题到答辩的各个环节，提出过许多中肯的意见。有相当部分我在论文的修改过程中已经采纳。其中赵辉老师对我的指导和帮助尤多。感谢故宫博物院前院长张忠培先生的细心指点，使论文在出版时减少了一些错误。

　　感谢我所任教的北京联合大学应用文理学院，感谢历史系主任朱耀廷和教研室主任司美丽等老师，他们尽可能地为论文的写作提供了方便。

　　感谢美国芝加哥大学艺术史系博士生王玉冬翻译英文提要。感谢牛世山、李梅田、赵春青、钱耀鹏、张良仁、秦岭等同窗好友的帮助。感谢调查参观时当地文物考古部门各位师友的支持和帮助。

　　我还要特别感谢北京大学古代文明研究中心，感谢中心主任李伯谦先生和秘书长徐天进先生。能将我的论文列入该中心系列丛书出版，是我的荣幸。

　　应当说，论文的顺利完成和本书的出版，都离不开我妻子杨新改的理解与全力支持，在此也深表谢意。

韩建业

2001 年 11 月于北京赵府街 36 号

重印后记

这本书于我很重要，因为它是我的博士学位论文，也是我的第一本专著。

本书的研究重点虽然是中国北方地区新石器时代的年代分期和文化谱系，但关于聚落形态和人地关系的讨论也占较大篇幅，实际是一部较为综合的著作。

回顾本书首次出版以来约二十年间我的学术生涯，和学术界对本书的反响，我以为其中至少有三项内容值得继续关注和讨论。

一是北方模式问题。在本书中，我指出中国史前社会演进或文明起源有着一般趋势和不同模式，提出"北方模式"的概念，认为其与东方和中原的社会发展模式存在差异。在本书出版的同一年（2003年），我又撰文专门讨论了"北方模式""东方模式"和"中原模式"。但随着近些年新的考古发现和研究，我感到当初对"北方模式"等概念的内涵界定还不够贴切，"北方模式"与"中原模式"的区别也需要重新审视。赵辉老师在一次访谈中就说，"韩建业曾提出过一个'北方模式'，后来我们把这个北方模式扩大了一下，认为包括中原在内的华北也接近于北方模式，而和以良渚、山东龙山等等为代表的东南这一块不一样，后者可叫做'良渚模式'。"李伯谦先生还从神权、军权、王权的角度，提出红山—良渚和仰韶，属于中国古代文明演进的两种不同模式。无论如何，中国文明化进程的区域模式问题，值得进一步深究。

二是北方地区史前文化历史地位问题。在本书中，我指出，北方地区在早期"中国文化共同体"或"中国文化圈"的形成中有着举足轻重的地位；作为一个相对独立的自具特色的亚文化区，对中国文明的形成和发展产生了深远的影响。在1998年对石峁遗址实地调查的基础上，我认为"石峁聚落面积达90万平方米，防卫设施完备并发现珍贵玉器，极可能就是陕北超级聚落群的中心。""老虎山文化南下引起的连锁反应甚至可能与夏王朝的建立也有一定关系。"这里提出的早期中国文化圈或文化上的早期中国问题，成为我后来研究的重要起点，并出版了《早期中国——中国文化圈的形成和发展》一书，但与此相关的关于"早期中国"或"最早中国"的争论才算刚刚开始。这里提出的石峁遗址作为"陕北超级聚落群的中心"的观点，当时看来已经足够大胆，但对比近些年石峁遗址的重大新发现，就反而显得过于保守。这里提出的老虎山文化南下摧毁陶寺文化，引起文化格局动荡和连锁反应的问题，虽然在陶寺等遗址的新发现中得到越来越多的印证，但需要细究之处也还很多。

三是人地关系问题。在本书中，我较为系统地讨论了北方地区新石器时代文化发展和气候环境演变的关系，认为距今 6000 年左右北方地区仰韶文化的大发展，距今 4500 年左右老虎山文化在岱海地区的繁盛，都与当时较为暖湿适宜的气候环境有关；而距今 5500 年左右北方文化地方性特征的增强、细石器的增多、窑洞式建筑的出现，距今 5000 年左右岱海、黄旗海等地出现文化"空白"、鄂尔多斯地区石城和石墙房屋的出现，距今 4200 年以后老虎山文化在岱海地区的衰亡和向晋南等地的大幅度南扩影响，又与各个相应时段气候向干冷方向的急剧转变有关。这些观点有前人的基础，有我自己的新见解，我自以为有一定道理。将其简单地归入"环境决定论"，未免失之偏颇。我在本书出版之后，即对包括狭义"北方地区"在内的整个西北地区先秦时期人地关系进行过系统梳理，出版过《中国西北地区先秦时期的自然环境与文化发展》一书，认为在极端气候期，不同的应对策略可能有着完全不同的后果，指出气候变迁本身并不能直接引起文化的兴盛或衰落，只是为文化变迁提供契机。当然，人地关系研究涉及考古和地学两大学科，牵涉问题甚多，理应"大胆假设，小心求证"，继续探索。

另外，本书还存在一些认识上的问题。比如将包含三足瓮的朱开沟早期一类遗存放到了龙山时代之后，认为其年代晚于公元前 1900 年，就很不妥当。

尽管如此，本次重印还是基本保持原文不动，仅对书中个别印刷失误进行修改。让读者看到二十年前我的真实水平，未尝不是一件好事。

本书首版曾被列入"北京大学震旦古代文明研究中心学术丛书"，本次再版时经得原中心主任李伯谦先生同意，仍依其旧，也仍保持原编委会不变，尽管编委会中有些先生已经辞世。感谢李伯谦先生和北京大学震旦古代文明研究中心！

文物出版社能够重印这本学术著作，足见其社会担当！感谢出版社领导！感谢首版责任编辑李红女士！感谢重印编辑张玮和卢可可女士！

感谢我的妻子杨新改一如既往的支持和帮助！

韩建业

2020 年 4 月于北京融域嘉园

Abstract

This is a study on the Neolithic cultures of northern China, including the areas of mid – southern Inner Mongolia, mid – northern Shanxi Province, northern Shaanxi Province, and north-western Hebei Province. So far relevant researches have focused on the cultures of individual units by means of periodization and cultural pedigree. This dissertation intends to depart from those researches in terms of both collection and interpretation of archaeological data. Methodologies such as archaeological stratigraphy, archaeological typology, archaeological culture, settlement archaeology, and environmental archaeology are applied here in an attempt to address the critical issues of periodization, cultural pedigree, settlement patterns as well as interaction between human society and environment.

The northern Neolithic cultures can be divided into four periods, which are the Xinglongwa cultural period, the Early Yangshao, the Late Yangshao, and the Longshan periods. The absolute chronology of those cultures is from 5700 B.C. to 1900 B.C.. Due to the warm climate, the Early Yangshao Period saw continuing migrations from the south to the north. However, the cultural localization had yet to emerge in a later period on account of the frequent cultural diffusion. Both inter – tribal and internal tribal relations were still in an equal state with a unified benefit within tribes themselves. With the advent of dry and cold weather during the Late Yangshao Period, these areas were gradually alienated from the south with respect to material culture and instead, became more open to the cultural infiltration from the east as well as the further north. The new elements such as the groupings of dwelling units disclose the striking social transformation occurring during this period. However, generally speaking, they can still be grouped under the greater Yangshao cultural domain and might be categorized as a Northern Pattern. The humid and warm climate during the Early Longshan brought about a flourishing period for those areas and the Laohushan Culture was formed at this time. While the climate at the Late Longshan Period once again turned back to cold and dry, the new yet mature culture, in stark contrast with the passive role of recipient in cultural exchange during the Yangshao Period, waged an unprecedented cultural expansion south – and eastwards. With the worsening of the ecological environment, the clashes between the various human groups had become all the more fierce and more regions were involved. Nation soon appeared in those areas during the Post – Longshan Period. In a word, as the nucleus of the Li cultural system, the northern areas played an important role during the formative phase of Chinese cultural sphere.